Jenny Colgan est une romancière britannique autrice de nombreuses comédies romantiques et d'autant de délicieuses recettes de cuisine. Après la trilogie de *La Petite Boulangerie* (2015-2017), Jenny Colgan a publié le diptyque du *Cupcake Café* (2017-2018) ainsi que les séries *Au bord de l'eau* (2018-2023), *La Charmante Librairie* (2020-2022) et *La Confiserie de Rosie* (2023). Tous ces ouvrages ont été publiés aux éditions Prisma et sont repris chez Pocket. Le nouveau roman de l'autrice, *Au-delà des nuages*, paraît en 2024 aux Éditions Charleston.

UN MARIAGE AU BORD DE L'EAU

ÉGALEMENT CHEZ POCKET

LA PETITE BOULANGERIE DU BOUT DU MONDE
UNE SAISON À LA PETITE BOULANGERIE
NOËL À LA PETITE BOULANGERIE

–

RENDEZ-VOUS AU CUPCAKE CAFÉ
LE CUPCAKE CAFÉ SOUS LA NEIGE

–

UNE SAISON AU BORD DE L'EAU
UNE RENCONTRE AU BORD DE L'EAU
NOËL AU BORD DE L'EAU
L'HÔTEL DU BORD DE L'EAU SOUS LA NEIGE
UN MARIAGE AU BORD DE L'EAU

–

LA CHARMANTE LIBRAIRIE DES JOURS HEUREUX
LA CHARMANTE LIBRAIRIE DES FLOTS TRANQUILLES
LA CHARMANTE LIBRAIRIE DES AMOURS LOINTAINES
NOËL À LA CHARMANTE LIBRAIRIE

–

LA CONFISERIE DE ROSIE

JENNY COLGAN

UN MARIAGE AU BORD DE L'EAU

Traduit de l'anglais
par Laure Motet

ÉDITIONS PRISMA

Titre original :
AN ISLAND WEDDING

ISBN : 978-2-266-34126-4
Dépôt légal : mai 2024

À Andrea MacDonald, qui s'est engagée
à ce que son école de danse traditionnelle
des Highlands reste ouverte, abordable,
pour les enfants de la région de Fife
pendant la pandémie et au-delà :
vous êtes une vraie source d'inspiration.

Introduction

Bonjour !

Et bienvenue sur l'île de Mure. Au moment où j'écris ces lignes, le vent souffle en rafales, et le soleil printanier joue à cache-cache avec les nuages. Je tenais à récapituler rapidement les précédents tomes de la série *Au bord de l'eau* pour les lecteurs qui la découvrent avec ce nouveau roman – et même pour ceux qui l'ont lue, d'ailleurs : nous sommes si occupés et avons tous une vie très chargée.

Voilà donc un petit résumé pour vous rafraîchir la mémoire. Quand je lis un livre électronique, je trouve très difficile de vérifier qui est un personnage, par exemple, car on ne peut pas se contenter de revenir quelques pages en arrière. Et je ne raffole pas des romans qui l'expliquent en commentaires ; vous savez, ce genre de choses :

— Salut, Peter ! Comment va ta sœur Jane ?

— Tu parles de Jane, ma sœur cadette âgée de vingt-huit ans ? Celle qui vient tout juste de perdre ses deux jambes dans un terrible accident de la route, à Minsk ?

— Oui, c'est bien elle. Nous sommes là (et par « nous », j'entends toi, ton frère John, trente ans, et moi) pour célébrer son mariage, justement.

Je vais donc vous faire un récapitulatif, que vous veniez de nous rejoindre (bienvenue !) ou que vous veniez de terminer la lecture des tomes précédents.

Alors. À la mort de sa mère, Flora MacKenzie est retournée vivre sur la minuscule île de Mure, au large de la côte nord-est de l'Écosse, où elle a grandi. Son père et ses trois frères y exploitent toujours la ferme familiale. Elle a ouvert la *Seaside Kitchen*, un petit café, et vient de reprendre la gérance du *Rock*, un hôtel de luxe, à la suite du décès de son propriétaire, Colton.

Elle s'apprête à épouser Joel, son ancien patron londonien, un Américain compliqué qui a grandi en familles d'accueil et pour qui fonder un foyer a constitué un véritable défi. Ils ont un bébé, Douglas, âgé de presque un an.

Lorna MacLeod est la directrice de l'école primaire. Elle entretient en secret une relation amoureuse avec Saif Hassan, le médecin généraliste de l'île, un réfugié syrien. Ils sont fous l'un de l'autre. Saif a deux fils, qui vivent sur Mure (et sont élèves dans l'école de Lorna). Sa femme a disparu en Syrie, pendant la guerre, mais on vient de lui montrer une photo d'elle : elle semble non seulement remariée, mais aussi enceinte.

Passons aux frères de Flora : Fintan, veuf depuis peu, est profondément soulagé de ne plus avoir à gérer le *Rock* ; Innes donne une autre chance à son mariage, tout en essayant d'élever sa fille, Agot ; et Hamish est égal à lui-même. Il ne change pas beaucoup.

Voilà, vous savez tout !

J'aime écrire des romans, en général, mais, si j'avais la chance de réaliser un film, vous verriez maintenant le vent se lever, comme par enchantement, et faire tourner les pages d'un livre… On sentirait l'air iodé du large et, tout à coup, la caméra s'élèverait dans les airs – vous savez, l'un de ces plans qui survolent l'océan à toute vitesse, de plus en plus vite, en zoomant sur un minuscule point à l'horizon, qui devient de plus en plus gros. La matinée serait ensoleillée, avec une petite brise, et une longue bande de sable doré apparaîtrait : la plage surnommée l'Infinie, suivie d'un phare, puis du *Rock*, à l'extrémité nord de l'île. De l'autre côté, au sud de la plage, on distinguerait un enchevêtrement de petits bâtiments chaleureux, peints de toutes les couleurs (rouge, jaune, rose), mais aussi le *Harbour's Rest*, le vieil hôtel aux murs noir et blanc défraîchis. À présent, la caméra ralentit : elle descend peu à peu vers les bateaux de pêcheurs, dont les mâts ornés de pavillons bigarrés s'entrechoquent, et vous dépose doucement sur les pavés gris du port, à l'endroit où le ferry de la compagnie Caledonian MacBrayne achève sa première traversée de la journée, les colis et les journaux arrivant de l'île principale prêts à être déchargés. Le capitaine garde un œil sur le quai, manœuvrant avec prudence pour accoster, le moteur broutant. Bramble, le chien des MacKenzie, passe en trottinant, le journal dans la gueule, avant d'aller retrouver Eck, le père de Flora, à la ferme. La porte du bâtiment rose – la *Seaside Kitchen* – est déjà ouverte. À l'intérieur, la BBC nan Gàidheal passe de la musique traditionnelle celtique, et de délicieux effluves de café et de scones au fromage fraîchement sortis du four embaument l'air. Alors autant entrer vous asseoir un moment à côté des tricoteuses de Fair Isle, vous accorder une petite pause et observer les allées et venues sur le port – bon retour sur Mure.

Avec toute mon affection,

Jenny
X X X X X

« I loved you a long time ago, you know
Where the wind's own forget-me-nots blow,
you know »

Extrait de la chanson *Another Day*, Roy Harper

Chapitre 1

Le mois de mars tirait à sa fin, le *Rock* affichait complet. Les clients avaient de la chance : les vents soufflant de l'Atlantique avaient apporté de la neige et de la glace pendant une bonne partie du troisième mois de l'année, mais, depuis une semaine, le soleil brillait tous les jours.

À condition d'avoir un manteau épais et de bonnes chaussures (bien sûr, dans le cas contraire, l'hôtel prêtait des bottes en caoutchouc), l'île était splendide : le sable sur l'Infinie était si pâle qu'il en était presque blanc, une eau turquoise, limpide, léchait le rivage, et le ciel était aussi bleu, aussi vaste que sur un dessin d'enfant. Les petites maisons de guingois serrées les unes contre les autres le long du port étaient gaies, conviviales, avec leurs façades colorées, et les bateaux de pêche fraîchement repeints étaient impatients de prendre le large.

— Il fait un froid de canard, dit Flora en sortant sous un soleil radieux pour aller inspecter les jardins à l'arrière de l'hôtel, où les jonquilles étaient en fleur.

Joel, son fiancé, éclata de rire à l'autre bout du fil.

— C'est parce que tu chauffes trop l'hôtel. Tu n'as plus l'habitude.

Flora soupira. Il avait sans doute raison. Dans la ferme familiale où elle avait grandi, les fenêtres à simple vitrage laissaient passer tous les courants d'air ; le matin, il fallait traverser la cuisine à toute vitesse, les pieds gelés sur le dallage glacial, pour aller tisonner le feu de tourbe, avant de réchauffer ses doigts transis autour d'une bonne tasse de thé bien chaud.

Le *Rock*, en revanche, une imposante demeure en pierre grise, avait été transformé en hôtel par un riche Texan qui ne supportait pas le manque de confort. Les fenêtres de style traditionnel étaient à triple vitrage ; une pompe à chaleur avait été installée, qui produisait de grandes quantités d'énergie peu coûteuse ; et toutes les salles de bains disposaient d'un système de chauffage par le sol. Il y avait des tapis épais et des couvertures confortables un peu partout, ainsi que des moquettes moelleuses dans la bibliothèque et les salons. Pour Colton, le défunt mari de Fintan (et le frère de Flora), vivre à la pointe nord des îles Britanniques revenait à vivre dans une station de ski, et il avait réaménagé l'hôtel en conséquence. À cela près qu'il venait d'arriver en Écosse et avait opté pour une décoration qui, selon lui, faisait couleur locale : moquettes en tartan bleu et vert foncé et têtes de cerf. Au début, Flora trouvait ce décor ringard, ridicule, mais elle en était venue à l'aimer. Il lui rappelait Colton chaque fois qu'elle déambulait dans les longs couloirs ou ouvrait la porte du restaurant (avant de la refermer en vitesse, si Gaspard, le chef caractériel, était en train de hurler sur quelqu'un en cuisine).

Elle contourna le bâtiment. De ce côté, le jardin donnait sur la mer. Un petit quai permettait d'arriver par bateau. Des bancs avaient été installés près du mur, à l'abri du vent, et les clients pouvaient s'installer au soleil pour regarder les navires passer au loin, en route vers les fjords du Nord. Il faisait très bon à cet endroit. Flora s'assit, s'accordant une petite pause, tentant d'échapper deux secondes aux sollicitations incessantes auxquelles elle était soumise en sa qualité de gérante d'un hôtel et d'un café. Personne ne pouvait la voir ici, même si elle ne cherchait pas vraiment à se cacher. Elle poursuivit sa conversation avec Joel.

— Comment est-ce que ça se passe ?

Il poussa un soupir : il ne pensait pas pouvoir rentrer bientôt. Il administrait le fonds fiduciaire de Colton, qui avait contribué au développement d'un programme de vaccination mondial, et il avait dû travailler d'arrache-pied, bien plus qu'ils ne l'auraient pensé, d'autant qu'il s'était installé sur Mure pour mener une vie plus paisible.

— Aussi bien que ça ? ajouta-t-elle en consultant sa montre.

Il était six heures du matin à Mexico City, où se trouvait Joel.

— Ça se passe bien, répondit-il. C'est tout le problème. Ils croient que c'est grâce à moi.

— Parce que c'est le cas.

À son sens, Joel était l'homme le plus intelligent et le plus compétent qu'elle ait jamais rencontré. Le fait que le reste du monde s'en rende compte ne l'étonnait guère.

— Il me semble que plusieurs milliers de scientifiques trouveraient quelque chose à redire à ça, protesta-t-il. Bref. J'ai tellement hâte de rentrer à la maison.

Flora regarda vers le large : elle avait l'habitude de scruter l'horizon pour guetter les baleines. La mer était agitée, mais un groupe allait arriver, elle le sentait au plus profond de son être. Tous les habitants de Mure savaient que les femmes MacKenzie descendaient des *selkies*, ces créatures mi-phoques mi-humaines. C'était l'évidence même : elles avaient les cheveux pâles et les yeux translucides ; elles venaient de la mer et y retourneraient peut-être un jour. « N'importe quoi », aurait rétorqué Flora. Il était pourtant indéniable qu'elle avait un lien avec les créatures sauvages qui passaient au large de l'île. Elle s'en sentait proche, surtout des baleines. Mais tous les Muriens devaient éprouver la même chose, se disait-elle.

— Reviens avant l'arrivée des baleines, répondit-elle. On aura l'été devant nous.

— D'accord, ma petite *selkie*.

Joel sourit tout seul. Il aimait voir Flora comme un esprit marin. Bien qu'il ait eu l'habitude de faire des longueurs en piscine par le passé, il détestait nager en eaux profondes. Personne ne le savait, hormis Flora, et il venait de rejoindre la RNLI, l'Institution royale nationale des bateaux de sauvetage, pour essayer de surmonter sa peur.

— Je ferais mieux d'y retourner.

— Sois prudent, dit Flora, sourcils froncés. Est-ce que c'est dangereux, là où tu es ?

Elle put entendre le sourire dans sa voix.

— C'est dangereux partout, comparé à Mure. Ce que tu trouves dangereux n'est pas rationnel.

C'était vrai. Ewan Clark, le policier de l'île, travaillait plus ou moins à temps plein sur son exploitation : on l'appelait parfois, le soir, quand une altercation éclatait devant le *Harbour's Rest* à la fin du marché, ou quand des touristes optimistes se garaient n'importe où (il était fortement déconseillé d'apporter sa voiture sur l'île, mais ils ne semblaient pas comprendre que cette règle s'appliquait aussi à eux). Les enfants vagabondaient librement pendant la majeure partie de l'année, et tout le monde connaissait tout le monde, plus ou moins.

— Comment va Douglas ? Est-ce qu'il marche ?

— Arrête de lui mettre la pression !

Apparemment, tous les MacKenzie avaient marché à neuf mois et, comme Douglas avait presque un an, la pression était forte.

— Mais je ne veux pas qu'il marche ! Je veux être là !

— Oh. Eh bien, dans ce cas, il est toujours plein de bave et de morve.

— Bien, bien.

Joel, qui n'avait pas connu ses parents, était devenu le père le plus dévoué qui soit.

— Et il faudra aussi qu'on parle… Mais ça peut attendre.

— Quoi ? l'interrogea Flora en se redressant.

Dans son expérience, la phrase « Il faut qu'on parle » n'augurait jamais rien de bon.

— De quoi il faudra qu'on parle ? Quoi ?

— Oh, rien, franchement. Attends mon retour.

— Mais tu ne rentres pas avant des jours ! Et, maintenant, je vais paniquer et croire que c'est grave.

— Ce n'est pas grave. Pas à mes yeux, en tout cas.

— Quoi ? Oh non, oh non, oh non. *Quoi ?*

— Rien ! Franchement !

— DIS-MOI !

— Quand je serai de retour… est-ce qu'on pourra parler du mariage ?

— *Notre* mariage ?

— Non, répondit Joel. Tous ces autres mariages pour lesquels je me passionne. Celui d'une des Kardashian, sans doute.

Après avoir raccroché, Flora se rendit dans son bureau en se demandant ce que Joel entendait par là – il ne voulait sans doute pas « annuler » le mariage, puisqu'il avait plaisanté au sujet des Kardashian, mais quand même. Il lui avait demandé sa main à Noël : ce moment avait été merveilleux, magnifique, et ils n'avaient aucune raison de repousser et de ne pas organiser le mariage cet été. Mais, depuis, Joel rechignait à parler en détail de l'organisation de la cérémonie. Flora aurait été ravie qu'il lui dise « Fais comme tu veux », étant donné qu'elle disposait d'un hôtel, d'un chef et d'une montagne de délicieuses pâtisseries, mais il ne le lui avait pas proposé non plus. Et, s'ils voulaient se marier cet été, ils feraient mieux de se presser un peu…

Elle contempla la pointe nord de l'Infinie. Les touristes y avaient pris leurs quartiers, vêtus de maillots de bain, pour les plus optimistes, ou d'anoraks, pour les plus réalistes. De temps à autre, l'un d'eux osait aller tâter l'eau, d'un bleu aussi clair que dans les Caraïbes, qui léchait le sable d'un blanc immaculé – avant de reculer d'un bond, horrifié, en sentant sa température. Flora sourit. Peu importait que le soleil brille ou non : cela restait l'Atlantique Nord. Tout l'hiver, de prétendus

« nageurs en eau libre » débarquaient en masse sur Mure, armés d'équipements hors de prix et d'immenses ponchos. Ils vantaient les mérites de la nage en eau libre, expliquaient que cette pratique avait changé leur vie, puis couraient à l'eau pour en ressortir au bout de cinq minutes. Sur Mure, ils appelaient seulement cela « se baigner ».

À la seconde où elle ouvrit la porte de son bureau, le téléphone sonna. Elle décrocha en jetant un coup d'œil par la fenêtre. Oh, ils étaient bien là, il lui semblait les avoir aperçus en sortant dans le jardin. Eck, son père, et Hamish, l'un de ses trois frères, essayaient de convaincre Douglas de se mettre debout. Agot, la fille d'Innes (l'autre frère de Flora), qui l'avait suivie à l'intérieur, observa aussi la scène, une grimace dédaigneuse aux lèvres.

— Ce bébé est NUL, il ne sait pas marcher. *Tha e gòrach.*

La fillette, qui apprenait le gaélique d'Écosse à l'école, adorait marmonner dans cette langue, surtout les remarques trop insolentes pour être prononcées à voix haute.

Le bébé de Flora, rigolo avec sa mine sérieuse (le portrait craché de son père), était assis dans l'herbe, emmitouflé sous les neuf couches de lainages que les tricoteuses de Mure (à savoir la majeure partie de la population) considéraient comme essentielles. Il les dévisageait, l'air méfiant. Flora connaissait bien ce regard, le même que celui de son père. Il voulait dire : « Parle toujours, je ferai comme je voudrai, quand je le voudrai. » Raison pour laquelle Joel était un avocat brillant, mais pouvait aussi être un conjoint frustrant.

Ils étaient beaux à voir, cependant : trois générations de garçons MacKenzie, plus Bramble, bien sûr, qui cherchait le coin le plus boueux possible dans les parterres de fleurs pour se rouler dedans, prenant soin d'éviter les débordements d'enthousiasme de Bjårk Bjårkensson, l'immense et exubérant chien de Konstantin, le commis de cuisine. *Ce chien ne devrait pas entrer dans les cuisines*, songea-t-elle pour la millième fois en décrochant le téléphone.

— Allô ? Hôtel *The Rock*.

— Oui, allô ?

La voix, calme, monocorde, paraissait habituée à obtenir satisfaction, cela s'entendit dès la première syllabe.

— Pourrais-je parler à la propriétaire du *Rock* ?

Le cœur de Flora se serra. Quoi que cette personne vende, elle ne le lui achèterait pas ; elle n'en avait pas les moyens, de toute façon.

— Oui, bonjour, Flora à l'appareil, mais nous n'avons pas vraiment…

— C'est Jan MacArthur qui m'a donné votre numéro.

Ah. Jan MacArthur, née Mathieson, était une Murienne. Elle dirigeait « Aventures en plein air », une association qui enseignait des techniques de camping et de survie, et éprouvait une aversion inexplicable pour Flora, qui avait embrassé son mari des années plus tôt. Des années avant qu'ils ne soient mariés, en réalité, mais ce détail ne semblait pas la dédouaner, curieusement.

— Oh, super ! répondit Flora jovialement.

— En fait, Jan a essayé de me dissuader, mais j'ai lu l'article sur vous…

Une journaliste était descendue au *Rock* à Noël dans l'intention de se moquer de l'hôtel, mais avait fini par passer un excellent moment et publier une critique dithyrambique.

— Bref. Je vous appelle pour un mariage.

Flora savait répondre à ce genre de demandes.

— Je suis désolée, on ne fait pas les mariages, s'excusa-t-elle.

C'était prévu. Bientôt. On les appelait constamment à ce sujet, et on pouvait difficilement imaginer lieu plus photogénique. Dès que Flora serait certaine que l'hôtel, qui n'était ouvert que depuis trois mois, pourrait faire face, que Gaspard ne craquerait pas, que les invités ne vomiraient pas dans les parterres de fleurs, et que l'équipe serait capable de servir cent convives en même temps, alors, elle ne manquerait pas d'organiser des réceptions. Joel et elle se marieraient d'abord – enfin, c'était ce qui était prévu. Après ce coup d'essai, ils se lanceraient.

Mais cela ne s'arrêtait pas là, en réalité : elle ne pouvait oublier le mariage de Colton et Fintan. Cela avait été une journée splendide, un événement admirablement planifié, parfait à tout point de vue : le temps, la nourriture, les invités, les toasts, les discours – un vrai rêve sous un ciel bleu éclatant. Or cela ne l'avait pas sauvé du cancer qui l'avait rongé de l'intérieur l'année suivante, brisant le cœur de Fintan au passage. Depuis, ils étaient tous devenus un peu superstitieux.

— Jan m'a dit que vous feriez une exception pour nous. Je m'appelle Jacinth. J'appelle de la part de sa sœur.

Flora écarquilla les yeux.

— *Olivia ?*

— Oui !

Chapitre 2

— Ça alors, Olivia Mathieson ! s'écria Flora en entrant dans la ferme pour ramener Agot, qui n'était pas du tout censée aller au *Rock* à la sortie des classes.

Malheureusement, la fillette était très appréciée dans les cuisines de l'hôtel, où Gaspard tentait de développer son palais en lui faisant goûter des olives, des anchois, du cœur de canard, de l'ail cru, ou tout autre aliment de saison. Après quoi, une fois chez elle, elle essayait de persuader son oncle Fintan de confectionner des fromages à l'odeur encore plus nauséabonde, au grand dam de toute la famille, excepté Bramble.

Innes, le père d'Agot, sa journée de travail terminée, était allongé sur le canapé. Flora lui posa Douglas sur le ventre, et le petit se mit aussitôt à tirer sur les boutons de sa chemise. La lumière froide du soleil pénétrait à flots par les fenêtres, rendant la pièce agréable, accueillante, avec ses tapis élimés, ses vieilles photos de famille, ses piles d'anciens numéros de *Farmers Weekly* et ses poteries ébréchées sur le vaisselier.

— Ton bébé est un crétin, sœurette, déclara Innes sans se lever, mais en caressant le visage de Douglas avec tendresse. Il ne marche toujours pas. Tous les MacKenzie ont marché à neuf mois. Tous !

— Il marchera quand il aura envie de marcher !

— On pourrait peut-être lui accrocher des brosses sur le ventre et le faire marcher à quatre pattes dans la grange, ça la nettoierait.

— Arrête, répondit-elle, tandis que Douglas levait ses petits bras potelés vers elle, réclamant sa mère.

Comme toujours, il avait l'air un peu déçu que ce ne soit pas son père adoré, songea-t-elle. Entre Eck, Joel et les trois frères de Flora, Douglas ne manquait pas d'hommes autour de lui. Flora aurait aimé qu'Agot, sa cousine, s'implique un peu plus, mais cette dernière lui vouait une haine mortelle, implacable.

— Je crois que ce bébé a fait caca, déclara la fillette en plissant son petit nez. Je n'en reviens pas que quelque chose fasse caca dans la maison. Même Bramble ne fait pas caca dans la maison, et c'est un *chien*.

— Arrête de dire « caca », intervint paresseusement Innes.

— Caca, caca, caca, répéta aussitôt la petite. Caca, caca, caca, caca, caca.

— Je vais changer Douglas, annonça Flora en le prenant dans ses bras.

— Attends une seconde. Est-ce que tu as parlé d'Olivia Mathieson ? l'interrogea Innes en se redressant brusquement.

— Euh, oui, répondit-elle par-dessus son épaule en emmenant Douglas dans la salle de bains.

Innes se leva pour la suivre.

— Ouah ! Je ne l'ai pas vue depuis… Bon sang. Depuis le lycée.

— Jan ne parle jamais d'elle. Je croyais que c'était un mythe… Tu sais que tu as le droit de changer ton neveu, lui reprocha Flora en découvrant l'étendue des dégâts dans la couche de son fils.

Innes se dépêcha de battre en retraite.

Agot chantait toujours une chanson sur le caca quand Flora revint dans la cuisine avec un bébé qui sentait bon. Innes faisait défiler les pages à toute vitesse sur le vieil ordinateur portable de la ferme.

— Elle n'est pas sur Facebook, dit-il, un rien rêveur.

— Je ne l'ai pas connue ; elle est partie à l'internat avant que je ne sois chez les grands. Mais elle était déjà célèbre, répondit Flora d'un air songeur.

— Olivia Mathieson, répéta Innes avec une certaine révérence avant de regarder autour de lui, l'air coupable.

Sa femme, Eilidh, était sortie boire un verre avec Inge-Britt au *Harbour's Rest*.

— Comment est-elle ? Pourquoi est-ce que Jan ne parle jamais d'elle ? Je crois que je n'avais jamais fait le lien entre elles, jusque-là. Je ne connaissais pas Jan non plus, à l'époque. Ce n'était pas une grande perte.

Innes sourit tout seul.

— Oh, ça n'a pas été facile pour Jan d'avoir une sœur comme Olivia.

— Pourquoi ça ? se renseigna Flora, intriguée.

— C'était la plus jolie fille de l'île. À des kilomètres à la ronde, je veux dire. Même au lycée.

— D'accord, mais est-ce qu'elle est *gentille* ? s'agaça Flora.

Innes haussa les épaules.

— Aucune idée.

— Est-ce que tu es sorti avec elle ?

Innes avait été un véritable don Juan, en son temps. Il secoua tristement la tête.

— Non. J'ai toujours cru que j'avais une chance, mais elle était catégorique : les garçons de l'île ne l'intéressaient pas. Elle n'était presque jamais là. Et tu connais Fraser : il a de l'argent, tu sais.

En effet, les Mathieson étaient la famille la plus fortunée de Mure. Ou, du moins, ils l'avaient été, jusqu'à une mésaventure avec le bitcoin à laquelle personne n'avait rien compris. Flora avait eu une sacrée prise de bec avec Fraser, le patriarche, à Noël, quand il avait tenté de faire démolir la statue de l'île.

Mais le temps avait eu raison d'eux : si l'on ne déjeunait pas au *Rock* pour son anniversaire et si l'on n'achetait pas ses sandwichs et ses pâtisseries à la *Seaside Kitchen*, le choix était plutôt limité en matière de restauration sur Mure, aussi Fraser et le reste de la famille étaient-ils peu à peu revenus, sans manquer de souffler, de pouffer, faisant exprès de critiquer les boissons, remarquait Flora chaque fois, s'ils parvenaient à en trouver une qui ne contenait pas assez de glaçons à leur goût. Ils ne se plaignaient jamais de la nourriture, puisque : a) il y avait rarement matière à se plaindre et b) ils avaient une peur bleue de Gaspard.

— Ben alors, je croyais que tu étais un don Juan ?

— Arrête ! répondit-il avec un sourire avant de lui jeter un coussin. Bref, qu'est-ce qui lui arrive ?

— Elle veut se marier au *Rock*.

— Qui veut se marier au *Rock* ? s'enquit Fintan, qui revenait de la laiterie et se dirigeait vers le vieil évier en céramique pour se laver les mains. Salut, Douglas ! Salut, Agot !

— Caca !

Fintan jeta un coup d'œil à son frère, qui leva innocemment les mains.

— Agot, quel âge as-tu ? la reprit Fintan avec gravité. Es-tu une grande fille de six ans ou un bébé Cadum qui dit des bêtises à longueur de journée ?

— J'ai caca ans, répondit la fillette, et Fintan renonça.

— Qui veut se marier au *Rock* ? répéta-t-il.

— Olivia Mathieson.

Fintan éclata de rire, puis étreignit sa poitrine, l'air de se pâmer.

— Ooooh, non. Pas Olivia Mathieson, le plus joli brin de fille de cette fichue île !

— Je jure que je ne l'ai jamais vue, dit Flora.

— Parce qu'elle a déguerpi à la seconde où elle l'a pu. Elle a pris ses jambes à son cou. Comme toi, si je me rappelle bien.

Flora s'offusqua.

— Elle est partie pour devenir mannequin, ou quelque chose comme ça, non ? Elle ne revient jamais sur l'île.

— C'est honteux.

— Tu ne revenais jamais non plus ! répliqua Fintan, mais Flora le fit taire d'un regard.

— Je parie qu'elle n'épouse pas quelqu'un du coin, commenta Innes en ouvrant deux bières avant d'en tendre une à Fintan, qui la prit avec gratitude.

— Où est la mienne ? lança Flora.

— Oh, tu n'allaites plus, toi ?

— Non, ça fait *quatre mois* que j'ai arrêté ! rétorqua Flora, qui aurait aimé qu'il y ait plus de femmes dans cette famille.

Fintan alla donc lui en chercher une, dont Flora n'avait pas vraiment envie, mais elle n'aimait pas être laissée pour compte.

— Qui est-ce qu'elle épouse, alors ?

— Je n'ai pas demandé, répondit-elle. Le marié n'est pas si important pour l'organisation d'une cérémonie.

— Je n'ai pas eu cette impression, répliqua Fintan, la tristesse se lisant sur son visage.

Cela ne faisait même pas deux ans que Colton était mort ; ils s'étaient mariés en été, par une magnifique journée, dans le soleil couchant, sur ses propres terres.

— Désolée, frangin, dit-elle d'une voix douce.

Il haussa les épaules.

— On ne peut rien y faire.

Innes fixait son écran d'un air renfrogné.

— Je n'en reviens pas : quand la connexion Internet est enfin assez bonne pour que Facebook fonctionne, tout le monde quitte Facebook.

— Elle doit être sur Instagram, dit Flora en s'efforçant de tenir Douglas et sa bière tout en manipulant son téléphone.

Innes grimaça.

— Instagram nous a bien servi, lui rappela Flora.

Iona, la nouvelle gérante de la *Seaside Kitchen*, passait beaucoup de temps à poster de magnifiques photos de gâteaux, en alternant avec des clichés du port, des jolies maisons et des paysages somptueux. Il était possible qu'elle ait pris la plupart de ces photos par beau temps, entraînant un excès de confiance chez les vacanciers, qui débarquaient sur l'île avec des bikinis.

Flora finit par trouver Olivia Mathieson dans les personnes que suivait Jan. Jan postait des tas de photos de Christabel, sa fille au visage rond, et d'elles deux portant des tenues identiques. Mais…

— C'est elle, dit aussitôt Innes. Ça alors ! Elle n'a pas du tout changé.

— Si, le contredit Fintan en regardant par-dessus son épaule. Elle est encore plus belle.

Le compte d'Olivia n'avait rien à voir avec celui de sa sœur. Innes ne put s'empêcher de siffler. Olivia était grande, élancée, avec une poitrine bien ronde, mise en valeur dans toute une série de bikinis sublimes et de maillots une pièce à découpes. On la voyait monter dans ce qui ressemblait à un jet privé ; faire la moue, les lèvres étrangement pulpeuses, à l'avant d'un bateau blanc ; attendre dans un magasin de luxe, pendant que quelqu'un lui emballait un sac à main. Toutes les photos ou presque étaient d'elle, et elle avait la même moue ou le même grand sourire éclatant sur chacune. Mais une chose était certaine : elle parcourait le monde, menait une vie palpitante – son compte regorgeait de clichés de piscines à débordement, de gratte-ciel, de L.A., de Hong Kong, de Singapour, accompagnés des hashtags #j'aimemavie, #chanceuse, ou #êtresoi-même.

Innes contempla les photos de bikinis avec regret, pendant que Fintan et Flora se montraient les sacs à main hors de prix. L'un des derniers clichés postés montrait une bague et deux mains jointes. Le diamant qui ornait l'anneau était de la taille d'une brique Lego. On aurait dit que le doigt délicat d'Olivia allait ployer sous son poids. Les deux mains (la personne qui venait de lui offrir la bague n'apparaissait pas dans le cadre) étaient jointes à l'arrière d'un yacht, au crépuscule. La photo avait des milliers de *like*.

— La vache ! lâcha Fintan.

— Oh là là, fit Flora. Et dire qu'elle veut se marier dans notre établissement.

Flora resta éveillée la moitié de la nuit : elle se demandait ce qu'une riche instagrameuse pourrait bien attendre d'eux et si elle devait accepter ce travail. Elle pouvait refuser, bien sûr. Cela dit, Olivia était originaire de l'île : si elle souhaitait revenir à ses racines, eh bien, qui était-elle pour l'en empêcher ?

Sans compter que, si Olivia ne réservait pas le *Rock*, elle réserverait peut-être le seul autre lieu propice à l'organisation d'un mariage sur l'île : le *Harbour's Rest*. Ce ne serait pas gentil de sa part. Le *Harbour's Rest*, le gros bar-hôtel peint en noir et blanc sur le port, était un endroit chaleureux, mais il tombait à moitié en ruine et la propreté laissait à désirer. Flora ne le supporterait pas. Et puis, ils comptaient se lancer un jour, de toute façon, non ? À vrai dire, ils avaient besoin de cet argent. Les frais de personnel étaient élevés : Gaspard était un excellent chef, mais il exigeait des produits de première qualité.

Et elle voulait entendre le *Rock* résonner de rires et de toasts, le voir plein de gens joyeux tirés à quatre épingles. Si les amis d'Olivia étaient aussi beaux qu'elle, ce serait quelque chose…

Elle finit par s'endormir, à moitié convaincue, après avoir envoyé un baiser de bonne nuit à Joel et s'être rappelé de prendre une décision le lendemain (elle avait déjà tant à faire), après l'examen de suivi médical de

Douglas. Si on lui parlait de ces consultations, elle disait que c'était une perte de temps : Douglas était à l'évidence en pleine forme et se portait à merveille.

Mais, secrètement, comme de nombreuses jeunes mamans, elle profitait de chaque occasion pour parler de son bébé avec quelqu'un, même si cette personne était payée pour lui poser sèchement des questions d'ordre médical à son sujet. Et elle était si occupée ces jours-ci que se rendre à une consultation médicale comptait parmi les bons moments.

Chapitre 3

Neda Okonjo, à bord du ferry du matin qui manœuvrait bruyamment pour s'immobiliser, était toujours ravie de débarquer sur Mure, en particulier par une journée froide et ensoleillée comme celle-ci. Basée à Glasgow, elle s'occupait de la relocalisation des réfugiés, et certains cas se passaient mieux que d'autres.

L'histoire du Dr Saif Hassan était l'un de leurs plus beaux exemples de réussite : Saif avait repris le cabinet du vieux médecin de l'île et avait séduit la population avec sa patience attentive, sa méticulosité et sa grande douceur. Ce jour-là, Neda venait vérifier comment se portaient ses fils, qui vivaient avec lui, mais pas seulement : elle lui apportait aussi une excellente nouvelle.

Elle se fraya un chemin dans les petites rues du port pour remonter la colline ; les jonquilles – déjà passées dans le Sud, à Glasgow – dansaient sur chaque talus, en pleine floraison. Elle eut un sourire ironique en passant devant l'immense statue d'ange que quelqu'un avait plantée au beau milieu du village et qui devenait une véritable attraction touristique. Il fallait avouer qu'elle était spectaculaire, sous les rayons du soleil, ses grandes ailes s'élevant derrière elle. Mure était un si bel endroit, songea-t-elle. Si elle ne travaillait pas à Glasgow, si Mhairi ne s'investissait pas autant dans la bibliothèque qui l'employait, si tous les restaurants et les bars du West End… Non. C'était un doux rêve. Mais n'empêche. Elle comprenait l'attrait de cette île.

Neda connaissait bien l'emploi du temps de Saif : le médecin quittait son cabinet à quinze heures pour aller chercher les garçons à l'école, même si Ib lui faisait remarquer qu'il était en CM2 à présent (il avait redoublé une année, le temps de s'adapter à sa nouvelle vie) et n'avait plus besoin qu'on vienne le chercher comme un bébé. Puis, quand ils étaient installés avec une tartine au beurre de cacahuète devant leur série, *Horrible Histories*, ou, par un temps pareil, en train de jouer au foot dans le jardin sous la surveillance de Mme Laird, il faisait ses visites à domicile.

En ce moment, Saif donnait donc ses consultations matinales. C'était aussi bien : Neda avait des notes à mettre à jour et le ferait volontiers à la *Seaside Kitchen* en dégustant un scone au fromage odorant, tout juste sorti du four (elle n'en avait jamais mangé de meilleur), accompagné d'une grande tasse de café. Sa bonne nouvelle pouvait attendre, de toute façon. Puis elle passerait voir ces adorables garçons. Cette journée de travail s'annonçait excellente.

En temps normal, sur l'île principale, c'étaient les infirmières qui assuraient le suivi médical des nourrissons, mais, ici, sur la petite île isolée de Mure, ils n'avaient pas le personnel requis, aussi Saif s'en chargeait-il.

Cela lui plaisait, en général : voir des patients en bonne santé était agréable, et la rapidité avec laquelle les femmes enceintes devenaient des mamans l'émerveillait. Les beaux bébés recevaient leur vaccin ROR et, l'instant d'après, étaient presque prêts à commencer l'école. Les enfants grandissaient si vite : cette prise de conscience l'affolait, de temps à autre. Il se rappelait quand sa femme, Amena, se rendait dans la grande clinique bruyante à côté de chez eux, alors qu'il aurait été parfaitement capable de surveiller le développement des garçons. Elle aimait y aller, lui avait-elle expliqué un jour, parce que cela lui permettait de constater que leurs fils étaient à l'évidence plus beaux, plus avancés, que les autres bébés. Il lui avait opposé que les autres mamans devaient se dire la même chose, et elle avait eu un regard plein de pitié : sans doute, avait-elle répondu, mais elles avaient tort et il était vraiment dommage de se leurrer de la sorte.

Flora MacKenzie entra la première avec Douglas, qui allait bientôt avoir un an et ressemblait comme deux gouttes d'eau à Joel, avec ses cheveux bruns ondulés et son regard sérieux.

Saif pesa le garçonnet, puis testa ses réflexes, Flora l'observant avec un grand sourire.

— Mes frères disent qu'il est bête, parce qu'il ne marche pas et n'est pas capable de faire grand-chose, dit-elle.

— Arrive-t-il à rester assis ? l'interrogea Saif en testant l'hypothèse.

Douglas resta sagement assis, examinant le cabinet, tel un petit pacha. Puis il tendit l'une de ses petites menottes en direction de la girafe en plastique que Saif conservait sur son bureau.

— Oui, mais il arrive à peine à marcher à quatre pattes ! Il se contente de se déplacer à toute vitesse sur les fesses ! Innes dit que c'est un crétin et qu'il va finir en prison.

— C'est bien du père d'Agot dont on parle ? lança Saif avec un rictus.

Agot était la meilleure amie de son fils, Ash, et sa plus fidèle alliée.

— Tout à fait ! Je lui ai donc répondu : « Mieux vaut un crétin plein de bave qu'une psychopathe malveillante qui va conquérir le monde. » Et, au lieu de me contredire, il m'a simplement dit : « Elle s'en souviendra quand elle conquerra le monde. »

Saif sourit, puis déplaça son stylo en l'air, vérifiant que Douglas le suivait bien du regard et que ses deux yeux fixaient le même point. Puis il lui mit un casque sur les oreilles : c'était si drôle à voir que Flora voulut prendre une photo, mais Saif l'en dissuada.

— Mais il est si *mignon* !

— Évite de le distraire, s'il te plaît, lui demanda Saif, qui testait l'audition de Douglas en appuyant sur différents boutons.

Le petit tourna la tête dans la bonne direction.

— Quels mots et bruits utilise-t-il ?

— *Aucun !* Oh non, est-ce qu'Innes a raison ? Joel me dit de ne pas faire attention à lui, que Douglas va très bien.

— Douglas va très bien, à ma connaissance, répondit le médecin en écoutant son cœur avant de mesurer son crâne.

Puis il cacha la girafe dans son dos et observa le bébé, qui tendit bien le doigt.

— C'est bien, dit-il. Tu n'as pas à t'inquiéter. Si ce n'est…, ajouta-t-il avec un sourire en allant chercher une seringue. C'est très rapide, promis.

— Je sais, mais je déteste ça. Je veux dire, il ne lui est jamais rien arrivé de grave. Sauf ici, quand la personne qu'il aime le plus au monde, en laquelle il a toute confiance, le tient pendant que tu lui fais mal. J'ai le sentiment que ça signe la fin de son innocence.

— Ça signe aussi la fin de la rougeole, répondit Saif en tapotant la seringue.

Douglas parut choqué quand l'aiguille pénétra dans sa cuisse potelée, mais se remit vite, après un petit cri et un gros câlin.

— C'est fini, dit Saif avant de regarder Flora. Et toi, comment vas-tu ?

— Comment ça, comment *je* vais ?

Il haussa les épaules. Cette question pouvait s'avérer délicate.

— Comment se passe la maternité ?

— Oh ! s'exclama-t-elle, comprenant où il voulait en venir.

Elle fit un grand sourire à Douglas, qui le lui rendit, dévoilant ses cinq dents.

— Eh bien, c'est épuisant, éprouvant, je ne réussirai jamais à rentrer dans mes vieux jeans et je suis étrangement sale, à longueur de temps. Avec Joel, on ne peut pas finir une phrase sans que l'un de nous doive aller chercher le bébé ou s'endorme, et j'ai arrêté d'allaiter il y a quatre mois, mais, parfois, il aime bien téter avant d'aller au lit, et je n'ai pas le courage de lui dire non – ne le répète à personne –, ce qui signifie que je vais être une mère trop indulgente, incapable de discipline, et que je vais en faire un enfant gâté. Et puis, je n'arrive pas à me concentrer sur mon couple, mon travail, mes amis, ma maison et mon bébé en même temps, si bien que je suis une catastrophe sur tous les plans.

Elle lui fit un nouveau sourire.

— J'adore ça, conclut-elle.

Saif opina du chef, puis nota quelque chose.

— Tout cela est parfaitement normal.

— Merci, doc, répondit Flora, aux anges. Je t'ai apporté une part de tarte Bakewell.

— C'est très gentil de ta part.

Sur l'île, rares étaient les femmes qui ne pensaient pas qu'il devait se remplumer un peu, mais les cadeaux de Flora étaient de loin les meilleurs.

— Que fais-tu, aujourd'hui ?

— Je vais travailler, puis j'appellerai Joel, et on organisera une téléconférence avec mes crétins de frères pour leur dire que mon bébé est parfait. Est-ce que tu peux me donner un genre de certificat ? Peut-être un badge ou un bon point expliquant que mon bébé est le meilleur ?

Cela fit sourire Saif.

— Très bonne idée. Je devrais donner des notes aux bébés de l'île. Ce serait très efficace, à mon avis.

— Lorna m'a prévenue que tu étais très sarcastique, répondit Flora en parlant de sa meilleure amie et petite amie cachée de Saif. Mais je préfère le prendre au pied de la lettre. À plus !

Puis elle sortit, radieuse, un Douglas tout calme dans les bras.

Dans la salle d'attente, Jan s'efforçait de faire cesser les hurlements de Christabel et de la sortir de sa poussette, mais la petite donnait des coups de pied et se tortillait en tous sens, le visage rose vif. Vingt-quatre heures plus tôt, Jan était elle aussi ravie de se rendre à cette consultation. Sa fille était très douée, et elle voulait que Saif le voie.

Entre-temps, cependant, le pire s'était produit.

Ce n'était pas le pire, elle le savait, si elle prenait un peu de recul. D'autres personnes seraient sans doute enchantées que leur sœur riche, belle, talentueuse, aimée de tous épouse un millionnaire et revienne à la maison pour épater la galerie.

Ces personnes n'avaient pas eu à vivre avec Olivia.

L'un des tout premiers souvenirs de Jan était une vieille dame qui avait abordé Senga, leur mère, dans la rue et avait montré Olivia en s'exclamant, comme ébahie : « Mais quelle *magnifique* petite fille ! » L'impassible Jan, pas très perspicace, était restée là, attendant naïvement qu'elle lui fasse aussi un compliment, qui n'était jamais arrivé.

Plus tard, peu importait que Jan travaille bien à l'école ou mange tous ses légumes sans rechigner. Olivia était gracieuse, belle, douce comme un agneau – avec tout le monde, sauf avec Jan. Dès que les adultes avaient le dos tourné, elle pinçait la jambe musculeuse de sa grande sœur, puis, à la seconde où Jan se plaignait, elle ouvrait grand ses beaux yeux verts, au bord des larmes, et expliquait que c'était un accident. Si Jan ripostait, les choses tournaient mal pour elle, très vite.

Elle avait donc appris à ne pas prêter attention à sa petite sœur, ce qui n'avait fait qu'aggraver la situation au fil du temps ; la popularité d'Olivia ne faiblissait pas. Toutes les filles mouraient d'envie d'être amies avec la jolie poupée qui ressemblait à Blanche-Neige et vivait dans la grande maison avec le jacuzzi (le premier et unique jacuzzi de Mure à ce jour ; cela avait fait sensation à l'époque, et le faisait toujours). De sorte que sa sœur aînée, bizarre et banale, s'était retrouvée de plus en plus ostracisée ; Olivia, elle, en sortait toujours plus triomphante. Jan avait fini par renoncer à avoir des copines, ayant plus ou moins décrété que toutes les filles étaient mauvaises, puis avait trouvé sa voie en travaillant avec de jeunes garçons défavorisés dans le cadre de son association, « Aventures en plein air ». Elle ne parlait jamais de sa sœur, et leur mère évitait aussi de prononcer son nom en sa présence.

Dès qu'Olivia l'avait pu, elle avait quitté leur île minuscule, avec son esprit de clocher. Elle s'était installée à Londres, avait fait un peu de mannequinat, puis avait trouvé un poste obscur dans les relations publiques spécialisées en tourisme, qui consistait à s'envoler vers des lieux magnifiques, à grands frais, pour poster des photos sur Instagram… À présent, si l'on se fiait à l'énorme diamant à son doigt, elle était fiancée à un homme à l'évidence très fortuné.

Et voilà qu'elle revenait ! Elle allait débarquer avec son amoureux sans doute très beau et très riche, marchant sur les plates-bandes de Jan, et ça recommencerait comme à l'école. Olivia n'avait même pas pris la peine de venir à son mariage : elle avait prétendu être trop occupée à Hong Kong, puis avait envoyé un jeu de bagages Louis Vuitton hors de prix, dont elle aurait dû savoir qu'il ne serait d'aucune utilité à sa sœur, qui n'allait jamais nulle part. Et maintenant, tout le monde allait se remettre à lui vanter les mérites d'Olivia pendant au moins un an. Super.

— Bonjour, la salua Flora en traversant la salle d'attente, essayant d'être gentille, avant de se dire, comme toujours, que ses efforts n'étaient pas récompensés. On a fini ! Bonne chance !

Jan considéra Douglas d'un air suspicieux, comme si elle s'attendait à voir un gros problème chez lui.

Jeannie, la réceptionniste, leur jeta alors un coup d'œil.

— Mademoiselle Christabel MacArthur, c'est à toi !

Les hurlements de la fillette, qui avait le visage cramoisi, redoublèrent, tandis que sa mère bataillait avec le harnais de la poussette.

— Bonne chance, répéta Flora, et Jan lui lança un regard noir, qui la fit se sentir un rien coupable.

— Je crois qu'elle est très douée, expliqua Jan.

Depuis qu'elle était entrée dans le cabinet de Saif, Christabel n'avait pas cessé de hurler.

— Elle parle et utilise la langue des signes pour bébés.

— C'est très bien, répondit Saif en réchauffant son stéthoscope.

Le médecin se méfiait de la langue des signes pour bébés dans l'absolu, et d'autant plus dans le cas présent, car Christabel agitait frénétiquement les bras en l'air, s'en prenant manifestement à lui en langue des signes, l'air de dire : « LÂCHE-MOI TOUT DE SUITE, JE NE TE CONNAIS PAS ! »

— Bonjour, toi. Ne t'inquiète pas, lui dit-il doucement avec son léger accent.

— Elle est très en avance pour son âge, poursuivit Jan, stoïque.

Christabel mordit le doigt de Saif.

— Bien, dit-il en retirant son doigt le plus délicatement possible, puis en tendant la petite à sa mère. Est-ce que tu pourrais la tenir face à moi, le temps que je vérifie deux ou trois choses ?

Il observa Jan. D'ordinaire si maître d'elle-même, si autoritaire avec ses groupes de campeurs (les fils de Saif étaient partis en excursion avec elle et avaient passé un excellent moment), aujourd'hui, elle semblait sombre, abattue. Ses cheveux gris, coupés court pour plus de commodité, n'étaient pas soignés, mais ébouriffés ; ses lunettes étaient tachées, et les coins de sa bouche tombaient.

Elle prit la petite de mauvaise grâce, avec une certaine brutalité ; Christabel hurla de plus belle. Saif fronça les sourcils. Le contraste avec le dévouement las, mais spontané, de Flora (commun à la plupart des jeunes mamans) était saisissant.

Il examina la petite, tout en continuant de discuter avec Jan.

— Et toi, comment vas-tu ?

S'ensuivit un bref silence.

— Je vais bien, rétorqua-t-elle d'un ton sec. Pourquoi est-ce que je n'irais pas bien ?

Saif plissa le front.

— Pour certaines personnes, avoir un bébé est une expérience… forte en émotions. Elles peuvent trouver cela difficile.

— Pas moi, rétorqua-t-elle du tac au tac. Je m'occupe tout le temps d'enfants. Et je suis douée pour ça. Je me suis occupée de tes fils.

— Je sais, répondit Saif avec un sourire, d'une voix basse et douce. Et je t'en suis très reconnaissant. Ils ont adoré passer du temps avec toi.

Jan faillit lui parler d'Olivia. Un je-ne-sais-quoi chez le médecin grand et mince, avec ses immenses yeux noirs et son regard de chien battu, lui donnait le sentiment qu'il comprendrait. Sa tristesse, sa solitude étaient palpables, et il était si doux, si attentif, si réservé. Il s'en fallut de peu. Mais Christabel poussa un hurlement, détournant son attention. Elle essaya de la faire taire, trop fatiguée pour en dire davantage, puis vit le visage soucieux de Saif : elle trouva cela insupportable.

— Je vais bien ! finit-elle par s'exclamer tandis qu'il testait la vision et l'audition de la petite.

— Bien, dit Saif en notant le contraire dans son dossier, juste au cas où. Elle est prête pour son vaccin.

Jan reprit dans ses bras une Christabel toujours hurlante. Elle eut à nouveau envie de se confier ; de se confier à quelqu'un qui serait gentil, compatissant, elle le savait, mais c'était inutile. En fait, c'était plus qu'inutile. À présent qu'Olivia avait grandi et tenu toutes les promesses de l'enfance (elle ne s'était pas subitement transformée en laideron, n'était pas recouverte de furoncles intraitables, comme Jan l'avait espéré), Jan devait non seulement supporter les femmes qui voulaient être ses amies, mais aussi les hommes qui se transformaient en crétins obséquieux devant elle, la langue pendant jusqu'au sol.

— Au revoir, lança-t-elle d'un ton brusque, comme si elle avait rendu un immense service à Saif en venant au cabinet.

— Au revoir, répondit le médecin, profondément inquiet à son sujet.

Comme toujours, la matinée fut chargée. Après trois autres consultations pédiatriques (l'île connaissait une croissance démographique encourageante, ces dernières années), Saif reçut ses patients habituels.

— Alors, vous souffrez d'un « sentiment de langueur », c'est ça ?

Mattie McGuiness opina bravement du chef.

— Voui, exactement.

Saif cligna des yeux, puis se frotta la barbe, l'air pensif. En général, cela ne l'ennuyait pas que ses patients cherchent leurs symptômes sur Google : cela pouvait s'avérer très utile, une fois qu'il les avait convaincus qu'il était presque impossible qu'ils aient la dengue. Mais il lui arrivait de sécher.

— Et les symptômes sont…

— J'ai du mal à sortir du lit, vous voyez ? Et j'ai l'impression que tout est un peu vain.

Saif procéda à l'évaluation des symptômes officiels de la dépression et de l'anxiété, mais, à sa connaissance, Mattie n'en souffrait pas. D'après lui, Mattie souffrait plus d'un léger ras-le-bol, mais, bien sûr, il ne lui dirait jamais une telle chose.

— Est-ce que quelque chose a changé à la maison ? l'interrogea-t-il de sa voix lente et douce.

Mattie haussa les épaules.

— C'est la saison des agnelages. Ces petits casse-pieds. Ils me réveillent à pas d'heure.

Saif lui adressa un sourire désolé. Il était habitué à se faire réveiller au milieu de la nuit.

— Je ne peux pas vous donner un arrêt de travail pour ça, répondit-il, mais Mattie continua à parler.

Il lui expliqua que les agneaux s'éloignaient en sautillant, de sorte qu'il était impossible de les attraper ; que certaines mères ignoraient leur petit et que les autres mères refusaient de s'en occuper, si bien que l'agneau abandonné courait en tous sens, de plus en plus agité, à la recherche de lait. Il fallait donc trouver une brebis qui avait perdu son petit, découper un morceau de laine à l'agneau mort et l'attacher à l'autre pour que la brebis reconnaisse son odeur, ce qui était impossible, ou emmener le petit dans la maison et l'élever au biberon, ce qui était encore pire, parce que après il ne voulait plus quitter la maison, ce qui énervait les autres animaux, dont les chiens, qui n'avaient pas le droit d'entrer.

Saif mit du temps à le comprendre, mais Mattie, qui était célibataire, n'avait en réalité besoin que d'une chose : une oreille attentive. Le médecin garda donc un œil sur l'heure, mais le laissa parler, hochant la tête avec compassion aux moments appropriés. Il savait que l'élevage était un métier difficile, mais c'était plus fort que lui : comme tant d'autres Muriens, il était émerveillé par l'arrivée des agneaux, qui naissaient parfois dans le froid et les vents violents, cinglants, de la fin de l'hiver, mais, d'autres fois, comme cette semaine, venaient au monde par une belle matinée dorée, la brume flottant au-dessus des près tandis qu'il se rendait au cabinet en voiture depuis l'ancien presbytère plein de courants d'air où il vivait. Il y avait un marécage en bas du champ de Mattie, et les agneaux les plus courageux aimaient s'y rassembler, se défiant à tour de rôle de le franchir d'un bond. Ash, son fils cadet, n'avait jamais rien vu d'aussi drôle.

— Voilà, finit par conclure Mattie.

Saif acquiesça.

— Je… Tout ce que je pourrais vous prescrire ne ferait qu'empirer votre état. Vous auriez l'impression d'être spectateur de votre vie. Ma recommandation serait de prendre des vacances, mais je crains que ce ne soit pas remboursé par la Sécurité sociale.

— Oh, je n'en suis pas si sûr. Quand je suis allé sur l'île principale pour ma prothèse de genou, j'ai eu l'impression d'être à l'hôtel. Est-ce que vous savez qu'on vous apporte les repas au lit ? Et qu'il y a une télé dans la chambre ? J'y suis resté quatre jours. Ils m'ont dit que je pouvais rentrer plus tôt, mais j'ai refusé. « C'est le paradis ici, mon chou », je leur ai dit.

Comment qualifier une personne qui travaillait tant qu'un séjour à l'hôpital était la chose la plus agréable qu'elle ait faite depuis des années ? se demanda Saif, sans trouver de réponse.

— Je peux vous donner cette brochure, lui dit-il.

Malheureusement, la brochure (comme souvent dans les recommandations de la Sécurité sociale) évoquait longuement les bienfaits de l'exercice physique. Un éleveur de moutons sur Mure n'avait absolument rien à apprendre à ce sujet. Ils atteignaient tous l'âge de cent six ans.

Le regard de Mattie se posa sur le bureau de Saif, derrière son ordinateur, où se trouvait la boîte en carton recyclé marron de la *Seaside Kitchen*, facilement reconnaissable, que Flora lui avait laissée.

— Qu'y a-t-il dans cette boîte ?

— Ce n'est pas une question d'ordre médical.

— Est-ce une part de tarte Bakewell ?

Un ange passa. Toutes les viennoiseries et les tartes vendues à la *Seaside Kitchen* étaient des délices de légèreté. Tout y était exquis.

— Pourquoi me posez-vous cette question ? l'interrogea Saif, sentant que cette consultation commençait à lui échapper.

— Je… je me disais…, commença Mattie, qui passait en réalité une excellente matinée (il avait quitté sa ferme, située en face de celle des MacKenzie, pour descendre au village, était passé voir tout le monde et prévoyait de finir au *Harbour's Rest* à l'heure du déjeuner avec une pinte et peut-être une partie de dominos). Est-ce que vous savez ce qui me ferait sûrement du bien ?

Saif le considéra.

— Une part de tarte Bakewell ?

— Eh bien, mon problème est psychologique, non ? Il faut que je retrouve un peu de joie de vivre, n'est-ce pas ?

— Avec ma part de tarte ?

— C'est bien de la tarte ! Je le savais !

Il y eut un blanc, puis le téléphone sonna, comme Jeannie informait le médecin que son prochain patient venait d'arriver.

— Vous pensez que je peux vous guérir en vous donnant ma part de tarte ?

— Ça vaut la peine d'essayer.

— J'ignorais que vous autorisiez vos patients à manger pendant les consultations, lança Neda en entrant d'un air désinvolte, vêtue d'un tailleur sombre, sa coupe en brosse soignée, comme toujours, le maquillage impeccable, se distinguant crûment des autres, avec leur polaire et leurs bottes en caoutchouc.

Elle jeta un coup d'œil en arrière, dans le couloir, où Mattie McGuiness s'en allait en grignotant sa part de tarte, la mine réjouie.

— Ne m'en parlez pas, répondit Saif, le sourire d'au revoir qu'il venait d'adresser à ce malin de Mattie quittant ses lèvres pour laisser la place à une expression prudente, circonspecte.

Mure, cette petite île au temps changeant, mais aux habitants constants, s'était révélée l'endroit idéal pour échapper au stress de la guerre, au statut de réfugié, à un monde qui s'était écroulé sous ses yeux. Neda était son lien avec ce monde, ils en avaient tous les deux conscience. Son cœur se mit à battre si vite qu'il lança un regard furtif, révélateur, à son stéthoscope, enroulé dans son étui noir sur le bureau.

— Comment vont les garçons ? l'interrogea Neda.

— Ils vont bien… Je ne suis pas certain qu'Ib soit pressé d'aller à l'internat.

Quand ils entraient au collège, les petits Muriens devaient être internes sur l'île principale pendant la semaine : les traversées du lundi matin et du vendredi soir étaient agitées. À de très rares exceptions près, les enfants des îles (ceux des îles Féroé et des îles plus éloignées étaient eux aussi pensionnaires) constituaient des groupes très unis, d'une loyauté à toute épreuve, et adoraient passer du temps loin de chez eux.

Neda opina du chef.

— Je vais lui en parler. Mais il a douze ans, bientôt treize… Il faudra couper le cordon, à un moment ou à un autre.

Saif acquiesça.

— Je sais, je sais.

L'ombre d'une moustache apparaissait déjà au-dessus des lèvres d'Ib, et il avait quelques boutons. Mais il avait toujours eu son regard noir ; on ne pouvait pas le mettre sur le compte du début de l'adolescence.

— Bref, enchaîna Neda avec un sourire en posant un dossier sur le bureau. Pour une fois, j'ai une bonne nouvelle !

Elle comprit aussitôt son erreur. Qu'allait-il penser ? Ils avaient trouvé une photo de son épouse, mais ne l'avaient pas localisée. Amena s'était remariée et attendait visiblement un enfant. Elle avait paru heureuse à Saif. Et elle ne l'avait pas contacté, ne répondait pas à ses messages. À de nombreux égards, elle n'était même plus sa femme. Il en avait été profondément blessé. Il ne pouvait même pas envisager d'en parler aux garçons. Comment le pourrait-il ? Elle avait changé de vie, et il refusait de blesser ses fils en leur révélant cette information.

— … il ne s'agit pas d'elle, se hâta d'ajouter Neda. Désolée.

Saif hocha sèchement la tête.

— Non, il s'agit de ça, poursuivit-elle en sortant un paquet de feuilles de son dossier. Cela fait officiellement cinq ans que vous êtes là… Vous pouvez obtenir un droit au séjour permanent.

— Pour devenir citoyen écossais ? s'étonna Saif.

— Non, pas encore, mais c'est un pas vers la citoyenneté. Et c'est citoyen britannique. Pour l'instant, ajouta-t-elle en souriant toute seule. Vous vous intégrez trop bien.

Il parut surpris.

— Et les garçons… ?

— Alors, vous aurez d'abord un droit de résidence, pendant encore cinq ans. Ça me semble évident. Votre utilité ici ne fait aucun doute, et je vous aiderai avec les démarches. Ce sera fait cet été. Au bout de cinq ans, vous obtiendrez la citoyenneté. En supposant, bien sûr, que vous n'intégriez pas un réseau criminel entre-temps.

Elle se pencha vers lui.

— Et, vous savez, les garçons auront alors leur passeport britannique… Ib sera toujours à votre charge dans cinq ans. C'est en train de devenir réalité, Saif.

Il la fixa du regard, digérant toutes ces informations.

— Ils seront en sécurité, conclut-elle d'une voix douce.

Saif sentit un changement en lui, qu'il ne s'expliqua pas. Il fut soudain incapable de parler.

Être en sécurité. Les garçons aussi. Avoir une nationalité qui leur permettrait de voyager dans le monde entier – les Britanniques, pensait-il sans le dire, ne mesuraient pas la chance qu'ils avaient d'être nés dans un pays riche. Ils râlaient, se plaignaient du gouvernement, mais ils n'avaient jamais appuyé sur un interrupteur sans savoir s'il y avait de l'électricité, ne s'étaient jamais inquiétés de se voir refuser l'accès à l'hôpital ou de ne pas pouvoir monter dans un avion pour aller où bon leur semblait.

Être des Européens de l'Ouest après un début d'existence aussi chaotique… quelle chance extraordinaire leur serait donnée ; ce passeport était un graal, pour lequel des millions d'autres risqueraient leur vie. Risquaient leur vie, chaque jour.

Il regarda Neda droit dans les yeux.

— Y a-t-il autre chose ? demanda-t-il avec douceur.

Mais il savait à quoi s'attendre. Cela semblait urgent : il devait bien y avoir une raison.

— Vous devez le faire au plus vite, lui expliqua-t-elle.

Neda n'essayait jamais de travestir la réalité, ne lui mentait jamais, et il aimait cela chez elle. Il opina du chef.

— Ils disent que la ville de Damas est sûre, vous savez, reprit-il. Est-ce que vous avez vu les photos ? Ce ne sont même pas des décombres. C'est ce que deviennent les décombres quand on les fait exploser. De la poussière.

Neda hocha la tête.

— Comment peut-on élever une famille dans ces conditions ?

— Je sais, mais on vous a accordé l'asile ici pendant que votre pays était en guerre, répondit-elle. Or, ils disent qu'il ne l'est plus.

— Uniquement parce qu'il ne reste plus rien à se disputer, répliqua Saif avec amertume. Des os blanchis au soleil et des pneus qui brûlent.

— Je suis d'accord avec vous. Malheureusement, je dois vous prévenir : nous nous attendons à des pressions politiques. À un moment ou à un autre. Je pense que ça va prendre de l'importance. Beaucoup, s'il y a une élection à Londres. À l'évidence, vous êtes médecin dans une région où l'on en manque. Ce qui joue en votre faveur. Mais quand même. L'Écosse veut vous protéger. Mais elle ne le pourra peut-être pas. Raison pour laquelle je vous recommande fortement d'envoyer votre dossier. Tout de suite.

Il acquiesça, tentant de tout assimiler.

— C'est une bonne nouvelle. Une excellente nouvelle. Je vous dis juste d'agir vite, c'est tout. Ne prenez pas le risque d'un changement de politique à Westminster : ce sont de vraies girouettes.

Sur ce, elle lui donna rendez-vous à l'école, laissant les formulaires et une brochure sur son bureau. Saif les considéra d'un air songeur, puis tendit distraitement la main vers la boîte à gâteau, dont il avait oublié qu'elle était vide.

Chapitre 4

Dans tout le vaste univers, dans tout l'espace, dans toute la création (planètes, continents, océans, pays, villes, villages, îles, rues, maisons, pièces), parmi tous ces lieux, il y en avait un, infiniment petit, où Lorna MacLeod était heureuse, toujours heureuse.

Et elle s'y trouvait, ce soir. Dans sa chambre, à l'arrière de son appartement niché au-dessus du minuscule musée de Mure (en général fermé) et de la bibliothèque (ouverte seulement l'après-midi) ; dans son petit chez-elle, où il faisait bien chaud l'hiver grâce au feu de tourbe et qui avait une cuisine ensoleillée et un escalier de secours où l'on pouvait s'asseoir en été. Sa chambre à coucher bleue, dont les fenêtres donnaient sur les jardins des cottages de pierre, était à l'abri des regards, rien qu'à elle et, à ce moment précis, elle la partageait avec Saif Hassan, qui dormait à poings fermés sous des draps blancs immaculés, séchés par le vent printanier de l'île, pur et frais. Saif avait eu une journée chargée.

Elle s'enroula dans sa chemise ôtée à la hâte – elle aimait tant son odeur – et se contenta de le contempler. Une part d'elle-même avait envie de le réveiller :

ils passaient si peu de temps ensemble, elle chérissait chaque moment.

Mais une autre était avide de ces moments, quand, sans mots, elle pouvait se délecter de l'éclat doré de sa peau, de la douceur de ses cheveux bruns en bataille, de l'ombre de ses longs cils sur ses joues, de sa bouche douce et moelleuse, fermée dans son sommeil. C'était l'homme le plus beau, la chose la plus belle qu'elle ait jamais vue. Elle l'aimait tant qu'elle avait le sentiment que son cœur allait éclater, jaillir hors de poitrine. Outre son propre pouls, elle n'entendait que sa respiration tranquille et les cris des mouettes lointaines.

Pour le médecin généraliste du village, fréquenter en cachette la directrice de l'école, qui avait ses enfants pour élèves, relevait presque de l'impossible.

C'était un cauchemar, en réalité, qui les contraignait à la discrétion et à user de subterfuges. Flora était au courant, bien sûr, mais avait promis de garder le secret. Et Jeannie, la secrétaire médicale, avait une petite idée de ce qui se tramait. Mais l'excitation, la passion contenue qui les emportaient chaque fois qu'ils se retrouvaient seuls dans une chambre, le désir, l'amour, les mots doux susurrés, les halètements volés ne compensaient pas toujours les nuits de solitude, quand le téléphone ne pouvait pas sonner ; les manifestations et les fêtes où ils arrivaient séparément, se saluaient poliment de la tête, puis s'évitaient l'un l'autre (ce qui ne s'avérait pas toujours productif : Mme Cook, l'autre institutrice de l'école, était persuadée que Lorna n'aimait pas Saif et craignait qu'elle ne soit un peu raciste) ou échangeaient des banalités, au supplice, sur le dernier bulletin scolaire d'Ash.

Elle voyait ce que Flora et Joel partageaient – un amour qu'ils entretenaient, qui s'épanouissait peu à peu, s'approfondissait, et plus encore depuis l'arrivée de Douglas, qui englobait aussi la famille de Flora et les parents adoptifs de Joel, Mark et Marsha : ensemble, ils tissaient lentement la trame de leur existence.

Elle ne pourrait jamais partager cela avec Saif.

Ou était-ce possible ? Elle n'en parlait jamais, mais elle se raccrochait à ce qu'elle savait : Amena s'était remariée et avait fondé une autre famille.

Ils ne pouvaient pas se précipiter pour autant. Comment pourrait-elle se tourner vers ces petits garçons, qui avaient vécu l'enfer, avaient tout perdu, et leur annoncer que leur mère ne voulait plus d'eux, qu'elle avait de nouveaux enfants, et qu'elle, Lorna, l'une des adultes à laquelle ils avaient dû apprendre à faire confiance dans un monde qui les avait tant malmenés, allait se réveiller dans le lit de leur père tous les matins ! Puis leur ferait la classe ! Ils pouvaient oublier leur mère, maintenant !

C'était impossible. Insoutenable. Cruel.

Mais… quand ? Comment ? Elle ne rajeunissait pas, elle en avait douloureusement conscience, puisque les bébés pullulaient sur Mure, sous leurs neuf couches habituelles de tricots. Elle ne pourrait jamais l'avouer à voix haute, mais elle rêvait d'avoir un bébé… avec de longs cils noirs, si longs qu'ils projetaient une ombre sur ses joues, et la peau douce…

Elle secoua la tête, en colère contre elle-même. Ressasser, encore et encore, ne servait à rien. Elle regarda l'heure. En plus, il allait être en retard pour aller chercher les garçons chez les scouts. Elle se retourna, se rallongea et se blottit contre lui, le dos contre son torse. Il passa ses bras autour d'elle sans même se réveiller et la serra fort, puis enfouit son visage dans la longue chevelure rousse qu'il aimait tant. Elle ferma les yeux : elle aurait voulu rester pour toujours dans la même position.

Un gémissement sourd s'éleva de ses cheveux.

— Quelle heure… ?

— Ça va, répondit-elle dans un murmure. Ils vont rentrer tard. C'est la semaine de collecte des scouts : ils font des petits travaux à domicile contre de l'argent.

— Je pourrais rester ici pour toujours, lui chuchota-t-il à l'oreille en la serrant encore plus fort.

— Moi aussi.

Malheureusement, cette étreinte eut un effet prévisible sur lui pour la seconde fois de la soirée, aussi s'écarta-t-il, à regret, avant que la situation ne devienne incontrôlable. Lorna, à nouveau seule dans le lit, ressentit un pincement au cœur terrible, comme toujours quand il devait se préparer, partir ; comme si elle était sa maîtresse, ou pire.

Il prit une douche rapide, puis remit sa cravate face au miroir en la regardant.

— J'ai vu Neda, aujourd'hui.

— Moi aussi, répondit-elle, un demi-sourire aux lèvres.

Bien sûr, elle s'était montrée très professionnelle, s'était concentrée sur les garçons, n'avait posé aucune question sur Saif – Neda n'y aurait pas répondu, de toute façon.

— Elle a dit… elle a dit que, si j'en faisais la demande, j'obtiendrais un visa pour cinq ans. Et que, après ça… je pourrais demander la citoyenneté britannique.

Lorna se figea. Ils n'évoquaient jamais sa situation, n'évoquaient jamais l'avenir.

Dans cinq ans ! C'était si long. Mais Ib serait presque adulte. Dans cinq ans… elle n'aurait que trente-huit ans. Des tas de gens avaient des bébés à trente-huit ans. Ils pourraient… dans cinq ans. Ils pourraient acheter une maison. Il pourrait voyager, avec un passeport britannique. Ils pourraient faire ce qu'ils voudraient. Ils pourraient avoir une vie normale. Ils pourraient…

Il la regardait, imperturbable.

— Est-ce que tu es contente ?

Elle secoua vigoureusement la tête, ayant trop peur de parler.

— Toujours, poursuivit-il avec un sourire, d'une voix douce. Je te demande toujours d'attendre, Lorenah.

Il s'approcha d'elle, glissa une boucle de cheveux derrière son oreille.

— Je te demande toujours d'attendre plus longtemps. En es-tu capable ?

Lorna savait qu'elle devrait se montrer ferme, exiger plus qu'une heure volée ici et là, être forte. Élaborer un plan pour déterminer comment l'annoncer aux autres ; comment agir avec les enfants.

Elle n'en fit rien. Elle se contenta d'acquiescer.

Il s'agenouilla sur le lit, les mains jointes en signe de supplication.

— Tu es ma joie, Lorenah. Les garçons… les garçons sont mon cœur, ma vie. Toi… tu en es la lumière.

Elle ferma les yeux, tendit une dernière fois la main pour sentir ses épaules puissantes, respirer son odeur, l'agripper tant qu'elle le pouvait, avant qu'il ne doive partir.

Mais l'alarme de son téléphone se mit à sonner, tout comme celle de Saif.

— D'accord, d'accord.

Elle se leva pour lui dire au revoir, mais, alors même qu'il l'embrassait, susurrait des mots doux en arabe dans ses cheveux, puis qu'elle se pelotonnait contre son oreiller pour sentir encore son odeur, se remémorer chaque baiser, chaque caresse, chaque moment parfait, le sentiment de manque, de vide, persista ; et la tristesse l'envahit à nouveau.

Chapitre 5

— Tu es rentré ! Tu es rentré ! Tu es rentré !

Joel rentra le lendemain soir. Douglas s'était couché sans un murmure, même après que son père se fut excusé de l'avoir laissé en le regardant dans les yeux.

— Ça a l'air de ne lui faire ni chaud ni froid que je sois parti plusieurs semaines, se plaignit-il auprès de Flora. Est-ce que tu as remarqué la manière dont il… ?

— On en parlera plus tard, le coupa-t-elle d'un ton pressant.

Elle avait décrété qu'elle avait assez parlé de Douglas avec Saif, Hamish, Eck, les tricoteuses de Fair Isle de la *Seaside Kitchen* et Agot (qui lui demandait surtout quand il partirait à l'internat). Et, quoi que Joel veuille lui dire au sujet du mariage, cela devrait aussi attendre, malheureusement, car le voir descendre de l'avion, le costume chiffonné, la cravate dénouée, ses cheveux bouclés lui tombant sur le front, avait eu un effet tout à fait prévisible sur elle.

Elle l'empoigna par la manche de son élégant costume pour l'entraîner à l'étage, dans leur grande chambre. Un feu dansait dans la cheminée, l'éclairage était tamisé, toutes les serviettes avaient été remises en place, et une bougie parfumée brûlait, mais, à vrai dire, Joel n'en remarqua rien, et Flora n'en fut pas vexée, emportée par le tumulte du désir. Peu de temps après, ils furent à nouveau allongés dans les bras l'un de l'autre.

— Tu es une sorcière, dit Joel, à bout de souffle, en secouant la tête. Tu es une sorcière *selkie* diabolique. Je ne sais même pas comment tu t'y prends. J'ai chaque fois l'impression que c'est la première fois, Flora.

Elle était tout contre lui, les joues rose vif, les membres mous, lourds, comme si tout son corps était en train de fondre.

— Hum ?

Elle se retourna, se retrouvant face à lui, les yeux troubles, comme il aimait les voir, et il sentit le désir monter à nouveau.

— Je crois que je ne fais que commencer, dit-il, en vain.

Flora dormait à poings fermés.

Le matin venu, sous le coup du décalage horaire, Joel eut du mal à se réveiller. Il resta au lit, bien au chaud, pendant que Flora se déplaçait dans la pièce.

— Arrête de me regarder comme ça, lui ordonna-t-elle en tentant d'enfiler ses collants sans tomber.

— Je ne porte pas mes lunettes, lui rappela-t-il. Je ne sais même pas si c'est vraiment toi.

Ils entendirent Douglas babiller dans le babyphone, échangèrent un regard, et elle se dépêcha d'aller le chercher pour le changer.

— Oh, c'est si bon d'être à la maison, dit Joel en s'asseyant dans le lit, comme Flora lui tendait Douglas et son biberon (le garçonnet était chaque jour plus lourd). Raconte-moi tout.

Elle le regarda, souhaitant par-dessus tout pouvoir se remettre dans ce lit chaud avec les deux personnes qu'elle aimait le plus au monde.

— Je n'ai pas envie d'aller travailler, aujourd'hui.

— N'y va pas. Sérieusement, on s'en fiche. Pourquoi travailler ? On n'a qu'à détourner l'argent de Colton et s'envoler pour les Bermudes.

— D'accord. Qu'est-ce qu'on ferait toute la journée ?

— Euh, on compterait notre argent sale et on boirait des Mai Tai au soleil ? Et on ferait aussi cet autre truc que tu aimes tant.

Elle sourit de toutes ses dents, puis jeta un coup d'œil par la fenêtre. Le soleil était levé, le paysage resplendissait d'un éclat merveilleux, mais elle savait que ce n'était qu'un mirage, qu'il faisait malgré tout un froid de canard dehors.

— On s'ennuierait.

— *Vraiment ?*

Elle se pencha pour déposer un baiser sur son joli nez.

— Raconte-moi ce que j'ai raté.

— Pendant que tu frayais avec de grands scientifiques, des intellectuels et des femmes glamours à l'étranger ?

— Ça se voit que tu n'as pas rencontré beaucoup de virologues, répondit-il d'un air pince-sans-rire.

— Ooh ! s'exclama-t-elle en relevant la tête. Nous aussi, on a du glamour. Mais ne tombe pas amoureux d'elle, ajouta-t-elle avec un soupir.

— De quoi est-ce que tu parles ?

— Olivia Mathieson. La sœur de Jan. Elle arrive ! Elle veut se marier à l'hôtel !

— Jan a une sœur ? Fraser a une autre fille ? Je ne risque pas de tomber amoureux d'elle.

— Elle est *magnifique*, elle voyage dans le monde entier et elle a réussi. Ne tombe pas amoureux d'elle, je suis sérieuse.

— Je ne prévoyais pas de tomber amoureux de la sœur de Jan, non. Pourquoi, comment est-elle ?

— Oh… je… tu sais. Je ne sais pas vraiment. Je ne l'ai pas encore rencontrée. Mais tout le monde dit qu'elle est d'une beauté renversante et est amoureux d'elle, alors ne…

— Tu es belle, toi aussi, la coupa vite Joel.

— Arrête, chéri ! Je ne cherchais pas les compliments. Je suis très heureuse de te plaire, mais, si j'entrais dans une agence de mannequins, ce matin, par exemple, ils penseraient que je suis là pour sortir les poubelles. Alors qu'Olivia…

Joel haussa les épaules.

— Ah, je suis sorti avec des mannequins.

— Je sais ! C'est bien ce qui m'inquiète !

— … c'était exactement comme ça. Tu ne sais pas comment elle est, parce que tu es aveuglée par sa beauté. Du coup, ces filles-là se croient toujours géniales. C'est vraiment barbant. Des hommes leur répètent à longueur de journée qu'elles sont hilarantes. Alors qu'elles ne le sont pas.

— Eh bien, je suis ravie de savoir que je suis hilarante.

— Et ce sont des sacs d'os, poursuivit-il en faisant un bisou esquimau à Douglas.

— Oh, je préfère ça, répondit Flora, avant d'enfiler un deuxième pull.

— Alors que, toi, tu es très jolie. Est-ce que c'est mieux ?

Flora décida alors de prendre son courage à deux mains.

— Bon, j'ai vérifié et je ne pense pas que tu veuilles me quitter.

— Quoi ?

— Mais, maintenant, tu dois me dire de quoi il faut qu'on parle.

— Oh ! Oui ! Je t'ai dit que ce n'était rien de grave.

— Oui. Tu m'as dit : « Il faut qu'on parle. » C'est très souvent grave.

Joel parut un brin nerveux.

— Oh là là, *quoi* ?

— Eh bien, tu sais, on voulait que notre mariage soit un mariage test pour le *Rock* !

— Oh, on est obligés maintenant, parce que Olivia va s'y marier !

— Qu'est-ce que tu veux dire ?

— Elle va faire une grande fête ! Au moment du solstice d'été. C'est la date parfaite pour se marier. Enfin. Si on accepte.

— Oh, répondit Joel en fronçant les sourcils. Ça va être un mariage en grande pompe, c'est ça ?

— J'espère bien ; on pourrait sortir le grand jeu, faire connaître l'hôtel. Les gens beaux ont des amis beaux, n'est-ce pas ?

Elle y réfléchit une seconde.

— S'ils veulent se marier pour le solstice… c'est la date à laquelle on pensait, nous aussi, hein ? Je sais que la plupart des gens organisent leur mariage un an à l'avance, mais la plupart des gens ne possèdent pas un hôtel ! lança-t-elle avec un large sourire. Même si je sais que ce n'est pas *vraiment* mon hôtel, murmura-t-elle. Mais je pense qu'ils me laisseront faire semblant, le jour de mon mariage, non ?

Joel culpabilisait de ce qu'il s'apprêtait à faire.

— Écoute. J'ai parlé à Mark pendant mon absence.

— Mmh mmh.

Flora adorait Mark, qui avait été le thérapeute de Joel par le passé et avait fini par l'adopter. Mais c'était toujours mauvais signe quand Joel ressentait le besoin de lui parler.

— À propos de… J'étais un peu anxieux à cause du mariage.

Flora savait qu'il lui était difficile d'aborder ces sujets avec honnêteté et qu'elle devait le soutenir quand il le faisait. Malgré tout, entendre ces mots l'alarma.

— D'accord, répondit-elle, consciente qu'il serrait fort Douglas.

Le garçonnet jouait avec les lunettes de son père, comme s'il s'habituait à elles pour le jour où il hériterait de sa mauvaise vue et aurait besoin d'une paire, lui aussi.

— Je veux dire, tout le monde sera là pour toi. Et c'est merveilleux, j'adore ça, et j'aime ta famille. Mais… mais personne ne sera là pour moi.

Flora opina du chef.

— Mark et Marsha seront…

— Bien sûr, je le sais. Mais à part eux ?

— Et tous tes amis de Londres ?

Flora se souvenait de lui quand il était son patron et qu'elle n'était qu'une humble assistante juridique qui avait le béguin pour lui. Il était toujours entouré : il jouait au squash avec des copains, buvait un verre au bar avec toute une troupe, ou, souvent, se promenait avec une femme magnifique pendue à son bras.

Il esquissa un demi-sourire.

— Je détestais ces gens. Non, je suis injuste. Ils n'étaient pas si mal. Certains. Mais ce n'étaient que des connaissances de boulot. En général, j'essayais de déterminer comment les battre, comment leur piquer leurs clients ou les mettre dans mon lit ou… bref. Ça ressemblait plus à une transaction.

Il l'attira vers lui, jusqu'à ce qu'elle soit assise tout près de lui, ce qui n'était pas très fair-play de sa part. Elle passa aussi un bras autour de Douglas.

— J'ai l'impression d'être égoïste, reprit-il. Mais si tu es si entourée… par des gens qui te connaissent et t'aiment depuis que tu es enfant, tous tes vieux amis, toutes tes connaissances. Je… Ce sera dur pour moi, conclut-il. Pardon. C'est vraiment minable. Ça paraît si minable quand je le dis.

— Je comprends.

— Et je ne penserais qu'à mes parents et… enfin, c'est ton mariage.

Joel était né de parents toxicomanes, qui n'étaient encore que des adolescents. Le dénouement avait été tragique : son père avait battu sa mère à mort, et cette honte, cette marque d'infamie n'avait jamais quitté le petit garçon discret et intelligent à la mauvaise vue. Joel avait été ballotté de famille d'accueil en famille d'accueil, qui ne l'avaient jamais aimé, où il ne pouvait pas trouver sa place, jusqu'à ce qu'un gentil pédopsychiatre l'aide à s'émanciper en l'envoyant à l'internat. Il avait excellé, s'était donné à fond, travaillant plus dur que les autres, cumulant trois emplois pendant ses études de droit, puis avait monté les échelons jusqu'à devenir associé dans son cabinet d'avocats à l'âge de trente-quatre ans.

Il fallait bien que cela craque, c'était inévitable, et cela s'était produit, à New York, quelques années plus tôt : ils avaient frôlé la catastrophe. Flora avait été à ses côtés pour l'aider à se relever et se remettre sur pied.

Elle craignait, parfois, qu'il la considère comme un genre de sauveuse, un mystérieux ange *selkie*, et non comme ce qu'elle était vraiment : une fille joyeuse, affectueuse, un rien débraillée, on ne peut plus normale. Que, pour lui, elle (et, par extension, toute l'île) soit une sorte de refuge, loin du monde « réel ».

Raison pour laquelle leur mariage l'enthousiasmait autant. Eux deux, égaux, se choisissant l'un l'autre devant le monde entier. Pas seulement pour le pire, se disait-elle parfois, mais aussi pour le meilleur. Des partenaires, eux deux contre le reste du monde. Elle savait ce que ses frères pensaient de lui – qu'il profitait de sa bonté, parce qu'elle l'aimait à la folie. Elle voulait montrer à tout le monde qu'il l'aimait aussi, vraiment. Dans une sublime robe blanche.

— Euh… Alors, qu'est-ce que tu suggères ?

Il la serra contre lui.

— Est-ce que ça t'embêterait ? Honnêtement ? Si on faisait un mariage en tout petit comité ? Juste nous ?

— Euh, petit comment ? Comme un élopement, tu veux dire ?

— Un quoi ?

— C'est comme ça qu'on appelle les mariages sans invités. Un élopement.

La gorge de Flora se serra.

— Mais… tes frères devront être présents. Je n'ai jamais pensé qu'il n'y aurait *aucun* invité. Et Mark et Marsha seront là, eux aussi, bien sûr.

— Donc : papa, les garçons, Mark et Marsha, et c'est tout ?

Il haussa les épaules.

— Qu'est-ce que tu en dis ? Je veux… enfin. Je veux quand même que tu aies ce que tu veux.

Flora songea à tout ce qu'il avait enduré, à combien il avait été difficile pour lui d'en arriver là, à ce qu'il lui en coûtait d'évoquer ses vulnérabilités.

— Tout ce que j'ai toujours voulu, c'est toi, répondit-elle. Et ce clone, ajouta-t-elle en déposant un bisou sur le ventre de Douglas.

— Est-ce que tu en es sûre ?

— Un mariage ne se résume pas à une cérémonie. Et je ne supporterais pas que tu sois malheureux, pas une seconde.

Tout à coup, elle sentit son cœur se serrer, la prenant au dépourvu.

— Mais est-ce que ça te dérangerait si… Est-ce que… est-ce que je peux inviter Lorna ?

— Oh, bien sûr.

— Sans compter que, si Agot doit être ma demoiselle d'honneur, je vais avoir besoin de quelqu'un pour la garder à l'œil.

Joel hocha la tête.

— Bien pensé, dit-il avant de l'embrasser. Je t'aime tellement. Et le solstice, ça me paraît parfait comme date, non ?

Elle opina du chef, sourire aux lèvres, heureuse de leur petit trio.

— Il y a autre chose, ajouta-t-il.

Elle fronça les sourcils.

— Non, ce n'est rien ; ça attendra.

— À l'évidence, *non*, ça n'attendra pas.

— C'est juste que… désolé. J'ai beaucoup réfléchi pendant mon absence.

— Je vois ça.

— D'accord. Alors, voilà. Et tu dois me dire si cela ne te convient pas, parce qu'on va se marier. Être de vrais partenaires. Construire ça.

— Ça, quoi ?

— Cette vie. Cette belle vie.

— Oh ! Je n'avais jamais vu les choses comme ça.

Cette idée lui plaisait, songea-t-elle ; qu'ils se préparent, non seulement pour une cérémonie, aussi petite soit-elle, mais pour une vie ensemble, et qu'il l'envisage ainsi. Elle avait craint, par le passé, d'être un caprice pour lui, un interlude dans sa vie très stressante ; une échappatoire autant qu'une personne à part entière, et qu'il reparte, dès qu'il aurait recouvré des forces, pour redevenir le coureur de jupons ambitieux et affûté qu'il était à leur rencontre.

Ses craintes s'étaient en grande partie dissipées (et l'amour qu'il portait à Douglas la rassurait), mais n'avaient pas totalement disparu. Alors même qu'elle était assise là, une bague au doigt : c'était donc elle qui avait un problème, réalisa-t-elle, pas lui. C'était peut-être le prix à payer quand on sortait avec l'homme de ses rêves. Il paraissait toujours hors d'atteinte, quoi qu'on fasse, et même un mariage en grande pompe n'y changerait rien.

— Donc, on a cette maison, sauf si Fintan veut s'y réinstaller, poursuivit-il.

Flora et Joel vivaient dans la superbe maison que Colton avait léguée à Fintan. Ils lui payaient un loyer, car il ne supportait pas de vivre parmi les souvenirs de son défunt mari.

— Mmh mmh.

— Et les deux affaires…

— Eh bien, plus ou moins, répondit Flora, que les comptes inquiétaient.

— Et je travaille à mi-temps pour la fondation de Colton… et on va organiser un mariage en petit comité…

— Est-ce que tu t'apprêtes à me dire que tu veux tout plaquer pour devenir champion d'Ultimate Fighting ?

— Quoi ? Non, répliqua Joel, sans saisir la référence. Non, je réfléchissais. Avec le mariage en petit comité et tout ça… je… enfin, j'ai gagné de l'argent à Londres, mais en faisant des choses horribles : des reprises d'entreprises, de l'optimisation fiscale, j'évitais la prison à de mauvaises personnes. Je… je ressens le besoin de me racheter. Quand je vois les enfants malheureux, abandonnés, dont s'occupent Charlie et Jan…

Flora ne voyait toujours pas où il voulait en venir.

— Je me disais qu'on pourrait peut-être donner l'argent qu'on aurait dépensé en organisant un grand mariage… Il y a tous ces garçons dehors. Ils sont comme moi, Flora. Je les vois chaque fois que je donne un coup de main à « Aventures en plein air ». On pourrait tellement faire avec cet argent.

Elle le dévisagea. Bien sûr. Comment pourrait-elle refuser ?

— C'est vraiment ennuyeux que tu te révèles être un homme aussi bon, Joel Binder, dit-elle en l'embrassant.

— Je ne le dois qu'à une personne.

Et il l'embrassa à son tour, fort.

— Il a fait *quoi* ?!

— Ne commence pas, répondit Flora en fixant d'un air attristé la bouteille de vin blanc bon marché qu'elle partageait avec Lorna au *Harbour's Rest*, puisqu'elle avait ressenti le besoin d'aller boire un verre après le travail pour râler, de préférence dans un endroit où elle n'employait pas tout le monde.

— Il veut donner tout l'argent de votre mariage à *Jan* ?!

— Plus tu le dis, plus ça semble horrible.

— Ça alors ! Il faut que tu l'arrêtes. Et s'il veut tout donner ?

— Comment le pourrais-je ? Il fait ce qui est juste, bla-bla-bla.

— Pour *lui*. Pas pour *toi* !

— Oh non. Je viens juste de penser à quelque chose. Et si c'était le début d'une énorme crise de la quarantaine et qu'il se mettait à donner toutes nos affaires, à se balader pieds nus et à brûler des trucs ? Oh noooonnnnnn !

— Je suis certaine que ça n'ira pas jusque-là, répondit Lorna en pensant aux chaussures de luxe de Joel, de la marque Church's.

— Eh bien, je suis ravie que tu en sois certaine.

Lorna lui adressa un grand sourire.

— Mais il a raison, reprit Flora. On ne devrait pas avoir besoin de cet argent. On a tous les deux un travail. Et ces gamins ont désespérément besoin d'aide. Je me suis toujours débrouillée toute seule. Ça va pour toi, tu vas épouser un médecin…

— Arrête, la reprit Lorna, qui était toujours très superstitieuse.

Elle était venue lui annoncer sa bonne nouvelle, mais avait compris que sa copine devait d'abord vider son sac.

Flora poussa un soupir.

— Le problème, c'est que tu es tombée amoureuse d'un avocat riche et brillant, poursuivit Lorna de façon pragmatique.

— Mais c'est affreux ! gémit Flora. Si intéressé ! Et on s'en sort très bien !

— Ce n'est pas intéressé, c'est humain. On peut tomber amoureux de n'importe qui… Sérieusement, je suis bien placée pour le savoir. Mais c'est encore mieux si cette personne a de l'argent. Et n'est pas mariée à quelqu'un d'autre, ajouta-t-elle plus bas.

— On peut en gagner, de l'argent. C'est juste que… je trouvais agréable de savoir que, si je ne m'en sortais plus… il y aurait quelqu'un pour prendre soin de moi. C'est tout.

— Mais il serait là. Il pourrait reprendre son travail.

Flora parut dubitative.

— Sincèrement, après la dernière fois… je ne crois pas. Je crois que travailler pour la fondation et accomplir de bonnes actions lui conviennent très bien. Contrairement aux trucs de requin qu'il faisait quand il était avocat d'affaires. Il est heureux pour la première fois de sa vie.

— Et maintenant, c'est toi qui es malheureuse pour la première fois de la tienne.

— Mais *non* ! se récria Flora avec force. J'épouse l'homme de mes rêves ; j'ai un bébé parfait.

— C'est un bébé parfait.

— C'est juste que… un mariage ne se résume pas à l'autre, n'est-ce pas ? Il s'agit d'unir deux vies, deux familles. Toute une communauté. Et c'est très bien ainsi. Je n'ai pas envie de me cacher. Parfois je me dis… je me dis que Joel se fiche de trouver sa place ici, bredouilla-t-elle. Il veut juste que je m'occupe de lui. Que je représente quelque chose, plutôt qu'être, tu sais, une vraie personne, avec des copains et tout et tout. Qui pourrait apprécier une fête.

— Dans ce cas, dis-le-lui.

— Mais il est si heureux ! Et il a de bonnes raisons ! Ce n'est qu'une journée débile. Il faut juste que j'arrête de penser à moi et que je passe à autre chose, conclut-elle en relevant les yeux.

— Tu pourrais organiser ton mariage ici, lança Lorna avec espièglerie en jetant un rapide coup d'œil aux recoins pas très nets du *Harbour's Rest*.

— Arrête !

— Je déteste devoir te le dire…

— C'est la deuxième fois en deux jours que quelqu'un a quelque chose à me dire, la coupa Flora. Et je n'aime pas ça.

Lorna grimaça.

— D'accord, je ne te dis rien, alors.

— Mais tu es obligée, *maintenant* !

Lorna le lui dit d'un trait, songeant que ce serait peut-être plus facile comme ça, car elle ne pouvait supporter qu'on parle de son amie dans son dos.

— C'est juste que tous les Muriens pensent que les MacKenzie sont super riches, parce que vous possédez toute l'île, que vous vivez dans une grande maison et que Fintan a épousé un Américain. Tout le monde croit que vous avez hérité de l'argent de Colton et que le mariage va être l'événement du siècle, encore plus impressionnant que celui d'Olivia, et ils pensent tous être invités. Je te dis juste ce que j'entends devant les grilles de l'école, c'est tout.

Flora posa tout doucement sa tête sur la table.

— Oh non. Non. Mais ils comprendront. Ils comprendront, non ?

— Écoute. Tu n'es pas obligée de tout annuler, même si vous organisez un mariage en petit comité. Pourquoi est-ce que tu ne lui dis pas simplement : « D'accord, voilà ce que ça va coûter, on donnera le reste à Jan » ?

— Mais les hommes n'ont aucune idée du prix des choses ! Ils croient que tout coûte vingt livres !

— Ça, c'est parce que chaque fois que Joel te demande combien a coûté ton nouveau manteau, tu réponds « vingt livres », lui fit remarquer Lorna.

Joel s'était effectivement rendu à « Aventures en plein air » dans la journée, un sourire aux lèvres, pour être accueilli par une Jan d'humeur bougonne. Il lui avait expliqué la situation tout en lavant des tasses en émail dans le ruisseau, pendant que les garçons construisaient des abris.

— Dieu merci, avait-elle lancé. Un mariage ridicule, c'est déjà trop pour un été.

Puis elle avait levé les yeux au ciel et lui avait parlé d'Olivia, sa grosse frimeuse de sœur, en des termes si peu flatteurs qu'à la fin de sa diatribe Joel avait eu l'impression de l'avoir échappé belle : il était profondément soulagé d'organiser un mariage intime avec Flora.

— On pensait donner l'argent du mariage à « Aventures en plein air », avait-il ajouté, et, pour la première fois de la semaine, le visage de Jan s'était épanoui en un large sourire.

— Tu as fait le bon choix, avait-elle répondu d'un air bienveillant. Je suis certaine que Flora pense comme toi. C'est la meilleure chose qu'elle pouvait faire. Elle doit être ravie.

Jan ne le pensait pas une seconde.

En rentrant du *Harbour's Rest*, Flora et Lorna longèrent l'Infinie pour que Milou, le chien de Lorna, fasse un peu d'exercice, même si c'était le chien le plus fainéant qui ait jamais existé. À vingt heures trente, en cette froide soirée de printemps, le soleil commençait tout juste à se coucher, et la plage était presque vide. Elles entendaient les aboiements des phoques, dont la tête apparaissait à la surface de l'eau, tels des baigneurs égarés affublés de bonnets de bain : ils se dirigeaient vers la pointe nord de l'île, où ils se rassemblaient autour du *Rock*, prenant par surprise les clients. De temps à autre leur parvenaient aussi des bêlements à flanc de coteau : les agnelages continuaient de se succéder, et les phares des quads illuminaient les collines – cette époque de l'année était chargée pour les éleveurs. La soirée était claire et fraîche, idéale, à condition de porter un manteau, pour déambuler sans but avec sa meilleure amie. Flora avait hésité : demander à une personne engluée dans une relation compliquée si elle aimerait t'aider à célébrer ton histoire d'amour était plus que délicat, mais elle décida que c'était sans doute le meilleur moment.

— Lorna, il faut que je… Je voudrais te demander quelque chose. Mais si c'est trop… enfin, je comprendrais que tu dises non. Je ne veux pas me montrer insensible.

Son amie remonta la fermeture Éclair de son blouson pour se protéger du vent, puis lança un bâton à Milou.

— Ne fais pas ça, s'il te plaît. Je dois déjà me coltiner Mme Cook qui essaie de jouer les entremetteuses.

— Désolée. Je suis désolée. Honnêtement, je pensais être tombée amoureuse de l'homme le plus compliqué de l'univers.

— Oui, oui, répondit Lorna, mais avec bonhomie.

— Je voulais te demander… Est-ce que tu accepterais d'être ma dame d'honneur ?

Lorna la regarda d'un air étonné, ravie.

— Vraiment ? Je croyais que c'était un mariage en tout petit comité.

Flora opina du chef.

— Je vais avoir besoin de toi, Lorna. Ça va être si dur, sans ma mère. Je pensais qu'elle serait là à mon mariage.

Lorna hocha la tête.

— Est-ce que tu vas porter sa robe ?

À ces mots, Flora s'esclaffa, puis fit défiler les vieilles photos dans son téléphone. Elle y conservait un dossier avec des photos de famille, vestige de son ancienne vie à Londres.

Effectivement, un cliché montrait sa mère dans une horreur satinée, avec des manches bouffantes, comme la robe de mariée de la princesse Diana – cette photo aurait pu illustrer un article sur un terrible incendie. On voyait à peine Eck derrière elle : il disparaissait sous des tonnes de tissu.

— À ton avis ?

Lorna porta une main à sa bouche.

— Oh là là.

— Elle me laissait la porter quand j'étais petite, tu ne te rappelles pas ?

— Mais *si* ! s'exclama Lorna en regardant à nouveau la photo, sourcils froncés. On trouvait que c'était la plus jolie robe qu'on ait jamais vue ! On la trouvait magnifique !

— On avait *huit* ans.

— Bon sang. Alors, quelle date allez-vous choisir ?

— Je ne sais pas. Si on choisit le solstice…

— Ouah, l'interrompit Lorna. C'est bientôt.

Flora haussa les épaules.

— Oui, mais, si on n'invite personne, on peut le faire quand on veut. Un simple dîner à l'hôtel. Gaspard nous concocterait un bon repas.

Lorna la regarda.

— Ça ne t'enchante pas, si ?

— Si, je suis contente, répondit Flora dans un souffle. Vraiment. Parce que Joel est heureux et qu'il a raison… Ne remplir la salle qu'avec des gens qu'on aime, et qui nous aiment, je trouve ça très fort symboliquement.

— Je suis d'accord. Ce sera charmant. Maintenant, tu n'as plus qu'à l'expliquer aux habitants de l'île.

— Personne ne s'attendra vraiment à être invité, si ? On vit déjà ensemble et on a un bébé.

— Personne ne s'attendra à être invité au mariage de la personne qui tient *le café et l'hôtel de l'île* ?

— Mais c'est juste un mariage en tout petit comité ! On le fait seulement pour nous ! Ils ne connaissent même pas Joel !

Lorna pouffa.

— Oh là là. Tu vas vraiment avoir besoin d'une dame d'honneur, toi. Pour jouer au videur.

Flora regarda son amie. Elle savait qu'il valait mieux ne pas l'interroger. Si elle voulait lui parler, elle le ferait. Flora ne prendrait jamais le risque de la blesser en intervenant. Mais elle avait vu Neda, à la *Seaside Kitchen*.

— Quoi ?

Lorna lui raconta que Saif allait faire une demande de droit au séjour permanent.

— Ça alors ! s'exclama Flora, son visage s'illuminant, en lui attrapant le bras. C'est une excellente nouvelle ! Il va rester ! Oh là là.

— Je sais, répondit Lorna, un grand sourire aux lèvres. Enfin, c'est encore… Le chemin est encore long.

À l'évidence… Mais… j'ai l'impression… j'ai enfin l'impression qu'on va dans la bonne direction.

Elle regarda sa grande amie, qui scrutait l'horizon.

— Tu sais, ça pourrait plaire aux garçons, lui dit doucement Flora.

— Ne recommence pas avec *La Mélodie du bonheur*.

— Je dis ça comme ça, mais, dans le film, les enfants sont ravis.

Lorna fit la moue.

— Oui, mais ces enfants n'ont pas de mère.

Flora n'eut pas grand-chose à redire à cela.

— Est-ce qu'il te parle d'elle ? A-t-il eu des nouvelles ?

Lorna secoua la tête.

— Personne ne sait où elle est. Mais elle est mariée, enceinte, et elle refuse de communiquer avec lui. C'est horrible… Je sais que c'est horrible. Mais… il est libre, bredouilla-t-elle, n'en revenant pas de prononcer ces mots à voix haute.

Flora la regarda.

— Est-ce que vous abordez le sujet ?

Lorna fit non de la tête.

— C'est tellement difficile. Comment… comment pourrait-il le dire aux garçons ? Ash croit toujours… Ash croit toujours qu'elle va revenir le chercher. Et on n'est pas… On ne s'est même pas dit « je t'aime ». Alors, le reste peut attendre, même si c'est compliqué.

— C'est parce que vous avez dû passer une heure et demie ensemble en deux ans.

— Je sais, je sais, tais-toi.

— Et s'il se révélait terriblement ennuyeux et se coupait les ongles des pieds dans le lavabo ?

— Eh bien, ça me paraît impossible, mais, si c'était le cas, ça ne me dérangerait pas.

— Et s'il n'écoutait que du AC/DC et laissait des poils partout ?

— Je pourrais apprendre à aimer AC/DC, répondit Lorna avec un sourire.

— Il est du genre poilu ?

— En fait, non, répliqua Lorna d'un ton pincé. Il n'a pas de poils sur le torse.

Flora haussa les sourcils.

— Eh bien voilà, dit-elle avant de faire un grand sourire. Il est parfait à tes yeux, non ?

Lorna poussa un soupir.

— On n'en a pas… on n'en a pas encore vraiment discuté. On ne le peut pas. C'est tout. Mais ce n'est pas rien, le droit au séjour permanent. C'est assez… assez définitif.

— Joel était pareil, dit Flora d'un air pensif. Aujourd'hui encore, je ne sais pas ce qu'il pense, la moitié du temps.

— Les hommes sont peut-être tous comme ça.

— Peut-être.

Flora esquissa un demi-sourire.

— Mais c'est une super nouvelle. C'est merveilleux. Au moins, maintenant, tu sais qu'il ne va pas partir ! Vous avez un avenir ! Vous aurez le temps de trouver une solution. Les garçons grandissent.

— L'île va devenir folle.

— Et alors ? Vous alimenterez les potins pendant deux jours, et puis tout le monde passera à autre chose. Les gens ont envie de te voir heureuse. Et lui aussi. C'est vraiment incroyable que personne n'ait deviné.

— Je sais, répondit Lorna, avant de lui demander, incapable de se retenir : Est-ce qu'il est invité à votre mariage ?

— Oh, bon sang. Oh, Lorna, on sera en tout petit comité. C'est pour Joel.

— Ils sont bons amis.

— Je pensais m'en tenir à ma famille, toi, Mark et Marsha pour Joel et, enfin, c'est à peu près tout… En fait, j'étais tentée d'inviter tous mes anciens collègues de Londres, juste pour pouvoir faire la maligne et leur montrer que j'ai réussi à séduire le patron ultra-canon ! Mais Joel n'est pas d'accord, pour une raison mystérieuse.

— Je vois.

— Mais ça va paraître suspect, si je n'invite que lui.

— Et les garçons. Ils n'ont jamais assisté à un vrai mariage écossais ! J'aurais pu leur faire porter un petit kilt.

Flora était tiraillée. Elle venait juste d'accepter d'organiser un mariage en petit comité. Mais l'idée de partager son grand jour avec Lorna et Saif était si séduisante…

— D'accord. Je vais y réfléchir. De toute façon, tu feras assez de baby-sitting comme ça. Je n'ai qu'une demoiselle d'honneur. Devine qui ?

— Oh non, lâcha Lorna en blêmissant. Tu ne vas pas me faire ça. Tu ne vas pas me laisser gérer Agot pendant toute une journée.

— Sa mère sera là.

— J'adore Eilidh, mais on sait toutes les deux qu'elle va abuser du champagne et qu'elle sera en train de twerker avec Innes dès quatorze heures.

C'était incontestable.

— Qu'est-ce que tu veux que je porte ? l'interrogea Lorna.

— Je vais te trouver la réplique exacte de la robe de ma mère, mais en bordeaux.

Lorna lui tira la langue, et les deux copines éclatèrent de rire, avant de poursuivre leur promenade au bord de l'eau.

Chapitre 6

Jan, assise dans la cuisine de Senga, sa mère, était irritable. Christabel hurlait dans sa chaise haute, et sa mamie était à deux doigts de lui tendre une sucette pour la faire taire, bien qu'il lui soit formellement interdit de lui donner du sucre, sous peine d'excommunication.

La cuisine, qui avait été la plus grande fierté de Senga, était immense, une vaste pièce de style rustique avec des meubles en bois clair ornés de poignées recourbées et de nombreuses fioritures. Des rideaux à volants décoraient les grandes baies vitrées qui menaient à la véranda, remplie de meubles en osier démesurés et avec vue sur le terrain de golf où Fraser passait le plus clair de son temps, son pantalon à carreaux de plus en plus tendu sur son large fessier.

À présent, cette cuisine était démodée, un peu passée ; comme toute la maison, aussi gigantesque soit-elle. La famille avait été fortunée, mais avait presque tout perdu suite à un excès de confiance de Fraser en matière d'investissements. Dans le salon aux tons de beige, de gros canapés et fauteuils en cuir marron entouraient une fausse cheminée, et de grandes photos d'Olivia étaient disposées un peu partout ; ses photos de mannequin, pour la plupart. Il y avait aussi un portrait scolaire de Jan, des lunettes à monture rose sur le nez, l'air sombre, ainsi qu'une grande photo de Christabel peu flatteuse, prise dans un studio professionnel sur l'île principale. La fillette était allongée sur le ventre, sur un tapis pas très net, et souriait, un filet de bave au menton.

— Je n'en reviens pas qu'elle réapparaisse maintenant, s'agaça Jan en mangeant un biscuit, malgré les grimaces peu discrètes de sa mère chaque fois qu'elle en reprenait un dans la boîte.

— Oh, on trouve ça bien. Revenir à la maison pour se marier. Je pensais qu'elle s'était détachée de nous en grandissant !

— Elle ne revient que pour frimer et faire semblant de ne pas avoir oublié ses racines, alors qu'elle n'est pas venue nous voir depuis des années. Elle se fiche complètement de nous ; tout ce qui l'intéresse, c'est de mener la grande vie.

— Mais ça va être charmant, tu ne crois pas ? De faire un grand mariage au *Rock* ?

— Quel était le problème avec le nôtre, au *Harbour's Rest* ?

Senga, qui avait l'habitude, changea aussitôt de sujet. Le mariage de Jan avait été beau, mais elle avait voulu lésiner sur le traiteur et avait invité beaucoup plus de monde que prévu, si bien que tous les délicieux plats de Flora avaient été engloutis en cinq minutes et que la plupart des convives avaient dû se contenter de toasts et de chips. Puis Jan avait réussi à tenir Flora pour responsable et ne le lui avait jamais pardonné.

— Comment va Charlie ?

Jan fronça les sourcils et essaya de donner un morceau de fromage à Christabel, qui le jeta par terre avec colère avant de tendre la main pour attraper un biscuit.

— Ma chérie…, commença Senga de son ton irritant.

— Ça va. Ne t'inquiète pas pour moi. C'est juste que tout le monde va n'avoir d'yeux que pour Olivia, comme d'habitude.

— Est-ce que tu lui as parlé ?

— Non. J'ai appris pour ses fiançailles sur Instagram, comme ses fans. Je m'en moque.

— Lui as-tu laissé un message ?

— Maman, je ne comprends pas pourquoi tu t'entêtes à parler d'elle. Elle nous a laissés tomber il y a des années. Elle se fiche complètement de nous. Elle va revenir pour se servir de nous, pour avoir de belles photos pour son Instagram, et elle va repartir aussi sec. Je ne comprends pas pourquoi tu en fais toute une histoire.

Senga baissa les yeux.

— Je suis sûre qu'elle voudra rester, pour apprendre à connaître sa nièce.

— Elle a envoyé une tenue Christian Dior ridicule pour sa naissance, qui était trop petite et trop grotesque pour être portée, et depuis, plus rien. Elle vient frimer pour un magazine.

— Eh bien… au moins, elle revient à la maison ! lança gaiement sa mère, ce qui ne mit pas Jan de meilleure humeur, loin de là.

Avant d'aller au *Rock*, Flora fit un saut à la *Seaside Kitchen*. Ce n'était pas prévu, mais elle avait envie de voir si les affaires marchaient bien. Et elle prendrait peut-être un scone au fromage au passage. La matinée était ensoleillée, mais venteuse – le temps changeait toutes les dix secondes, comme souvent au printemps –, et le vent froid s'engouffra à l'intérieur quand elle poussa la porte rose pâle, ses yeux clairs brillants de joie en humant l'odeur du café frais dans l'air. Iona, la gérante, avait adopté une nouvelle politique et proposait chaque semaine un gâteau orné d'un dessin qui représentait une fête ou un événement marquant. Cela avait un succès fou, les habitants attendaient le lundi matin avec impatience pour découvrir ce qu'elle avait choisi de mettre en valeur. Cette semaine se jouerait la finale du championnat de *shinty* : elle avait donc dessiné des petites balles et des crosses.

Flora avait une liste de choses à faire longue comme le bras, qui incluait de contacter Olivia, la sœur de Jan, afin qu'elle lui explique précisément ce qu'elle avait en tête pour son mariage. Si la jeune femme souhaitait organiser une cérémonie tape-à-l'œil, à grands frais, cela pourrait rétablir leurs finances, avait tenu à préciser Innes, qui se chargeait des comptes.

La cloche au-dessus de la porte tinta. Flora adorait entendre les gens entrer et sortir du café, même si elle n'y travaillait plus. Elle aimait cet endroit. Elle sourit, imaginant le visage des clients, leur mine réjouie quand ils pénétraient à l'intérieur et sentaient les odeurs de boulangerie et la chaleur qui régnait dans la salle douillette.

— BON SANG, mais tu n'écoutes RIEN de ce que je dis ou quoi ? hurla une voix stridente. J'ai dit quatorze, et on n'en a que treize maintenant : encore une place de perdue. Je gaspille ma salive, non ? Parce que tu ne m'écoutes jamais.

Flora se figea. Puis elle jeta un coup d'œil hésitant par la porte de la cuisine. Oui, c'était bien ce qui lui avait semblé. C'était vraiment étrange. Jan se tenait au milieu de la salle, mais Flora ne lui connaissait pas cette voix perçante. En général, Jan avait un ton agaçant, comme si elle s'adressait à un enfant de cinq ans pas très futé, qui ne comprenait rien.

Teàrlach, ou Charlie, son mari, était à côté d'elle. Charlie était un homme imposant, mais il baissait la tête, les yeux fixés au sol.

— Regarde-moi quand je te parle, nom d'un chien, poursuivit Jan, qui ne s'était pas encore remise de son café matinal avec sa mère. Franchement, je suis encore en train de gaspiller ma salive.

À ce moment-là, elle regarda autour d'elle et, à l'évidence horrifiée, aperçut Flora. Elle s'était manifestement imaginé que Flora serait au *Rock*, comme d'habitude. Sa voix changea aussitôt.

— Bon, mon chéri, dit-elle d'un ton aimant. Je vais te prendre un café, d'accord ?

Charlie releva la tête, visiblement confus, ce qui ne s'arrangea pas quand il vit Flora. Il ignorait que Jan la détestait à ce point, parce qu'elle l'avait embrassé des années plus tôt, alors qu'ils faisaient une pause – même si ce n'était pas vraiment ce baiser qui énervait Jan, en réalité, mais le fait que Flora ait tourné la page en cinq secondes chrono pour tomber follement amoureuse d'un autre. Très peu de temps après, Jan lui avait pos[illegible] ultimatum pour qu'il l'épouse et, comme c'é[illegible] bonne pâte, il avait accepté.

Jan, remarqua Flora, restait plantée en plein milieu du passage avec une énorme poussette décorée de fanfreluches. À la naissance de la petite, elle avait beaucoup insisté sur l'éducation positive : il ne fallait jamais poser son bébé, mais Christabel, une enfant mignonne qui avait hérité de l'affabilité et des cheveux blonds de son père, était aussi bâtie comme un camion benne, et Jan avait fini par renoncer.

— Bonjour, Jan, la salua Flora d'une voix enjouée, qui sonnait faux, comme chaque fois qu'elle s'adressait à quelqu'un qui lui faisait peur ou qu'elle n'aimait pas (les deux, dans le cas de Jan). Salut, Christabel, ajouta-t-elle en se penchant, d'une voix plus douce. Mais que tu es jolie !

Christabel portait un blouson en cuir pour bébé, et une immense écharpe rose était nouée autour de son crâne encore chauve. En voyant le visage avenant de Flora, elle cessa de grimacer et de se tortiller pour sortir de sa poussette et lui adressa un grand sourire.

Jan, en revanche, n'arborait pas son expression habituelle – une sorte de déception face à tout ce que disait ou faisait Flora. Elle paraissait éreintée. Elle fit un petit effort en demandant où était Douglas, comme toujours, et Flora dut résister à l'envie de répondre : « Qui ? », ou : « Oh, je l'ai laissé à la maison avec des instructions écrites pour se servir de la friteuse », et de lui expliquer une nouvelle fois que, contrairement à elle, qui pouvait emmener son enfant au travail, elle ne le pouvait pas, parce qu'il existait des règles strictes qui interdisaient aux bébés de mettre leurs doigts dans le beurre.

— Il est avec Hamish. Que puis-je te servir ?

— Joel fait encore du bénévolat avec nous, aujourd'hui, poursuivit Jan, implacable. Ça doit être dur pour toi.

— Pas du tout, répondit Flora, se rendant compte qu'elle était à nouveau tombée dans le piège et que les mots qui sortaient de sa bouche donnaient l'impression inverse.

Jan répondit d'une moue.

— Alors, Olivia ! s'exclama Flora en désespoir de cause. C'est tellement excitant ! Elle va venir organiser son mariage ! C'est fou que je ne l'aie jamais rencontrée.

— Oui, enfin, tu n'es pas vraiment du coin, rétorqua Jan, même si Flora était née et avait grandi sur Mure, avant de vivre quelque temps sur l'île principale, puis de revenir s'installer ici et d'y avoir un bébé.

— J'ai toujours voulu avoir une sœur, poursuivit Flora avec sincérité.

Jan eut une nouvelle moue, puis prit son café. C'était, Flora le savait, du café en grain Common Coffee, de loin le meilleur d'Écosse, tout le monde en convenait, sauf Joel, qui avait toujours une préférence pour l'infâme café filtre de son pays natal.

— Oui, répondit Jan avec une certaine raideur. Elle est géniale. Elle a si bien réussi. Nous sommes proches, évidemment : pourquoi ne le serions-nous pas ?

Flora sourit.

— Ça alors. Eh bien, il me tarde de la rencontrer…

Elle s'interrompit, fouillant sa mémoire.

— Était-elle à ton mariage ? ne put-elle s'empêcher de demander.

— Nos emplois du temps n'étaient pas compatibles, expliqua Jan en se renfrognant.

Flora aurait pu se donner un coup de poing.

— Oh, je vois, se hâta-t-elle de répondre. Eh bien, il me tarde vraiment de la rencontrer.

Une nouvelle fois, elle se rappela trop tard qu'Olivia lui avait appris par e-mail dans la matinée qu'elle venait juste jeter un coup d'œil et qu'elle séjournerait au *Rock* : il était donc tout à fait possible qu'elle la voie avant Jan. Pourquoi Olivia ne souhaitait-elle pas séjourner chez sa sœur et Teàrlach ? Ou chez ses parents ?

— Oooooh !

C'était Mme Baillie, une habituée, qui venait déguster une bonne tranche de sablé au caramel avant de se rendre à son rendez-vous hebdomadaire chez le beau médecin pour parler de ses problèmes digestifs. Inutile de préciser que l'un d'eux appréciait plus ces entrevues que l'autre.

— Est-ce qu'Olivia est là ? J'ai entendu dire qu'elle venait. Oh, cette petite ! On n'a jamais vu plus belle enfant. Elle ressemblait à un ange. Elle fait la fierté de l'île. Elle est si célèbre, à Londres !

Flora ne put même pas regarder Jan. La situation s'éclaira, tout à coup : pas étonnant qu'elle puisse être difficile. N'avoir que des frères présentait un avantage : personne ne la comparerait jamais à Innes.

— Ce mariage va être le plus grand événement qu'ait connu l'île depuis des décennies ! déclara Mme Baillie. Oh, non, je suis bête. Il y a eu cet autre mariage.

Jan lui lança un regard plein d'espoir.

— Celui de Fintan et Colton. Oh, quelle journée magnifique !

Chapitre 7

Attendre l'arrivée de l'organisatrice de mariages fut difficile pour Flora. Quand elle arpentait les couloirs du *Rock*, elle ne pouvait s'empêcher de voir l'hôtel avec ses yeux de future mariée. Le petit ponton pour le bateau – l'endroit aurait été idéal pour débarquer, devant tout le monde ; Joel d'une beauté à couper le souffle, vêtu d'un élégant costume ou d'un kilt, peut-être ; elle descendant du bateau dans une robe dotée d'une longue traîne, sous les applaudissements, le soleil se mirant sur l'eau, Konstantin et Isla sortant avec des boissons…

Enfin. En petit comité, c'était bien aussi, supposait-elle.

N'empêche. Elle allait faire quelque chose. Elle allait partir en week-end avec Lorna pour se trouver une robe. Elle pouvait quand même avoir une robe. Cette petite excursion sur l'île principale enthousiasmait les deux copines.

L'ancienne Flora, la Londonienne sophistiquée un rien pimbêche, aurait trouvé ridicule de s'emballer de la sorte pour une virée shopping à Édimbourg. Mais, aujourd'hui, elle attendait cela avec impatience, beaucoup d'impatience. Elles réserveraient un hôtel, boiraient des cocktails, elle retrouverait ses vieux copains de fac, qui étaient nombreux à s'être installés là-bas, et elles écumeraient les friperies pour trouver une tenue jolie et abordable qui ferait office de robe de mariée. Il était inutile de tomber dans l'excès pour une si petite cérémonie. Mais elle pouvait quand même trouver une jolie robe. Et il fallait aussi qu'elle en achète une pour quelqu'un d'autre…

— J'ai réfléchi, lui dit Agot alors qu'elles tentaient une expérience dans la cuisine de la ferme.

Flora se demandait si les confiseries à la noix de coco pouvaient devenir l'une de leurs spécialités. Il ne fallait pas trop abuser de la noix de coco séchée, se disait-elle toujours. Les gens n'en raffolaient pas. Agot ne partageait pas son avis. Douglas était en train de faire sa sieste, ce qui convenait parfaitement à la petite, qui avait des choses importantes à dire à sa tante.

— J'ai beaucoup réfléchi et je me suis décidée : je ne crois pas avoir besoin d'une autre demoiselle d'honneur, merci, ajouta-t-elle d'un ton solennel. Tu sais, pour le mariage.

Flora la considéra.

— Mais c'est Lorna ! Tu l'adores !

— C'est ma MAÎTRESSE ! lui expliqua Agot en incorporant délicatement du colorant alimentaire rouge dans la préparation. Du coup, je la déteste, maintenant.

— Tu ne la détestes pas. Et ne dis pas ce genre de choses, répondit Flora, un peu en colère. Elle est très gentille avec toi.

— Elle me dit tout le temps : « On ne chante en classe que lorsque c'est l'heure du chant, Agot Fleur MacKenzie. »

— Mais c'est normal ! Tu dois obéir à ta maîtresse. Ce serait pareil avec n'importe quel autre professeur !

— C'est pour ça que ça va être HORRIBLE d'être demoiselle d'honneur, alors qu'elle est demoiselle d'honneur et professeure. Et elle est TRÈS, TRÈS VIEILLE.

— Elle n'est pas demoiselle d'honneur : elle est dame d'honneur, expliqua Flora, sentant au plus profond d'elle-même que dire cela revenait à s'avouer vaincue, ce qui était toujours une erreur. Et ne lèche pas la cuillère.

— Oh, ça va, ALORS, répondit Agot, confirmant les soupçons de sa tante. Je suis donc la SEULE demoiselle d'honneur.

— Eh bien, j'imagine…

— J'ai dit à Mary-Elizabeth, à Orla et à Maeve de s'asseoir au premier rang pour qu'elles puissent voir ma belle robe. J'espère qu'elles ne seront pas trop jalouses, poursuivit la fillette avec désinvolture.

— Agot… ce sera un mariage en petit comité. Ce n'est pas ce genre de mariage ! Il n'y aura pas beaucoup d'invités.

Agot cessa de remuer.

— Mais tout le monde va vouloir me voir en demoiselle d'honneur.

— Eh bien, on prendra plein de photos.

— Mais j'en ai parlé à Mary-Elizabeth, à Orla et à Maeve : alors on peut peut-être juste les inviter, elles. Et Ash, bien sûr.

Elle vit le visage dubitatif de sa tante.

— Agot, ma chérie, je ne suis pas sûre qu'ils pourront tous venir au mariage.

— Mais Ash est mon MEILLEUR AMI.

Flora changea vite de sujet.

— Sinon, je me disais… Je vais aller faire du shopping à Édimbourg pour me trouver une robe, et je me demandais quel genre de robe tu voudrais.

Or, les lèvres de la fillette s'étaient mises à trembler dangereusement. Elle resta figée sur le petit tabouret sur lequel elle était juchée pour être à hauteur du plan de travail.

— Je me disais qu'on pourrait regarder les robes sur Internet…

Agot la fixait, sans rien dire.

Bon, songea Flora. Lorna pensait déjà que Saif venait. Cela paraîtrait-il bizarre, s'ils n'invitaient que sa famille, Mark et Marsha pour Joel et… le généraliste du village et ses enfants ? Cela n'attirerait-il pas l'attention sur Lorna et Saif, ne les trahirait-il pas ? Elle fronça les sourcils. Cela s'avérait plus délicat qu'elle ne l'aurait imaginé. Et, bon sang, inviter Saif sans inviter Inge-Britt, par exemple, et…

Agot la dévisageait toujours.

— D'accord, se hâta de répondre Flora, se disant qu'elle s'en inquiéterait plus tard. D'accord. Ash peut venir, d'accord ?

— YOUPI ! cria la petite. Je veux une robe blanche.

— Je crois que c'est la mariée qui porte une robe blanche. Et ce sera moi, la mariée, tu te rappelles ?

— Mais je veux une robe blanche quand même, rétorqua Agot, sourcils froncés.

— Je suis certaine qu'il existe plein de jolies robes pour les demoiselles d'honneur, répondit Flora en versant les deux couches de préparation dans un plat avant d'aider Agot à descendre de son tabouret puis d'allumer la bouilloire.

Le temps que les confiseries prennent, elles jetèrent un coup d'œil sur Internet.

— Moche. Moche. Moche. Moche. Moche, disait Agot pendant que Flora faisait défiler de jolies robes de demoiselles d'honneur dans des tons pastel.

— Il faut que ta robe soit assortie à celle de Lorna.

— Je ne crois pas, non.

Au milieu de la première page, le cœur de Flora se serra. Sur une photo du mariage du prince William et de Kate Middleton, toutes les demoiselles d'honneur (une bonne douzaine) portaient des robes blanches.

— Oui, voilà. S'il te plaît, merci ! dit Agot en se levant pour aller voir si les confiseries à la noix de coco avaient pris, même si elle savait pertinemment que ce ne serait pas le cas : elle aimait juste enfoncer son doigt dedans.

Ces robes étaient ravissantes pour un mariage royal, mais pour la petite cérémonie, réduite à l'essentiel, qu'ils allaient organiser… enfin, ce serait ridicule. Si elle portait une tenue toute simple, jolie, sans chichi, mais chic, et qu'Agot voulait une vraie meringue, ce serait grotesque. Cela deviendrait gênant. Et, bien sûr, Innes voudrait que sa fille ait gain de cause. Sans compter que Flora savait (elle en avait fait l'amère expérience) qu'essayer de forcer Agot à faire quelque chose contre son gré était une perte de temps et d'énergie. Rares étaient ceux qui avaient oublié le culte de Pâques, quand

Agot, encore dans sa période raton laveur, était arrivée vêtue d'une jolie petite robe et d'un gilet, l'air innocent, mais, chaque fois qu'elle se retournait, on voyait qu'une énorme queue de raton laveur, bien touffue, dépassait de sa jupe.

— On verra.

— On verra, OUI, dit Agot. Je suis si contente d'avoir ma robe ! Je l'adore ! Merci, tata Flora ! Je vais adorer être ta demoiselle d'honneur !

Innes, qui rentrait du champ du haut, fatigué après sa journée de travail, sourit en voyant sa fille aussi heureuse.

— Papa ! Papa ! Tata Flora va m'acheter la plus belle robe de demoiselle d'honneur au MONDE ! Viens voir !

Elle entraîna son père vers l'ordinateur pour lui montrer les photos du mariage royal. Innes haussa les sourcils.

— Ben, ça alors ! Je n'avais pas compris que cela prenait ces proportions, sœurette.

— Ce n'est pas le cas !

— Cela dit, si tu comptes organiser un mariage royal, Lorna devrait porter la robe fourreau de Pippa.

— Arrête ! Ça va être un tout petit mariage !

— … Sauf que je suis tombé sur Mme Kennedy et qu'elle m'a interrogé à ce sujet. Je lui ai répondu que je ne savais pas vraiment ce qui se passait, mais si ça doit être grandiose…

— Ce n'est *pas* le cas.

— Je vais avoir une énorme robe, et tout le monde me regardera, dit Agot. Mme Kennedy la trouvera jolie, et elle ne se fâchera pas contre moi.

Depuis peu, la fillette suivait les cours de danse traditionnelle des Highlands de Mme Kennedy, dont la discipline de fer l'agaçait. Mais elle tenait bon, car ses parents brandissaient la menace (qui ne marchait jamais avec l'école) de ne plus y aller, ce qui lui serait insupportable : Mary-Elizabeth apprendrait à sauter plus haut, et ces cours de danse (les seuls disponibles sur l'île) l'aideraient dans sa carrière de patineuse.

— Mme Kennedy ne sera pas là ! s'écria Flora.

— Ah, parce qu'elle m'a dit que tu voudrais que les petites te fassent une danse écossaise.

Flora se mordit la lèvre. Imaginer toutes les fillettes de Mure vêtues de leur kilt, de leur chemisier blanc, de leur gilet noir et de leurs chaussettes en tartan, leurs chaussons lacés autour des chevilles, en train de danser au son d'un joueur de cornemuse…

— Oh, répondit-elle.

— Je veux dire, tu as fréquenté cette école de danse pendant longtemps.

— On organise un mariage *en tout petit comité* !

Avec peut-être, éventuellement, une petite danse, songea-t-elle. Elle sonderait Joel à ce sujet.

— Je parlerai d'elle à Olivia pour son mariage.

— Oh, je suis sûr qu'*Olivia* ne voudra pas d'elles, répliqua Innes avec une moue.

— Qu'est-ce que tu insinues ?

— Elle va sans doute faire venir les Pussycat Dolls ou quelque chose comme ça, non ?

— Elle a une organisatrice de mariages ! Elle vient avec elle la semaine prochaine. Elle m'a déjà envoyé tout un tas d'e-mails. Elle n'a pas l'air commode.

— Est-ce que cette organisatrice de mariages te fait peur ?

— Oui. Un peu. Non. Oui, avoua Flora en poussant un soupir.

— Eh bien, ne leur accorde pas de remise. Je suis sérieux. Le *Rock* peut être rentable, mais seulement si tu factures un prix raisonnable.

— Bien sûr.

— Je t'ai vue en train de distribuer des tartes gratuites, répliqua Innes pour la mettre en garde.

— Je ne « distribue pas des tartes gratuites », répondit-elle avec colère. Il m'arrive d'apporter mon aide à l'association caritative de Charlie et Jan.

— Je dis ça, je dis rien. Mais, un jour, ce sont des tartes gratuites et, le lendemain, ce sont des mariages gratuits.

— Je suis une femme d'affaires maintenant, une professionnelle. Et je vais faire preuve de professionnalisme.

Innes et Agot se regardèrent, avec le même petit sourire narquois. Et père et fille se ressemblèrent comme deux gouttes d'eau.

Chapitre 8

C'était vraiment inespéré. Ou peut-être pas, finalement, car d'autres occasions s'étaient déjà présentées, mais cela n'avait jamais rien donné. Il leur fallait juste un peu de chance. Les vacances de Pâques approchaient, les garçons étaient chez les scouts, et Saif et Lorna, assis sur l'escalier de secours de la jeune femme, buvaient un thé dans les derniers rayons du soleil. Blottie contre son torse, elle lui parlait de son voyage à Édimbourg.

Saif souriait, mais paraissait triste malgré tout.

— Tu vas me manquer.

— Je sais. Tu n'as qu'à venir, ajouta-t-elle avec désinvolture, comme toujours. Laisse les garçons à côté du grille-pain, et on louera un sous-marin pour quitter l'île en douce.

— Pourquoi y vas-tu ?

— Pour choisir la robe de mariée de Flora ! Et ma robe de demoiselle d'honneur ! On va faire les magasins en buvant des verres de prosecco tiède !

Il regarda les dates sur son téléphone.

— Mmh, il y a une conférence ce week-end-là, tu sais. Pour les généralistes. Au Royal College.

— Vraiment ? s'enquit-elle en se redressant.

— Il y a toujours une conférence, répondit-il avec un haussement d'épaules.

— Je sais, je sais. Tant pis.

Il sourit. Or, plus tard, quand il se rendit à la réunion de la RNLI (comme la plupart des hommes du village), Rigby, l'un des marins, lui demanda si les garçons s'étaient inscrits.

— Inscrits à quoi ?

— Au stage de natation ! Tu n'as pas reçu le formulaire ?

Saif recevait beaucoup de papiers, mais ne les lisait pas tous avec la même attention.

Rigby lui tendit un formulaire. Il s'agissait d'un camp de vacances de trois jours proposé par la RNLI pour apprendre aux enfants à prendre de l'assurance dans l'eau. De nombreux enfants viendraient de l'île principale, ils organiseraient un barbecue, une soirée film : cela avait l'air génial.

Saif poussa un soupir. Il y avait une petite piscine sur l'île : les deux garçons y étaient inscrits, mais aucun d'eux n'était bon nageur, et ils avaient tous les deux toujours peur de l'eau. La raison allait de soi. Parfois, Ash se plaignait tant qu'il les laissait sauter un cours, même s'il savait que savoir nager était une compétence vitale.

— Les garçons ne nagent pas bien, répondit-il avec une grimace.

Joel, qui assistait aussi à ces réunions, le regarda.

— Tu devrais les inscrire. Apprendre à nager est plus difficile quand on est adulte.

Il parlait d'expérience. Personne n'avait pris la peine de lui apprendre quand il était enfant. Il avait appris à nager plus tard, en faisant laborieusement, presque rageusement, des longueurs dans la piscine de son luxueux immeuble. Mais il avait toujours peur de nager en eaux profondes. Raison pour laquelle il avait intégré la RNLI. Il semblait absurde de vivre au milieu de l'océan Atlantique et d'avoir peur du large, d'autant qu'il s'apprêtait à épouser une femme que la moitié de l'île considérait comme une divinité aquatique.

Fionn, le pêcheur le plus chevronné de Mure, qui dirigeait l'équipe de sauveteurs, les dévisagea.

— Eh bien, je suis ravi d'apprendre que deux personnes qui ne savent pas nager sont à la barre de mes bateaux de sauvetage.

— Je sais nager, maintenant, rectifia Joel. J'ai appris adulte. J'ai appris le crawl en faisant des longueurs dans ma piscine. C'était épuisant.

— Dans ta piscine ? répéta Fionn en haussant les sourcils.

— Oh, ce n'était pas la mienne. Il y en avait une dans mon immeuble, à Londres. Un maître-nageur venait m'apprendre, expliqua Joel sans remarquer l'effet que ces mots avaient sur les autres.

— Il est si riche ! Ce mariage va être grandiose, murmura Rigby.

Rigby montra à Saif le bas du formulaire, où il était précisé que le stage proposait deux niveaux : pour les bons nageurs et pour les débutants.

— Quand les garçons reviendront, ils sauront bien mieux nager, je te le promets, ajouta Fionn. Après trois jours dans l'eau. Le stage se déroule pendant les vacances de Pâques.

Saif releva les yeux, sentant son cœur bondir dans sa poitrine. Mais il ne pouvait pas…

— La moitié de leur classe y va, poursuivit Fionn.

— Est-ce que tu accepterais Douglas ? lui demanda Joel. Ça pourrait l'aider à développer ses muscles pour la marche.

Saif hésitait. Et s'il partait et qu'il se passait quelque chose en son absence ? Si les garçons s'attiraient des ennuis et qu'il n'était pas là pour eux ? D'un autre côté, jusque-là, il n'avait quitté l'île que lorsqu'il était convoqué à Glasgow pour répondre à des questions au sujet d'Amena. C'était si atroce, si traumatisant pour lui, que cela avait des répercussions sur les garçons. Comprendre qu'il pouvait partir quelques jours sans que la situation empire ne pourrait pas être une mauvaise chose.

Bien sûr, songea-t-il, à cette époque, il pensait être toujours marié. Tous les matins, il s'asseyait au bord de l'eau, guettant l'arrivée du ferry, au cas où elle serait à bord. Cette époque était révolue. Et des jours meilleurs s'annonçaient.

Il s'imaginait avec Lorna. En train de marcher dans la rue. Comme un couple normal. De réserver une chambre d'hôtel. De sortir ensemble, main dans la main. Bon sang.

Mais il voulait aussi y aller pour une raison purement égoïste. Il aimait Mure ; il aimait sa sécurité, sa beauté, son pouvoir de guérison. Mais il était aussi un vrai citadin : il était né à Damas, avait étudié à Beyrouth.

L'énergie des villes lui manquait ; la foule lui manquait. Croiser des gens qu'il ne connaissait pas lui manquait ; des gens qui lui ressemblaient un peu plus.

Et il pourrait faire du shopping pour les garçons et…

Il appela Neda, qui était toujours de bon conseil, savait tout de sa relation avec Lorna et était la seule personne capable de se moquer de lui et de lui dire que, bien sûr, il pouvait y aller. Elle ajouta au passage qu'il lui fallait encore une recommandation pour son dossier, mais que, comme il couchait avec la directrice de l'école, la recommandation de cette dernière ne comptait sans doute pas – dans le cas contraire, elle préférait ne pas en entendre parler. *Parfois*, songea-t-il, *quand un problème nous paraît insoluble, une blague peut aider à le résoudre*. Neda le comprenait.

Il aima surtout annoncer la nouvelle à Lorna. Elle écarquilla les yeux de joie, même si elle avait prévu de partager une chambre avec Flora et qu'elle allait devoir en réserver une autre à présent. Flora, elle, fut un peu déçue, parce qu'ils allaient s'éclipser à tout bout de champ, mais Lorna lui assura qu'elles passeraient une journée toutes les deux pour trouver sa robe. Saif assisterait vraiment à sa conférence, de façon à avoir un alibi et pouvoir nier, le cas échéant. Quant à Flora, elle pourrait rendre visite à ses copains de fac snobinards, qui avaient tous acheté des maisons cossues, similaires, à Édimbourg : elle pourrait passer du temps avec eux et être condescendante à souhait. Flora répondit que cet arrangement lui allait, même si elle préférait que Lorna soit là quand ses copains se montraient particulièrement odieux : c'était plus marrant. « Pour toi, peut-être », répliqua l'intéressée… et l'affaire fut entendue.

Chapitre 9

La façon la plus agréable, et de loin, de rejoindre le *Rock* est par bateau : après avoir embarqué sur l'élégant hors-bord en bois de Bertie, on sort tranquillement du port de Mure pour avoir la sensation d'être loin de tout, seul au milieu de l'océan. Apparaît alors l'arrière de l'île, avec ses collines luxuriantes, verdoyantes, parsemées de vaches ; en se retournant, on profite d'une vue panoramique sur le beau front de mer, avec ses boutiques, ses cafés peints de différentes couleurs – le bleu de la pharmacie, le rose pâle de la *Seaside Kitchen*, le noir et blanc du *Harbour's Rest* – et ses petits bateaux de pêche verts et rouges. Puis on remonte en direction de la pointe nord, au-delà du grand parc éolien implanté au large, contournant le cap escarpé, et Mure ne semble alors plus du tout petite, mais vaste et menaçante, se dressant au-dessus d'une mer démontée, si isolée qu'on a du mal à croire que l'humanité soit parvenue jusque-là. De temps à autre, au loin, on aperçoit la silhouette d'un énorme cargo sillonnant les flots agités, mais, le plus souvent, on ne voit que de l'eau, jusqu'au pôle Nord.

Au moment où l'on commence à craindre que ce hors-bord soit peut-être trop petit pour voguer en pleine mer et à se poser des questions (effectuait-il souvent ce trajet ? Si la houle se levait, dériverait-il ? Y avait-il autant de vent d'habitude ? Le prochain bout de terre était-il loin ? Ces falaises étaient menaçantes, hein, vues de près ? Si le bateau s'écrasait contre elles, il finirait à coup sûr en allumettes, non ?), au moment où l'on se dit tout cela, le bateau change de cap pour se diriger vers l'extrémité de l'île et, selon la saison, on aperçoit alors le *Rock* pour la première fois, le soleil se couchant derrière lui : sa belle façade de pierre grise, solide, crânement tournée vers l'océan, bâtie par les victoriens qui rêvaient du passage du Nord-Ouest, d'une route vers les richesses du monde ; ses jardins aux allées de graviers qui descendent en terrasse vers le ponton, garnis des plantes vivaces les plus résistantes, capables d'affronter tout ce que l'Atlantique Nord leur réserve ; et le ponton lui-même, de jolies lanternes – mais aussi, parfois, en fonction du vent, des braseros – éclairant le chemin. Un membre du personnel, vêtu de son uniforme en tartan bleu pâle, est là pour nous aider à descendre et nous ouvrir la lourde porte d'entrée. À travers les grands bow-windows, on distingue de belles flambées, de gros fauteuils confortables ; des gens déjà attablés ou debout, riant et bavardant ; des boissons et des canapés en train de circuler ; des moquettes épaisses. Aux étages, dans les chambres, de lourds rideaux évoquent luxe et escapades romantiques. Moment où l'on commence en général à se détendre.

Mais ce jour-là, Flora était arrivée par la route, dans sa fidèle Land Rover, ravie de voir des gens se promener dans les jardins, espérant qu'ils restent à distance des paons, qui s'avéraient être des bêtes plutôt féroces. Bjårk, le chien de la cuisine, l'avait appris à ses dépens en de multiples occasions : il s'approchait d'eux en trottinant, espérant jouer, copuler ou les dévorer (c'était un animal très accommodant), pour être accueilli par une pluie de cris perçants et de coups de bec indignés, qui donnaient l'impression qu'un crime venait d'être commis près du labyrinthe végétal.

Des lumières brillaient aux fenêtres de la demeure principale, ainsi qu'à celles des petits cottages que Colton avait fait construire derrière. Comme toujours, Flora éprouva un mélange de fierté et de nervosité en songeant que ce grand bâtiment était sous sa responsabilité. Le *Rock* donnait du travail aux habitants de l'île, était une source de revenus dans un lieu qui dépendait si lourdement du tourisme. Il perpétuait l'héritage de Colton ; sa dernière volonté était que le *Rock* soit pérenne et que Fintan soit en sécurité, aimé. Il y allait de leur avenir, de la réussite des îles écossaises, du pays entier même, lui semblait-il. Elle était grandiloquente, elle le savait, mais elle y croyait et voulait rendre les autres fiers.

Lorsqu'elle était assistante juridique à Londres, éperdument amoureuse de son patron, qui ne la remarquait même pas, que tout son salaire passait dans son loyer et les transports, elle n'aurait jamais pu imaginer, même dans ses rêves les plus fous, qu'elle gérerait un jour un tel établissement et que le patron canon qui ne la remarquait même pas aurait acheté la bague qu'elle portait à l'annulaire gauche.

Elle poussa un soupir de contentement. Quand la Land Rover arriva lentement au niveau de l'hôtel, une silhouette apparut à la porte de la cuisine en gesticulant frénétiquement, à tel point que Flora crut qu'elle allait la renverser. C'était Gaspard, son chef caractériel. Il travaillait là depuis plusieurs mois – son record de longévité à un poste, apparemment, et elle y voyait une forme de réussite. D'un autre côté, ils n'étaient parvenus à le faire rester qu'en le laissant obtenir gain de cause sur à peu près tous les sujets possibles et imaginables.

— C'est *insupportable**[1] ! lui cria-t-il avant même qu'elle n'ait ouvert sa portière pour sortir dans le vent cinglant.

Flora prit un air soucieux. Les choses que Gaspard avait trouvées *insupportables** par le passé incluaient : la margarine ; ne pas avoir le droit de servir du veau ; le pain de la veille ; les bouteilles de vin dotées d'une capsule à vis ; l'existence même de la marque de snacks Lunchables ; et tout ce dans quoi les Britanniques mettaient des courgettes.

— Bonjour.

Comme toujours, il lui fit deux bises à l'odeur de tabac.

— Bonjour, répondit-il avant de tirer une longue bouffée sur sa cigarette, révélant les tatouages passés, brouillon, sous sa veste de cuisinier d'un blanc éclatant.

Il se passait quelque chose entre Fintan et lui, mais Flora n'en savait pas plus et elle ne voulait pas poser

---

1. Les termes en italique suivis d'un astérisque sont en français dans le texte. (*Toutes les notes sont de la traductrice.*)

de questions – à Fintan, du moins ; elle était sûre que Gaspard s'en moquerait royalement.

L'amour que Fintan portait à Colton était si fort, si infaillible, qu'il devait avoir l'impression de le trahir en voyant quelqu'un d'autre, elle en avait conscience. Elle aurait aimé trouver le moyen de l'amener à comprendre qu'il avait le droit, que tout le monde comprenait, que c'était ce que Colton aurait voulu (vraiment ? elle avait des doutes sur ce point. Comme la plupart des personnes très riches, il aimait avoir l'exclusivité).

— Qu'est-ce qui se passe ? l'interrogea Flora en quittant la fraîcheur du jardin pour gagner la chaleur de la cuisine bruyante et animée.

Isla, qui travaillait auparavant à la *Seaside Kitchen*, était là avec Konstantin, son petit ami : ils goûtaient en riant les différents gâteaux, mais vinrent lui faire la bise en courant. C'était le grand jour : la fameuse Olivia arrivait enfin avec son organisatrice de mariages, et tout devait être parfait.

— Oooh ! s'exclama Flora.

C'était un régal pour les yeux : une génoise au citron, une au chocolat et une qui s'apprêtait manifestement à être décorée de fraises fraîches.

— Ça a l'air délicieux.

— Essai de gâteaux de mariage, lui expliqua Isla avec un grand sourire.

— Sans gluten ! On se crée des problèmes imaginaires, ajouta Gaspard avec colère. On se complique la vie. On va en mettre quand même et on dira : « Non, promis, c'est sans gluten. »

— Non, on ne va pas faire ça, se hâta de le reprendre Flora.

— J'aimerais mettre une pancarte qui dirait : « OUI, *ICI**, ON CUISINE AU GLUTEN. » En lettres capitales. Près de la porte.

— J'y réfléchirai. Est-elle arrivée ?

— Non, pas encore, répondit Isla, tout excitée. Je veux voir comment elle est habillée. Je ne l'ai pas connue, mais ma mère parlait toujours d'elle.

On aurait dit qu'une célébrité débarquait en ville. Flora traversa la cuisine en pleine effervescence. En milieu de semaine, ils recevaient bon nombre de couples de personnes âgées tranquilles : la plupart des chefs y auraient vu une occasion de miser sur la sécurité en proposant des tourtes et du *fish and chips*, mais Gaspard y voyait une incitation à tester de nouveaux plats, de sorte que, ce soir, c'était « *pigeon aux champignons** », accompagné de pommes de terre nouvelles roses et d'algues séchées. En jetant un coup d'œil par la porte du bar, Flora observa un phénomène inhabituel : en lieu et place des tables de « têtes blanches » auxquelles elle s'attendait (des retraités qui aimaient prendre leurs vacances hors saison, au calme), elle vit plusieurs jeunes gens, installés séparément, le nez dans leur téléphone, pour la plupart, certains habillés à la dernière mode, les garçons affublés de barbes et de chignons. Cela arrivait de plus en plus souvent, mais, ce jour-là, c'était frappant.

— Qui est-ce ? s'enquit-elle.

— Des blogueurs culinaires, chuchota Isla. À cause de l'Insta d'Iona.

— Ouah ! Qu'est-ce qu'ils font ?

— C'est très bizarre. Ils viennent, ils restent assis en silence, ils prennent plein de photos et de notes, puis ils demandent si on peut leur offrir le repas…

Flora eut l'air affolé.

— … moment où Gaspard leur dit d'aller se faire voir, et *ça ne les dérange même pas* !

Flora grimaça. Elle croyait en Gaspard et en sa délicieuse cuisine. Mais…

— Es-tu vraiment sûre que ça ne les dérange pas ? Pourrait-il éviter de dire ça ?

— Ils adorent ça ! intervint Konstantin, qui jouait avec un chalumeau de cuisine et de la meringue avec beaucoup d'enthousiasme. Ils le trouvent authentique.

Un authentique goujat, songea Flora en regardant Gaspard avec affection, même s'il venait de plonger son doigt dans un bol de sauce et le léchait avec délectation. Feignant de n'avoir rien vu, elle passa son chemin pour se rendre à la réception, en demandant à Isla d'apporter du café et des biscuits de la *Seaside Kitchen* dans le lounge.

Elle éprouvait malgré elle des sentiments qu'elle essayait de refouler. Elle aurait aimé goûter son gâteau ; organiser son mariage. Elle était ravie de s'en charger pour une autre, bien sûr. Or, ce n'était que lorsque Joel lui avait fait part de son désir sincère, tout à fait raisonnable, d'avoir une cérémonie intimiste qu'elle avait compris qu'elle rêvait d'un grand mariage, elle aussi. Mais elle se montrait égoïste. Joel rayonnait, il disait que Jan était enchantée de recevoir cet argent, qu'ils allaient pouvoir aider les garçons.

Elle allait donc organiser le plus beau des mariages pour Olivia, savourer ce moment, et apprécier tout ce qu'elle avait, se dit-elle sévèrement.

Le lounge était calme à cette heure de la journée : la plupart des clients étaient encore dehors, en train de se promener, de profiter de l'immensité déserte de l'Infinie ou de fouiller dans les magasins de souvenirs du port. On jouait au Scrabble dans un coin, en silence ; on lisait *The Scotsman* dans un autre, près de la fenêtre, mais les deux fauteuils en tartan bleu pâle à côté de la cheminée étaient vides. Elle consulta sa montre, puis regarda à la ronde, nerveuse. Où étaient-elles ? L'enjeu était de taille, pour tout le monde. Puis, la seconde suivante, dans l'encadrement de la porte en bois qui donnait sur la réception, apparut soudain la silhouette fine et élancée de la plus jolie fille que Flora ait jamais vue.

Tout était beau chez elle. Sa peau pâle. Ses cheveux sombres, ses yeux d'un vert éclatant – les yeux de Jan devaient être de la même couleur, songea Flora, mais elle avait les cheveux gris, ternes, et son regard était moins lumineux. La chevelure soyeuse d'Olivia brillait de nombreux reflets ; ses yeux étaient superbes, couleur citron vert, frangés de cils noirs longs et épais. Tout n'était pas naturel, à l'évidence, mais des faux cils et une coloration capillaire ne pouvaient suffire à rendre quelqu'un aussi beau.

Or, Olivia n'avait pas seulement de jolis traits. Elle avait un port de tête altier, une mâchoire fine et longue, une peau crémeuse et des épaules délicates. C'était si étrange : il était impossible d'être insensible à la beauté. Cela devait être inscrit dans les gènes, songea Flora. On restait sans voix devant une telle splendeur. Elle sourit toute seule : inutile de s'inquiéter que Joel ou quelqu'un d'autre ne tombe amoureux d'elle ; la comparaison n'était pas possible ; elles appartenaient à peine à la même espèce.

Olivia portait une robe fourreau noire toute simple, qui réussissait mystérieusement à paraître hors de prix, et des bijoux en argent. Elle s'attarda à la porte, l'air curieux. À quoi ressemblait sa vie ? se demanda Flora. Que ressentait-elle quand la circulation s'arrêtait, que des pièces entières se taisaient, simplement parce qu'elle avait tourné la tête ?

Se rendant compte qu'elle la dévisageait, bouche bée, et était malpolie, elle s'avança vers elle.

— Bonjour… Olivia Mathieson ? Flora MacKenzie.

Chapitre 10

La silhouette élancée s'avança, puis tendit sa main avec grâce, comme si elle s'attendait à un baisemain. Pour être honnête, Flora fut à deux doigts de le faire.

— Bienvenue.

— Merci *infiniment*, répondit Olivia.

Flora cligna des yeux. On aurait dit la reine d'Angleterre. Flora ne détecta aucune trace d'accent des îles.

Olivia regarda autour d'elle.

— Pardon, Jacinth jette un œil au domaine.

Jacinth était l'organisatrice de mariages. Elle avait déjà envoyé dix-neuf e-mails exhaustifs à Flora, pour cette seule visite.

— Le voyage s'est-il bien passé ?

— C'est si loin, s'étonna Olivia. J'avais oublié.

— C'est vrai. C'est ce qui rend cet endroit si spécial. Un thé ?

— Eau chaude et citron, répondit Olivia, sans dire merci ni s'il vous plaît.

Flora fit un signe de tête à Isla, qui attendait près de la porte pour essayer d'apercevoir Olivia et se dépêcha d'aller le préparer, sourire aux lèvres.

— Vous ne revenez pas souvent à Mure, n'est-ce pas ? s'enquit Flora tandis qu'elles s'asseyaient, Olivia parvenant à donner l'impression de poser pour *Vogue* en 1954, révélant un long cou gracile.

— Oh non. Vous rigolez ? s'esclaffa Olivia. Bon sang ! Enfin, ce n'est pas votre faute, vous êtes obligée de vivre là.

Elle sourit, et Flora entrevit une ressemblance avec Jan.

— Votre famille doit vous manquer.

— Avez-vous rencontré ma famille ?

— Euh, oui. Ils sont très respectés par ici.

Comment Fraser pouvait-il avoir enfanté une créature aussi exquise qu'Olivia ? C'était inconcevable.

— Est-ce que vous venez vous marier ici pour eux ?

— Oh non. *Non*. C'est pour mes futurs beaux-parents. Ils adorent les kilts, le folklore local et les chansons d'Andy Stewart : je ne veux pas les décevoir !

Flora ne put s'empêcher de se hérisser. Que des étrangers trouvent l'Écosse pittoresque, désopilante, ne la dérangeait pas : ils ne pouvaient pas savoir. Ils ne s'étaient jamais tenus sur le rivage par une fraîche matinée ensoleillée, quand le ciel changeait de couleur à toute allure au-dessus de leur tête, avec les falaises millénaires dans le dos, les pétrels s'élevant dans les volutes de brume matinale, une cornemuse jouant au loin. Mais Olivia était écossaise. Elle n'en avait peut-être pas l'air, mais c'était une fille des îles, elle aussi.

Flora s'efforça de sympathiser.

— Alors, comment est-il ?

— Anthony ? s'enorgueillit Olivia. Il est divin, naturellement. Il me laisse avoir tout ce que je veux ! Il me gâte ! Le fou !

— Je suis fiancée, moi aussi.

Olivia répondit d'un simple haussement de ses sourcils impeccables. Mais quand Flora sortit son calepin, elle remarqua le petit coup d'œil à son annulaire gauche, suivi d'un nouveau haussement de sourcils.

Elle aimait sa bague. Joel lui avait demandé si elle désirait la choisir, mais elle avait répondu non, tu as bon goût, ce qui était le cas, et Olivia ne s'attendait manifestement pas à voir une bague aussi chic au doigt d'une gérante d'hôtel sur une petite île écossaise. C'était un anneau en platine, orné de trois magnifiques diamants, celui du milieu étant plus gros que les deux autres. Flora ne la portait presque jamais, en réalité : elle craignait de la perdre dans un ragoût ou que Douglas ne l'avale. Elle cauchemardait à l'idée de devoir expliquer à tout le monde que son bébé s'était étouffé avec sa bague de fiançailles adorée et hors de prix. Mais elle l'avait mise ce jour-là, pour cette raison précise. Olivia, elle, aurait pu éborgner quelqu'un ou assommer une chèvre avec son diamant, aurait-on dit.

Cette jeune femme était si belle. Flora mourait d'envie de le lui dire, mais cela ne rimait à rien, comme faire remarquer à une personne de grande taille qu'elle était très grande. C'était inutile.

— Alors, euh, avez-vous une idée de ce que vous voulez pour le mariage ?

Olivia haussa les épaules.

— Eh bien, les choses les plus chères et les plus écossaises possibles. Jacinth s'en occupera. Je veux juste épater la galerie. Je ne me tracasse pas. Anthony est *si* généreux. Enfin, sa famille est…

Elle fronça les sourcils.

— Cela dit, en y réfléchissant, j'imagine que le haggis ne peut pas valoir si cher que ça.

Elle n'avait vraiment aucune trace d'accent des îles. Elle l'avait simplement perdu, s'en était débarrassée. Cela n'avait jamais traversé l'esprit de Flora, pendant toutes les années qu'elle avait passées dans le Sud, quand les gens lui demandaient de répéter ce qu'elle venait de dire, parce qu'ils ne l'avaient pas comprise ou parce qu'ils voulaient entendre cet accent on ne peut plus normal pour elle, mais très étrange pour eux. C'était soûlant, répétitif, et elle aurait pu gagner beaucoup de temps en se mettant miraculeusement à parler comme si elle était originaire de Kensington, comme l'avait fait Olivia.

— Eh bien, je pourrais le servir avec un très bon whisky, très cher, répondit Flora, se rendant compte qu'elle lissait son propre accent et s'en agaçant.

Les yeux d'Olivia s'illuminèrent.

— Voilà. Là, on parle. Cher comment ?

Flora haussa les épaules.

— Il faudrait que je regarde dans la cave, mais je crois qu'il est exceptionnel. C'est un très vieux Macallan, je crois. Et j'ai aussi de très vieilles bouteilles de la distillerie de Mure. Très rares.

— Bien. À vrai dire, je crois que mes futurs beaux-parents ne prennent au sérieux que les choses qui coûtent une fortune.

— Sont-ils gentils ?

Olivia plissa son nez parfait.

— Je ne suis pas certaine de correspondre à ce qu'ils attendaient pour Anthony. C'est pour ça qu'on doit faire les choses en *grand*. Sérieusement. Pour leur montrer qui commande. Qu'ils pensent que je suis la reine de l'île ou quelque chose comme ça, conclut-elle avec un sourire de connivence.

— Vous l'êtes déjà, d'après les habitants de l'île, avoua Flora, ce qui fit rire Olivia.

— Oui, mais je parle des gens importants.

Avant que Flora n'ait le temps de répondre, elles entendirent du vacarme à la porte. Il s'était mis à pleuvoir, sans qu'elle y prête attention. Cela n'avait rien d'extraordinaire sur Mure, quelle que soit la saison, mais la porte venait de s'ouvrir d'un coup, et une femme toute ruisselante se battait avec un parapluie retourné par le vent, l'air furieux.

— Excusez-moi, hurla-t-elle à Gala, la gentille réceptionniste. Excusez-moi, est-ce que vous pouvez prendre ça, s'il vous plaît ? Un petit coup de main ? Oui ? Merci ?

Gala se précipita vers elle pour l'aider à retirer son imperméable trempé. Olivia et Flora les observaient de loin.

— Est-ce… ?

— Oui, répondit Olivia avec suffisance avant de se dresser de toute sa hauteur élancée. Jac ! Jacinth ! On est là !

L'intéressée lança un nouveau regard noir à Gala.

— Faites-y attention… C'est un Burberry. C'est une marque… Ça coûte cher, d'accord ?

Sur ce, elle laissa tomber son parapluie cassé sur le sol couvert de boue et passa la porte d'un pas décidé.

— Olivia ! *Ma chérie !* Oh là là, tu es magnifique dans cette lumière. Plus mince que jamais.

Jacinth était elle-même très mince, d'une maigreur cadavéreuse, songea Flora, qui n'était pas allée à Londres depuis longtemps. Ce n'était pas élégant, comme sur Olivia. Elle avait l'air famélique. Elle portait une tenue très étrange, dotée de trois emmanchures, ce qui devait signifier qu'elle coûtait une fortune et était super tendance, en conclut Flora, et elle avait des cheveux bruns coupés très court, coiffés en brosse. Elle considéra Flora, qui se sentit bien banale, tout à coup.

— Bonjour, je suis Jacinth, dit-elle en tendant une main parée de bagues en argent.

Des tatouages élaborés couraient le long de ses poignets très fins. Flora, qui portait pourtant sa plus jolie robe fleurie et un pull en cachemire tout doux, eut soudain l'impression d'être vraiment ringarde, mal fagotée, complètement plouc.

— Je suis l'organisatrice de mariages, poursuivit Jacinth, au moment où Olivia disait :

— Jacinth est mon amie.

Un ange passa. Puis Jacinth enchaîna :

— Enfin, je ne suis sans doute pas une organisatrice de mariages ordinaire.

Flora, qui n'avait jamais rencontré d'organisatrice de mariages ordinaire, lui adressa un sourire poli.

— Flora MacKenzie. Bienvenue sur Mure.

— Mais où sommes-nous ? grommela Jacinth. Je me suis réveillée à Berlin.

— On est au sommet du monde, répondit Olivia.

— Eh bien, c'est sinistre. Nom d'un chien. Bon. Qu'avons-nous à notre disposition, ici ?

— Nous ne travaillons qu'avec des produits locaux. Nous vous avons préparé plusieurs plats pour que vous les goûtiez.

Jacinth pouffa.

— Oh, super. Vous vous procurez vos patates dans un champ. Ça me fait une belle jambe. Qu'avez-vous d'extraordinaire ? On veut en mettre plein la vue. On veut quelque chose de différent. Tout le monde en a assez de ces mariages barbants à thème Cirque du Soleil, avec champagne, licornes et sculptures de glace. On veut quelque chose de nouveau, de différent. Visez l'originalité !

Flora regarda par la fenêtre, consternée. En temps normal, pour impressionner les gens, elle n'avait qu'à faire un geste en direction des bow-windows, qui donnaient sur le jardin, avec ses sublimes petites marches descendant jusqu'au ponton et, au-delà, sur les vagues d'un bleu cristallin du vaste océan.

Cette vue était exceptionnelle : tout au long de la journée, le soleil se déplaçait autour d'eux, dardant ses rayons à travers les différentes fenêtres, jusqu'au soir, quand il déclinait et allait se poser derrière la maison, au-dessus des immenses jardins parfaitement entretenus qui surplombaient la falaise, conçus pour être abrités du vent. On ne pouvait imaginer coin plus charmant pour admirer son coucher, entouré de braseros et de couvertures en pure laine, en sirotant un cocktail au whisky et au miel, dans les effluves du poisson frais que Gaspard faisait griller à l'intérieur. Elle ne pouvait rêver mieux ; comment le pourrait-on ?

Sauf ce jour-là, bien sûr : il pleuvait des cordes, la visibilité devait être de quatre centimètres, et un vent cinglant soufflait du large, de sorte qu'il était impossible de distinguer les gouttes de pluie des embruns.

— Eh bien, c'est un très bel endroit où séjourner, dit Flora.

— Vraiment ? lança Jacinth, manifestement pas impressionnée. Je veux dire, est-ce qu'il fait toujours ce temps ?

— Non.

— Tous les jours, répondit Olivia au même moment.

— Eh bien, on devra prévoir deux fêtes, poursuivit Jacinth. Une à l'intérieur et une à l'extérieur, en fonction du temps qu'on aura.

— On pourrait installer un chapiteau, proposa Flora. Il y en avait un sur l'île, qu'ils sortaient à chaque grande occasion. Elle ne mentionna pas que la rumeur le disait maudit, car, chaque fois qu'ils le montaient, un déluge s'abattait aussitôt sur eux. La structure entière se retrouvait noyée sous environ soixante centimètres de boue, et les Muriens croyaient plus ou moins effectuer une danse de la pluie. Ils avaient même songé à l'ériger sans raison particulière deux ans plus tôt, lors d'un printemps exceptionnellement sec.

Mais les deux autres éclatèrent de rire à cette idée.

— Bon sang, c'est tellement 2002 ! C'est bon pour une conférence du parti conservateur ! commenta Jacinth sans bienveillance. Non. Ne soyez pas ridicule. Je pensais plus à des tipis ? Ou des wigwams ? Culturellement appropriés, bien sûr. Ou une grange, peut-être ?

— Vous ne… vous ne voulez pas construire une *grange*, quand même ? Il y en a plein sur l'île.

— Mais elles ont toutes… vous savez… des *animaux* dedans, non ? demanda Olivia.

— Vous ne pouvez pas construire une *grange* devant le *Rock*. Pourquoi est-ce que vous n'occuperiez pas tout l'hôtel pour organiser ça à l'intérieur ? Vous pouvez prendre le lounge pour le cocktail, puis on servirait le dîner dans la salle de restaurant, puis les invités reviendraient ici, on enlèverait les tables, on ferait venir un groupe pour danser…

Flora n'acheva pas sa phrase, comme les deux autres la regardaient avec pitié.

— Flora se marie, elle aussi, expliqua Olivia.

— Oh, c'est mignon, répondit Jacinth, indifférente. Eh bien, je suis certaine que ce sera charmant pour vous. Maintenant, écoutez, j'ai trouvé un endroit où on peut nous construire une bibliothèque médiévale. On pénètre à l'intérieur, et le toit s'ouvre, comme un plafond cathédrale. Ils peuvent la construire sur site en un mois.

— Attendez une seconde ! Dans notre jardin ?

— Pas d'inquiétude, la rassura Olivia en lui tapotant le genou. L'argent n'est pas un problème !

— Mais vous ne pouvez pas… On est ouverts l'été. On ne peut pas avoir des ouvriers dans le jardin pendant quatre semaines !

— Oh, on ne gênera personne, rétorqua Jacinth.

— Vous allez construire une énorme structure dans mon jardin, mais vous ne gênerez personne ?

— Je me disais qu'on pourrait peut-être installer un manège…

Flora ouvrit la bouche pour protester, mais la referma en songeant aux petits Muriens, qui adoreraient un manège. La fête foraine la plus proche se trouvait à des kilomètres de là, sur l'île principale, et la plupart d'entre eux n'avaient jamais eu la chance d'y aller.

— Est-ce vraiment nécessaire ? s'enquit Olivia. C'est un mariage sans enfants.

— Oh ! lâcha Flora malgré elle.

Les deux autres la dévisagèrent.

— Oh, non, poursuivit Olivia. Même avec les nounous, que l'on doit aussi nourrir, pour une raison mystérieuse, les parents ne peuvent pas se détendre. Ces pauvres mamans qui meurent d'envie de s'amuser. Et ces sales gosses sont incapables de bien se comporter. Pouah !

— Il y avait plein d'enfants au mariage de votre sœur, se remémora Flora.

Ils avaient saccagé le buffet.

— Oui, exactement. Raison de plus pour éviter ça.

Jacinth regarda dehors.

— Est-ce que ça se calme ? Il faut que je jette un œil au jardin.

Cela ne se calmait pas, pas du tout. Pire, Gaspard et Konstantin rôdaient près des portes du lounge. Flora sentait leur présence et supposait (à raison) qu'Isla était entrée dans la cuisine en s'écriant : « Oh là là, la plus belle femme du monde est dans le lounge », et qu'ils étaient venus jeter un coup d'œil curieux. Ils ne faisaient pas preuve de discrétion.

— Ça alors ! s'écria Konstantin, le nez collé à la vitre. C'est *vraiment* la plus belle femme que j'aie jamais vue.

Isla poussa un soupir.

— Ma mère pensait qu'après son départ de l'île elle allait peut-être devenir moche, énorme, boutonneuse et malheureuse. Mais je crois que ça ne s'est pas produit.

Elle regarda Konstantin.

— S'il te plaît, ne tombe pas amoureux d'elle, juste parce qu'elle est très belle et très riche. Après, tu vas vouloir me faire tuer pour te débarrasser de moi.

— Je dis juste qu'elle est belle. C'est un fait. Elle ne me plaît pas plus que toi. Et je fais très rarement tuer les gens. C'est arrivé juste une fois.

— Elle est époustouflante, murmura Gaspard. Regardez-moi ces tatouages.

— Pas celle-là, espèce d'idiot, le reprit Konstantin.

— Bon, on a beaucoup de choses à voir, dit Jacinth, comme Flora leur faisait visiter les lieux en s'efforçant de leur montrer les points de repère locaux malgré la grisaille dans laquelle l'île était plongée. Je me disais qu'on pourrait faire des salles à thème ? Une pour chaque saison : on les décorerait chacune avec les fleurs et les feuillages appropriés, de sorte qu'on aurait vraiment un effet « waouh » en passant de la réception au cocktail, au dîner, puis au bal. On pourrait faire venir des fleurs des quatre coins du monde. Donc, pour l'hiver…, commença-t-elle en indiquant un grand espace vide dans le jardin. On aurait des miroirs anciens partout, de vieux lustres, de la neige au sol, des arbres tout autour, un immense piano à queue, des toiles d'araignées…

— Vous voulez acheter des toiles d'araignées ? s'étonna Flora. Parce que, vous savez, je peux sans doute vous en vendre quelques-unes.

Jacinth poursuivit sans prêter attention à elle :

— On recouvrirait tout de poussière et puis *tada !*, une fois que tout le monde serait à l'intérieur, la neige commencerait à tomber.

— À l'intérieur de la structure ? s'étonna Flora. Cela dit, il peut faire froid en juin.

— Puis les vieux murs poussiéreux tomberaient, et ça se transformerait en immense discothèque multicolore décorée de sculptures de glace. Une patinoire.

— Une patinoire ? répéta Flora en clignant des yeux.

— J'adore cette idée, murmura Olivia. Oui, j'adorerais avoir une patinoire.

Flora avait tâché de rester forte toute la journée. Quelqu'un d'autre organisait son mariage de rêve. Ce n'était pas grave. C'étaient les affaires. Elle était très heureuse et chanceuse, après tout ; elle n'avait pas besoin d'épater la galerie.

Mais une patinoire. Une patinoire. Flora ne pensait qu'à sa petite nièce, Agot, qui était obsédée par le patin à glace. Sa mère l'emmenait deux fois par mois à la patinoire d'Inverness, mais c'était loin d'être suffisant, et la fillette ne pouvait pas vraiment progresser.

— Euh, quand on loue une patinoire, enfin, c'est pour combien de temps ? se renseigna-t-elle avec une fausse désinvolture.

— Oh, on ne la louera que pour le week-end, expliqua Jacinth. Les invités ne resteront qu'une nuit.

— Vraiment ?

Olivia acquiesça.

— On logera tout le monde au *Gleneagles* (c'était un hôtel de luxe de renommée internationale situé sur l'île principale), on ne les fera venir ici que pour la journée. L'idée, c'est de transformer Mure en une île fantastique, comme dans *Brigadoon*, le temps d'une soirée. Comme si c'était une île imaginaire. Puis, à la nuit tombée, minuit approchant, tout disparaît. Ça a l'air génial, vous ne trouvez pas ?

Flora sourit.

— Si, répondit-elle avec une pointe de tristesse, en partie par jalousie et en partie parce qu'il aurait été bien que les invités restent un peu sur l'île pour dépenser beaucoup d'argent. Si, ça a vraiment l'air génial.

Chapitre 11

Gaspard les attendait dans la salle de restaurant. Flora lui avait demandé d'être aimable, mais, en entrant, elle vit à sa posture que cette requête avait eu l'effet inverse à celui recherché. Il était debout, bras croisés, une grimace aux lèvres, l'air contrarié. Isla, elle, fixait le sol, comme si elle n'osait pas regarder Olivia dans les yeux.

— Alors, qu'allons-nous goûter ?

— Nous avons un feuilleté au foie gras de canard.

— Un feuilleté ? Oh, bon sang, répondit Jacinth. C'est un non catégorique.

— Vous n'avez pas goûté mes feuilletés.

— Non, et je ne les goûterai pas, asséna Jacinth.

Gaspard la dévisagea un moment. Elle le dévisagea en retour. Flora n'aimait pas la tournure que prenait cette dégustation.

— Et nous avons aussi…, commença-t-elle en lançant un regard entendu à son chef.

— Des tartelettes au fromage de chèvre, expliqua Isla, comme Gaspard refusait de répondre.

— Des produits laitiers ! Sérieusement ? C'est une caméra cachée ou quoi ? Vous vous moquez de moi ?

— Désirez-vous goûter ? demanda lamentablement Isla à Olivia, comme si elle s'adressait à un ange.

— *J'adorerais*, évidemment, répondit Olivia avec un sourire hypocrite, sans s'exécuter.

C'était, songea Flora, un moyen très efficace de ne pas faire quelque chose. Ils furent tous déstabilisés.

— Est-ce de la betterave ? s'enquit-elle avec entrain.

À sa décharge, Gaspard n'y était pour rien. Elle lui avait simplement demandé de préparer les plus beaux hors-d'œuvre possibles, et il avait indubitablement obtempéré. Elles pourraient rester dîner, si elles voulaient.

— Tout le monde adore la betterave ! ajouta-t-elle.

Gaspard pouffa. Il trouvait incroyable que les Britanniques mangent de la nourriture pour chevaux, mais, pour une raison mystérieuse, refusent de manger de la viande de cheval. Or, Flora ne voulait que des produits locaux, et c'était ce qui poussait par ici.

— De quoi est-elle accompagnée ? s'enquit Jacinth avec dédain.

— Crème de panais et oignons frits, répondit Isla.

Olivia parut affligée.

— Des oignons ?

— Je suis sûre… qu'on peut trouver une solution, poursuivit Flora.

— Elles peuvent, ricana Gaspard. En s'en allant et en ne revenant jamais.

— Si j'ai besoin des conseils d'un chef caractériel, je demanderai à l'un des neuf mille autres que je connais, répliqua Jacinth. C'est une réservation. Faites avec. Qu'est-ce que vous pouvez nous préparer d'autre ?

— Sans sel, ni sucre, ni produits laitiers, ni matières grasses, ni viande ? Pour vous, rien.

— Vous voyez ! s'exclama Jacinth. On perd sans doute notre temps, ici. On devrait peut-être se contenter d'importer toute la nourriture.

— Ce ne sera pas nécessaire, répondit Flora, horrifiée.

— Bah *oui**. Je cuisine pour les gens qui *mangent*, moi.

— Eh bien, vous avez encore beaucoup à apprendre, cracha Jacinth. Avec un peu de chance, on vous laissera vous charger du petit déjeuner.

Sur ce, Gaspard fit volte-face et sortit de la pièce en claquant la porte, non sans lancer :

— Elle est *magnifique. Insupportable, mais magnifique* !*

— Je suis désolée, dit Olivia, mais elle s'adressait à Jacinth, pas à Flora. C'est juste… Je veux dire, les gens qui vivent là… C'est loin de tout, tu sais. Ils ne savent pas ce qui convient à un palais contemporain.

Flora cessa de les écouter, déconfite. Elle parcourut la salle de restaurant du regard, qu'elle avait appris à aimer ; si confortable, accueillante et chaleureuse, avec des bougies qui brûlaient tous les soirs, et le feu qui crépitait quand il faisait froid, ses chaises moelleuses et son magnifique parquet. Si ce n'était pas suffisant pour ces gens… eh bien, tant pis pour eux. Ils auraient un été chargé. Ils s'en sortiraient. Elles ne voulaient peut-être pas de la nourriture, mais elles auraient besoin des chambres d'hôtel, non ? Sauf si elles prévoyaient de construire leur propre hôtel éphémère, bien sûr. Elle les en croyait tout à fait capables.

Olivia et Jacinth se levèrent, prêtes à s'en aller. Flora les imita.

— On peut encore attraper cet avion, dit Jacinth.

— Passez-vous voir vos parents ? demanda Flora, sincèrement surprise.

— Oh, répondit Olivia d'un ton dédaigneux. Ils me feraient des reproches. Parce que je ne reviens pas assez souvent. Même quand je reviens.

— Mais vous devez avoir envie de voir votre nièce, non ? Christabel est magnifique.

— Oh oui, le bébé.

Jacinth leva le nez de son téléphone.

— On devrait peut-être prendre quelques photos avec le bébé, dit-elle. Tu sais. La totale ? La famille qui se réunit, ce genre de choses.

— La totale ? s'enquit timidement Flora.

— Pour Instagram. Couverture intégrale de l'événement, expliqua-t-elle, comme si c'était l'évidence même. Vous n'imaginez pas le nombre de gens qui veulent nous donner des choses gratuitement. Vous ne saurez plus où donner de la tête, après le mariage.

Flora retint son souffle. Ils avaient besoin de cette réservation, ils en avaient vraiment besoin.

— Donc, si vous pouviez faire un… ? Je veux dire, nous allons à l'évidence rapporter beaucoup d'argent à l'île… Ça va être un grand événement.

Flora baissa les yeux.

— Mais vous allez faire venir des tas d'ouvriers qui vont mettre le bazar partout et éventrer nos jardins ! protesta Flora.

— Exactement, répliqua Jacinth. Les ouvriers mangent beaucoup, vous savez.

Flora ne répondit pas.

Les portes de la cuisine se rouvrirent alors d'un coup, et Gaspard apparut, l'air sombre, avec une assiette contenant un mets qui paraissait très délicat, comparé à ses grandes mains. Il leur présenta l'assiette, puis la posa brusquement sur la table, avant de tourner les talons et de disparaître à nouveau, ne s'arrêtant qu'un instant pour crier :

— C'EST SANS GLUTEN !

Les trois femmes se penchèrent au-dessus de l'assiette.

S'y trouvaient de minuscules pancakes à la ciboulette, aériens, tout gonflés. Flora en prit un, qu'elle porta timidement à ses lèvres. Il était chaud, moelleux, bien poivré et citronné. Recouvert d'une couche de crème de la laiterie de Fintan et d'un morceau de saumon de l'île que Gaspard fumait dans l'une des dépendances, il avait une saveur boisée. Cette petite bouchée, saupoudrée de quelques grains de caviar, était divine, aussi fraîche que les embruns.

Olivia elle-même fronça les sourcils, puis en mit une dans sa bouche.

— Tu sais, dit-elle en se tournant vers Jacinth, qui secouait la tête. Enfin, personne ou presque ne va toucher à la nourriture, de toute façon. Alors, est-ce vraiment si important ?

— Oui, enfin, peut-être, comme tu veux. Laissons-le se charger du petit déjeuner.

Flora ne put se retenir d'en prendre un autre ; ces canapés étaient légers comme l'air, un vrai délice. Les deux autres ne l'imitèrent pas. Elle poussa un soupir. Elles ne savaient pas ce qu'elles rataient.

— Oh, fit Olivia en regardant son téléphone.

— Quoi ? lui demanda Jacinth.

Olivia lui montra son écran, et Flora aperçut le fil Instagram de Jan, qui contenait de nombreuses photos de Christabel.

— Hum, murmurèrent-elles toutes les deux en faisant défiler les photos, et, étrangement, Flora fut furieuse pour Jan.

— Elle est très… pâle, commenta Jacinth au bout d'un moment.

— Et bien nourrie, renchérit Olivia, mais pas de manière approbatrice.

— Elle est très jolie, leur opposa Flora du tac au tac. Elle est magnifique.

Jacinth détourna les yeux.

— Alors, où en étions-nous ? Nous savons tous que les établissements gonflent leurs prix pour les mariages, bien sûr ; c'est de l'escroquerie, c'est bien connu.

Vraiment ? songea Flora, sentant son cœur se serrer. Ils avaient vraiment besoin de cet argent.

— Et, bien sûr, vous ne voudriez pas arnaquer une famille de l'île.

Olivia eut un joli sourire, puis leva son téléphone, comme s'il sonnait et qu'elle devait répondre, bien qu'il ne sonne manifestement pas. Elle se rendit dans le hall d'entrée.

— Nous pensions à…

Et Jacinth mentionna une somme moitié moins élevée que ce que Flora avait envisagé pour toutes les chambres et les salles de l'hôtel, le dîner, le petit déjeuner, le groupe et la soirée dansante.

Chapitre 12

En un sens, cela lui facilita la tâche, en réalité. Si Jacinth avait proposé, disons, les trois quarts de la somme que Flora avait en tête, elle aurait été partagée. Et si elles avaient voulu que Gaspard cuisine.

Mais le *Rock* s'en sortirait. À n'en pas douter. Elle croyait en l'hôtel ; elle croyait en Gaspard. Tant que les gens voyageraient, certains aimeraient toujours venir ici pour admirer les eaux du Nord, espérant avoir la chance d'apercevoir une baleine, déjà heureux de voir les gentils phoques gris, en sirotant un bon Rob Roy dans la lumière du couchant. Ils n'avaient pas besoin d'en rajouter pour récolter des *like* minables sur Instagram, qui ne feraient qu'encourager d'autres pique-assiette à essayer d'obtenir des séjours à bas prix – Flora en avait fait l'expérience à Noël, quand ils avaient eu leur petit moment de gloire.

Elle regarda autour d'elle. Colton s'était tant investi dans ce lieu. Il avait tout choisi lui-même, avec soin et amour : les sols, les serviettes, l'argenterie affreusement lourde et peu maniable, les tableaux, les doublures occultantes aux rideaux pour contrer les effets du décalage horaire et les nuits blanches estivales, quand il ne faisait jamais noir. Et il leur avait confié, à Fintan et à elle, l'endroit qu'il aimait le plus au monde.

— Désolée, répondit-elle au bout d'un moment d'une voix basse, tremblant intérieurement. C'est non.

Jacinth la dévisagea.

— Mais c'est le mariage de l'année ! Olivia et Anthony Forbes ! C'est énorme ! International !

— C'est génial. Et le *Harbour's Rest* se fera une joie de vous recevoir, vous savez.

— Ça alors, cet endroit est toujours ouvert ? s'enquit Olivia, qui revenait dans la pièce. Il tombait en ruine quand je vivais ici. J'y ai bu mon premier verre. Cidre au sirop de cassis. Bon sang. Cette île n'évolue pas.

— Je ne suis pas d'accord, rétorqua Flora, campant sur ses positions.

— C'est pas vrai, s'agaça Jacinth en fusillant Flora du regard. On pourrait peut-être aller jusqu'à…

— Je verse un salaire équitable à mon personnel. J'utilise les meilleurs produits locaux possibles. Je n'en profite pas, je vous assure. Mais je ne peux pas accepter à ce prix.

Le plus agaçant, expliquerait-elle plus tard à Joel, la tête posée sur son ventre, c'était qu'elles étaient déjà venues jusqu'ici en avion ! Juste pour une petite visite ! Ça coûtait déjà cher !

— Les riches sont comme ça, lui expliquerait-il. Ils font des folies avec leur argent et, pourtant, pour les choses importantes, ils chipotent toujours. J'imagine qu'ils ne sont pas devenus riches en jetant l'argent par les fenêtres. Mais je te félicite.

— Je sais. Je suis fière de moi. « *Non !* » j'ai dit. Enfin, peut-être pas aussi fort.

— Tu dois tenir tête aux Jacinth de ce monde. Sinon, elles te mangeront toute crue.

— Je crois qu'elle pourrait quand même le faire. Enfin, si elle mangeait.

— Elles n'ont rien goûté, vraiment ? Gaspard devait être furieux.

— Elles ont goûté les pancakes. Rien d'autre. En fait, je l'ai trouvé étonnamment respectueux. C'était très bizarre.

— Gaspard, bizarre ? Incroyable ! ironiserait Joel en la chatouillant. Tu vois ? Tu devrais être contente de ne pas avoir à t'embêter avec ce tapage ridicule.

— Mmh mmh, répondrait-elle avant de se redresser. Sauf que, *après*… !

Les deux femmes s'apprêtaient à partir. Flora les raccompagna jusqu'à la porte, l'air désolé.

Comme souvent, le temps avait tourné : le monde extérieur était métamorphosé. Un immense arc-en-ciel était apparu à l'est, devant les nuages gris de pluie qui se dirigeaient rapidement vers la Norvège et avaient laissé place à un grand ciel bleu. Une petite brise, idéale pour faire sécher le linge, soufflait, et le soleil brillait.

Dans le jardin, la pelouse qui descendait jusqu'au ponton était si verte qu'elle luisait ; les petits massifs immaculés de succulentes et les rangs soignés de jonquilles qui ondulaient dans le vent étaient superbes. Le magnifique bateau de bois dansait sur l'eau près de la jetée, comme s'il attendait qu'une mariée parfaite en descende, pour rejoindre sa famille et ses amis sous les applaudissements et les cris de joie, le soleil brillant haut dans le ciel, les serveurs apportant des boissons dans ce havre de paix paradisiaque, où l'air était si pur qu'on pouvait le goûter, où les seuls bruits qui leur parvenaient étaient les cris des courlis à la surface de l'eau et, au loin, le chant des passereaux occupés à construire leur nid.

Flora les laissa sortir en premier, pour voir si elles y étaient sensibles. Si elles n'étaient pas capables d'admirer les bateaux de pêche qui partaient vers le large, remplis d'hommes robustes qui sillonnaient les eaux froides ; de contempler l'immensité de l'océan, ininterrompue jusqu'au pôle Nord ; de percevoir, au plus profond d'elles-mêmes, la beauté époustouflante de ce lieu… eh bien, elle ne pouvait rien faire pour elles.

Olivia s'arrêta net, puis se retourna.

— J'avais oublié. Vous savez ? J'avais oublié que ça pouvait être comme ça. Je ne me rappelle que la fichue pluie.

— Il ne pleut pas tout… enfin, il pleut beaucoup…, répondit Flora.

Olivia fit un pas en avant, l'expression boudeuse sur son joli visage s'atténuant.

— Oh, j'avais vraiment oublié…

Les paons choisirent ce moment précis pour se pourchasser sur la pelouse, poussant de hauts cris.

Elle se retourna.

— Mais si on n'a pas le même temps ?

— Vous savez ce qu'on dit, lui rappela Flora. « Si le temps ne vous plaît pas en Écosse, attendez cinq minutes. »

Olivia hocha la tête.

— Oui, et aussi : « Il y a deux saisons en Écosse : l'hiver… et juin. »

Le temps qu'elles atteignent la Land Rover garée à l'arrière du bâtiment, l'affaire n'était pas encore entendue, mais Flora se sentait un peu plus optimiste.

— Ça impressionnera ma belle-famille, reconnut Olivia du bout des lèvres.

Flora sourit.

— Je vous promets que nous ferons tout ce qui est en notre pouvoir pour nous assurer que tout est parfait. Aussi parfait que possible, ajouta-t-elle après réflexion.

— La nuit du solstice, poursuivit Olivia. C'est ce qu'on veut, non ? Une belle nuit claire. Le domaine sera féérique.

— Je croyais que tu voulais du moderne, du branché ? s'étonna Jacinth. Ne compte pas sur moi pour acheter des petites planches de bois flotté ridicules, sur lesquelles il est écrit : « Vis, Aime, Ris ». Ni pour demander aux gens de boire dans des fichus pots à confiture.

— J'adore les pots à confiture, dit Flora.

— Ça ne m'étonne pas, répondit Jacinth au moment où une autre vieille Land Rover remontait l'allée à toute allure.

Jan en sortit, débraillée, toute rouge, Christabel hurlant à pleins poumons dans son siège bébé.

— OLIVIA !

Flora sentit la jeune femme se raidir à côté d'elle, sans se départir pour autant de son élégante posture.

— Tu ne nous as pas prévenus que tu venais ! C'est Ewan qui me l'a appris.

— Contente de voir que le bouche-à-oreille fonctionne toujours aussi bien. Salut, Jan. Ravie de te voir.

Flora, qui n'avait pas de sœur, s'était souvent demandé ce que cela faisait d'avoir une fille dans sa vie pour pouvoir discuter, jouer, ou échanger des vêtements et des conseils de maquillage.

Mais, à les voir, elle n'avait pas raté grand-chose.

— T'apprêtais-tu à aller voir papa et maman ?

— Oh, c'est une visite éclair, répondit Olivia en pinçant sa bouche parfaite. On a un avion à prendre.

Elle mentait effrontément : l'avion en question ne partait que deux heures plus tard, mais Flora se contenta de détourner les yeux. Cela ne la regardait pas.

Malgré tout, c'était curieux. Elle avait si souvent fait les frais de la langue acérée de Jan qu'elle aurait pu se réjouir de la voir se sentir toute petite pour une fois, rejetée. Mais, bien sûr, ce n'était pas le cas ; personne ne pouvait se réjouir d'une telle chose. Elle n'éprouvait que de la compassion et ne savait plus où se mettre.

— Veux-tu… veux-tu que je te présente ta nièce ? l'interrogea Jan en s'efforçant d'extraire Christabel de son siège auto au mécanisme complexe.

La petite, elle, hurlait sans relâche, comme tous les jeunes enfants se sentant obligés de le faire quand ils savent que vous essayez d'impressionner quelqu'un.

— Bien sûr ! Mais, tu sais, je vais multiplier les allers-retours pour organiser le mariage…

L'air triomphant, Jan parvint enfin à libérer Christabel, qui poussa un nouveau hurlement. La petite avait visiblement mangé de la compote : sa grenouillère grise, qui avait fait son temps, était toute tachée, et aurait bien mérité d'être changée, songea Flora.

— Dis bonjour à tata Olivia ! s'exclama Jan en agitant la main de sa fille.

Jacinth recula, une grimace dégoûtée aux lèvres, pour ne pas avoir à se salir en s'approchant d'un bébé.

Olivia, en revanche, prit une profonde inspiration, puis se baissa pour regarder sa nièce dans les yeux.

— Bonjour, toi, lança-t-elle de sa voix douce et mélodieuse à l'accent anglais.

Christabel cessa aussitôt de pleurer, comme si on avait appuyé sur un interrupteur. Son visage prit un air émerveillé, et elle tendit la main pour toucher la jolie dame.

C'était incroyable, songea Flora : cette toute jeune enfant, qui n'avait même pas encore un an, était très sensible à la beauté. Elle attrapa une mèche des cheveux soyeux d'Olivia, puis l'enroula autour de sa petite main potelée.

— Eh bien, je suis ravie de faire ta connaissance, dit Olivia au bébé hypnotisé.

— J'espère qu'elle marchera au mois de juin. Elle pourrait semer des pétales devant toi.

S'ensuivit un silence de mort.

— Mmh mmh, fit Olivia avec un grand sourire inexpressif.

Le visage de Jacinth resta impassible.

Puis Olivia se tourna vers Flora.

— Où achètes-tu ta robe ? Pardon, je vous tutoie.

— Oui bien sûr. Je vais faire les boutiques à Édimbourg, répondit Flora, qui s'en réjouissait à l'avance. Il y a plein de friperies aussi. J'y vais deux jours, entre filles.

— Les vêtements vintage sont très petits, tu sais, intervint Jan d'un ton maussade en tenant Christabel, qui gigotait, les bras tendus vers sa tante.

Olivia ouvrit grand les yeux, l'air intrigué pour une fois, non dédaigneux.

— Y a-t-il beaucoup de friperies, là-bas ?

— Oui…

— Et tu y vas avec ta… mère ?

— J'ai perdu ma mère, répondit Flora avec une certaine raideur. J'y vais avec ma meilleure amie.

— Oh là là, ça a l'air génial !

— Eh bien, je ne… Ma mère est morte, et je n'ai pas de sœur. J'aurais aimé y aller avec ma famille, mais c'est bien aussi, j'imagine.

Olivia, qui avait une mère en parfaite santé et une sœur debout à côté d'elle, acquiesça vigoureusement. Flora ressentit une pointe de tristesse : sa mère ne serait pas présente, ni celle de Joel, et elle savait que c'était en partie pour cela qu'ils devaient se marier en petit comité ; cette perte les rapprochait. Quand elle y pensait, elle ne pouvait s'empêcher de serrer Douglas dans ses bras, jusqu'à ce qu'il se débatte. Marsha, la mère adoptive de Joel, était géniale, bien sûr (Flora l'adorait, elle aussi, avec ses yeux pétillants de sagesse et ses airs de petit oiseau), mais ce n'était pas la même chose. Joel pouvait à peine parler de ses parents… C'était mieux ainsi.

— Oh, mais ça a vraiment l'air *génial*, répéta Olivia, les yeux brillants. Un voyage entre filles ! Qu'en dis-tu, Jacinth ?

— J'ai déjà contacté l'atelier, protesta l'intéressée en levant le nez de son téléphone. J'ai réservé les essayages.

Olivia grimaça.

— Franchement, seize heures à me faire enfoncer des épingles dans le dos à Paris, je pourrais m'en passer. Quand est-ce que vous y allez ?

Une seconde, Flora faillit mentir. Cela faisait si longtemps qu'elles attendaient cela, avec Lorna. Cela dit, Lorna venait avec son petit ami.

— Le week-end d'après Pâques, répondit-elle à contrecœur.

Elle ne pouvait pas s'absenter pendant un week-end férié, car l'hôtel serait pris d'assaut, mais elle pouvait se permettre de partir un peu à ce moment-là.

— Super, c'est bon pour moi, assura Olivia.

— Euh, je serai probablement très occupée ce week-end-là…, avança Jan.

Cela étonna Flora. Elle ne pensait pas que Jan voudrait accompagner sa sœur (elle aurait eu des raisons), mais, visiblement, Olivia ne s'y attendait pas non plus. Bon sang.

— Oh, quel dommage, roucoula Olivia, se ressaisissant. Ce n'est pas grave, ajouta-t-elle au moment où Jan finissait sa phrase :

— … mais je peux sans doute m'arranger…

Chapitre 13

— Je dis juste que tu devrais emmener les garçons faire du kayak, dit Jan.

Joel fixait l'eau, l'air buté.

— Je ne préférerais pas, répondit-il avec raideur. On construira des cabanes.

Jan s'organisait en vue de son week-end.

— C'est vraiment idiot d'avoir peur de l'eau.

— Je n'en ai pas *peur*. C'est juste que… je n'adore pas ça.

Il scruta les vagues noires avec attention : le temps était menaçant. Leur simple vue lui donnait envie de frissonner. Il trouvait sidérant que Saif ait fui son pays sur un bateau, vraiment sidérant. C'était pour cela qu'il assistait aux réunions de la RNLI – pour tenter de surmonter sa phobie. Heureusement, jusqu'à présent, ces entrevues s'étaient résumées à de simples exercices et à de l'organisation. C'était dans ses cordes.

— Flora attend ce week-end avec impatience.

Jan eut une moue.

— Bon sang, vraiment ? Je n'y vais que pour ma sœur, insista-t-elle. Je ne comprends pas pourquoi les gens veulent des mariages tape-à-l'œil et hors de prix. Vraiment pas. Ce n'est que de la frime, en fin de compte, non ?

— Flora n'est pas comme ça, répondit fièrement Joel.

Jan leva les yeux au ciel.

— Les femmes disent toutes ça. Ça va être une bande de filles en furie. Oh, et n'oublie pas de mettre à jour la liste des secours d'urgence, ajouta-t-elle d'un air renfrogné. Le Dr Hassan sera absent, lui aussi, ce week-end-là. Il y aura un remplaçant.

— Comment est-il possible que personne ne remarque que Lorna et Saif partent le même week-end ? demanda Joel.

Depuis que Flora lui avait raconté pour Lorna et Saif l'année précédente (il en était resté bouche bée), en lui faisant jurer de garder le secret, il trouvait invraisemblable que deux des rares trentenaires célibataires de l'île (à l'exception des agriculteurs), qui jouaient des rôles complémentaires dans la vie de leur communauté et dont on aurait pu s'attendre, normalement, à ce qu'ils passent beaucoup de temps ensemble, évitent de se parler et de se regarder en public.

— C'est tellement évident, poursuivit-il. C'est dingue que les gens ne s'en rendent pas compte.

— Les gens ne voient rien tant qu'on ne le leur met pas sous le nez, répondit Flora sans mentionner, par politesse, que, l'année précédente, Joel n'avait rien remarqué alors qu'elle était enceinte de cinq mois.

— Mais c'est tellement, *tellement* évident.

— Mme Cook croit qu'ils se détestent. Elle pense que Lorna est raciste, et Lorna doit sans cesse tenir sa langue.

— Oh non ! La pauvre.

— Oui, mais comme il va rester maintenant…

— Je sais. Cela dit, attends de voir quand les garçons découvriront que leur belle-mère est raciste.

Flora lui donna un coup d'oreiller. Puis il s'allongea, la regardant faire ses bagages avec enthousiasme, soulagé que sa future femme ne soit pas une frimeuse.

— Donc c'est Olivia qui paie pour tout, c'est ça ? s'enquit Senga dans la cuisine.

— C'est la famille du mystérieux *Anthony* qui paie, répondit Jan. Mais elle prétend que c'est elle. Tu aurais dû la voir, maman, à arpenter les lieux comme s'ils lui appartenaient. Elle est pire que Flora.

— À qui ils appartiennent vraiment.

— Non ! Elle fait juste partie du personnel ! rétorqua Jan avec une moue.

— Eh bien, je serai ravie de garder Christabel si tu veux aller faire du shopping avec ta sœur, dit Senga, dubitative. Ce serait bien que vous passiez un peu de temps ensemble pour vous rapprocher.

— On a eu toute notre enfance pour ça, maman ! Ça n'a pas marché, tu te rappelles ? Elle te prenait pour sa bonne ; moi, elle me traitait comme une moins-que-rien, et puis elle s'est fait la malle, sans un regard en arrière. Avec ta bénédiction.

— Oui, eh bien, excuse-moi d'avoir deux filles qui ont bien réussi leur vie, répliqua Senga avec colère en faisant exprès de donner un biscuit à Christabel. Essaie de t'amuser, ma chérie.

Flora passa prendre Douglas à la ferme, prête à passer le relais à Joel, avant de partir à Édimbourg.

— Dis, est-ce qu'il reste de la place à l'hôtel pour Tripp ? Il m'a demandé.

Fintan, allongé sur le canapé, faisait des grimaces à Douglas, qui se roulait sur le tapis, jouant avec les poils de Bramble. Le chien s'en moquait royalement. Au contraire de Flora, puisque cela signifiait qu'entre le vieux sol en pierre et le vieux chien poilu, son fils allait être d'une saleté sans nom, mais rechignerait malgré tout à prendre un bain.

— Quoi ?

Elle jeta un coup d'œil aux comptes qu'Innes avait fait exprès de laisser bien en vue – pour qu'elle y prête attention, il fallait les placer dans son champ de vision, c'est-à-dire près de son bébé.

Innes les avait mis en page le plus clairement possible, de sorte qu'elle voie exactement les rentrées et les sorties d'argent. Il y en avait beaucoup, dans les deux sens. Beaucoup. Le personnel, l'électricité, les marchandises, etc. Mais ils avaient du monde. Ils faisaient des bénéfices. Un peu. Tant qu'il ne se passait rien de grave. Colton leur avait légué ses propriétés, mais ils devaient se débrouiller seuls, à présent. Charge à eux de se maintenir à flot. Ou, plutôt, de garder la tête hors de l'eau, songea-t-elle, sans trop paniquer.

Pense au chèque d'Olivia, ne cessait-elle de se répéter. *Sois gentille ce week-end. Pousse-la à engager Gaspard ; à dépenser le plus d'argent possible.*

— Pour le mariage ? Il veut juste savoir où il doit séjourner, expliqua Fintan.

Tripp était le frère de Colton, avec lequel il était resté longtemps brouillé. C'était un vrai *redneck*, par-dessus le marché.

— Tripp ?! Tripp n'est pas invité à mon mariage ! Pourquoi est-ce que j'inviterais ton beau-frère, qui est un gros homophobe, si tu te rappelles, à mon mariage en tout petit comité ?

Fintan parut surpris.

— Mais c'est la famille de Colton !

— Il n'était même pas à *votre* mariage !

— Non, mais il a changé.

Flora pouffa. Elle aimait la plupart des Américains (la plupart des gens, en réalité), mais le charme de ce bon vieux Tripp lui avait échappé.

— C'est vrai, insista Fintan. Est-ce que tu sais ce qu'il fait, maintenant ? Il essaie de détourner les gens des théories du complot ! Il tente de leur expliquer qu'ils ne doivent pas croire toutes les bêtises qu'ils lisent sur Internet ! C'est très dur, tu sais. Surtout où il vit ! Il y passe ses journées ! Il se sent très seul, et tout le monde le déteste.

— Oh, fit Flora en se redressant. Je ne savais pas.

— Regarde, poursuivit-il en lui montrant la page Facebook de Tripp, où, en effet, il s'efforçait de discréditer les théories du complot et où tous ses amis le traitaient de lâche et de progressiste.

— Ouah. Il fait ça pour toi ?

— Plus ou moins. Alors, ne mérite-t-il pas de s'échapper un peu pour passer du temps ici, où il a de nombreux amis ? Il fait partie de la famille, après tout.

— Oui, de *ta* famille !

— De *notre* famille, la reprit-il d'un air sentencieux.

Elle poussa un soupir.

— Joel a dit qu'il ne voulait que des personnes que nous aimons dans l'assistance.

— Joel ne m'aime pas !

— Alors, de un : si, il t'aime beaucoup. Et de deux : moi, je t'aime.

Fintan se mordilla la lèvre.

— Mouais, si tu veux, marmonna-t-il, mais elle vit qu'il était content.

Elle poussa un nouveau soupir. Si Saif venait, la présence de Tripp brouillerait les pistes.

— Ce n'est pas vrai… Il pourrait peut-être être ton cavalier ?

— Ça ne va pas, non ? Beurk. C'est dégoûtant. Bon sang, qu'est-ce qui cloche chez toi ?

Flora leva les yeux au ciel.

— Est-ce que Gaspard t'accompagne ?

— Eh bien, je ne peux pas, si ? Tu l'enchaînes aux fourneaux.

Elle lui jeta un coup d'œil.

— Est-ce que… est-ce que vous êtes toujours ensemble ?

Fintan haussa les épaules.

— Qui sait ? Je n'ai pas envie de… je n'ai pas envie de mettre un nom sur ce qu'on vit, d'accord ? Je ne…

Gaspard et Fintan avaient commencé à se fréquenter à Noël. Ils s'attendaient tous à ce que la flamme s'éteigne vite, mais cela ne s'était pas encore produit. Même si la nature de leur relation n'était claire pour personne.

Fintan soupira à son tour.

— Je ne veux pas le mener en bateau. Je ne… je veux dire, je ne suis pas vraiment prêt pour une relation. Je suis… j'étais marié. J'avais un mari. C'est comme ça que je me vois. Je refuse de mettre une étiquette sur le reste.

— Je comprends. Gaspard est-il au courant ?

— J'espérais que ce ne serait qu'une… je ne sais pas… une passade. Qui m'aiderait à me remettre de la mort de Colton. Mais cette île est si petite…

— Est-ce que tu es en train de tomber amoureux de lui ?

Fintan secoua la tête.

— As-tu écouté ce que je viens de te dire ?

— Oh. Bon, le truc, c'est que c'est le meilleur chef qu'on ait jamais eu. Alors, est-ce que tu pourrais faire semblant, disons, le plus longtemps possible, et peut-être pour toujours ?

Fintan eut une moue, puis regarda à nouveau son ordinateur.

— Du coup, est-ce que je dis à Tripp de se présenter à la réception ?

— Tu l'as invité il y a longtemps, hein ?

— C'est toi qui m'as dit que ce serait pour le solstice ! C'est une date très facile à retenir ! J'ai supposé que c'était gravé dans le marbre.

Flora fit la moue. C'était la date que désirait Olivia. Cela dit, était-ce vraiment important, puisque, avec Joel, ils n'organisaient qu'une petite cérémonie ? Ils auraient sans doute le temps de se marier avant qu'Olivia n'ait fini de se préparer : cette idée la rendit plus triste qu'elle ne voulait bien l'admettre.

— Ses billets d'avion ne sont pas remboursables, ajouta Fintan en fronçant les sourcils. Allez, sœurette. Il promet de bien se comporter.

— Merci, dit Inge-Britt en servant un gin tonic à Lorna et Flora avant leur séjour sur l'île principale.

Les deux copines prenaient un petit verre à la sortie du travail, avant de rentrer chez elles pour faire leurs bagages avec entrain. Elles s'étaient retrouvées au *Harbour's Rest*, de sorte que Flora n'ait pas à se lever toutes les cinq secondes pour aider des clients désorientés qui voulaient savoir où se trouvait le *Starbucks* de l'île et pourquoi ils ne pouvaient pas accéder à Netflix, ou pour essayer de déterminer ce qu'étaient tous ces cris en cuisine, tout en s'efforçant de ne pas grimacer quand Bjärk se mettait à déambuler dans la salle à manger. Même si elle avait découvert que la plupart des clients l'adoraient et aimaient l'idée qu'il soit le chien officiel du *Rock*. Konstantin, son maître, l'affublait de toutes sortes de foulards élégants, qui le rendaient encore plus populaire. Flora aurait aimé mettre une pancarte priant leurs hôtes de ne pas le nourrir à même l'assiette (il savait se faire bien voir quand ils servaient des saucisses au petit déjeuner), mais elle craignait de mettre la puce à l'oreille aux services d'hygiène et préférait donc fermer les yeux. D'où le choix du *Harbour's Rest*, qui était un peu sale, un peu poisseux, mais toujours animé, bondé, plein de gens et de bruit, sans personne pour lui suggérer de venir voir ce qui bouchait les canalisations.

— Je suis si contente que tu n'organises pas ta réception ici ! poursuivit Inge-Britt. Comme ça, je vais pouvoir venir et profiter de la journée ! Sans oublier qu'on sera sans doute complet, avec les invités, mais ce n'est pas grave. Ils prendront un petit déjeuner tardif.

Flora cligna des yeux.

— Oh, je… Enfin, ça va être un mariage en tout petit comité. Juste la famille et quelques proches.

— Mais tes amis de l'île principale vont venir, poursuivit Inge-Britt.

— Ça va être… Enfin, non, pas tous.

— Eh bien, ce sera encore mieux ! Il n'y aura que nous au mariage, les filles, alors !

Lorna lança un regard à Flora, l'air de dire : « Je t'avais prévenue », mais la jeune femme fit un grand sourire et mit cela dans un coin de sa tête. Elle s'en inquiéterait plus tard. Elle prenait trop plaisir à voir l'enthousiasme débordant de Lorna pour laisser quoi que ce soit gâcher l'ambiance.

Malgré tout, à quelques tabourets d'elles, la main crispée sur une bière solitaire, les yeux dans le vide, elle aperçut quelqu'un qu'elle ne s'attendait pas du tout à trouver là : Charlie. Elle le voyait rarement au pub – il travaillait trop et ne se séparait jamais de Jan, pas vraiment. Les filles lui sourirent par-dessus le comptoir.

— *Ciamar a tha thu a, Teàrlach ?* lui demanda Flora. Comment vas-tu, Charlie ?

Le gaélique d'Écosse était sa langue maternelle.

Il répondit d'un haussement d'épaules.

— Joins-toi à nous ! lui proposa Lorna, qui débordait de joie et craignait de dire par mégarde quelque chose au sujet de Saif qu'Inge-Britt pourrait entendre.

À leur grande surprise, il accepta leur invitation, son corps imposant traînant le vieux tabouret sur le sol un rien collant.

— Qu'est-ce qui t'arrive ?

— Oh, je ne sais pas, répondit-il en regardant sa bière avec tristesse. Je ne suis pas vraiment le bienvenu à la maison, je crois.

— Ça doit être usant, compatit Lorna avec bienveillance. Vous travaillez tant avec Jan. Et vous êtes tout le temps ensemble.

Il haussa les épaules.

— Ça ne m'a jamais dérangé. Mais je crois qu'elle en a assez.

— Qu'est-ce que tu veux dire ? l'interrogea Flora en fronçant les sourcils.

— Ben, ça allait plutôt bien entre nous. Enfin, c'est bizarre depuis la naissance du bébé… mais ça l'est toujours, non ?

— Bizarre dans le bon sens du terme, répondit Flora. Mais oui, c'est bizarre.

— Mais cette histoire d'Olivia. Bon sang. Elle n'a que ça à la bouche. Elle dit qu'Olivia a la belle vie. Que son mariage va être grandiose. Je veux dire, j'ai aimé notre mariage, *moi*.

— Avec tous les petits qui jouaient au foot, se rappela Flora. C'était mignon.

— Exactement. Et maintenant, elle me bassine avec des histoires d'argent, de tentes de luxe et de je ne sais quoi d'autre. Tous les trucs que les gens font pour leur mariage.

— Tu n'as pas idée, soupira Flora, qui recevait trente-six mille e-mails de Jacinth par jour, avec des objets mystérieux, comme : « Rémunération des professeurs de danse en groupe », « Calage des 99 lumières (de jour) », « Liste des allergies aux fleurs », ou encore « Installation des caméras ».

— Je ne pensais pas que ce genre de choses lui importait.

— Ce n'est pas le cas, répondit Flora. C'est simplement de la rivalité entre sœurs, non ?

— Voui, peut-être. Et, bien sûr, la petite se réveille encore cinq ou six fois par nuit, ce qui n'aide pas.

— Je le *savais* ! s'écria Flora, avant de se taire aussitôt, puisque sa remarque était déplacée, mais Jan lui avait assuré que Christabel faisait ses nuits depuis l'âge de dix semaines.

— Du coup, elle est épuisée et, apparemment, je n'y mets pas assez du mien, alors que je n'arrête pas de lui proposer qu'on se fasse aider un peu plus. Et après, elle se plaint de sa mère, et c'est reparti pour un tour…

Il s'interrompit pour boire une gorgée de bière.

— Pardon, je parle trop.

— Mais non, pas du tout, le rassura Flora, un petit sourire au coin des lèvres.

À qui d'autre pouvait-il se confier ? C'était difficile sur une petite île, elle le savait : tout le monde voulait toujours se mêler des affaires des autres.

— C'est courant après un bébé, ajouta Lorna d'une voix douce. Même pour les parents de mes élèves, c'est dur.

— Je sais. Je sais. Je suis un homme patient. J'essaie, du moins.

Il l'était. Raison pour laquelle il excellait dans son travail, à « Aventures en plein air », où il recevait aussi bien des hommes d'affaires (c'était grâce à eux qu'ils gagnaient de l'argent) que des enfants défavorisés (c'était pour eux qu'ils le dépensaient), les traitant tous de la même manière, avec le même calme, la même droiture qu'il essayait de garder dans son couple.

— Je fais ma part. Mais j'ai l'impression qu'elle est aveuglée par la haine qu'elle voue à Olivia et, parfois, j'ai l'impression… parfois, j'ai l'impression qu'elle me hait presque, moi aussi.

Il regarda Flora.

— Est-ce que tu hais Joel ? l'interrogea-t-il avec une pointe d'espoir.

Douglas et Christabel avaient presque le même âge.

— Euh…, commença Flora, cherchant une réponse. Parfois, il ne trouve pas ses lunettes et il voit si mal que je dois les chercher pour lui, peu importe ce que je suis en train de faire, sinon il doit marcher à quatre pattes. Et il n'est pas à son avantage dans cette position.

— Mais ce n'est pas sa faute.

— Non, bien sûr. Le pauvre. De toute façon, quand je serai vieille et toute ridée, je cacherai exprès ses lunettes. Comme ça, il me verra toujours avec ses yeux d'aujourd'hui.

— C'est *ça*, ton plan pour résister aux ravages du temps ? l'interrogea Lorna. Le rendre aveugle ?

— Tout à fait. C'est la seule façon, tu le sais. Il sera toujours magnifique, c'est évident ; ça se voit à ses cheveux. Il va grisonner un peu sur les tempes, ce sera très élégant, et il aura une petite ride sexy sur le front, et il restera comme ça…

Elle poussa un soupir de bonheur, avant de se rappeler la tâche en cours.

— Mais le mariage, c'est difficile, se hâta-t-elle d'ajouter. Tout le monde le dit.

Charlie parut encore plus abattu.

— C'est pire avec cette histoire d'Olivia.

— C'est juste des querelles de sœurs, dit Lorna.

— Elle pense qu'Olivia a droit à l'amour et à la passion, poursuivit-il d'une voix accablée. Et que je ne suis qu'un vieil agriculteur barbant, qu'elle s'est rangée trop tôt.

Un ange passa. Cette pensée était si épouvantable.

— Ne sois pas bête, reprit Lorna en vitesse pour combler le silence. Qu'est-ce qui te fait penser ça ?

— Elle n'arrête pas de le répéter, répondit-il, les yeux légèrement humides. Je sais que je ne suis pas très glamour, que je viens du monde agricole et que je dirige « Aventures en plein air » : c'est ce que je fais, c'est tout… enfin. Je ne sais pas comment changer ça. Je ne peux pas m'intéresser à Hong Kong ni aux chaussures de créateur ; je ne sais pas faire, tout simplement. Je ne peux pas… Je ne sais même pas ce qu'elle veut. Sauf que ce n'est pas moi.

Il avait carrément les larmes aux yeux, à présent.

Flora se sentait mal. Elle n'avait jamais été amoureuse de Charlie, mais elle l'avait toujours beaucoup aimé. C'était un homme bien, profondément gentil ;

séduisant, drôle et franc. Si cela ne suffisait pas à Jan, si elle pensait pouvoir trouver mieux, elle se trompait lourdement.

D'un autre côté, elle savait qu'il était difficile après la naissance d'un bébé de continuer comme avant, comme si rien ne s'était passé. De faire comme si tout allait bien, alors que toute votre vie avait été chamboulée – tout ce que vous pensiez savoir sur vous –, et que votre enfant était devenu le centre de votre univers. Il fallait dédramatiser, mais c'était malgré tout un vrai bouleversement. Elle n'aurait jamais cru avoir un jour de la peine pour Jan. C'était pourtant le cas.

— Oh, Teàrlach, dit-elle. Je suis sincèrement désolée. Mais, tu sais, c'est bizarre, l'arrivée d'un bébé. Des tas de gens ressentent la même chose, la première année.

— Ça va revenir à la normale, ajouta Lorna en lui tapotant la main. C'est sûr. Elle devrait peut-être aller voir S… le médecin, poursuivit-elle. Je veux dire, il peut l'aider si elle déprime et…

— Elle ne croit pas à tout ça. C'est faire preuve de faiblesse pour elle.

— Quel est le problème avec la faiblesse ? demanda Flora. Je manque de craquer deux fois par an. Comme Joel. Comme tout le monde.

Lorna acquiesça.

— Je dois bien pleurer neuf fois par semaine.

— Vraiment ? s'enquit Charlie.

— Oui. Je pleure beaucoup.

Puis elle porta une main à sa bouche, comme si elle en avait trop dit.

— Enfin, beaucoup de gens pleurent.

— Carrément, ajouta Flora sans tarder. Ça passera.

— Et maintenant, elle part faire ce week-end débile avec Olivia, reprit Charlie, l'air sombre. Elle est si jalouse d'elle que je ne peux même pas en rire. Je crois que si j'étais plus glamour, si je m'habillais différemment, si j'avais un job de rêve… Je devrais peut-être me transformer en Joel !

Ils détournèrent tous les yeux après ce petit commentaire.

— Pas longtemps, se hâta-t-il de préciser. Je n'entrerais pas dans ses costumes, de toute façon.

Imaginer Charlie en costume était impossible ; il ressemblerait à un cheval qui se serait mis sur son trente et un.

— Je ne sais pas, tu devrais peut-être… faire profil bas ? avança Flora. Jusqu'au mariage ? Si elle s'amuse et qu'Olivia repart, elle redeviendra peut-être elle-même.

— Ou ce sera encore pire.

— Le fait que ça te rende aussi triste est très bon signe pour votre relation, commenta Lorna.

— C'est vrai ! s'écria Flora, ravie. Si tu t'en moquais, tu ne serais pas triste !

Au même moment, la porte du pub s'ouvrit d'un coup, et Jan entra à grandes enjambées. Christabel, attachée dans son dos, hurlait comme une folle.

— Ah, te *voilà*, lança Jan.

— Pas de bébé dans le pub, lui rappela Inge-Britt.

Jan lui jeta un regard noir.

— En train de commérer avec…

À voir son visage, on aurait dit que Flora et Lorna étaient de la vermine. Elle paraissait horrifiée.

— Je suis juste venu boire un verre vite fait, expliqua docilement Charlie.

— Bien sûr, il ne m'invite jamais à sortir, moi, dit-elle, comme si elle plaisantait.

— Je pourrais !

— Pas de bébé dans le pub, répéta Inge-Britt.

— Ne te donne pas cette peine. Ça va. Je vais juste aller m'occuper de la paperasse, hein ? Reste t'amuser.

Sur ce, elle fit volte-face et se dirigea vers la porte d'un pas décidé.

Charlie regarda les filles d'un air entendu, puis se leva lentement pour la suivre.

Elles le laissèrent partir, puis, dès qu'il fut sorti, se cachèrent les yeux.

— Bon sang, fit Flora. Ce n'est pas marrant. Vraiment pas marrant. Le pauvre Charlie.

— La pauvre Jan, ajouta Lorna avec bienveillance.

— Je sais. Je sais. Mais sérieusement. Elle a un mari adorable, un bébé adorable, un bon travail… franchement. Si elle ne va pas bien, elle devrait demander de l'aide à Saif. Mais, si elle va bien et qu'elle est juste pénible, elle pourrait peut-être se contenter d'arrêter.

— Elle se comportera sans doute mieux pendant le week-end. C'est sûr. On va bien s'amuser.

Flora laissa échapper un gémissement.

— Mon super week-end me file un peu plus entre les doigts à chaque seconde.

Même Ib paraissait enthousiaste à l'idée de suivre le stage de nage de la RNLI avec ses copains. Mais Ash, lui, était fou de joie.

— Quand je serai grand, je serai Aquaman, je crois, lança-t-il.

Ib leva les yeux au ciel.

— Non, mon vieux. C'est le truc le plus débile que j'aie jamais entendu.

— Eh bien, si j'étais Aquaman, tu ne dirais jamais ça, répondit calmement Ash. Un jour, je le serai. Mais je pense que je serai clément. Avec mon TRIDENT !

Il s'empara du balai et se mit à l'agiter frénétiquement dans la direction d'Ib.

— Arrête ! hurla son frère. *Abba !* Demande-lui d'arrêter !

— Tu ne peux pas arrêter la colère d'Aquaman, riposta Ash.

— Pose ça, intervint Saif.

— D'accord, dit le garçonnet en le reposant à côté du réfrigérateur. Mais après les cours de natation…

— Oui, c'est ça, le coupa son frère.

— Bon, écoutez-moi. Je vais sur l'île principale…, commença Saif.

Ash se rapprocha lentement.

— Est-ce un de tes voyages spéciaux ? l'interrogea-t-il avec inquiétude.

— Non, répondit honnêtement Saif en soulevant son fils, qui était toujours très petit pour huit ans, pour le mettre sur ses genoux.

— Donc tu ne vas pas parler de… *mama* ?

Ash prononçait si rarement ce mot ces derniers temps que l'entendre fit tout drôle à Saif. Il avait beau s'adresser à eux en arabe, les garçons lui répondaient exclusivement en anglais à présent, et il semblait ne rien pouvoir y faire.

Il vit qu'Ib restait immobile, feignant de ne pas les écouter. Il leur parlait toujours de Damas, du passé, des chansons qu'Amena leur chantait et des histoires qu'elle leur racontait.

— Ça va, poursuivit Ash. Je ne pense plus trop à elle, maintenant. Juste la nuit, des fois. Maîtresse Lorna dit que c'est normal d'être triste.

— Eh bien… oui, c'est vrai, répondit Saif. Que dit-elle d'autre ?

— Si je me fais mal ou si je tombe dans la cour (la jambe d'Ash, qui avait été mal remise en place par le passé, n'était toujours pas parfaitement guérie), elle s'assure toujours que je vais bien et elle me dit que tout va s'arranger, puis elle me met un pansement. Je crois que c'est ce qu'une maman ferait. Sauf qu'elle n'a pas le droit de me faire de câlin, parce que c'est ma maîtresse. Je sais, parce que j'ai essayé.

Saif se figea, l'esprit en ébullition.

— Et toi, Ib ?

Il haussa les épaules.

— Ce n'est pas ma maîtresse.

— Non, je veux dire, est-ce que tu parles de ta mère ?

Ib se tut un instant, pensant à un autre élève de l'école. Il haussa les épaules.

— J'aime bien Lindsey, répondit-il au bout d'un moment, et Saif comprit aussitôt de quoi il parlait.

La mère de Lindsey Pettersen était morte l'année précédente d'un cancer du pancréas, le diagnostic que Saif aimait le moins. Cette maladie était si insidieuse. Mme Pettersen s'était accrochée, le plus longtemps possible, mais il avait su que les perspectives étaient mauvaises à la seconde où elle était entrée dans le cabinet, le blanc des yeux tout jaune, amaigrie, si bien qu'il n'avait pas pu faire grand-chose, si ce n'était prendre de ses nouvelles et lui éviter de souffrir au maximum.

— Comment va-t-il ? demanda Saif.

— Les autres ont l'air sympas, expliqua Ib en frappant le sol du pied, les yeux baissés. Mais ils ne comprennent pas vraiment. Ils ne savent pas ce que c'est. Et ils oublient tout le temps. Ils sont gentils pendant environ cinq minutes, et puis ils ont envie de retourner faire leurs trucs. Ils oublient tout le temps, mais, nous, on ne peut pas. Lindsey, lui, il sait.

— J'imagine, oui, répondit Saif.

Quand la vie ne vous avait pas épargné, il était parfois difficile de se rappeler que le malheur frappait tout le monde, partout. Le père de Lindsey, également prénommé Lindsey, faisait aussi partie de la RNLI. C'était un homme bien. Saif savait qu'il devrait passer plus de temps avec lui. Or, après avoir écouté les problèmes et les inquiétudes de ses patients toute la journée au cabinet, il était souvent épuisé, le soir, et n'avait pas la force de rendre des visites de courtoisie. Il faudrait qu'il y pense, à l'avenir, se dit-il.

— Mais est-ce que maîtresse Lorna est gentille avec toi ?

— Je suppose, oui. Mais c'est juste une de ces personnes qui sont gentilles avec tout le monde, non ?

— Non ! rétorqua Ash. Elle est particulièrement gentille avec moi, parce qu'elle m'aime bien. Mais, des fois, elle est obligée de crier un peu sur Agot, parce que, TU SAIS.

Saif savait.

— Et Mme Cook ? interrogea-t-il Ib, qui répondit d'un haussement d'épaules.

— Mme Cook n'est pas aussi gentille, murmura Ash.

Comme tous ses camarades de la classe des petits, le garçonnet avait une peur bleue de la classe des grands, bien que Mme Cook soit une très bonne institutrice, qui devait simplement hausser le ton de temps à autre, puisqu'elle enseignait à tous les enfants du CE1 au CM2.

— Mme Cook est très gentille ! affirma Saif, désorienté.

— Elle mange les enfants qui ne sont pas sages, expliqua Ash. C'est Agot qui me l'a dit.

La meilleure amie de son fils était une sorcière, Saif en était convaincu.

— Eh bien, Agot t'a encore raconté des bêtises. Est-ce que Mme Cook a mangé Ib ?

— Ib aurait mauvais goût, répondit Ash, et les deux frères se remirent aussitôt à se chamailler.

La conversation au sujet de leur mère semblait oubliée. Les enfants étaient si curieux, songea Saif : ils étaient capables de passer à autre chose en un clin d'œil, quand les adultes ressassaient indéfiniment. La résilience, supposa-t-il. Un don extraordinaire. Qu'il aurait préféré que la vie n'ait pas à leur faire.

— D'accord, dit-il en levant les mains. Vous ne voulez pas aller au stage de nage, c'est ça ?

— Si, si, on veut y aller ! On veut y aller ! s'exclama Ash. Regarde-moi avec mon trident ! ZOUM !

Chapitre 14

Flora et Lorna partirent les premières : elles prirent le vol du vendredi. Elles auraient tout à fait pu prendre l'avion le même jour que Saif – sérieusement, ce n'était pas comme si les Muriens ne s'attendaient pas à connaître tout le monde à bord, touristes mis à part. Personne n'y aurait prêté attention. Mais la paranoïa de Lorna était exacerbée. Flora, quant à elle, était soulagée de ne pas être obligée de les voir se bécoter en public. Elle aimait beaucoup le grand médecin sérieux, mais n'avait pas envie de tenir la chandelle.

— *Ça alors !* s'exclama Lorna, comme elles attachaient la ceinture de leur minuscule siège.

L'avion qui faisait la navette quotidiennement entre les îles écossaises et l'île principale ressemblait plus à un petit bus scolaire, souvent rempli de vacanciers et d'ornithologues surexcités, mais aussi d'insulaires en route vers les boutiques et les lumières de Glasgow, d'Édimbourg, ou, faute de mieux, d'Inverness.

— Je n'ai pas de copies à corriger ! Personne ne vient de vomir à côté de moi ! Ça fait deux heures qu'on ne m'a pas posé de questions sur les dinosaures ! Ça alors !

Flora sourit.

— Sais-tu quelle sorte de pain sera servie ce soir ? l'interrogea-t-elle.

Lorna secoua la tête.

— Non.

— *Moi non plus !* répondit Flora. Et je m'en moque ! Youpi !

Elle se cala dans son siège avec un soupir de plaisir.

Le vol ne dura pas assez longtemps pour qu'on leur serve un verre, mais Flora alla leur en chercher un à bord du train qui ralliait Aberdeen à Édimbourg – et pas seulement : elle les avait aussi gâtées en réservant à l'avance des billets en première classe, ce qui les mit en joie.

— Profites-en bien, car c'est la dernière fois que je peux me le permettre avant que Joel ne donne tout notre argent aux petits orphelins affamés, se lamenta Flora en ouvrant leur canette de gin tonic avec entrain.

Tandis qu'elles filaient à toute allure vers le sud, elles contemplèrent le paysage printanier, les belles Highlands en fleurs qui défilaient en une masse indistincte d'ajoncs, de forêts au sol recouvert de jacinthes, et d'agneaux qui sautillaient et bondissaient dans les prés. C'était splendide.

— Allez, dis-moi tout.

— Alors, ce soir, bar de l'hôtel, puis le restaurant le plus exotique possible, répondit Flora, à qui la ville ne manquait pas souvent, sauf pour le large choix de cuisines à disposition. Il y a un nouveau restaurant de barbecue coréen que j'ai très envie d'essayer.

— Ooh ! fit Lorna, qui avait des goûts plus simples mais était contente de faire plaisir à sa copine gastronome.

— J'ai réservé super tôt. Quitte à séjourner dans un hôtel de luxe, je veux rentrer de bonne heure pour regarder des émissions de télé nulles au lit en dévalisant le minibar.

— Tu n'as pas envie de faire la tournée des grands-ducs ? l'interrogea Lorna avec espièglerie.

Flora la regarda.

— De un : non. Et de deux : on est à Édimbourg. Pour eux, « faire la tournée des grands-ducs », c'est tuer cinq renards, puis s'en vanter chez Waitrose.

— Flora !

— Je rigole ! Bref, on a une journée chargée demain. À quelle heure Saif sera-t-il libre ?

— Après le déjeuner. Mais j'ai prévu quelque chose. On va aller acheter ta robe, hein ?

— Oh oui. Le matin, on va me trouver une robe de fou dans les friperies, puis on doit retrouver Olivia et Jacinth dans les vraies boutiques de robes de mariée. On dira du mal d'elles après, si elles ne sont pas gentilles avec nous.

— D'accord. Eh bien, il y a un café à Édimbourg. Tenu par des Syriens. Regarde.

Elle montra le site Internet à Flora. Ce café avait l'air charmant – rose et rempli de pâtisseries collantes.

— Ils servent de la nourriture syrienne. Je l'y laisserai quelques heures. Et puis, euh… enfin, on se retrouvera plus tard.

— Allez-vous dîner avec nous ? S'il te plaît, ne me laisse pas à la merci de ces deux nanas terrifiantes.

— Euh… Désolée. Je m'en veux, c'était censé être notre week-end entre filles, tout ça.

— Ce n'est pas grave. J'ai contacté des vieux copains ; j'ai envie de les voir, eux aussi. Sauf qu'ils ne vont pas arrêter de se moquer de moi parce que je vis au milieu de nulle part. C'est barbant. J'aurais bien besoin de renforts.

— Je suis sincèrement désolée, répéta Lorna, même si ses joues roses laissaient deviner qu'elle ne l'était pas tant que cela, en réalité.

— Je ne ferais jamais obstacle à un week-end coquin. Franchement, ce qui me tarde le plus, c'est de ne pas me lever aux aurores demain matin. Je vais dormir, dormir, dormir, puis je prendrai un long bain, *toute seule*, et puis je dormirai encore.

Elle regarda les messages du *Rock* qui s'accumulaient sur son téléphone, puis fronça les sourcils.

— Tu sais ce qu'il me faudrait ? Une carte SIM pour l'île principale. Qui ne fonctionnerait qu'ici, pour que je ne reçoive que les textos que tu m'envoies pour me demander si je veux une autre margarita, ce qui est le cas.

Lorna sourit, mais remarqua que les doigts de son amie s'agitaient toujours sur son écran.

— Arrête ça.

Flora regardait de vieilles photos de Douglas, presque inconsciemment.

— Voyons, répondit-elle en lui montrant une photo de son fils aux cheveux bouclés et aux yeux noisette. Il est adorable, non ?

— Il l'est, mais range ce téléphone.

— Je vais le faire. Je l'ai fait. Je le fais. Je ne suis pas une vieille maman mal fagotée qui travaille dans l'hôtellerie. Je suis une belle mariée. Mais je n'aurais sans doute pas dû manger ces chips, hein ? ajouta-t-elle en regardant tristement le paquet de chips Mackie's vide posé entre elles.

— Week-end entre filles !

— Je parie qu'Olivia n'en mange pas.

— Elle est trop occupée à dormir dans un cercueil de verre entouré de nains. Je ne m'en ferais pas pour ça, à ta place.

L'hôtel, sur une petite place triangulaire derrière la Vieille Ville, s'avéra à la hauteur de leurs attentes : de grands lits confortables, une baignoire à pattes de lion, de l'eau chaude à profusion, un bar chaleureux. Flora parcourait tout du regard, pour voir s'ils faisaient mieux que le *Rock* et, si c'était le cas, ce qu'ils pouvaient apprendre, mais se calma après son premier cocktail, un délicieux Dark and Stormy.

Il était si agréable de pouvoir discuter sans craindre d'être entendues ou interrompues toutes les deux secondes par des problèmes de tout-petits ; de pouvoir finir une conversation, sans avoir à la laisser en suspens, comme c'est si souvent le cas pour les femmes actives.

Elles parlèrent de mariage et de l'avenir, sans appréhension pour une fois, sans que Flora s'inquiète pour Lorna parce qu'elle n'avait trouvé personne. Ce serait compliqué, bien sûr. Mais il y avait une solution.

Elles parlèrent de Joel, et Flora, sans ses frères, put confier que cela avait été très difficile quand il était au plus bas. Lorna, la langue déliée par les cocktails, put enfin lui faire une confidence : ils avaient trouvé qu'il s'était très mal comporté quand il ne pensait pas être prêt pour avoir un bébé, cela les avait beaucoup inquiétés, et ils avaient été profondément soulagés quand tout s'était arrangé. Bien sûr, Flora était d'accord avec eux, dans une certaine mesure, mais elle ne put s'empêcher d'être un peu contrariée, comme c'est le cas quand on trouve une personne géniale et que quelqu'un d'autre ne partage pas totalement notre avis. Lorna se dépêcha d'ajouter que ce n'étaient que des *a priori*, parce qu'il était si beau et ressemblait à un mannequin ; à présent qu'elle le connaissait mieux, elle l'aimait, elle aussi, comme tout le monde ; Flora avait eu raison dès le début. C'était exactement ce qu'il fallait dire. Puis Flora avoua qu'elle s'était fait du souci pour Lorna, elle aussi, mais que Saif s'avérait parfait, et, au bout du compte, elles furent toutes les deux heureuses de cette conversation.

Elles feuilletèrent des magazines de mariage, examinant les robes, et mirent à contribution la jeune femme derrière le comptoir, oubliant que ce n'était pas Inge-Britt, mais une adorable Polonaise de dix-neuf ans qui fit malgré tout de son mieux. Cette dernière leur apprit de manière avisée qu'en Pologne, les robes de mariée étaient toujours les plus grosses possibles, avant d'ajouter que, personnellement, elle pensait que, si l'on ne devait se marier qu'une fois, autant voir grand. Lorna acquiesça : elle l'avait toujours dit, mais Flora, qui n'avait pas bu depuis longtemps, rétorqua que c'était impossible, puisqu'ils organisaient un mariage tout simple, intimiste. Elle n'avait pas d'argent, bon sang, combien de fois allait-elle devoir le répéter ? La barmaid trouva cela triste, Flora fronça les sourcils, et Lorna se dépêcha d'ajouter qu'il serait encore plus facile pour elle d'éblouir tout le monde avec une robe, non ?

Elles ne se couchèrent pas tôt du tout, en fin de compte, mais passèrent une excellente soirée, même si Flora se réveilla à cinq heures du matin, un peu patraque. Elle but beaucoup d'eau et parvint à se rendormir, après avoir lu un message un rien ironique de Joel, qui la remerciait pour la vingtaine de textos qu'elle lui avait envoyés la veille au soir pour lui dire qu'elle l'aimait : c'était appréciable, quand on s'apprêtait à se marier.

Un petit déjeuner écossais extrêmement copieux les prépara à affronter la journée à venir, même si Flora appréhendait un peu les essayages en sous-vêtements. Elle avait apporté une gaine sculptante, qu'elle comptait enfiler dans les cabines, et se rassura en se disant qu'à Édimbourg, on finissait toujours par parcourir une bonne vingtaine de kilomètres à pied, qu'on le veuille ou non, et que cela devrait donc être efficace.

La matinée était belle, froide et ensoleillée. Elles remontèrent la rue, longeant le grand bâtiment du Musée national d'Écosse situé près de leur hôtel, puis le petit Bedlam Theater, étonnamment installé dans une église, pour se diriger vers le Southside, le quartier étudiant, où se trouvaient les friperies.

— Je vais me trouver une robe vraiment pas chère, dit Flora.

Lorna préféra ne pas mentionner l'addition de la veille, au bar de l'hôtel.

— Mais aussi très chic, sublime, pour que tout le monde soit épaté par mon bon goût. Et une jolie robe pour toi, qui ira avec ta magnifique chevelure, mais ne fera pas enrager Agot.

— J'ai trop hâte, répondit Lorna, non sans sarcasme. Est-ce que je peux avoir une robe à imprimé licornes ?

Flora répondit avec un grand sourire, un rien crispé.

— Avec Agot, on n'est pas obligées d'être habillées pareil, si ?

— Nooonnn… Mais… c'est un si petit mariage. J'aimerais bien que vos tenues soient uniformes, tu vois ce que je veux dire ? Pour éviter qu'Agot ne ressemble à une enfant mariée : ce serait gênant pour tout le monde.

Lorna opina du chef.

— Tu as raison. Et c'est ton mariage. Tu dois avoir ce qui te fait plaisir. Je porterai ce que tu choisiras. Sauf du rose, peut-être, ajouta-t-elle en vitesse en repoussant une mèche de ses cheveux d'un roux profond.

— Pas de rose, accepta aussitôt Flora.

Les friperies du Southside étaient nombreuses et variées, et nombre d'entre elles étaient charmantes. Malheureusement, ce qui passait pour du vintage à présent, surtout si l'on cherchait une robe de mariée, c'étaient les années 1980 – de grosses meringues bouffantes, étonnamment vieilles de quarante ans, toutes jaunies, usées jusqu'à la corde, avec des corsages en satinette, des froufrous et des matières hautement inflammables.

— Bon sang, mais toutes les femmes voulaient ressembler à la princesse Diana, ou quoi ? s'interrogea Flora. La question est : *pourquoi ?*

Lorna attrapa un bout d'étoffe jauni. Il provenait d'une affreuse robe sirène, sans manches ni bretelles, de sorte que la mariée était entièrement nue à partir des aisselles.

— Non. Certaines voulaient ressembler à une sirène vulgaire.

— Oh ! Eh bien, je suppose que j'en suis plus ou moins une…, commença Flora.

Puis elle posa les yeux sur cette horreur et se ravisa aussitôt.

— Oublie ça. Auriez-vous quelque chose d'un peu plus ancien ? demanda-t-elle à la vendeuse si cool qu'elle en était intimidante, avec ses manches retroussées, ses cheveux enroulés et son rouge à lèvres vif, telle une *land girl*, ces femmes qui remplacèrent les hommes aux champs pendant les deux guerres mondiales.

Cette dernière sortit de la pièce pour reparaître avec une robe à sequins des années 1920 scintillante, ornée de longues franges et d'un jupon en soie.

— Ooh ! s'extasièrent les deux copines d'une même voix.

Flora se précipita dans la cabine, enfila sa gaine avec difficulté, puis passa la soie ondoyante par-dessus ses épaules. Heureusement, la taille convenait. La robe exhalait une légère odeur de renfermé… mais était agréable à porter et jolie.

Flora se retourna, prête à se regarder dans le miroir de la cabine exiguë… et ce qu'elle vit la consterna.

Chapitre 15

— Tu es très *belle*, la rassura Lorna. Tu ne vas pas aimer la première robe que tu essaies, ne sois pas ridicule !

— Mais j'ai l'air… j'ai l'air d'une vieille mémère monstrueuse !

— Mais non ! la rassura Lorna.

Elle allait devoir l'aider à s'extirper de cette robe avant qu'elle ne la tache de ses larmes ou la déchire.

— Elle ne te va pas, c'est tout. Ces robes des années 1920 sont faites pour les filles qui n'ont ni hanches ni seins, et tu as les deux.

— C'est vrai, acquiesça la vendeuse, qui attendait à côté, l'air circonspect. Elles ne vont pas aux femmes qui ont une taille marquée.

— Je ressemble… je ressemble à une boîte, poursuivit Flora en sanglotant. Une grosse boîte à chaussures !

Lorna leva les yeux au ciel.

— Arrête un peu tes bêtises. Tes seins sont encore énormes à cause de l'allaitement, c'est tout. Ce qui n'est pas sans déplaire à Joel, au passage.

— Comment tu sais ça ? l'interrogea Flora avec une grimace.

— Tu me l'as dit hier soir. Écoute, c'est la première robe que tu essaies. Il est évident que tout ne va pas t'aller. Honnêtement, Flora, tu es magnifique. Tu perds juste un peu les pédales.

— Parce que je travaille tout le temps, que je me balade avec mes bottes en caoutchouc ridicules aux pieds et qu'il n'y a pas de magasins de vêtements sur Mure. Je me regarde à peine dans le miroir. Et je viens faire du shopping pour la première fois en deux ans, et je ressemble à une mémère mal fagotée, une grosse *boîte à chaussures* !

— Tu vas m'enlever ça tout de suite, lui ordonna Lorna avec sa voix de maîtresse de maternelles, avant de s'excuser auprès de la vendeuse, qui l'arrêta d'un geste amical. Années 1950, dit-elle à Flora en la poussant vers la cabine. Les années 1950, c'est ce qu'il te faut. Taille fine, jolies épaules, grosse poitrine.

— Mais je voulais être *élégante*, geignit Flora en reniflant.

Les deux autres ne répondirent pas, et la cloche tinta.

— AH, VOUS VOILÀ ! roucoula Olivia, toute guillerette. Je savais qu'on finirait par vous trouver.

— Bon sang, mais qu'est-ce que tu as sur le dos ? lança Jacinth.

Le changement chez la vendeuse fut immédiat quand elle vit Olivia entrer d'un air dégagé, vêtue d'un pantalon blanc ajusté et d'un pull en cachemire assorti. Qui portait un pantalon blanc en Écosse au printemps ? songea Flora. C'était du jamais-vu.

Jacinth, en tenue de cuir noir, semblait bouder. Sérieusement, elle était à l'opposé de l'idée que Flora se faisait d'une organisatrice de mariages, avec ses cheveux bruns et courts coupés en brosse et ses lunettes à monture épaisse – il existait une telle multitude de montures fines sur le marché, se dit Flora, que ce choix devait être délibéré, comme un pied de nez à la coquetterie. Jan fermait la marche, vêtue du même pantalon imperméable et des mêmes chaussures de montagne qu'elle portait pour escalader les collines de Mure.

— Oh là là, sérieusement, est-ce que tu comptes porter ça ? demanda-t-elle, encore plus désobligeante que Jacinth, si la chose était possible, en fixant Flora, qui avait déjà viré au rouge vif dans sa robe peu seyante et n'avait pas besoin d'attention supplémentaire.

— Non, je l'essayais juste.

— Tout vaut la peine d'être essayé, dit Olivia.

— Oh, non, tu devrais la porter, poursuivit Jan avec un rire moqueur. Laisse-moi juste prendre une photo.

— *Non !* s'écria Flora avant de partir en trombe.

— Bien, dit Olivia en se tournant vers la vendeuse. Je cherche une robe de mariée, moi aussi. On fait du shopping entre filles ! Auriez-vous quelque chose qui pourrait m'aller ?

— J'ai exactement ce qu'il vous faut, répondit cette dernière, l'air soudain beaucoup plus aimable.

Elle disparut dans une pièce que ni Lorna ni Flora (qui sortit de la cabine, l'air contrarié et mutin, les joues brûlantes, refusant d'essayer autre chose) n'avaient vue jusque-là : cette pièce n'était pas ouverte au grand public, à l'évidence. Les deux copines considérèrent Jan, puis échangèrent un bref regard, convenant tacitement de faire comme si la scène avec Charlie n'avait jamais eu lieu.

— Alors, comment va Christabel ? l'interrogea poliment Lorna.

— Oh, est-ce que tu pourrais m'envoyer des livres d'apprentissage de la lecture ?

Lorna la dévisagea.

— Mais elle n'a pas encore un an… ?

— Oui, je sais, mais elle montre des signes d'intérêt. Elle connaît tous les cris d'animaux et utilise la langue des signes pour bébés.

Lorna évita de regarder Flora. Douglas arrivait à peine à se retourner et, chaque fois qu'il essayait de taper dans ses mains, il échouait.

— Je crois qu'elle a besoin d'être stimulée. Elle est très douée ; il serait injuste de ne pas en tenir compte.

— Bon sang, les bébés sont d'un tel ennui, lança Jacinth, *à point nommé, pour une fois*, songea Flora.

Pendant ce temps, Olivia discutait avec la vendeuse, qui lui avait apporté une tenue enveloppée dans une housse en plastique. Elle fila dans la cabine pour reparaître quelques millisecondes plus tard, et tout le monde se tut.

Elle portait une combinaison confectionnée dans un tissu blanc moulant qui semblait cousue sur elle. Elle était dotée d'un profond décolleté, qui aurait fait passer Flora pour une entraîneuse dans un soap des années 1980, et d'une taille haute qui allongeait les jambes interminables d'Olivia et mettait en valeur ses fesses parfaites. On aurait dit Bianca Jagger en 1970. Elles échappèrent toutes un petit soupir, même Flora, qui dut le faire avec les bras croisés.

— Laisse-moi te regarder, dit Jacinth en faisant signe à Olivia de se tourner.

— Eh bien, ce n'est pas une robe de mariée, pour commencer, lança Jan. Et on voit le soufflet à ton entrejambe. Enfin, sauf si c'est l'effet voulu.

Une fraction de seconde, Flora l'entrevit. Sous les traits parfaits d'Olivia – et elle était si jolie dans cette vieille combinaison, qui, sur n'importe qui d'autre, aurait ressemblé à un déguisement de fan d'ABBA en route pour une soirée hommage, mais lui donnait l'apparence d'une déesse. Elle se décomposa. Perdit de sa superbe. C'était stupéfiant. Une personne aussi éblouissante et détachée qu'Olivia pouvait se laisser atteindre par une réflexion mesquine de sa grande sœur.

— Ne fais pas attention à elle, la rassura Jacinth du tac au tac. Elle est parfaite.

— Quoi ? lâcha Flora. Ça y est ? Tu as choisi ta robe ? Tu as fini ?

— Ce n'est même pas une robe, répéta Jan d'un ton acerbe.

Jacinth fit la moue.

— Non, mais ça peut être l'une des robes. Sans doute pour passer de la journée à la soirée ? Ou pour partir le soir, en fonction du temps ?

— Arrête de parler du temps, la reprit Olivia. C'est insupportable.

— Tu vas avoir plusieurs robes ? s'étonna Flora.

— Oui, sans doute, répondit Olivia avec insouciance en admirant son magnifique fessier dans le miroir.

Comment pouvait-elle être aussi ferme ? songea tristement Flora. Rien ne dépassait.

— Flora n'aura pas besoin de deux robes, hein ? dit Jan d'un air innocent, mais elle semblait très contente d'elle.

Tout à coup, Flora ressentit une telle colère que ce fut plus fort qu'elle. Elle s'énerva.

— En fait, je suis désolée, mais je crois que je ne pourrai pas faire du shopping avec vous, cet après-midi. Franchement, je ne suis pas d'humeur à supporter votre honnêteté impitoyable.

— Tu peux compter sur moi, répondit Jacinth. Je suis rude, mais juste.

— Je m'en moque ! rétorqua Flora, les joues roses. Tu n'organises pas mon mariage. C'est ma journée avec Lorna, et on n'a pas besoin de ça. Tu es magnifique, Olivia. Viens, Lorna. Salut, tout le monde.

Lorna, prise au dépourvu par la tournure des événements, se leva d'un bond.

— Non, non ! s'écria subitement Olivia. Non ! Ne me laissez pas ! Est-ce que je peux venir avec vous ?

— Tu ne supportes pas qu'on te dise la vérité, hein ? lança Jan en croisant les bras.

— C'est un mariage ! répliqua Flora, exaspérée. Personne ne veut entendre la vérité ! Ce qu'on veut, c'est de la joie, de l'espoir, de l'amour, de l'enthousiasme et que l'optimisme triomphe !

— Exactement ! abonda Olivia en s'approchant de Flora pour lui prendre la main.

— Tu n'es même pas *venue* à mon mariage ! cria Jan tout à coup. Tu ne t'es même pas donné cette peine. Quant à *toi* (elle s'adressait à Flora), tu m'as fait payer une fortune en faisant croire que tu étais trop bien pour ça et, entre-temps, tu as essayé de me piquer mon fiancé.

— Ce n'est pas *vraiment* ce dont je me souviens, répondit Flora, stupéfaite.

Elle avait travaillé d'arrache-pied pour le mariage de Jan, avait préparé un beau buffet, pour voir tous ses efforts réduits à néant par une foule d'invités inattendus.

Jacinth consulta sa montre. Olivia insistait toujours sur le fait qu'elles étaient amies, mais, en réalité, Jacinth était payée à l'heure, de sorte que toutes ces histoires jouaient en sa faveur.

La sensible Lorna tenta d'arrondir les angles.

— C'est toujours riche en émotions, un mariage, dit-elle d'un ton apaisant. Allez, Jan, amusons-nous. On est là, en ville ; on est libres et on va passer un bon moment.

— Oui, il ne faut surtout pas contrarier Olivia, riposta Jan avec colère. Tout le monde doit se démener, affolé, pour satisfaire à ses moindres désirs.

Elles baissèrent toutes la tête.

— J'aurais dû venir, finit par s'excuser Olivia. Je suis désolée, Jan. Je ne m'étais pas rendu compte que c'était si important pour toi. Je me souviens de l'e-mail que tu m'as envoyé : tu m'as dit que ce serait un mariage en petit comité, parce que les mariages étaient débiles, que ce n'était qu'un prétexte pour faire dépenser des fortunes aux gens, pour des bêtises, et que cela gaspillait les ressources de la planète.

— C'est vrai !

— Je me suis donc dit que tu ne voulais pas que je fasse ce long trajet en avion. Et tu ne m'as pas envoyé d'invitation.

— C'était *ça*, l'invitation ! se récria Jan, toute rose.

Lorna ne put se retenir. Elle revêtit son costume d'institutrice.

— Ça alors ! C'est incroyable ce qu'un malentendu peut avoir comme conséquence ! déclara-t-elle de sa voix la plus enjouée. Olivia, c'est bien de t'être excusée ! Jan ?

Jan fit la moue.

— Parce que je trouve que ce serait super si on allait ensemble à la prochaine boutique, avant de profiter d'un bon déjeuner, non ? La journée est si belle, ce serait dommage de la gâcher. Alors allons-y, tout le monde. Olivia, tu te changes, et on y va. Merci beaucoup.

Cette dernière phrase était adressée à la vendeuse. Flora n'en revenait pas : Jan marmonna des excuses, et Olivia fila se changer.

— Tu es terrifiante. Une vraie sorcière, dit-elle, admirative.

— Toi aussi, Flora MacKenzie ! Dehors ! On te retrouve sur le trottoir !

Chapitre 16

Elles étaient toutes étonnamment calmes en arrivant à la boutique de mariage où Jacinth leur avait pris rendez-vous. Le contraste avec la friperie était tel qu'elles entrèrent dans l'air parfumé presque en silence.

— J'ai l'impression que je devrais enlever mes chaussures, murmura Flora.

Elles n'avaient pas dit un mot dans le taxi, sauf Jacinth, qui avait reçu un coup de téléphone au cours duquel elle avait hurlé sur des fournisseurs – sans doute pour l'intimider, avait songé Flora à raison.

Olivia avait paru pensive. Jan avait regardé par la fenêtre, l'air buté. Lorna et Flora avaient échangé des regards. Flora était sincèrement étonnée de l'animosité entre les deux sœurs.

La boutique *Au Mariage de Rêve* prenait place dans une maison géorgienne en pierre grise du quartier de la Nouvelle Ville. Elle avait de hauts plafonds, des moulures dorées, de délicats voilages aux fenêtres et une épaisse moquette beige au sol, dont Flora se dit qu'elle devait être difficile à nettoyer.

Malgré tout, après la friperie étriquée avec ses miroirs peu flatteurs, elle paraissait incroyablement luxueuse et ressemblait plus à une boutique de robes de mariée, songea Flora, qui avait désormais officiellement une dent contre le concept même de vêtements vintage.

On les invita à s'asseoir sur des canapés en daim marron clair, on leur donna des magazines et les verres de prosecco attendus, puis deux charmantes vendeuses entreprirent de parcourir les portants pour sortir les robes qui pourraient leur convenir.

— Un double mariage, roucoula l'une d'elles. Êtes-vous sœurs ?

— Non ! répondirent en chœur Flora et Olivia, un peu trop vite.

Peu importait les robes qu'elles présentaient à Olivia, songea Flora en s'installant confortablement avec son verre de prosecco. Tout lui allait, ses cheveux de jais contrastant avec les tons crème ou les blancs éclatants. Les volants ridicules, les fanfreluches, elle était au-dessus de tout ça. Le choix était difficile. Chaque robe tombait parfaitement sur elle, la transformait en Barbie, en bergère, ou en amphore grecque. Elles étaient toutes flatteuses.

Cependant, aucune d'elles ne créait l'émerveillement : Olivia ressemblait plus à un mannequin en train de défiler qu'à une mariée-née. Elle les essaya, les unes après les autres, était ravissante, se faisait photographier, mais aucune ne convenait vraiment. Pendant ce temps, Flora redoutait de plus en plus le moment où viendrait son tour.

— Peut-être une robe un peu plus bling-bling ? avança Lorna.

— Non. Certainement pas. Tu sais ce qu'il te faut, ma chérie ? lança Jacinth au bout d'un moment.

Olivia la regarda.

— Pense à Meghan Markle.

— Quoi ? Se faire expulser du pays par des médias exécrables et hostiles ? lança Flora.

Le prosecco ravivait l'alcool toujours présent dans son organisme depuis la soirée de la veille.

— Est-ce que tu te souviens de sa robe ?

— Pas vraiment, répondit Olivia en plissant le nez. Je me souviens de celle de Kate.

— *Exactement !* s'exclama Jacinth d'un air triomphant. Elle avait la robe la plus simple possible. Ils l'ont envoyée se marier dans un morceau de tissu. Et pourquoi ? Parce qu'elle est si belle qu'elle n'a pas besoin d'une jolie robe pour l'embellir. Cette robe était un énorme doigt d'honneur au concept même de robe sophistiquée. Ils auraient dû se rendre compte à ce moment-là qu'ils ne pourraient jamais la mettre en cage.

— Donc tu es en train de me dire que je devrais me marier… dans un morceau de tissu, c'est ça ? l'interrogea Olivia, sceptique.

— Tu pourrais, ma chérie.

Elle se tourna vers la vendeuse.

— Apportez-moi la robe la plus simple que vous avez en rayon. Une robe qu'une nonne porterait. Mais pas une nonne coquine.

La vendeuse cligna des yeux. On lui demandait rarement la robe la plus quelconque qu'ils avaient en magasin.

— Attendez une seconde, dit-elle avant de disparaître pour revenir avec ce qui ressemblait à une housse de couette enveloppée dans une housse plastique. Elle fait partie de la gamme « Sobriété », expliqua-t-elle. C'est une pièce unique : ils ont fait des échantillons, mais n'ont pas développé la gamme. Mais elle va vous aller.

Olivia prit la robe, puis disparut quelques instants.

— Peut-être qu'elle va ressembler à un gros sac. Est-ce que tu pourrais donner l'impression de porter un gros sac, Olivia, s'il te plaît ? dit Flora suffisamment fort pour que l'intéressée l'entende. On va toutes mentir et te dire qu'elle est superbe.

Cette sortie fit presque sourire Jan. Lorna, elle, se retourna.

— Plus de prosecco pour toi.

— Je sais, répondit Flora sombrement en posant son verre. Si je continue à boire, je vais commencer à croire que des robes me vont bien.

Lorna la prit dans ses bras.

— Ne sois pas bête. On va t'en trouver une dans laquelle tu seras superbe.

— Eh bien, on sait déjà qu'ils font des sacs.

La vendeuse ouvrit alors le rideau de la cabine d'essayage. Une estrade trônait au milieu, sur laquelle on pouvait monter pour se voir dans tous les miroirs en laissant la robe tomber au sol. Olivia avançait lentement vers elle.

Mais, franchement, elle n'en avait même pas besoin.

Jacinth, s'avéra-t-il, avait vu juste. Cette robe était d'une simplicité étonnante, confectionnée dans une soie épaisse d'un blanc immaculé. Elle avait une encolure bateau, qui faisait ressortir le cou de cygne et les épaules délicates d'Olivia et encadrait sa jolie tête. Du Lycra était tissé dans le haut, leur apprit-on, ce qui le rendait un peu moulant, tel un justaucorps de danseuse ; les manches longues mettaient en valeur ses bras gracieux ; la jupe était ample, mais pas trop. Il n'y avait pas de broderies perlées, pas de strass, pas de ruche, pas de volants.

On aurait dit une photo en noir et blanc du passé ; une beauté parfaite, intouchable, un peu hantée.

— Ouah ! finit par s'exclamer Flora quand elle fut à nouveau capable de parler.

Contre toute attente, Jan fondit en larmes.

— Tu… es… si… belle, dit-elle dans un sanglot.

Elles se tournèrent toutes vers elle.

— Mais toi aussi, tu étais jolie, la rassura Lorna.

— Je ne ressemblais pas à *ça*.

— Personne ne ressemble à ça, poursuivit Lorna d'un ton apaisant.

— Et ça va recommencer, comme avant. Les gens vont dire : « Ouah, Olivia est devenue si belle » ; « Jan n'a pas eu de chance ».

Lorna dut prendre sur elle pour répondre :

— Jan, tu as eu un joli mariage, dit-elle en serrant les dents. Tu as un mari adorable, qui t'aime très fort. Tu fais de l'excellent travail, dans un secteur primordial, et tu aides des tas de gens. Et tu as une jolie petite fille. Beaucoup de gens… *beaucoup*… aimeraient avoir une infime partie de ce que tu as.

Elle eut un tremblement dans la voix.

— Donc si tu veux ressembler à Olivia, très bien. Perds dix kilos, mets des lentilles, fais de la chirurgie esthétique, on s'en moque. Mais si tu comptes rester assise ici toute la journée à te plaindre de ton sort, dis-le-moi, parce que je ne peux pas l'entendre.

— Je dis juste les choses comme je les ressens, répondit Jan en séchant ses larmes.

— Tu pourrais peut-être essayer de t'abstenir, de temps à autre ? suggéra Flora.

Olivia restait immobile, telle une poupée. Flora se leva.

— Elle est parfaite, lui dit-elle au bout d'un moment. Tu es parfaite.

— Tu le penses ? répondit Olivia en clignant des yeux, semblant beaucoup plus douce tout à coup. Je veux… je veux être parfaite.

— Pour lui ? l'interrogea Lorna d'une voix envieuse.

— Oh, en général, plutôt.

— Elle est parfaite, renchérit Jacinth.

— Comme si elle avait été faite pour toi, murmura Lorna.

— C'est pour ça que je conserve la taille mannequin. Comme ça, tout me va.

— Est-ce que c'est dur ? lui demanda Flora, qui était par nature incapable de renoncer à un toast le matin, même pour rentrer dans la plus belle robe du monde.

— Très, très dur, confirma Olivia, même si elle s'observait toujours dans le miroir d'un air un rien satisfait.

Il y eut un blanc, puis Jan se leva, avec un soupir de mécontentement.

— Désolée, dit-elle. C'est une belle robe, Olivia. Tout le monde pensera la même chose.

— Merci, répondit sa sœur, presque timidement.

Flora prit quelques photos, qu'elle n'avait pas le droit de poster sur les réseaux sociaux, lui apprit Jacinth : elles avaient signé un contrat avec un magazine, et leur diffusion était restreinte.

— Pas de problème, répondit Flora. Je vais les envoyer à Joel et lui dire que c'est moi.

— Arrête un peu, lui dit Lorna.

Elles partirent déjeuner. Elles s'occuperaient de Flora dans l'après-midi, ce qui la faisait râler, parce que cela impliquait qu'elle ne pouvait pas manger grand-chose. Elles se rendirent dans le restaurant très chic situé dans le grand magasin *Harvey Nichols*, où, au moins, Flora fut ravie de voir qu'ils servaient de minuscules salades, délicieuses, pour les gens qui s'affamaient délibérément ; elle en prit une. Jacinth et Olivia aussi. Jan, elle, commanda un *fish and chips* qui sentait divinement bon, et Lorna s'éclipsa.

— Où est-elle allée ? se renseigna Olivia.

— Oh, elle doit retrouver quelqu'un qui vit ici, répondit vaguement Flora. Pour le déjeuner. Elle revient après.

Jan dressa l'oreille.

— Non ! Est-ce qu'elle a un petit ami ? Ou une petite amie ? Ça expliquerait beaucoup de choses.

Flora releva les yeux, très nerveuse tout à coup.

— Ah bon ?

— Arrête ! C'est l'éternelle célibataire de l'île ! Et elle n'a même pas remarqué quand Wullie Mulligan a divorcé !

— Parce que Wullie Mulligan est un mufle. Même ses vaches le savent.

— … Et elle n'est pas *si* vilaine. Franchement. Ça a toujours été un mystère. Mais si elle voit quelqu'un à Édimbourg… Oui. Ça explique tout. Est-il marié ? Ooh. Est-*elle* mariée ?

Flora y réfléchit. Cela serait-il utile ? Oui, sans doute.

— Je ne ferai aucun commentaire sur les amis de Lorna qui vivent à Édimbourg. Mais je sais qu'elle adore venir ici…

Elle n'en dirait pas plus, mais cela suffit. Flora vit aux yeux de Jan que cela reviendrait immédiatement aux oreilles de Charlie et de la moitié de l'île, et cela lui convenait parfaitement. En outre, Jan avait repris part à la conversation : c'était déjà ça.

— Alors, dit Flora, impatiente de changer de sujet. Parle-nous d'Anthony.

Olivia fronça son joli petit nez.

— Oh, c'est un chou. Honnêtement, il me gâte !

— Que fait-il ?

— Oh, il cherche toujours sa raison d'être, répondit vaguement Olivia. Il s'est essayé à plusieurs choses… l'industrie des loisirs, l'importation… il n'a pas encore trouvé sa voie.

Flora était perplexe.

— Mais il a beaucoup d'argent, pourtant, non ?

— Oh, c'est l'argent de sa famille, en réalité, expliqua Olivia en fronçant les sourcils. Pourquoi crois-tu qu'on doit faire bonne figure devant sa gentille famille ?

Jan eut une moue, mais tout le monde y était habitué.

— Va-t-il venir à Mure avant le mariage ? demanda Flora. Est-ce qu'on aura l'occasion de le rencontrer ?

Olivia devint maussade.

— Oh, non, il est bien trop occupé pour ça. Mais pas d'inquiétude. Il fera exactement ce que je lui dirai !

Chapitre 17

Même à la gare de Waverley, une vraie ruche au cœur du centre-ville d'Édimbourg, Lorna restait prudente et scrutait les centaines de personnes qui allaient et venaient, sans prêter attention à elle, en bons citadins pressés. Elle n'avait aucune connaissance dans cette ville. Aucun autre Murien ne venait à Édimbourg ce week-end-là. Jan était chez *Harvey Nick's* avec Flora, qui la surveillait de près. Il était impossible qu'elle rencontre quelqu'un par hasard. Impossible.

Elle attendit devant les barrières d'accès au quai. Quand le train en provenance d'Inverness arriva, elle guetta le flot de voyageurs qui en descendit, tout excitée, à la fois joyeuse et nerveuse : elle avait l'impression d'être une adolescente lors de son premier rendez-vous, non de retrouver un homme qui venait chercher ses enfants à son école chaque jour.

Enfin, elle le vit, sa tête dépassant de la foule, bien mis pour sa conférence, dans un costume gris foncé qu'il ne portait pas à Mure, une chemise blanche impeccable et une cravate, un petit sac de voyage en cuir à la main. Le visage de Lorna s'épanouit en un radieux sourire, qu'il lui rendit, et, dès qu'il eut passé les barrières, il la prit dans ses bras, juste là, devant tout le monde, sous l'immense tableau des départs, à la vue de tous, et personne n'en eut rien à faire.

— Je suis si heureuse de te voir ! s'exclama-t-elle après un long baiser.

Bien qu'ils n'aient pas été séparés longtemps, il comprit parfaitement ce qu'elle voulait dire.

Lovés l'un contre l'autre, ils traversèrent un pont en direction de l'endroit où elle avait prévu de l'emmener déjeuner, non loin de l'université, où se tenait sa conférence. Dans une rue animée, ils atterrirent devant une porte coulissante qui ouvrait sur un minuscule café. Saif parut inquiet, puis ravi, quand il aperçut le menu et le visage avenant du propriétaire au-dessus du comptoir. C'était le restaurant syrien.

— Incroyable ! s'exclama-t-il en regardant autour de lui.

— On va déjeuner, puis il faut que je file, lui expliqua Lorna. À cause des robes, tout ça. Mais tu peux rester boire le café…

Saif laissait déjà courir ses yeux le long du comptoir en bois, recouvert de petits miroirs, où étaient posées toutes les pâtisseries possibles et imaginables, pleines de pistaches et de sucre filé. Une odeur de galettes et de graines de carvi flottait dans l'air.

— Oh ! Lorenah !

— Surprise ! s'exclama-t-elle avec joie, et il la gratifia d'un grand sourire.

Puis il s'approcha timidement du comptoir. Des hommes, assis à une table, parlaient en arabe, fort, et la radio s'exprimait elle aussi dans une langue très éloignée de celle qu'on entendait d'ordinaire dans une rue passante d'Édimbourg. Le sympathique patron sourit en voyant sa surprise : ce n'était pas nouveau pour lui. Ils discutèrent un moment, et Lorna parvint à saisir (elle avait travaillé dur pour apprendre quelques notions d'arabe quand les garçons avaient intégré son école) que le patron le charriait, parce qu'il venait de Damas et non d'Alep. Saif commanda, puis éclata de rire quand le patron lui dit qu'il avait commandé trop de nourriture – même Lorna le comprit. Il haussa les épaules, puis ils s'installèrent à une petite table rose. Ils mangèrent, parlèrent de tout et de rien, rirent. Elle ne l'avait jamais vu aussi insouciant et, même s'il le fallait, trouva insupportable de devoir le quitter quand le patron s'approcha d'eux avec de minuscules tasses de café, impatient de faire la conversation.

— Je vais devoir ramener des pâtisseries, dit Saif.

— Oui, répondit-elle en riant. J'aurais dû prendre une valise de plus.

Et elle le laissa, dans les effluves de café qui s'échappaient de la minuscule cuisine, entouré de voix fortes, se sentant heureuse, confiante, apaisée, beaucoup moins en colère contre Jan et le reste du monde, puisque tous les autres se mariaient, sauf elle. Elle se remit en route, attendant avec beaucoup d'impatience la fin de la journée et la soirée, déterminée à trouver une jolie robe pour Flora qui, certes, n'était pas aussi belle qu'Olivia d'un point de vue technique, mais était, à ses yeux d'amie fidèle, vraiment ravissante.

Saif bavarda avec le patron, qui avait de bons yeux, et ne se montra pas trop insistant. Il se demanda combien d'histoires tristes il avait déjà entendues dans son café. C'était si étrange, pourtant : les odeurs de nourriture et de café dans l'air, les pistaches, le sirop sucré, les journaux en langue arabe, la radio, les prières sur les murs, les voix aux tables derrière lui. Sans le vent froid du printemps qui s'engouffrait à l'intérieur chaque fois que quelqu'un entrait, il aurait pu se croire… il aurait pu se croire à la maison.

Il écouta les hommes discuter.

— Ils ne feraient pas ça, asséna l'un d'eux. Pas ici. Pas en Écosse.

— C'est ce qu'ils pensaient au Danemark, répondit un autre. Et ils les ont renvoyés chez eux. Tous.

— L'Écosse n'est pas comme ça, rétorqua le premier avec assurance. L'Écosse est un bon pays. Qui protège ses réfugiés. Je crois que les gens veulent qu'on reste.

— Eh bien, moi, je veux y retourner, lança un homme bien plus jeune, à peine sorti de l'enfance.

Les deux autres se moquèrent de lui.

— Pourquoi ?

— Pour reconstruire le pays ! Il va y avoir des opportunités ! Il y aura de l'argent à se faire ! Et on pourra améliorer les choses !

— À quoi vas-tu servir ? l'interrogea l'un de ses aînés. Qu'est-ce que tu vas faire ? Tu vas abandonner ta jolie maison, ton travail, tes diplômes, pour aller porter des briques ? La livre syrienne va moins te plaire que la sterling, crois-moi.

— C'est notre pays, s'entêta le jeune homme. Nous devons y retourner. Le reconstruire.

— Comme si tu pouvais faire quoi que ce soit, riposta le plus âgé en ricanant. Tu es trop habitué à la vie ici. Tu es trop tendre, maintenant. Et puis ce n'est pas comme s'ils avaient vraiment besoin de toi, là-bas.

Saif se figea. Il resta immobile, pour ne pas montrer qu'il les écoutait.

— On devrait tous rentrer, reprit le jeune homme, bravache.

— Oui, bien sûr, répondit le premier homme. Comme si j'allais arracher mes enfants à leur super école et à tous leurs amis. Ils pourront aller à l'université, ici ! Avoir un bon travail ! Ils pourront faire et être ce qu'ils voudront ! Si tu crois que je vais les priver de tout ça, détrompe-toi. C'est… On ne peut rêver mieux pour ses enfants.

— De toute façon, ta femme te tuerait avant les miliciens, commenta son ami.

— Ma femme me mettrait en pièces, acquiesça-t-il, et ils éclatèrent tous de rire.

Saif, lui, tout le long du chemin jusqu'au Gordon Aikman Lecture Theatre, demeura étonnamment pensif.

Chapitre 18

De retour à la boutique *Au Mariage de Rêve*, Flora était particulièrement stressée, et sa nervosité redoubla quand Lorna les rejoignit, radieuse.

— Où étais-tu ? Est-ce qu'il ou elle va bien ? l'interrogea Jan, mais Lorna se contenta de sourire et de battre des paupières d'une manière désarmante, sans lui prêter attention. Où as-tu déjeuné ?

— J'ai pris un sandwich, répondit vaguement Lorna, redoutant que Jan ne lui demande son reçu.

— Bien ! s'exclama la vendeuse. Je suis ravie de vous retrouver. J'ai…

À l'évidence habituée aux tensions dans ce genre de situation, elle se montrait très douce et positive.

— J'ai sorti plusieurs robes qui vous iront très bien, d'après moi, apprit-elle à Flora, qui était de plus en plus inquiète.

— Oh, super. Lorna, viens avec moi pour les fermer.

— Message reçu.

— Et arrête de sourire comme ça, lui conseilla Flora une fois hors de portée d'oreille, dans l'immense cabine très luxueuse. Tu as l'air si heureux que j'ai peur qu'elles finissent par avoir de gros soupçons et qu'elles m'infligent le supplice de la brûlure indienne pour me faire parler. Même si je ferai *tout* pour éviter de vous trahir, bien sûr.

— Euh, d'accord, bien, répondit Lorna, s'efforçant de cesser de sourire, sans succès.

— Bref. Aide-moi à enfiler ça.

— Est-ce que tu es sûre de toi ? l'interrogea Lorna en l'aidant à dérouler sa gaine. Tiens-tu vraiment à souffrir le martyre toute la journée ?

— *Toute* la journée. J'insiste. Si j'ai ne serait-ce qu'un moment de répit, ça voudra dire que je ne suis pas une bonne mariée.

— Je suis contente que tu ne portes pas un simple morceau de tissu, avoua Lorna en attrapant une ravissante robe à corsage, dans laquelle étaient cousues de minuscules perles scintillantes. J'aime bien les tenues un peu sophistiquées.

— J'espère, répondit Flora, comme Lorna et la vendeuse, qui était entrée pour vérifier que tout allait bien, la lui passaient délicatement par-dessus la tête.

Cette robe en mousseline de soie était dotée d'un col en V, de manches mi-longues flatteuses, d'une taille basse et d'une jupe ample. Le tissu était froid, lourd : elle avait l'impression de porter de l'eau. C'était une très jolie robe.

Flora avança jusqu'au milieu de la pièce, s'approchant avec hésitation du miroir en pied.

— Ooh ! s'exclama Olivia.

Jan releva le nez de son téléphone, puis fit la moue. Flora leva timidement les yeux, redoutant de se voir métamorphosée.

— Oh ! lâcha-t-elle.

Ce n'était pas la forme, le problème : la taille basse lui allait à ravir, le tombé de la mousseline de soie était parfait et, comme Flora, contrairement à Olivia, avait de la poitrine, le corsage l'avantageait. C'était la couleur. Flora avait des cheveux presque incolores, héritage de son ascendance scandinave, et sa peau était blanche comme le lait, si pâle qu'elle en était presque translucide, héritage de son ascendance écossaise en manque de vitamine D. Elle avait les yeux clairs, d'une couleur entre le vert, le bleu et le gris qui semblait changer en fonction de la mer et du ciel.

Sur Mure, entourée du ciel et de la mer aux reflets bleus, gris et verts, des plages blanches infinies, des roches et des galets gris clair, elle était à sa place, ne faisait qu'un avec le paysage. À Londres, Joel ne l'avait jamais remarquée. En Écosse, elle semblait en phase avec les éléments.

Or, vêtue d'une robe blanche, sur une moquette beige dans une ville grise, elle semblait être sur le point de disparaître. Le contraste entre les cheveux de jais d'Olivia et sa robe blanche était saisissant, superbe, mais ce contraste n'existait pas chez Flora. Il était difficile de distinguer sa peau de la robe.

— Tu es très *jolie*, l'encouragea Lorna. Et la forme est super.

Les autres acquiescèrent en murmurant : la forme était super.

— Essayons autre chose, proposa la vendeuse, et Flora passa une robe style années 1950 avec une jupe évasée et une large ceinture.

Une fois encore, cette forme était jolie sur Flora ; tout ce qui soulignait ses épaules crème, sa poitrine généreuse et sa taille fine était flatteur. Elle n'était pas aussi trapue qu'elle l'avait cru ; elle avait seulement passé trop de temps à côté d'Olivia et à regarder des mariées dans les magazines.

Mais la couleur ne convenait pas. Elles essayèrent le blanc éclatant, l'ivoire, le crème, le vanille. Toutes ces nuances lui donnaient l'air d'être tuberculeuse, sauf le blanc éclatant, dans lequel elle semblait atteinte de jaunisse.

— Je n'en reviens pas qu'on n'ait pas pensé que cela puisse poser problème, s'étonna Lorna.

— Vous avez juste un teint et des cheveux de couleurs inhabituelles, commenta la vendeuse.

— Oui, oui, je sais, répondit Flora, déçue au plus haut point.

Elle n'était pas du genre à aimer les fanfreluches, en général, mais elle s'était dit que, parmi la pléthore de robes, de soies et de brocarts magnifiques, de broderies, de tulles, de perles, de voiles, de mousselines et de satins, pour une fois, juste une fois, elle trouverait une jolie tenue, dans laquelle elle se sentirait spéciale, rien qu'un jour. Histoire de pouvoir enlever son tablier.

— Peut-être qu'un liseré contrasté…, commença la vendeuse.

— Ça suffit ! s'écria Jacinth tout à coup.

Jusque-là, l'organisatrice de mariages, le nez dans son téléphone, ne prêtait pas attention à elles, ce que Flora aurait pris pour elle, si elle l'avait un tant soit peu appréciée et si Jacinth ne traitait pas tout et tout le monde avec la même indifférence – y compris son frottis vaginal, probablement.

Elle leva un sourcil, comme si ce qu'elle s'apprêtait à annoncer l'ennuyait déjà.

— Qu'avez-vous comme couleurs de robes pour les demoiselles d'honneur ?

La vendeuse haussa les épaules.

— Eh bien, j'ai du lilas… du rose doré… du vert menthe…

— Non, non, non, la coupa Jacinth en secouant la tête. Avez-vous des couleurs franches ? Vraiment franches ? Comme du noir ?

— On n'a pas beaucoup de demandes pour des robes de demoiselles d'honneur noires.

— Hum. Et du rouge ?

— Elles ont tendance à… Enfin, on en fait quelques-unes à Noël, mais…

— Allez les chercher, lui intima Jacinth avant d'ajouter, à contrecœur : *S'il vous plaît.*

La vendeuse s'absenta un long moment.

— Je ne vais pas… Je ne veux pas me marier en rouge, dit Flora. Ça ne veut pas dire que toutes les personnes dans la pièce s'apprêtent à être brutalement assassinées ?

— En Chine, ça porte chance, répondit Jacinth. Et ça te rendra riche.

Flora jeta un coup d'œil à Lorna, qui haussa les épaules.

Après ce qui sembla durer une éternité, la vendeuse reparut avec plusieurs robes emballées dans du polyéthylène.

— Laissez-moi regarder d'abord, les avertit Flora. Si je ressemble à un gâteau aux fraises, je ne sors pas.

Pendant qu'elles attendaient Flora, Lorna ne participa pas aux bavardages décousus : elle était à des kilomètres de là. Elle pensait à Saif, assis dans son amphithéâtre, l'imaginait en train d'écouter en anglais, mais de prendre des notes en arabe, avec ses longs doigts.

Au bout d'un moment, le rideau s'entrouvrit, et Flora sortit, les joues roses après avoir bataillé avec la fermeture Éclair.

Le haut de la robe, constitué d'un corsage moulant recouvert de dentelle, lui faisait une taille de guêpe. La jupe, tel un tutu, était en tulle rouge coquelicot : les volants de cette étoffe légère et vaporeuse lui arrivaient juste en dessous du genou. Sous la dentelle qui recouvrait ses épaules, pareille à des pétales de fleurs, sa peau luisait comme de la neige immaculée.

— Pas possible, lança Jan avec colère.

Les yeux de Flora se tournèrent avec inquiétude vers Lorna, qui se leva d'un bond, opinant vigoureusement du chef, très enthousiaste.

Jacinth se leva aussi, se rapprocha et l'examina d'un œil critique.

— Il faut du rouge à lèvres, commenta-t-elle.

Flora en déduisit, à raison, qu'elle voulait dire par là que cette robe était superbe.

C'était vrai. Cette robe était splendide, magnifique, et même Flora, malgré sa gueule de bois, son corps d'après-grossesse et son attitude très critique, ne put nier qu'elle était ravissante. Elle avait trouvé sa robe de mariée.

De grosses larmes se mirent à rouler sur ses joues.

— *Je veux ma maman*, sanglota-t-elle sur l'épaule de Lorna, qui hocha la tête et la serra fort, s'assurant que son mascara ne tache pas sa robe.

Flora ne voulait plus quitter sa robe. Elle était comme hypnotisée. Lorna la photographia sous tous les angles possibles, lui promettant solennellement de garder les photos dans un dossier top secret dans son téléphone et de ne dire à personne qu'elle porterait une robe de couleur.

— Mais qu'est-ce que tu vas porter, *toi* ? finit par l'interroger Flora, comme si cela venait de lui traverser l'esprit.

Lorna se demandait la même chose.

— Ta robe ne peut pas être rouge.

— Ni rose, se hâta-t-elle d'ajouter, consciente de la couleur de ses cheveux.

Tout le monde se tut un instant.

— Agot veut porter du blanc, mais…

— Attendez une minute, l'interrompit la vendeuse, sourcils froncés, avant de disparaître une nouvelle fois dans l'arrière-boutique pour ressortir avec deux robes, une grande et une petite. Venez, dit-elle en faisant signe à Lorna, qui la suivit dans la cabine.

La robe, en mousseline d'un vert pâle presque blanc, était dotée d'un grand col en V qui dénudait les épaules, d'une ceinture en ruban, et d'une jupe légère qui lui arrivait elle aussi sous les genoux. Cette nuance de vert délicate, délavée, mettait en valeur sa magnifique chevelure rousse et sublimait son teint, sans la rendre blafarde.

— C'est une robe de mariée, en réalité, expliqua la vendeuse. Mais je crois que…

Lorna sortit de la cabine et se plaça à côté de Flora. On aurait dit une feuille, qui s'enroulait autour d'une rose : elles étaient parfaitement assorties. Les deux amies se contemplèrent dans le miroir, tout sourires, en se tenant la main.

— Ça alors ! *Regarde-nous*, s'exclama Flora.

— On dirait que c'est Lorna qui se marie, fit remarquer Jan.

— *Ah, vraiment ?* rétorqua Flora.

Même Jan n'était pas capable de l'atteindre.

Lorna, elle, eut un petit pincement au cœur, familier : elle aussi aurait aimé se marier… mais elle sentit aussi poindre l'espoir. Ce ne serait pas maintenant. Mais cela ne voulait pas dire jamais. Puis elle pensa à la nuit à venir, qu'ils allaient pouvoir passer ensemble, et un immense sourire se dessina sur son visage.

— Je l'adore, dit-elle.

— C'est vrai ? l'interrogea Flora. Parce que t'envoyer à l'église vêtue d'une robe dans laquelle tu aurais eu l'air d'un gros coussin à aiguilles violet aurait été hilarant, et je m'en réjouissais d'avance.

— Et il y a une taille enfant, précisa la vendeuse.

— Bien, bien, répondit Flora.

Elles s'admirèrent dans la glace, une tête blonde et une tête rousse collées l'une contre l'autre.

— Nos mères…, commença Lorna.

— Non. Ne recommence pas. Je suis sérieuse. Je ne peux pas.

Elle se tourna alors vers Olivia et Jan, l'air sévère.

— Mais votre mère devrait être là, elle.

Pour une fois, Jan, d'ordinaire si sarcastique, n'eut pas de repartie, et les deux sœurs échangèrent un regard, presque gênées.

Flora s'était laissé emporter par la moquette moelleuse, le prosecco, les bougies parfumées hors de prix et la gaze, à tel point qu'elle avait presque oublié qu'elle devait verser un acompte. Elle siffla en voyant le montant.

— Ça a l'air cher, fit remarquer Jan de manière appuyée.

— Oui, oui, c'est bon, répondit Flora en serrant les dents.

Lorna s'approcha tout doucement.

— Je peux payer ma robe, dit-elle à voix basse.

— Ne sois pas bête. Ça ne marche pas comme ça !

— Mais elle est si jolie ! Je pourrai la reporter…

— Non, ça ira, rétorqua Flora d'une voix accablée.

C'était si étrange, se surprit-elle à penser : avec Joel, ils avaient dû affronter tant d'obstacles pour être ensemble, ils avaient eu tant de mal à parler de certaines choses – l'enfance de Joel, sa peur de l'engagement ; la crainte de Flora de ne pas lui convenir, sa vie sur l'île. Tout cela, ils l'avaient surmonté, ils en étaient venus à bout. Elle avait le sentiment de le connaître mieux que personne ; de pouvoir sonder le fond de son âme, et qu'il pouvait sonder la sienne ; elle se sentait comprise, intimement, et était convaincue que leurs deux cœurs battaient à l'unisson… Mais elle détestait toujours parler d'argent avec lui.

Chapitre 19

Bien plus tard, Saif regarda Lorna d'un air de défi.

— Quoi ?

Il jeta un coup d'œil par la fenêtre de leur chambre d'hôtel, située dans une tourelle. En contrebas, il y avait foule : une multitude de gens entrait et sortait des bars et arpentait les rues pavées en riant et en criant, profitant de leur week-end.

— Tu sais ce qu'on pourrait faire ?

— Je n'ai envie de rien faire, protesta Lorna, les yeux alanguis, voilés d'amour, dans l'intimité de leur minuscule chambre haut perchée.

— Sortons, proposa-t-il. On ne sort jamais.

— Parce que, là où on vit, il n'y a nulle part où « sortir », répondit-elle en souriant et en bâillant comme un chat.

Il la dévisagea.

— Tu es sérieux ? Il y a un *room service*. Et il gèle, dehors.

Puis elle vit son expression.

— Marcher dans la rue ? dit-elle à mi-voix, se laissant gagner par l'enthousiasme. Bras dessus bras dessous ? Tout simplement ?

— Il est tard. On ne croisera personne. Et j'ai envie… j'ai envie d'être dehors avec toi. Fais-moi visiter la ville. Ou allons juste dans un bar. Prenons un verre. Comme des personnes normales.

Elle se leva d'un bond.

— Tu vas devoir me tenir dans tes bras. En public. Sinon, je vais mourir de froid.

— C'est dans mes cordes, répondit-il avec un sourire avant d'enfiler un beau pull en cachemire violet que Lorna lui avait offert, mais qu'il ne portait jamais, de peur de se trahir, bien qu'il aille à merveille avec ses cheveux bruns ébouriffés.

Gloussant comme des enfants, ils sortirent dans la nuit humide pour arpenter les rues d'Édimbourg, contournant des groupes de jeunes gens turbulents, d'étudiants peu discrets et de personnes élégantes qui sortaient des nombreux théâtres et salles de concert. Ils flânèrent sur George IV Bridge et South Bridge, deux rues surélevées d'où ils voyaient les lumières scintillantes de la ville : le château illuminé sur sa colline ; l'hôtel *Balmoral* et sa débauche de lumières ; les bars de plein air animés, entourés de guirlandes lumineuses, à côté de Waverley ; les charmantes librairies de Victoria Street, avec leurs magnifiques vitrines ; jusqu'au Cowgate, en contrebas, où défilaient des troupes de personnes avinées, qui parlaient fort et évitaient les voitures avant de disparaître dans les grands immeubles gris dominant cette étrange ville verticale. Ils se montrèrent des choses du doigt en évoquant l'histoire – Saif lui parla aussi de Damas, ville qui s'était développée très vite, mais dont les racines antiques étaient visibles à tous les coins de rue –, puis se retrouvèrent sur Grassmarket, la grande place au pied du château qui résonnait des bavardages des restaurants. Ils se serrèrent fort, des bars les invitant à entrer, parce que, ici, aux yeux du monde extérieur, ils n'étaient qu'un couple comme un autre, de sortie un samedi soir ; ils auraient pu être n'importe qui, s'être rencontrés ce soir-là, aussi facilement et simplement que cela, et ils le sentaient tous les deux.

Ils s'arrêtèrent boire une coupe de champagne dans un bar, mais il y avait trop de bruit pour discuter et ils avaient tant de choses à se dire tout à coup, comme ils n'avaient pas à se cacher, ni à être prudents, et que tout leur était permis. Ils ressortirent donc et tombèrent sur un vieil escalier. Lorna savait où il menait, mais pas Saif, si bien que, lorsqu'elle l'entraîna vers le haut – il fallait de bonnes jambes pour visiter Édimbourg, plaisantèrent-ils – et qu'ils débouchèrent au sommet de la ville, sur l'esplanade du château, déserte, imposante, à cette heure de la nuit, il en resta sans voix.

— Ouah ! s'exclama-t-elle, essoufflée, les joues rosies par la fraîcheur printanière. Regarde cette vue ! C'est extraordinaire !

— Comme si la ville nous appartenait, répondit-il, contemplant le panorama par-dessus la tête de Lorna, la serrant fort dans ses bras. Regarde ça. C'est extraordinaire !

Elle lui montra le Southside, d'où ils étaient arrivés.

— C'est l'université, lui expliqua-t-elle avant d'ajouter, sans réfléchir : Les garçons pourront y être étudiants. C'est une très bonne université.

Puis ils fixèrent tous les deux la nuit, Lorna regrettant de ne pas avoir tenu sa langue. Il avait la tête posée sur la sienne, de sorte qu'elle ne pouvait pas voir son visage, pas du tout. Était-elle allée trop loin ?

Elle nourrissait tant de rêves au sujet de l'avenir : rendre visite aux garçons, leur envoyer des cadeaux de Mure, leur raconter tous les potins du village, les ramener à la maison pour Noël… Oh, elle se laissait emporter par son imagination, comme toujours. C'était une très mauvaise habitude, née de ses trop nombreuses nuits solitaires. Mais Ib, malgré son aversion de l'anglais écrit, était très doué en maths et en sciences.

Elle se retourna pour regarder Saif, inquiète. Il semblait à des kilomètres de là, les yeux dans le vague, perdu dans ses pensées. Cette remarque l'avait pris au dépourvu. Cela ne lui avait tout bonnement jamais traversé l'esprit. Qu'on puisse se projeter aussi loin dans l'avenir. Qu'il y avait un avenir. Que, quoi qu'il se passe, les garçons grandiraient. Oublieraient leur patrimoine.

— Désolée. J'ai juste…

Il secoua la tête.

— Non. C'est… Cela fait si longtemps que je n'ai pas pu… ne serait-ce que rêver d'un avenir. Si longtemps que je vis au jour le jour, sans voir plus loin que le lendemain.

Il resta immobile, cloué sur place, les yeux rivés sur l'horizon scintillant. Il y pensait, Lorna le savait. Il pensait à l'avenir, voyait plus loin. Les papiers du gouvernement avaient tout changé. Si les garçons venaient ici… si leur vie était ici… s'il rompait la chaîne, repartait de zéro…

Mais cela impliquait de renoncer à une part de lui, à une part de sa vie, pour toujours. C'était synonyme de perte.

Elle serra sa main, et il l'attira contre lui. Il passa ses bras autour de sa taille, la pressant contre lui, le regard toujours fixé sur la ville illuminée, pleine de vie, d'espoir et de promesses.

Puis ils redescendirent d'un pas tranquille, se tenant par la taille, plus silencieux à présent, admirant les vieux bâtiments éclairés le long du Royal Mile, l'artère principale de la Vieille Ville qui partait du château, où des groupes de gens couraient encore en tous sens, même à cette heure tardive. Ils étaient lovés l'un contre l'autre et, bien que Saif soit plus replié sur lui-même, Lorna espérait de tout son cœur qu'il pensait à l'avenir, maintenant que l'avenir pouvait exister ; était à portée de main.

Il l'étreignit plus fort tout à coup, comme s'il lisait dans ses pensées, et ses craintes se dissipèrent. Elle posa sa tête sur son épaule et sentit sa chaleur familière, tangible, à côté d'elle, heureuse d'être dans ses bras, en sécurité, tandis qu'ils poursuivaient leur chemin dans ce dédale de vieilles rues pavées.

Jan ne passait pas une bonne soirée. Pour commencer, les autres lui avaient cassé les pieds toute la sainte journée, juste parce qu'elle était honnête et disait la vérité. Et elles ne voulaient parler que de mariages débiles, sans intérêt, à longueur de temps, et pas de Christabel ni de toutes les choses merveilleuses qu'elle, Jan, faisait sur l'île avec son association caritative. Il n'y en avait que pour Olivia. Il n'y en avait *toujours* eu que pour Olivia, d'aussi loin qu'elle se souvienne.

Et voilà que cette satanée Flora s'y mettait aussi, avec ses envies de luxe ! Entre-temps, elle avait téléphoné à la maison, et ce bon à rien de Charlie n'avait pas eu grand-chose à lui dire, si ce n'est que Christabel avait jeté de la purée de carottes par terre, point final. C'était plus fort qu'elle, semblait-il : elle ne pouvait s'empêcher d'exprimer sa déception, de lui adresser des reproches. Chaque fois qu'elle se jurait de ne pas être méchante avec lui, de ne pas s'énerver, elle le voyait ou l'entendait, et il la remettait aussitôt en colère. Il l'horripilait. Son regard de chien battu, son habitude de s'excuser pour tout – bon sang, pourquoi ne pouvait-il pas se comporter en homme ? Il était tellement agaçant.

Pendant ce temps, Flora et Lorna perdaient la tête avec leurs histoires de romantisme, de mariage et autres mièvreries (Lorna ne manquait pas de toupet, puisqu'elle n'avait personne dans sa vie, ou avait une liaison ou on ne sait quoi), et Olivia épousait Anthony, avec ses bateaux, ses maisons et ses voitures ridicules, ce qui, curieusement, faisait paraître le sérieux et pragmatique Charlie encore plus nul, en comparaison. Charlie, qui portait la même paire de bottes depuis qu'elle le connaissait.

Puis Flora et Lorna s'étaient éclipsées, riant sottement, faisant des cachotteries. Jan n'avait pas vraiment de copines ; elle trouvait les filles idiotes, ennuyeuses.

Et elle se retrouva coincée avec Olivia et Jacinth, qui insistèrent pour dîner dans le restaurant le plus chic de la ville : un endroit déjanté, délibérément recouvert de toiles d'araignées et éclairé à la bougie – elles trouvèrent cela hilarant. Elles commandèrent du champagne et tout un tas de plats auxquels elles ne touchèrent pas, tandis que Jan, stoïque, savourait son repas (un vrai délice : bisque de crustacés, saumon fumé au gin, langoustines et crabe, puis pièce de venaison). Tous les produits étaient locaux, savoureux et, si Jan avait été plus généreuse, elle aurait conseillé à Flora de venir et d'emmener Gaspard, qui, bien que ce soit un chef hors pair, ne jurait en réalité que par la cuisine française et n'incorporait leurs délicieux produits locaux dans ses recettes que pour servir ses propres partis pris. Cela aurait pu être une bonne façon d'élargir ses horizons.

Olivia et Jacinth criaient, riaient, parlaient de fêtes et de gens que Jan ne connaissait pas et qui ne l'intéressaient pas. Aux autres tables, les clients, au lieu d'être dérangés, jetaient des coups d'œil à Olivia, vêtue d'une robe jaune qui, sur n'importe qui d'autre, aurait paru tape-à-l'œil, outrancière, mais qui, sur elle, faisait jeune, était originale, ravissante. On voyait – c'était évident – que la présence d'Olivia aidait les autres à se sentir bien : le glamour qu'elle irradiait suffisait à leur donner le sentiment de se trouver dans le meilleur restaurant possible. Les serveurs leur apportèrent des amuse-bouche supplémentaires, et le chef sortit de sa cuisine pour s'assurer qu'elles passaient une bonne soirée. Elles étaient comme saupoudrées de poussière de fée. Puis, pire, un groupe de musique arriva : ils venaient tout juste de donner un concert en ville (même Jan les reconnut vaguement), et, fatalement, Jacinth connaissait l'un de ses membres – c'était le genre de personne à tomber sur une connaissance dans n'importe quelle ville du monde, et cette connaissance devait forcément faire partie d'un fichu groupe. Les tables furent donc réunies, le champagne continua de couler à flots, le niveau sonore monta encore d'un cran, et personne, absolument personne, n'adressa la parole à Jan, qui resta assise, non maquillée, ses cheveux courts disciplinés ramenés sur le côté pour l'occasion, dans son haut noir et sa jupe, une jupe étant la plus grosse concession qu'elle était prête à faire quand elle devait se mettre sur son trente et un.

— Je crois que je vais y aller, prévint-elle Olivia.

Sa sœur écarquilla ses jolis yeux, puis lui demanda si elle était sûre, elles passaient une bonne soirée, mais Jan opina du chef et sortit sa clé (Olivia avait payé pour leurs chambres d'hôtel, sauf qu'elle avait une suite, et Jan, une minuscule chambre qui donnait sur les poubelles à l'arrière du bâtiment).

— D'accord, amuse-toi bien ! lança Olivia, ce qui, vu que Jan s'apprêtait à regagner sa minuscule chambre avec vue sur les poubelles, semblait peu probable.

Un rien passive-agressive, Jan sortit son portefeuille pour proposer de payer sa part, et seulement sa part, de ce repas hors de prix, mais Olivia et Jacinth se contentèrent de la fixer d'un air horrifié. Quand sa sœur lui fit signe de garder son argent, elle vit Jacinth articuler silencieusement un : « Non, mais c'est pas pôôssible. »

Jan tourna les talons et sortit d'un pas décidé, les épaules rentrées, pour se retrouver sur Lawnmarket, au milieu du Royal Mile, où se pressaient des fêtards et des couples heureux. L'un de ces couples passait justement, blottis l'un contre l'autre, dans leur monde, comme s'ils étaient le premier couple à être aussi amoureux, bien qu'elle ne se rappelle pas avoir vécu cela avec Charlie, jamais. Elle leur jeta un regard noir, au moment où ils passaient sous un réverbère, et se rendit compte de qui il s'agissait.

— LORNA ! s'exclama-t-elle, le souffle coupé.

Chapitre 20

Ils se figèrent tous les trois.

Le premier réflexe de Lorna aurait été de s'éloigner d'un bond, mais ils étaient si étroitement enlacés : Saif avait la main dans la poche arrière de son jean ; la sienne lui entourait la taille. Ils ne pouvaient pas se séparer d'un bond, n'y parvinrent pas, mais durent plutôt se détacher l'un de l'autre.

— Euh…, fit Lorna, pestant contre elle-même et contre sa malchance.

Elle l'avait dit, non, qu'ils feraient mieux de rester à l'hôtel ? De rester cachés. Et, forcément, il fallait que ça tombe sur Jan. Sur elle, et personne d'autre, quand leur fichue île comptait un millier d'habitants et le monde, huit milliards, dont un demi-million dans cette seule ville.

Entre-temps, la mâchoire de Jan s'était décrochée ; elle restait bouchée bée devant eux, tel un poisson, les regardant tour à tour.

— Tu… tu ! Vous… !

Saif leva les mains d'une manière qu'il voulait rassurante.

— Jan, je…

Elle le dévisagea.

— Tu nous as confié les garçons ! Tu as confié les garçons à « Aventures en plein air » ! C'est ce que tu fais quand tu veux… filer en douce avec ta maîtresse, c'est ça ?!

À vrai dire, même si Lorna était sincèrement étonnée de la stupéfaction et de la colère de Jan, elle comprenait sa réaction : Jan était persuadée que tout le monde était follement amoureux, sauf elle, et se retrouvait face à une nouvelle preuve. Et, bien que cette situation soit violente pour Lorna, elle l'était encore plus pour Saif. C'était terrifiant. Cela pouvait tout mettre en péril : sa demande de droit au séjour, sa respectabilité dans la communauté… sa citoyenneté.

— Alors, c'est ça, notre rôle, hein ? On garde tes enfants… ? Tu es marié, je me trompe ?!

La gorge de Saif se serra. Il vira au rouge vif.

— C'est très compliqué.

— Pas de mon point de vue, répliqua Jan, folle de rage, en montant sur ses grands chevaux.

Elle devait se coltiner ce rasoir, ce casse-pieds de Charlie, alors que sa sœur épousait un milliardaire, que Flora se baladait en leur jetant son amour à la figure, et voilà que même Lorna, cette vieille fille pathétique et solitaire, avait une liaison… avec l'homme le plus séduisant de l'île ! C'était si injuste.

— Jan, l'implora Lorna. Jan, s'il te plaît.

— Mon Dieu. Tu es la maîtresse de ses enfants ! Mon Dieu !

— Jan ! *S'il te plaît.*

— Depuis combien de temps est-ce que ça dure ? Mon Dieu.

— Jan, c'est juste… Nous sommes juste deux adultes…

— Flora nous a dit que tu fréquentais quelqu'un d'Édimbourg !

— Jan…

Le désarroi de Lorna redoublait. Elle avait espéré que les gens n'en feraient pas toute une histoire, qu'ils s'y habitueraient vite, les comprendraient… Tous ses espoirs semblaient s'envoler.

— Quoi ? Tu vas devenir la nouvelle maman d'Ib et Ash ? Oh, non, j'oubliais : ils ont déjà une maman. Mais je ne suis pas la seule à l'avoir oublié, on dirait. Si je comptais m'occuper de ces garçons, je commencerais sans doute par là.

Lorna éclata en sanglots.

Jan était submergée par un mélange d'émotions : jalousie, tristesse, mais, plus que tout, elle avait le sentiment d'avoir de nouveau été mise à l'écart. Personne ne lui disait jamais rien. Personne ne l'incluait. Cela la rendit irritable, cruelle.

— Oui, Ash aussi a pleuré à « Aventures en plein air ». Sa maman lui manquait. Je n'en ai pas parlé.

Saif serra fort Lorna, puis fit un pas vers Jan. Ses grands yeux bruns fixés sur elle, si beaux et si tristes, la rendirent furieuse.

— Je comprends que cela soit difficile pour toi, dit-il de sa voix basse, posée, avec son accent étrangement séduisant, parfait mélange entre le Moyen-Orient et l'intonation mélodique des Highlands. J'aurais préféré que tu ne nous voies pas. Je m'excuse de tout mon cœur pour ce choc. Je t'étais très reconnaissant quand tu t'es occupée des garçons… pas pour ça, mais parce qu'ils adorent être avec toi et suivre tes cours. Tu leur as appris tant de choses, Jan. Ils ont tant appris, avec Charlie et toi. Et ils ont exprimé leurs émotions avec vous, ça leur a fait du bien, Jan. Cela a aidé notre famille. Mais, Jan, je ne peux pas rentrer en Syrie, et Amena…

Il poussa un soupir. Ils avaient réussi à ne rien dire aux autres habitants du village, ni aux garçons. Ils en parlaient à peine entre eux. Mais, si personne n'était au courant, quel intérêt ?

— Jan, si je te dis quelque chose, est-ce que tu pourras le garder pour toi ? C'est mon plus lourd secret. Est-ce que je peux te faire confiance ?

Elle haussa les épaules.

— Ça dépend. Je ne sais pas si je peux te croire.

— Nous n'avons jamais menti ! lança Lorna, hors d'elle, derrière Saif, mais ils ne lui prêtèrent pas attention.

— Jan, Amena a tourné la page. Je me rends compte que cela n'arrange rien. Mais nous le savons. C'est un fait. Les garçons ne le savent pas, eux. Ils croient… Ils doivent croire… que leur mère les aime toujours.

La mâchoire de Jan se décrocha un peu plus.

— S'il te plaît, dit-il.

Lorna recula, se rendant compte qu'il était bien mieux placé qu'elle pour gérer la situation.

— Tu connais ma vie, maintenant. Toute ma vie. Elle est entre tes mains. S'il te plaît, Jan. Mes fils sont tout pour moi. Je n'ai pas une vie simple. Mais je dois te demander de garder le secret, pas pour moi… Et, tu vois, je suis faible, bien sûr, je me rends compte de quoi ça a l'air…

À ces mots, Lorna ne put retenir un petit grognement, mais elle comprenait la stratégie de Saif.

— … mais, s'il te plaît… pour eux.

— Mais…

— Jan, j'ai une chance de rester dans ce pays. Avec les garçons. Mais un scandale…

Il secoua la tête. Puis, ayant peur pour ses enfants, il alla encore plus loin.

— Ça causerait ma perte. Il est même possible que le ministère de l'Intérieur me renvoie en Syrie, s'ils pensent… s'ils pensent que je suis un homme de mauvaises mœurs.

Saif ne savait même pas si ce qu'il disait était vrai ou non ; il était si désespéré, si terrifié à l'idée qu'elle raconte tout, que sa vie soit ruinée, qu'il fit une chose qu'il n'avait jamais faite, ni avec les passeurs, ni avec les gens qui l'avaient trouvé, ni avec les autorités britanniques. Il la supplia.

— Ma vie est entre tes mains, Jan. Je ne crois pas… Tu ne me ferais pas ça.

Jan ne l'avait pas quitté des yeux ; l'expression de son beau visage, un rien tendu, était si sincère.

— Est-ce que tu l'aimes ? se surprit-elle à lui demander, pleine d'amertume.

— J'aime mes fils, répondit-il avec fermeté. Je veux qu'ils aient un avenir. Il n'y a qu'eux qui comptent pour moi.

Jan eut l'impression de remporter une victoire. Elle jeta un coup d'œil à Lorna, qui se sentait humiliée, même si elle essayait de se persuader qu'il ne le pensait pas.

— Est-ce qu'ils te renverraient vraiment en Syrie ?

— C'est tout à fait possible. Je suis en train de faire la demande de droit au séjour.

Elle hocha sèchement la tête.

— Je ne te ferais jamais ça.

— Je te devrai la vie.

Elle cligna des yeux.

— D'accord. Je ne vous ai pas vus.

— Pas même… s'il te plaît. Pas même à Charlie. S'il te plaît, Jan, je t'en supplie. Je te serai éternellement reconnaissant, dit-il en inclinant la tête. Je te dois tout.

Saif resta planté là, tête baissée. Tout à coup, Jan eut envie de le prendre dans ses bras – cela faisait des mois qu'elle n'avait pas touché Charlie, qu'elle n'avait eu de contact étroit avec personne, excepté un bébé plein de morve. Elle le fixa, opina rapidement du chef, puis se sauva à toutes jambes.

Lorna, dans l'ombre des vieux bâtiments, la regarda s'éloigner, observant Saif et son ombre projetée sur les pavés.

Chapitre 21

La nuit était devenue encore plus glaciale, tout à coup. Les nuits de printemps n'étaient jamais chaudes à Édimbourg, et Lorna frissonnait sans les bras de Saif autour d'elle. Jan était partie par l'un des étroits passages et escaliers qui bordaient le Royal Mile, elle s'était tout bonnement volatilisée. Les fêtards aussi semblaient s'être volatilisés ; la rue pavée, dans l'ombre du grand château, était vide et résonnait. Lorna partit seule devant, vexée, profondément blessée.

— Lorenah !

La voix qu'elle aimait plus que toute autre, en train de prononcer son prénom. Il courut pour la rattraper, mais elle le repoussa.

— Tu sais que j'étais obligé… j'étais obligé de lui dire ça.

Lorna hocha la tête, l'air hébété, en poursuivant son chemin.

— Bien sûr.

— Je ne pouvais pas… je ne pouvais pas lui dire la vérité.

— Mais c'était la vérité, répondit-elle avec clairvoyance. Tu ferais n'importe quoi pour protéger tes garçons. C'est naturel. Si elle t'avait dit de me quitter, tu l'aurais fait. Sans l'ombre d'une hésitation.

— Pourquoi ferait-elle une chose pareille ?

— Parce qu'elle est méchante, dit-elle avec un haussement d'épaules.

Saif parut déconcerté.

— J'ai dû lui dire la première chose… qui nous sauverait.

Lorna acquiesça avec raideur, sans s'arrêter.

— Nous, Lorenah.

Il l'immobilisa, la prenant par la main.

— Nous. Toi et moi. Nous.

— Je ne comprends pas.

— Si j'arrive à te laisser en dehors de tout ça… je pense que Jan gardera peut-être plus facilement le secret, non ?

Lorna haussa les épaules.

— Tu veux dire qu'elle ferait n'importe quoi pour toi, mais pas pour moi ? répliqua-t-elle, meurtrie.

— Non. Pas pour moi. Pour les garçons. Elle ne les trahira pas.

Lorna opina du chef de mauvaise grâce.

Il prit son autre main, puis l'attira contre lui.

— Est-ce que tu crois qu'on devrait rompre ? l'interrogea-t-elle d'une voix tremblante. Au cas où ? Pour qu'on ne soit pas un couple et que tu puisses nier si ça revient aux oreilles des garçons ?

Il ferma les yeux une seconde, peiné.

— Je pense qu'on…, commença-t-il avant d'agiter la main, cherchant ses mots, qu'on arrive après la chute de Bassora.

Il grimaça, et Lorna fronça les sourcils.

— Cette expression n'existe pas dans ta langue. Je veux dire… il est trop tard.

— Oh ! fit-elle, comprenant ce qu'il entendait par là. Tu veux dire qu'on arrive après la bataille.

Il parut déconcerté.

— Cette expression n'existe pas en arabe.

— Non, répondit-elle avant de s'interrompre un instant. Mais ça ne nous dit pas… ça ne nous dit pas ce que tu vas faire.

Elle se tut, puis regarda le trottoir brillant de pluie sous l'éclat d'un haut réverbère.

Tout à coup, Saif fit une drôle de tête, comme s'il venait d'avoir une prise de conscience.

— Mais, Lorenah, dit-il d'une voix douce en prenant son visage dans sa main. Tu sais que je t'aime, n'est-ce pas ?

Elle le fixa un long moment.

— Je ne le savais pas, non, finit-elle par répondre.

— Je ne t'ai pas montré que je t'aimais ? l'interrogea-t-il, sourcils froncés.

Elle haussa les épaules.

— Tu ne me l'as jamais dit.

— Je ne pensais pas… je ne pensais pas avoir besoin de le dire.

— Parce que ça complique tout ?

Il haussa les épaules à son tour.

— Tout est déjà très compliqué. L'amour que je te porte était une chose très simple dans ma vie. Jusqu'à maintenant.

La gorge de Lorna se serra.

— Je… je t'aime aussi.

Il hocha la tête.

— Je… Bien.

Lorna esquissa un sourire.

— Tu supposais déjà que c'était le cas, hein ?

Il détourna les yeux, un sourire se dessinant sur ses lèvres.

— Non, je…

— Si ! Ouah, tu es bien présomptueux !

— Je suis beaucoup de choses, répondit-il à voix basse. Mais ça, non. Je connais mes défauts.

Elle l'embrassa.

— T'aimer est facile, dit-il. C'est tout le reste qui est compliqué.

— Et pour moi, c'est tout le contraire. Tu es la chose la plus compliquée de ma vie.

— Et j'en suis désolé.

Ils se remirent en chemin vers leur hôtel, en silence, surveillant les alentours, ayant trop peur de penser aux conséquences si Jan explosait et en parlait à tout le monde. Une fois dans le hall, ils se reprirent timidement la main, Lorna se réchauffant à l'aveu qu'il venait de lui faire.

Devant la porte de leur chambre, il jeta un nouveau regard à la ronde, comme pour s'assurer que Jan n'était pas derrière eux ; que personne n'était à ses trousses.

— Au lit, mon amour, lui dit-elle doucement à l'oreille. Viens te coucher.

Chapitre 22

— Oh non ! fit Flora.

— Ne commence pas ! répondit Lorna.

Les deux copines se pelotonnaient dans un coin de leur voiture. Elles s'étaient retrouvées à la gare de Waverley : Flora en retard suite à une panne de réveil ; Lorna silencieuse, s'efforçant toujours de digérer sa soirée de la veille. Avec Saif, ils avaient fini dans les bras l'un de l'autre, mais sans être capables d'évoquer la suite des événements. Car ils étaient impuissants : ils ne pouvaient que faire confiance à Jan. Et croiser les doigts.

— Mais… Oh non !

— S'il te plaît, l'arrêta Lorna. Bon sang, il faut que je te le dise. Je passais vraiment un très, très bon week-end.

Flora considéra les boîtes luxueuses, entourées d'un ruban doré, des robes de demoiselles d'honneur posées dans le compartiment à bagages. Sa robe à elle aurait besoin d'être retouchée. Elle s'efforçait déjà de ne pas penser au prix. Enfin. Bref. Il y avait des problèmes plus urgents.

— Pourquoi a-t-il fallu que ce soit Jan ? s'agaça Flora. Elle nous déteste !

— Je sais.

— Je regrette de ne pas avoir été plus gentille avec elle. Mince.

— Tu as été gentille avec elle ! protesta loyalement Lorna. Jusqu'à ce que ce soit impossible, parce qu'elle était infernale.

— Mais elle ne va pas voir les choses comme ça, hein ? Non, elle va penser : « Je tenais des propos parfaitement sensés et réalistes sur le mariage, et ces idiotes s'en sont prises à moi. »

Lorna poussa un soupir.

— Elle n'en fera peut-être pas une affaire personnelle. Arrête, elle ne peut pas être aussi méchante. Charlie ne l'aurait pas épousée, sinon.

— Tu parles de ce pauvre Charlie, qui est malheureux comme les pierres, en pleine déprime, et qui fait le pilier de bar au *Harbour's Rest* parce qu'il a épousé une sorcière ?

— Et elle comprendra sûrement que cela ferait du mal aux garçons. Elle consacre sa vie à s'occuper de garçons, d'enfants issus de milieux défavorisés. C'est sa raison d'être. Elle ne leur nuirait pas.

— Elle pourrait considérer qu'elle leur dit la vérité.

— Mais si la vérité les détruit… Bon sang. On a parlé de rompre.

Flora se décomposa.

— Oh, ma bichette. Pourquoi ? Pour pouvoir nier en bloc ?

Lorna acquiesça, la détresse se lisant sur son visage.

— Ça ne servirait à rien. Si ça se sait, ça se sait ; peu importe que tu le voies encore ou non. Le fait est que tu le voyais, c'est donc trop tard.

— Bassora est tombée, répondit Lorna de façon incompréhensible. Je sais. Mais, dans ce cas, on devra être encore plus discrets. Et ce sera pire, parce qu'on saura que les gens trouvent ça mal.

— Pas moi. Et est-ce que tu parles des gens qui ont de grands principes moraux ? Ou des fouineurs qui aiment faire la leçon, montrer du doigt et jeter la pierre aux autres ?

— Je ne sais pas. Tout ce que je sais, c'est que j'étais si heureuse. Et que j'avais l'impression qu'on… avançait. Qu'on allait quelque part. Et maintenant, j'ai le sentiment d'être de retour à la case départ. En pire.

Flora but une gorgée de café.

— Est-ce que ce serait vraiment si terrible ? Je me fais l'avocat du diable, je sais. Mais si Jan le disait à tout le monde et que tout le monde s'en fichait ?

— Même les garçons ? Non. Je ne crois pas.

— Non, mais… ça crèverait l'abcès. Vous n'allez pas vivre comme ça pour le restant de vos jours, si ?

— Non. Mais une chose est sûre : ce n'est pas le bon moment. Ash est encore un bébé. Il faut au moins que Saif obtienne son droit au séjour permanent.

Flora tapota la main de son amie.

— Il faut que je te dise autre chose, commença Lorna avant de confier à Flora que Saif lui avait dit « Je t'aime », mais qu'il n'avait jamais jugé nécessaire de le faire avant.

— Oh, c'est une bonne chose. Même si ce que les hommes ne jugent pas nécessaire m'étonnera toujours.

— Je sais. Mais quand même.

Elle réfléchit une minute.

— J'ai l'impression d'être l'un des personnages de *La Patte de singe* : c'est comme si j'avais fait un vœu et qu'il s'était réalisé de la pire manière possible. Je préférerais quand même qu'il ne me l'ait pas dit, mais que Jan ne nous ait pas vus.

Flora se pencha vers elle.

— Je suis désolée que cela se soit passé comme ça et, si j'entends qu'elle en a parlé à qui que ce soit, je la tue. Je lui coupe la main avec le canif débile qu'elle garde à sa ceinture.

— Je crains que ce ne soit pas facile.

— Je m'en moque. C'est encore mieux si c'est lent, s'obstina Flora. Et puis tant pis pour son gros bébé.

— *Flora !* la reprit Lorna en tripotant son gobelet. Je crois que Jan a besoin d'attention. Je crois qu'elle se sent seule. Peut-être que si on l'entourait d'attention positive, elle ne ressentirait pas le besoin de parler de nous.

Flora la dévisagea, horrifiée.

— Es-tu en train de me dire que je dois être *super sympa* avec Jan ?

Lorna haussa les épaules.

— C'est la seule idée qui me vient. Tu as vu comment elle est en présence d'Olivia, non ?

— Oh non. S'il te plaît, je ne peux pas plutôt la tuer avec un vieux canif tout rouillé ? *S'il te plaît ?*

Saif descendit du train, puis prit place dans le ferry avec un calme surprenant, attendant que la culpabilité, la peine habituelle, dévorante, ne s'abattent sur lui, comme un coup de massue. Ce ne fut pas le cas… Enfin. Sa vie était si compliquée.

Il s'efforça malgré tout d'oublier ce qui s'était passé avec Jan pour se remémorer le bonheur, le plaisir simple, à l'état pur, qu'il éprouvait avec Lorna quand ils pouvaient se couper du monde extérieur, construire leur propre univers, rien qu'à eux, tout laisser derrière eux, tout oublier. C'était le paradis. Ce qui signifiait, bien sûr, que ce n'était pas la vraie vie. Il garda les yeux fixés sur l'océan ; la pluie tombait sans discontinuer. Le temps était vraiment très capricieux en ce mois d'avril.

Il pensa à la peau de Lorna, à leurs éclats de rire, aux petites pâtisseries syriennes collantes qu'ils avaient mangées au lit… Mais cela ramena ses pensées vers les hommes dans le café, qui parlaient de son pays natal. Il tenta de se rappeler les promesses qu'ils s'étaient faites tout bas dans le noir, avant l'aube, l'odeur d'amande de ses cheveux… Il se demanda à nouveau comment se passait le séjour des garçons. Ib avait un téléphone, mais il n'était pas particulièrement doué pour y répondre et n'avait fait que grommeler quand Saif l'avait appelé la veille au soir.

Ils s'en sortiraient. Bien sûr. Quant à lui… il culpabilisait ne serait-ce qu'en se disant ce qu'il répétait à ses patients à longueur de journée : « Prenez soin de vous. Vous ne pouvez pas prendre soin des autres si vous ne pensez pas d'abord à vous. » Mais penser d'abord à lui serait mal, lui semblait-il. Quand il n'avait aucune idée de ce qui se passait ailleurs, quand le monde était toujours un endroit aussi horrible, quand Amena…

Il mit ses écouteurs, dans l'espoir qu'écouter Radio nan Gàidheal mettrait fin au tourbillon de ses pensées.

Les garçons l'attendaient au bivouac : Ib semblait maussade, ce qui n'était pas franchement inhabituel. Ash, lui, courut vers son père pour se jeter dans ses bras, comme toujours.

— Est-ce que vous vous êtes bien amusés ? l'interrogea Saif, incapable de retenir un sourire.

— OUI ! Je sais nager, maintenant, et il y avait des toboggans, et j'ai donné un coup de poing à un requin, pas un vrai requin, un requin gonflable, mais je pourrais aussi le faire à un vrai requin, je crois, et Ib s'est attiré de gros ennuis, et j'ai plongé sans m'asseoir, tête la première ! Je sais plonger ! Et taper les requins !

— Ib a fait quoi ? demanda Saif en tentant de se dégager.

— Oui, bonjour, dit le vieil Iain, qui était en charge du week-end. Je n'ai pas voulu vous appeler à votre conférence, vous voyez. Cela n'en valait pas la peine, et je ne voulais stresser personne, mais… enfin…

— Qu'est-ce qui s'est passé ?

— Il a frappé un autre garçon.

— Ib ? s'étonna Saif en se tournant vers son fils, sincèrement peiné.

Le garçonnet resta immobile, les lèvres pincées.

— Pourquoi est-ce que vous ne m'avez pas appelé ? C'est inacceptable.

— Il a été provoqué, à vrai dire. On a pensé que c'était mieux comme ça. L'autre garçon non plus n'a rien dit à ses parents. C'est lui qui devrait avoir le plus honte de son comportement, à mon avis.

Saif regarda son fils, toujours déconcerté.

— Il a dit le mot en « p », lui expliqua Ib tout bas.

Saif mit un moment à comprendre ce qui s'était passé ; que l'autre enfant (un garçon venu de l'île principale, bien sûr, pas un petit Murien) l'avait traité de *pak-pak*.

— Ah, fit-il.

— Je ne… Enfin, je comprends Ib, poursuivit Iain. Même si, bien sûr, au lycée, il ne pourra pas tout régler en se battant.

— Ce ne sera pas le cas, répondit Saif, triste, énervé, en colère, et fier, tout à la fois. Ibrahim ! Tu sais que c'est inacceptable… Tu ne peux pas…

— Et pourquoi pas ? répliqua le petit.

— L'autre s'est excusé, voui, intervint Iain, qui pensait manifestement qu'Ib avait eu la bonne réaction.

— Il existe de meilleures façons de livrer tes batailles, reprit Saif.

— Qu'est-ce que tu en sais ? lança Ib avec insolence. Je l'ai frappé, et il a arrêté.

— Son crochet droit n'était pas mauvais, en plus, commenta Iain.

Au vu des circonstances, Saif se força à sourire, même s'il bouillonnait intérieurement. L'accueil qu'ils avaient reçu sur l'île avait été si chaleureux, si parfait, surtout les enfants, qu'il ne s'était jamais dit qu'il devrait parler de racisme avec Ib.

Les garçons montèrent dans la voiture, un peu trempés, Ash impatient d'arriver pour aller au bain et montrer à son père qu'il savait nager.

Mais, à la rentrée, Ib devrait aller sur l'île principale pour ses études. Il devrait vivre avec ces garçons. Saif avait envisagé le racisme comme un concept lointain, qui existait peut-être en Angleterre, ou aux États-Unis ; loin de chez eux. Pas sur Mure.

Or le monde extérieur pouvait empiéter, même sur Mure, il le savait trop bien.

— Tu peux me punir, je m'en fiche, lança Ib, assis à l'arrière.

— Je ne vais pas te punir, répondit son père, qui n'avait jamais puni aucun de ses fils et n'allait pas commencer maintenant.

— Il s'est excusé ! intervint Ash, toujours pacificateur. L'autre garçon s'est excusé ! Parce que c'était un méchant, méchant raciste ! C'est lui, le méchant, et Ib, le gentil.

— D'accord, ça suffit, le coupa Saif d'une voix tendue.

Il se gara devant chez eux, puis se retourna.

— J'ai vu où menait l'agressivité. Vous aussi. C'est pour ça que je ne veux pas que vous vous battiez.

— Mais quand la situation est injuste, il faut se battre, rétorqua Ib. Si je n'avais pas réagi vite, il n'aurait jamais arrêté. Puis tous ses copains s'y seraient mis, eux aussi. Puis ils s'en seraient pris à Ash.

Saif cligna des yeux.

— Tu vas m'envoyer tout seul sur l'île principale, poursuivit Ib. Je vais devoir apprendre à me défendre par moi-même.

— Mmh mmh.

Ils sortirent de la voiture. Saif passa un bras autour des épaules d'Ib, qui se dégagea et entra dans la maison avec raideur. Ash, lui, était plus que partant pour un câlin.

— Agot m'a dit que tu nous ramènerais sans doute un cadeau, dit-il. Est-ce que tu nous as ramené un cadeau ?

— Oui, répondit Saif en sortant de son coffre une boîte rose qui contenait des pâtisseries au miel et à la pistache.

Les avait-il vraiment achetées la veille ? Plein d'espoir pour eux tous ?

— Mais je t'ai dit que je ne voulais pas porter la même robe qu'ELLE, dit Agot, raisonnablement, de son point de vue.

— Ne dis pas « elle », répondit Flora, un peu agacée.

Il pleuvait sur Mure, mais la ferme était douillette, bien chaude : en ce dimanche après-midi, le feu brûlait dans la cheminée, personne ne travaillait, et un bon poulet rôtissait dans le four. Elle irait bientôt retrouver Joel et Douglas, mais elle avait d'abord voulu déposer les robes dans son ancienne chambre, où personne ne pourrait les trouver, et les montrer à Agot. Lorna l'avait accompagnée, pour que la fillette la voie hors du milieu scolaire, mais aussi parce qu'il ne lui tardait pas de rentrer toute seule dans son appartement vide.

— Ça va être marrant ! s'exclama Lorna.

— Tu as dit ça pour la table de neuf, répondit Agot d'un air de défi.

— Allez, l'encouragea Flora. Voyons ce que tu en penses.

La boîte de la robe était magnifique : rigide, blanc et or, ornée d'un ruban doré. À lui seul, cet emballage avait dû coûter une petite fortune, mais Flora préférait ne pas y penser.

Agot dénoua délicatement le ruban, avec le respect approprié, puis souleva lentement le couvercle de la boîte. Innes s'approcha pour regarder, pendant que Flora filmait la scène. Pleine de révérence, la petite retira les feuilles de papier de soie. Puis elle grimaça. Flora aurait pu pleurer.

— Euh, qu'est-ce qui ne va pas ?

— Je crois qu'ils se sont trompés de robe, non ? Parce que ma robe est blanche. Celle-ci est VERTE.

— Elle n'est pas verte ! protesta Flora. Elle est d'un blanc magnifique, avec un soupçon de vert.

— Donc elle est verte.

Lorna leva les yeux au ciel, mais hors champ, parce que les instituteurs ne sont pas censés faire ce genre de choses.

Flora s'approcha.

— Essaie-la. J'ai choisi du vert pour une raison.

— Laquelle ? l'interrogea sa nièce du tac au tac.

Flora fut réactive.

— Toi, bien sûr, banane.

Agot la considéra avec méfiance.

— Je ne suis pas verte, pourtant.

— Non, c'est parce que tu ressembles à une sirène.

— Je croyais que je ressemblais à un ange.

— Mais aussi à une sirène. Une belle sirène sortant des eaux. Avec de longs cheveux qui lui arrivent jusqu'au bas du dos et une belle robe scintillante, vert d'eau.

Elle tint la robe devant la fillette. La taille était parfaite.

— Parce que tu es une créature mystique venue des profondeurs de la mer, qui ensorcellera tous ceux qu'elle verra.

Agot y réfléchit sérieusement.

— Comme la Petite Sirène ?

— Oui, répondit aussitôt Flora.

— En général, je préfère les ratons laveurs aux sirènes.

— Je le sais. Je te dis juste ce que les gens vont penser quand ils te verront dans cette robe. Voilà Agot, la mystérieuse sirène venue de l'océan, dans une robe blanche avec un soupçon de vert d'eau.

— JE SUIS mystérieuse, renchérit Agot en opinant du chef.

Elle retira son pull Fair Isle et sa robe chasuble en velours côtelé, mais garda ses plus jolis collants à rayures. Bramble, pensant qu'ils allaient peut-être se promener, se leva, s'approcha tranquillement de la porte, entendit la pluie battre les pavés, puis rebroussa chemin, haletant, pour retourner se coucher près du feu.

La robe chatoya, froufrouta, quand Flora la passa sur les épaules de sa nièce. Elle prit ses cheveux d'un blond presque blanc (en général, Agot n'aimait pas qu'on lui touche les cheveux, elle en faisait tout un drame, mais Flora avait le droit), les lâcha dans son dos, puis noua le grand ruban vert à sa taille. La version pour enfants était légèrement différente de celle de Lorna : elle avait des manches ballon, qui plurent immédiatement à Agot.

Ils reculèrent tous d'un pas, puis croisèrent les bras.

— Laissez-moi voir ! Laissez-moi voir ! s'écria la petite.

Sans tenir compte de sa tante, qui lui proposait d'aller dans son ancienne chambre pour se regarder dans son grand miroir, elle se hissa sur une chaise, puis sur la vieille table de la cuisine, d'où elle pouvait se voir dans la vieille glace piquée accrochée au-dessus de la cheminée. Flora et Lorna retinrent leur souffle.

— Oh ! s'exclama Agot en tournant sur elle-même, avant de sauter sur place et de danser. Bon, elle n'est pas si mal pour une robe verte.

— Tu es ravissante, la complimenta Flora.

— Comme une vraie sirène !

— Comme une vraie sirène.

— Dis merci à tata, lui dit Innes.

— Et descends de cette table, ajouta vite Flora.

La petite s'exécuta.

— Est-ce que je dois vraiment te dire merci ? demanda-t-elle. Je pense que c'est toi qui devrais me dire : « Merci, Agot, tu es une demoiselle d'honneur sirène vraiment parfaite pour mon mariage, même si tu dois porter du vert, *tha thu cho breagha.* »

Flora la prit dans ses bras.

— Tu l'es.

— … Je crois que tu n'as même plus besoin de l'autre demoiselle d'honneur, s'acharna la fillette en lançant un regard noir à Lorna par-dessus l'épaule de sa tante.

Chapitre 23

Douglas était ravi de retrouver sa maman, et Flora, après un si long week-end, se jeta sur lui, en manque de son affection, de son grand sourire, de ses petits doigts qui lui tiraient les cheveux.

— Tu lui as manqué, dit Joel, l'air fatigué.

— Vraiment ? Qu'est-ce que vous avez fait, tous les deux ?

— Oh, j'ai donné un coup de main à Charlie, comme Jan n'était pas là.

— Bon sang, répondit-elle avant de se laisser tomber sur l'un des canapés, tenant Douglas au-dessus de sa tête, qui poussait de grands éclats de rire. Je ne veux plus jamais entendre ce prénom.

— Elle n'est pas si méchante. C'est une chic fille.

— Huuummmm.

— Alors, comment c'était ? l'interrogea-t-il quand ils furent installés avec une tasse de thé.

— C'était, euh… je suis partagée. C'était super, mais aussi horrible, par moments. Et j'ai à peine vu Lorna.

Joel secoua la tête.

— Et maintenant, ils vont devoir recommencer à s'ignorer royalement ?

— Ça ajoute peut-être du piment. J'aime toujours quand tu reviens après être parti.

Il lui sourit.

— Moi aussi. Mais je ne pense pas que je pourrais vivre comme ça.

— Moi non plus. Mais j'ai eu l'occasion de voir des gens que je n'avais pas vus depuis une éternité.

— Bien.

Flora évita de mentionner qu'ils s'étaient tordus de rire et que tous ses copains étaient partis du principe qu'ils étaient invités au mariage, sans qu'elle ait pu se résoudre à les détromper.

— Peut-être… peut-être qu'on pourrait organiser une petite… une petite fête après ? Après le mariage ?

Joel fronça les sourcils.

— Oh non. Vraiment ?

— Enfin, plus tard…, ajouta-t-elle à la hâte.

— Bref. J'ai une surprise pour toi !

Flora le regarda, étonnée.

— Je croyais qu'on arrêtait les surprises. Après New York. Et… Euh… Douglas.

— Je n'aime pas les surprises, mais j'ai remarqué que les gens normaux aimaient ça, en général.

— Euh, d'accord ?

Elle eut un sourire patient ; elle était épuisée. Joel lui tendit une enveloppe, qu'elle ouvrit avec soin. Sa vue mit du temps à s'ajuster.

— Oh ! s'exclama-t-elle en relevant les yeux. Ça alors !

C'étaient les bans, l'annonce officielle de leur mariage. Son visage s'illumina.

— Oh là là, ça arrive vraiment ! s'exclama-t-elle.

— Tu viens de t'acheter une robe de mariée, non ? ronchonna Joel avec bonhomie. Je me suis dit que, puisqu'on avait tout organisé, je devrais accélérer les formalités.

Elle jeta un coup d'œil à la date.

— Le 21 juin.

— Pour le solstice d'été ! C'est ce qu'on avait convenu, non ?

— C'est adorable, répondit-elle, ses derniers espoirs d'organiser une fête s'évanouissant rapidement. C'est le jour du mariage d'Olivia.

Joel haussa les épaules, sans remarquer son expression.

— Mais tout sera organisé et se passera à l'extérieur, n'est-ce pas ? C'est cette femme terrifiante qui se charge de tout, non ? En fait, c'est parfait : l'intérieur du *Rock* sera vide. Sinon, Gaspard pourrait venir cuisiner pour nous à la maison ! Ce serait encore mieux !

À la maison ! C'était encore… Cela signifiait que personne ne verrait sa robe, ni celles de Lorna et d'Agot.

Elle se retint de répondre. *N'as-tu pas envie de montrer que tu m'aimes ? Aux yeux de tous ? Au lieu de me cacher, comme si j'étais ton soutien émotionnel.* Voilà ce qu'elle avait envie de lui dire.

Il sourit.

— Je vais prévenir Mark et Marsha.

Chapitre 24

Le lendemain matin, Flora ruminait son malheur quand une femme petite et timide pénétra dans le *Rock*, l'air nerveux. Flora reconnut la mère de Jan et Olivia.

— Senga, s'exclama-t-elle avec un sourire. Bonjour !

— Bonjour.

— Je pensais vous voir lors du week-end à Édimbourg !

Senga eut une moue et ressembla étrangement à Jan, tout à coup.

— Oh, mon Olivia voulait me faire la surprise, j'en suis sûre. C'est pour cela qu'elle ne m'a pas invitée. Pour me faire une belle surprise le grand jour.

Flora hocha la tête.

Il était presque impossible de retrouver le visage parfait d'Olivia, avec ses pommettes hautes, dans les traits de sa mère (bien qu'on y retrouve beaucoup de Jan), mais, en regardant bien, on voyait que Senga avait de grands yeux noirs et des cheveux épais, qui avaient dû être magnifiques, autrefois. Et, bien sûr, Fraser avait une mâchoire large et carrée, qui, sur Jan, paraissait lourde, mais, sur sa sœur, était superbe, comme un mannequin sur une pochette de Duran Duran. Les mystères de la génétique.

— Eh bien, j'espère que ce sera une belle journée, dit Flora.

Senga poussa un soupir.

— Voui. Et maintenant…

La porte s'ouvrit alors d'un coup, et Jan entra. Flora la salua d'un grand sourire, qui, comme toujours, parut terriblement hypocrite et emprunté.

— Olivia veut… Qu'est-ce qu'elle veut encore, déjà ? demanda-t-elle en levant les yeux au ciel.

Elle portait Christabel dans son dos, dans une sorte de châle qui paraissait inconfortable. La petite hurlait.

— Coucou, ma puce, dit Flora, bien plus à l'aise avec le bébé. Comme tu es jolie !

Elle fouilla dans sa poche ; la télécommande d'une des chambres était cassée, et elle l'avait prise pour la ramener à Douglas, qui aimait plus que tout appuyer sur des touches. Il valait mieux, pour tout le monde, que ces touches ne commandent rien.

— Est-ce que tu voudrais jouer avec ça ?

— Nous ne lui donnons que des jouets éducatifs en bois, intervint aussitôt Jan en la détachant avec une certaine gaucherie. Bon, poursuivit-elle en s'asseyant lourdement. Qu'est-ce qu'elle a encore fait ?

Tout le monde savait de qui elle parlait. Senga laissa échapper un soupir.

— Je vous laisse discuter, dit Flora en se redirigeant vers la réception pour répondre avec amabilité à un client qui voulait une chambre plus grande, avec vue, alors qu'il avait réservé la moins chère de l'hôtel et qu'on voyait des photos des différentes chambres en faisant la réservation sur Internet.

Pendant ce temps-là, Jacinth était assise, bras croisés.

— Pourquoi ? Pourquoi veux-tu faire ton enterrement de vie de jeune fille là-bas ? Je pensais plutôt à Santorin, ma chérie. Des hors-bord et des serveurs torse nu qui nous apporteraient des Bellini… Non, attends… des Negroni. Non… Un nouveau cocktail, qu'on inventera pour l'été prochain, parce que tous les autres sont complètement has been.

Olivia se tripota les ongles.

— Parce que j'en ai marre de leur comportement, là-bas. Ils me snobent tous et me traitent comme une étrangère. J'en ai marre que Jan soit aussi casse-pieds. J'en ai marre que ma mère me jette des regards nerveux et que tout le monde me traite comme si j'étais une sorte d'extraterrestre. Je vais les couvrir de billets, me mettre Flora et Lorna dans la poche, et leur montrer que je suis toujours une Murienne. Il faut que j'impressionne ma belle-famille, et ils sont sans doute déjà allés à Santorin.

— Oui, enfin, euh, c'est leur argent.

— Il y a plein de yachts et de riches à Santorin : c'est barbant, rétorqua Olivia avec dédain.

— Non, on a besoin de toi, l'arrêta Jan. Ça te concerne, en tout cas. Olivia nous confie l'organisation de son enterrement de vie de jeune fille. Elle n'est pas croyable, hein ?

— Je me demande ce que les gens vont penser, s'inquiéta Senga. Ils vont devoir venir jusqu'ici ; je ne crois pas que ce soit une bonne chose.

— Je n'en ai pas entendu parler, répondit Flora.

— Vraiment ? lança Jan. Je croyais que vous étiez les meilleures amies du monde ?

— Ma chérie, dit Senga d'une voix tendue. Christabel est-elle censée manger cette table ?

— Elle est très propre, rétorqua Flora en regardant le bébé mordiller le bord de la table. Et en bois.

— Eh bien, tu n'as qu'à la prendre, dit Jan à sa mère de mauvaise grâce.

— Je disais juste que…

— Non, tu ne « disais pas juste ». Tu me critiquais. Elle attrapa Christabel, qui fit la grimace, semblant sur le point de se remettre à hurler.

— Est-ce que tu as quelque chose à redire à mes cheveux, maintenant ?

— Non, mais tu sais qu'Olivia est si…

— Oui, oui, Olivia est la meilleure. Est-ce qu'on peut poursuivre ?

— Poursuivre quoi ? l'interrogea Flora.

— Eh bien, on ne peut pas organiser l'enterrement de vie de jeune fille au *Rock*, puisqu'il est déjà réservé pour le mariage. Du coup, Jacinth ne sait pas où le faire.

— À Londres ? lança Flora, exaspérée tout à coup. À Saint-Tropez ? À Hong Kong ? Je ne vois pas en quoi c'est mon problème. Pourquoi est-ce qu'elles veulent venir sur Mure deux fois ?

— Jacinth nous a dit de te demander.

— Vous voulez le faire à la *Seaside Kitchen* ? Pourquoi pas au *Harbour's Rest* ?

— Parce que c'est dégoûtant.

— Oui, mais…

Flora s'interrompit pour réfléchir.

— De toute façon, je n'ai pas de licence IV pour la *Seaside Kitchen*. C'est que… je suis… je suis très occupée.

Jan soupira.

— Très bien. Je vais lui dire que c'est fichu, alors. Parce que certaines personnes ont la flemme de travailler pour gagner leur vie.

— Écoute, pourquoi est-ce que tu ne parles pas à Inge-Britt ? Tu pourrais lui proposer de faire venir des agents d'entretien. Je suis sûre qu'elle ne le prendrait pas mal.

— Mais elle ne renverra pas tous les vieux pêcheurs alcooliques accoudés au comptoir.

— Ça pourrait faire couleur locale. Ça pourrait être sympa.

— Ça prouverait à Olivia que je suis une incapable. Est-ce que c'est ce que tu veux ?

Flora regarda Jan avec curiosité. Maintenant qu'elle connaissait le secret de Lorna et Saif, elle ne s'en servirait pas… elle ne s'en servirait pas comme moyen de pression, si ? Sûrement pas. Elle ne ferait sûrement pas ça… Cela dit, ça ne l'étonnerait pas d'elle.

— Je suggérerai le *Harbour's Rest* à Jacinth, répondit-elle à la hâte, juste au cas où. Même si je ne parviens pas à comprendre pourquoi elles veulent le faire ici.

Au même moment, son téléphone émit un bip. Elle y jeta un coup d'œil et ouvrit grand la bouche, surprise.

— Qu'est-ce qu'il y a ? l'interrogea Jan avec mauvaise humeur.

— C'est Jacinth, répondit Flora, désemparée. Elle veut savoir où on en est.

Jacinth était contrariée. Elle voulait la *Seaside Kitchen*. Mais Flora était catégorique : elle ne pourrait pas avoir de licence IV à temps, même si elle le voulait.

— Fais pression sur elle, dit Jacinth à Olivia, inquiète, elle aussi.

Sa future belle-mère, Mme Forbes, avait déjà décliné deux invitations (boire le thé à l'hôtel *Savoy* et prendre un verre au *Claridge's*), prétextant être trop occupée. Olivia devait l'impressionner. Elle était, plus que quiconque, consciente de la désapprobation de la famille d'Anthony ; consciente de sa date d'expiration, étant une beauté de trente-quatre ans. Il fallait que ça marche. Il le fallait. Parce que, dans le cas contraire… Elle ne voulait plus jamais revivre cela. Se retrouver en compétition avec des mannequins plus jeunes, chaque année plus nombreuses, si belles, venues du monde entier, puisant dans le même vivier d'hommes fortunés. Partager un appartement minable, à vivre de petites commandes pour des magazines de voyage et de rares publications sponsorisées, et se nourrir exclusivement de ramen. Elle avait hameçonné Anthony. Elle ne pouvait pas le laisser filer. Personne sur Mure ne pouvait comprendre : ils se contentaient d'épouser le premier ouvrier agricole venu. Ils ne savaient pas combien cela avait été difficile pour elle.

— Je veux leur montrer que je suis une fille bien, comme il faut, et pas une…

— Une croqueuse de diamant ? avança Jacinth, mais Olivia feignit de ne pas l'entendre, les yeux fixés sur son téléphone.

— J'ai une idée. Pour obtenir le soutien des Muriens. Flora est complètement fauchée, non ?

— Quelle importance ? demanda Jacinth avec indolence. Ils font du troc, là-bas, pas vrai ?

Olivia prit sa plus petite voix, celle qui faisait fondre les hommes.

— Donc… je voulais te poser une question… Je me demandais… si… si ça te dirait… de partager mon enterrement de vie de jeune fille. Vu que tu te maries, toi aussi.

Flora, à l'autre bout du fil, cligna des yeux, étonnée.

— Pardon… quoi ? Qu'est-ce que tu veux dire ? J'invite toutes mes copines, et on le fait ensemble ?

— Tant que… tu sais, ça ne les dérange pas d'être prises en photo pour Instagram ?

— Oh ! Tu ne veux que mes copines jolies, alors ?

— Noooon ! Il y a des applications pour ça !

Flora éclata de rire. Olivia ne comprit pas pourquoi : elle ne plaisantait pas.

— Mais je ne comptais pas vraiment enterrer ma vie de jeune fille. Je n'ai pas vraiment les moyens, en ce moment, et on ne fait pas un grand…

— Oh non, c'est pour nous. Tout, la coupa Olivia.

Flora se tut un instant.

— Est-ce que tu es *sûre* ?

— N'y pense même pas. Vraiment. Considère ça comme notre cadeau de mariage. J'ai trop hâte d'y assister.

Olivia s'attendait elle aussi à être invitée à son mariage, mais cette nouvelle lui passa au-dessus de la tête, comme elle prenait peu à peu conscience de la signification de cette proposition. C'était peut-être ça, la solution à son problème ! Si elle invitait toutes ses amies à son enterrement de vie de jeune fille… eh bien, elles n'auraient sans doute pas envie de revenir pour son mariage ! Elle ferait d'une pierre deux coups : elle pourrait avoir une fête, et, cerise sur le gâteau, ils auraient toujours l'argent pour le don si cher à Joel ! C'était la solution idéale.

— Je me suis juste dit que ce serait chouette qu'il y ait plein de monde.

Le cœur de Flora bondit dans sa poitrine. L'occasion de réunir tout le monde… Oh là là.

— Mais ça va être un peu rudimentaire, dit-elle. Tu t'en rends compte, hein ? Si ce n'est pas au *Rock*, ça va être un peu… brut de décoffrage…

— C'est parfait. Ça fait plus authentique, d'après moi.

— Oui, si on veut. Mais, en général, ça fait surtout un peu sale, genre : « Achète plus d'eau de Javel ! »

Inge-Britt était aux anges. C'était bon pour les affaires. Flora aurait bien aimé lui conseiller de nettoyer ses tireuses à bière, mais n'osa pas.

— J'y pense, dit Inge-Britt. Si elle veut faire venir du monde, mes copines à Reykjavik sont hyper sexy sur Instagram *et* elles savent faire la fête.

— Fonce ! répondit Flora, qui se réjouissait de pouvoir inviter toutes ses amies et se sentait d'humeur généreuse.

Ses copines se fichaient que le *Harbour's Rest* soit un peu brut de décoffrage. Et si c'était vraiment ce que voulait Olivia… Cela lui paraissait inimaginable, mais c'était pourtant comme ça. En revanche, il y aurait une limite à ce qu'elles pourraient y dépenser. Olivia pourrait acheter tout le pub sans même le remarquer : c'était trois fois rien pour elle. Dès que Jan avait appris que Flora était de la partie, elle avait refusé de s'occuper de l'organisation, et Olivia avait donc une nouvelle fois engagé Jacinth (tout en laissant entendre que cette dernière le faisait pour rendre service à une grande amie).

Tout le monde accepta l'invitation. Tout le monde.

— Où vont-elles loger ? demanda Lorna, qui corrigeait ses copies dans le bar du *Rock*, car Flora devait faire l'inventaire et avait bien besoin de compagnie pour accomplir cette tâche assommante.

— Eh bien, les invitées d'Olivia ne peuvent pas toutes séjourner ici, parce qu'elles viennent pour le mariage et que, apparemment, Jacinth ne veut pas gâcher la « surprise ». Donc la mère du marié sera là, mais, sinon, la moitié d'entre elles descendront au *Harbour's Rest*, et les autres seront dans des Airbnb.

— Mais…

— Je sais ! la coupa Flora. Ne m'en parle pas.

— La moitié des Airbnb sont de simples étables !

— Je sais !

Airbnb était une nouveauté sur l'île. Dès que les gens avaient compris qu'on pouvait louer à peu près tout et n'importe quoi, un nombre étonnant de dépendances avaient été « réaménagées »… avec une couche de peinture et un sac de couchage.

— Et toutes mes copines, plus Kai, bien sûr, viennent de l'île principale, ce qui est une bonne chose, parce qu'ils ne s'attendront pas à être invités au mariage.

— Je me répète, mais je ne comprends pas pourquoi ça ne les persuaderait pas encore plus du contraire.

— Je ferai une annonce.

— Dans ce cas, tu as intérêt à la faire tôt. Si ça se passe comme la plupart des enterrements de vie de jeune fille, tout le monde aura abusé de la Vodka Bru à dix-huit heures trente.

— Oh oui. Bref, six dorment à la maison, quatre autres partagent une chambre ici…

— Je sais que je devrais accueillir certaines de tes copines, mais il y a une toute petite chance pour que j'aie de la visite après.

Flora eut un sourire contrit.

— J'imagine que les garçons ne seront pas à « Aventures en plein air ».

Lorna leva les yeux au ciel.

— Non, mais, mais, on ne sait jamais… Il pourrait appeler Mme Laird pour une urgence.

— Elle ne sera pas avec nous ? l'interrogea Flora, déçue.

Mme Laird avait été d'une aide précieuse quand elle avait ouvert la *Seaside Kitchen*.

— Elle m'a raconté que la dernière fois qu'elle avait assisté à un enterrement de vie de jeune fille, elles étaient toutes soûles à vingt et une heures et qu'elle avait passé la soirée à nettoyer du vomi, merci beaucoup.

— À vingt et une heures ? Petites joueuses, dis donc ! De toute façon, c'est l'enterrement de vie de jeune fille d'Olivia. Ça m'étonnerait que ça se passe comme ça.

— Personne ne pense que ça va se passer « comme ça » en entrant dans le *Harbour's Rest*, prédit Lorna avec sagesse. Puis ça dégénère, c'est le chaos, et on n'a rien vu venir.

Flora sourit.

— Eh bien, disons que, si elles perdent toutes connaissance dans un champ, ça résoudra mon problème de couchages.

— Je me demande ce qu'Inge-Britt va préparer à manger.

— Sandwichs au bacon et chips, telle que je la connais.

Flora avait voulu être snob, mais cela semblait fantastique, en réalité.

— Hourra ! s'exclama Lorna.

Chapitre 25

Elles avaient de la chance, songea Flora deux semaines plus tard, la veille du fameux enterrement de vie de jeune fille. Il faisait beau. Mais bon, Olivia avait sans doute de la chance en tout. Flora venait de quitter le *Rock* et se rendait à la ferme à pied. Douglas gazouillait dans sa poussette : il s'adressait aux canards qui croisaient son chemin et aux paons qui lui criaillaient dessus. Il pointait ces derniers du doigt, tout content, mais Flora était à peu près certaine qu'ils lui arracheraient les yeux à coups de bec s'ils en avaient l'occasion et préféra donc les éviter.

Même avec ces enquiquineurs de paons, on ne pouvait rêver plus beau mois de mai. Une petite brise froide soufflait, bien sûr, mais le soleil brillait et le monde prenait vie autour d'eux. Il y avait des lapins partout, et les collines résonnaient des bêlements des agneaux en train de jouer – Douglas pouvait passer des heures à regarder les petits s'ébattre et bondir dans les prés, franchir des ruisseaux en sautant et passer la tête à travers la clôture pour atteindre l'herbe plus grasse. Les oiseaux chantaient de plus en plus tôt, lui avait fait remarquer

Joel le matin même, puisque, en général, Douglas se réveillait avec eux, et la *haar*, la brume marine, qu'ils voyaient par la fenêtre s'évaporait au soleil à mesure que les jours rallongeaient.

La saison des jacinthes des bois, courte mais foisonnante, battait son plein, dans une formidable explosion de violet. Ces fleurs jaillissaient dans les endroits les plus insolites, tapissant des vallons entiers, exhalant un parfum puissant, délicat, qui réchauffait le cœur. Cette époque de l'année était merveilleuse, et idéale pour organiser une fête. L'odeur lourde des ajoncs lui emplissait déjà les narines. Le ciel au-dessus d'elle était traversé de petits nuages, derrière lesquels se cachait le soleil, dessinant une mosaïque d'ombres grises et de lumières scintillantes sur la mer.

Au nord, les éoliennes de l'immense parc offshore tournaient à plein régime ; au sud, les ailes de l'imposante sculpture métallique érigée sous l'école, en contrehaut du port, dominant le paysage, brillaient : l'Ange de Mure était en lui-même une attraction touristique (« trop », murmuraient parfois certains, en essayant de contourner les nombreux visiteurs qui posaient à côté pour Instagram – sous un certain angle, ils avaient l'impression d'avoir des ailes et faisaient la queue pour se photographier devant). Flora ne s'en plaignait jamais, en partie parce qu'elle aimait cette sculpture, mais aussi parce qu'en général, après avoir pris leur photo, les gens allaient boire une bonne tasse de café et déguster un morceau de sablé au caramel à la *Seaside Kitchen*.

Les habitants vaquaient à leurs occupations, suspendaient leur linge dehors, pour qu'il sèche au soleil et au vent, et les enfants sortaient de l'école. Les voitures étaient si rares sur l'île que même les plus petits pouvaient rentrer chez eux tout seuls. Flora discerna les cheveux d'un blanc éclatant d'Agot : sa nièce était debout en haut des marches qui redescendaient vers le port, son précieux sac à dos à l'effigie des danseurs sur glace Torvill and Dean aussi gros qu'elle.

— Coucou, ma puce ! s'exclama Flora en agitant la main.

Le visage de la petite resta de marbre. Il devint évident qu'elle attendait sa tante.

— Bonjour, tata Flora. *Ciamar a tha thu ?*

— AAAH ! fit Douglas avant de tendre le doigt en gloussant.

Plus Agot était méchante avec lui, plus il l'adorait : Flora ne pouvait s'empêcher d'être un peu inquiète concernant leurs rapports à venir.

— Tais-toi, le bébé. Il faut que je parle sérieusement avec ta maman.

Elle fit le tour de la poussette pour prendre la main de sa tante, même si descendre le chemin pentu et sinueux qui contournait les marches n'était pas aisé avec une poussette, et encore moins à une main.

— Alors. Il faut que je te parle de cette fête.

Flora la considéra.

— Quelle fête ? demanda-t-elle, partant du principe qu'elle évoquait l'anniversaire d'un camarade.

Agot fit la moue, comme si Flora était totalement idiote.

— Ta fête de jeunes filles. Qu'est-ce que je vais porter ?

— Oh, répondit Flora, comprenant de quoi elle parlait. Agot, c'est une fête de grands, ma puce.

Certes, rares étaient les événements qu'on pouvait qualifier de « fête de grands » sur Mure. En général, quand il se passait quelque chose, tous les habitants se réunissaient : le jardin du *Harbour's Rest* était plein à craquer d'enfants les jours de beau temps ou de mariage ; et, bien sûr, les petits assistaient aux *ceilidhs* pour apprendre les danses traditionnelles. Dans une petite communauté, les gens avaient tendance à se rassembler.

Mais, là, c'était différent. Toutes les invitées arrivaient le lendemain matin, et Flora devait préparer les lits pour certaines à la ferme. Elle ferait aussi des allers-retours à l'aéroport pour aller chercher tout le monde. Elle était enthousiaste, mais aussi un peu nerveuse.

Agot fronça les sourcils.

— Mais tu invites toutes les jeunes filles.

— Non. Ça s'appelle un « enterrement de vie de jeune fille », et c'est moi la fille. Enfin, c'est Olivia. Mais un peu moi, aussi.

— Est-ce que tu vas te déguiser ? Je vais juste m'habiller en patineuse.

— Je ne me déguise en rien du tout.

— Mary-Elizabeth m'a dit que sa mère lui avait dit que tu porterais une couronne et un voile de mariée.

— Oh oui. C'est vrai, j'aurai peut-être un voile et une couronne.

— Je devrais porter mon costume de patineuse, s'obstina Agot, avant d'ajouter à la hâte : Et un voile.

— Agot, ce n'est pas une fête pour les enfants, je te le jure.

— Mary-Elizabeth m'a dit que sa mère lui avait dit qu'elle espérait qu'il n'y aurait pas trop d'Irn-Bru. Mais j'adore l'Irn-Bru, moi.

— Oui, mais ce n'est pas une fête pour les enfants.

— Mary-Elizabeth m'a dit qu'elle y allait.

— Eh bien, ce n'est pas vrai.

— Elle a dit que si, répliqua Agot en croisant les bras.

— Je ne vais pas parlementer avec toi, répondit Flora, se rendant compte, exaspérée, que c'était précisément ce qu'elle était en train de faire.

Elle salua avec entrain toutes les personnes qu'elle connaissait, comme pour montrer que tout allait pour le mieux, qu'elle n'était pas en train de se faire harceler par une fillette de six ans.

— C'est une fête de grands. Il y a plein de filles qui arrivent, mais ce sont toutes des adultes, d'accord ?

Agot prit un air mutin.

— Si Mary-Elizabeth y va, ça se passera très, très mal.

— Elle ne vient pas !

Agot n'en avait pas fini. Une fois à la ferme, tandis qu'Innes encourageait Douglas à s'accrocher à ses doigts pour se mettre debout (bien que le petit ne semble pas du tout concerné) et que Flora préparait du thé pour Eck, Agot entrait et sortait de la cuisine avec détermination, affublée de différents déguisements. Elle avait demandé à son père d'incliner le vieux miroir ovale accroché au-dessus de la cheminée pour pouvoir s'admirer dedans.

— Qu'est-ce que tu fais ? l'interrogea-t-il.

— Oh, c'est juste AU CAS OÙ, répondit-elle simplement en lançant un regard mauvais, qui en disait long, à sa tante.

Le téléphone de Flora sonna : c'était Olivia, constata-t-elle avec étonnement. Ces derniers temps, tous les appels au sujet du mariage provenaient de Jacinth : ils étaient plus ou moins fréquents, en fonction du nombre de livraisons mystérieuses ou d'ouvriers qui étaient attendus sur l'île. Flora s'efforçait de garder son sang-froid, feignant de savoir comment procédaient les riches : elle l'avait déjà fait à de nombreuses reprises, tout se passerait à merveille, bien sûr.

— Salut ! lança Olivia avec effusion, comme si elles étaient les meilleures amies du monde.

Flora était une personne très sympathique, mais cela lui parut un rien suspect. D'après son expérience, les filles comme Olivia ne se liaient pas d'amitié avec les filles comme elle. Qui se ressemble bla-bla-bla. Raison pour laquelle certaines personnes, de manière peu flatteuse, étaient toujours stupéfaites de la voir avec Joel. Mais, d'un autre côté, elle était vraiment reconnaissante envers Olivia d'organiser une fête commune.

— Salut ! Si tu m'appelles pour vérifier qu'on ne va pas porter la même robe demain, il faut que je te demande combien de vêtements Per Una tu t'es achetés en ligne ces derniers temps ?

Olivia éclata de son rire perlé, comme si cette idée ne lui avait jamais traversé l'esprit, ce qui était manifestement le cas.

— Ma chérie, tu sais que ma belle-famille arrive demain, hein ?

— Oui. Et tes amies, c'est ça ?

— Euh… oui, répondit vite Olivia. Enfin, bref. Je me demandais si tu pouvais…

— Je serai à la réception, bien sûr, pour accueillir tout le monde.

— Est-ce que ça te dérangerait de m'accompagner à l'aéroport ?

— Euh… non, bien sûr, ça ne devrait pas poser de problème.

— Et… de rester un peu avec nous à l'hôtel… ?

Olivia paraissait hésitante, nerveuse.

— Euh… Quand est-ce que Jan et Senga doivent te rejoindre ?

Il y eut un blanc.

— Je ne suis pas sûre. Je suis désolée.

Olivia demandait du renfort. Mais elle semblait sincère.

— Tu cherches des renforts, c'est ça ?

— Tu m'as démasquée. C'est juste que… nos familles ne se sont jamais rencontrées, c'est tout. J'aimerais juste… j'aimerais juste que tout se passe bien.

— Anthony ne sera pas là ?

— Non, il est à Bakou. C'est mon enterrement de vie de jeune fille, de toute façon.

— Je sais, je me disais juste que…

Quelque chose lui apparut alors.

— Olivia, est-ce que Jan et Senga l'ont *déjà* rencontré ?

S'ensuivit un nouveau blanc, encore plus long.

— Le truc, c'est que Jan ne m'a pas adressé la parole pendant longtemps, finit par expliquer Olivia. Et maman est toujours si critique… La famille d'Anthony compte beaucoup pour lui.

Elle parlait de plus en plus bas.

— Je vois.

— Et maintenant… ma future belle-mère arrive…, poursuivit-elle d'une voix affligée. Est-ce que ça te dérangerait ? De m'accompagner ? Pour être neutre, comme la Suisse. Je crois que Jan se comporte mieux en présence d'un observateur extérieur.

Flora n'osait imaginer comment elle se comportait quand elle n'était pas là, mais accepta malgré tout.

— C'est compris dans le service, répondit-elle. Tous mes amis arrivent par cet avion, de toute façon.

Le lendemain, distinguer les amies de Flora de la belle-famille d'Olivia ne fut pas bien difficile, même si les copines de Flora faisaient suffisamment de bruit pour tout le monde. Et les Forbes paraissaient un peu crispées, comme si elles peinaient à croire qu'elles avaient voyagé dans un si petit avion, ce qui était pourtant le cas.

Elles descendirent en premier : une femme d'un certain âge aux cheveux blond miel, incroyablement bien préservée, vêtue d'un beau tailleur, accompagnée d'une femme fluette, sublime – la sœur du mystérieux Anthony, vraisemblablement. Elles regardèrent autour d'elles, et Flora ne put retenir un sourire : arriver sur Mure sans qu'il pleuve des cordes ou règne une épaisse *haar* (quand on ne voyait pas à deux centimètres devant soi) était un tel bonheur.

Elles découvraient l'île sous son plus beau jour. Une petite brise fraîche soufflait, mais le soleil faisait de son mieux ; le printemps, dans ce climat humide, explosait, luxuriant de végétation ; les fleurs au bord des routes, battues par le vent, se déversaient sur la chaussée, et l'or des ajoncs commençait à poindre (l'été précédent, ils en avaient cueilli pour faire du sirop : ils étaient tous revenus les mains pleines d'égratignures, les bras brûlés par le soleil, en se plaignant vigoureusement, et n'avaient jamais renouvelé l'expérience, ce qui était bien dommage, parce que c'était délicieux dans un gin tonic).

Flora s'attendait à ce qu'elles fassent comme la plupart des gens en descendant de l'avion – prendre un bon bol d'air frais –, or les deux Forbes semblaient déconcertées. Elle voulut s'approcher d'elles, mais Kai lui sauta dessus, suivi de près par ses copines de Londres et celles d'Édimbourg, et elle passa un moment à les embrasser et à leur présenter Douglas, qu'elle avait emmené avec elle et qui, heureusement, resta calme, alors qu'on le soulevait, le tripotait et lui pinçait la joue.

Derrière eux, une douzaine de filles immenses qui ressemblaient à des top models (ou à un *girls band*, parce qu'elles donnaient l'impression d'avoir été réunies par un comité de sélection), toutes très grandes et très minces, avec des bagages hors de prix, fixaient leur téléphone, se demandant quand elles allaient avoir du réseau.

Olivia salua sa belle-famille avec une certaine cérémonie. Jan et Senga attendaient derrière elle : Jan, l'air impassible, maussade ; Senga, nerveuse, s'adressant à Jan en chuchotant.

— Je dois m'occuper de tout le monde, dit Flora à ses amis. Je travaille, moi !

— Hors de question ! s'exclama Kai. On est en *vacances* !

Et toutes ses copines levèrent de minuscules bouteilles de prosecco en poussant des cris de joie. À l'évidence, le contingent de Londres et celui d'Édimbourg avaient noué des liens dans l'avion.

— D'accord, d'accord. Partez devant, les amis, poursuivit-elle en leur disant de suivre Innes, qui l'avait accompagnée avec un autre véhicule.

— Est-ce que tu es venu en tracteur ? lui cria Kai.

— Voui, voui, répondit Innes avec un sourire, emmenant Douglas avec lui.

— LE TRACTEUR ! LE TRACTEUR ! LE TRACTEUR !

Hilare, Flora dirigea à nouveau son attention sur les invitées d'Olivia.

— Bonjour ! Désolée. Et bienvenue ! Bienvenue sur Mure ; nous sommes ravis de vous recevoir.

Les deux femmes eurent un sourire poli.

— Alors, voilà le lieu qu'a choisi Anthony, lança la sœur sans bienveillance.

Olivia avala sa salive, nerveuse.

— Je vous présente ma mère, Senga.

— Ce n'est pas trop tôt, lança cette dernière avec un drôle de petit rire. Je pensais qu'elle n'allait jamais nous présenter. On n'est pas assez bien pour sa belle-famille !

Mme Forbes sourit avec circonspection, avant de tendre une belle main à la peau douce.

— Ooh, quelle distinction ! s'exclama Senga. Regarde, Jan.

Jan, telle une adolescente, marmonna quelque chose, puis jeta un coup d'œil à la sœur d'Anthony, prénommée Lucy.

— Bonjour, dit-elle.

— Et voici ma sœur, Jan, reprit Olivia.

Jan ne sourit pas, elle garda la même expression revêche. Un silence gêné s'installa.

— Eh bien, c'est ravissant, finit par dire Mme Forbes. Nous sommes déjà venues en Écosse, naturellement. Nombre de mes associations vouées à la protection de l'environnement ont leur siège dans le pays. Mais nous ne sommes jamais allées *aussi* haut, je ne crois pas ! Ça alors, Olivia, je ne m'attendais pas du tout à un endroit pareil. Mais, bien sûr, mon Anthony est à l'aise avec toutes sortes de gens.

À sa décharge, elles se trouvaient dans un hangar en tôle qui tenait lieu d'aéroport, mais juger l'île sur ce seul critère ne semblait malgré tout pas très juste.

— Bien, dit Flora, intervenant d'un air affairé. J'ai la Land Rover, et Gaia conduira tes amies…

Le groupe de grandes tiges austères, toujours scotchées à leur téléphone, réagit à peine. Puis elles s'approchèrent d'un pas nonchalant et embrassèrent tour à tour Olivia, sans lui toucher les joues.

— Salut, Livvy, dit l'une avec désinvolture. Ça fait un bail.

— Oui, raconte-nous tout, ajouta une autre d'un air blasé, sans même relever les yeux.

Dans la voiture, l'ambiance n'était pas vraiment tendue, mais on sentait une inquiétude diffuse. Mme Forbes, assise à l'avant, semblait pourtant d'un calme olympien, et Flora se retrouva à débiter des banalités en montrant la plage, le port et l'immense statue, bien sûr, qui luisait de manière protectrice au-dessus des toits enchevêtrés des rues du village.

— C'est sans doute un peu différent des Cotswolds[1], conclut-elle. Mais nous nous efforçons d'être respectueux de l'environnement.

— Je suis ravie de l'apprendre, répondit Mme Forbes avec une moue.

À l'arrière, Jan lâcha un petit bruit désapprobateur, comme si elle n'avait jamais rien entendu d'aussi stupide.

— Eh bien, oui, c'est différent, poursuivit Mme Forbes d'un ton qui sous-entendait que c'était sans commune mesure. Mais bon, ce n'est pas comme si Anthony devait *vivre* là. Il a… Vous savez, il est habitué à… un environnement différent, disons.

— As-tu vraiment passé toute ton enfance ici ? demanda Lucy à Olivia en regardant alentour. Est-ce qu'il y a une autre ville de l'autre côté de l'île, une station balnéaire ou quelque chose comme ça ?

Olivia éclata de rire.

— Non. Il y a des fermes en montant la colline, mais… non. Vous avez tout vu.

— Mais… enfin, c'est très… Il n'y a rien ici.

— Nous avons un bureau de poste ! se récria Flora, vexée. Et une école ! Comparé à Benbecula[2], on se croirait à Las Vegas !

— D'accord, répondit Mme Forbes, comme si Flora était un peu lente d'esprit, avant de regarder les agneaux

1. Chaîne de collines située au sud-ouest de l'Angleterre, qui s'étend à travers cinq comtés, réputée pour sa grande beauté.

2. Île située dans l'archipel des Hébrides extérieures.

qui batifolaient au bord de la route. Et, bien sûr, avoir su préserver votre patrimoine, cette authenticité, et respecter vos traditions… je trouve ça très important. De garder ses racines. De rester proche de sa famille. C'est important. Même si…

Elle agita la main en direction du paysage.

— Enfin, vous savez.

Un silence tendu s'abattit dans la voiture.

— Enfin, je ne dirais pas qu'Olivia…, commença Jan, mais Flora la prit de vitesse.

— Donc ce soir, se hâta-t-elle de la couper.

Puis plus rien ne lui vint.

— Euh… Le pub organise la fête pour nous… Il y aura sans doute des danses traditionnelles ; il y aura à boire… euh… dans le vrai esprit des îles. Ce sera authentique.

— Du whisky ? se renseigna Mme Forbes, l'air inquiet. Ça ne me réussit pas. C'est trop fort.

— Oh, non, répondit Flora en tournant la tête. De la Vodka Bru.

Elle prononça « wodkabroué », comme les marins russes, sans même le vouloir.

— Je pensais connaître tous les cocktails, s'étonna Lucy. Est-ce nouveau ?

— Pas vraiment. On en sert souvent aux enterrements de vie de jeune fille, ici. C'est un genre de spécialité locale.

— Ooh ! s'exclama Lucy.

— Bon sang, lâcha sa mère.

À leur arrivée au *Rock*, le visage de Mme Forbes se dérida un peu en entendant le crissement familier, rassurant, des graviers sous les pneus usés de la vieille Land Rover. Au lieu de les emmener dans le bâtiment principal, Flora les conduisit chacune dans l'un des petits cottages du domaine, des maisonnettes impeccables, dotées du chauffage au sol, d'une douche à jets avec une bonne pression de l'eau (toujours garantie sur une île pluvieuse située au niveau de la mer, bien que cet agrément soit largement sous-estimé), de linge de lit tissé de haute qualité et d'une télé à écran large. Joel avait vécu dans l'un de ces cottages pendant un an après son installation sur Mure, et, chaque fois que Flora entrait dans l'un d'eux, un frisson la parcourait. Cela lui rappelait tant de bons souvenirs. Curieusement, elle avait l'impression que les choses étaient plus simples à l'époque, même si elle ne le ressentait pas comme cela sur le moment, loin de là. Mme Forbes considéra son cottage, puis décréta qu'il ferait l'affaire, bien qu'Anthony soit habitué à plus de luxe – *on sait, on sait*, songea Flora, avant de se demander quel genre d'idiot Olivia comptait épouser.

Chapitre 26

Lorna avait eu une journée chargée. Ce temps venteux était idéal pour les enfants, qui pouvaient faire les fous dans la cour ; les pires journées étaient celles, très rares, où l'on considérait la météo trop exécrable pour qu'ils s'aventurent dehors. Les petits Muriens étaient endurants par nécessité, mais les jours où les vents du large balayaient l'île, accompagnés de grêle cinglante ou de pluie battante, il fallait les confiner à l'intérieur, à regarder un film, pendant les récréations et à l'heure du déjeuner : ils ne pouvaient pas se défouler, et ce trop-plein d'énergie provoquait invariablement des crises et un désarroi général.

Mais les belles journées de printemps, quand le vent soufflait par rafales et que les nuages filaient à toute allure dans le ciel, ces petits chenapans se montraient sous leur meilleur jour : ils faisaient le tour de la cour en courant, leur anorak à l'envers sur la tête, essayant de s'envoler. Et puis, c'était vendredi ; il régnait donc une certaine effervescence pendant que Lorna s'efforçait de distribuer ses copies.

Ash la regarda avec de grands yeux quand elle arriva à son histoire. Elle s'efforça de lui montrer comment tenir son stylo pour bien former ses lettres. Mais il avait eu un passé si difficile, et il était si gentil, il souhaitait tant bien faire qu'elle n'avait pas le cœur d'être dure avec lui (c'était sa faiblesse, elle le savait, et essayait d'y remédier).

— Est-ce que mon histoire était bonne, maîtresse ? lui demanda-t-il.

Elle ne put lui avouer qu'elle était presque illisible.

— C'était une très belle histoire, tu as beaucoup d'imagination, lui répondit-elle, et le visage du garçonnet s'épanouit en un grand sourire. Mais nous allons travailler un peu tes C, d'accord ?

Il opina du chef, puis elle le renvoya chez lui, comme toujours, avec un paquet d'exercices d'écriture, mais peu d'espoir. Surstimuler un enfant n'était en général pas considéré comme un problème, bien que, dans ce cas, elle suspectait qu'un peu de fermeté pourrait lui être bénéfique. Mais Saif n'était pas en mesure de le faire. Pas plus que Mme Laird, qui l'adorait et le gâtait trop ; tout comme Eilidh, la maman d'Agot. Ne restait donc qu'elle, son institutrice. Mais il avait tellement confiance en elle. L'idée de voir son joli minois se rider, l'air confus ou triste, si elle élevait la voix ne serait-ce qu'une seconde… Et puis, qui pouvait dire ce qui se passerait à l'avenir ? Un avenir pas si lointain, peut-être, songea-t-elle en sentant une boule se former dans son ventre et dans sa gorge, comme chaque fois qu'elle pensait à la terrible épée de Damoclès que Jan tenait suspendue au-dessus de leur tête.

— Fais bien tes exercices ! lui cria-t-elle, quand elle entendit une dispute éclater dans le coin lecture.

Sans surprise, c'étaient Agot et Mary-Elizabeth, qui se cramponnaient toutes les deux à une aventure de Maisie Cat[1].

— Voyons, les filles, dit-elle en les rejoignant. Nous avons plein d'autres Maisie dans la bibliothèque.

— Il me faut un livre à lire PENDANT LA FÊTE DE JEUNE FILLE, répondit Mary-Elizabeth.

La colère plissait le visage pâle de la petite Agot.

— Tu ne vas pas à la FÊTE DE JEUNE FILLE !

— SI !

Lorna se dépêcha de prendre le livre, avant qu'un malheur n'arrive, puis ordonna aux deux fillettes d'aller s'asseoir à leur place, mains sur le pupitre, sans un mot, merci – « j'ai dit pas un mot, Agot MacKenzie ».

Agot se leva pour lui donner sa version des faits, mais Lorna lui intima aussitôt de retourner s'asseoir jusqu'à ce qu'elle la congédie.

— Mais !

— Je ne veux rien entendre pour le moment, ma puce.

— Tu dois aller à la fête, toi aussi, poursuivit Agot en examinant de près le visage de Lorna. Tu y VAS ! cria-t-elle d'un ton accusateur. MAIS JE SUIS UNE DEMOISELLE D'HONNEUR ! JE VEUX ALLER À LA FÊTE DES DEMOISELLES D'HONNEUR ! hurla-t-elle en croisant les bras.

— Agot, c'est pour les grands.

— Mary-Elizabeth y va.

1. Série de livres pour enfants écrits par Aileen Paterson.

— Mais non. Elle ne vient pas, je te le jure. Allez, vous pouvez rentrer chez vous, maintenant.

Agot tapa du pied.

— Je te déteste. C'est bien que tu n'aies pas d'enfants, je trouve. Tu serais MÉCHANTE avec eux et tu ne LES LAISSERAIS JAMAIS ALLER À AUCUNE FÊTE.

Puis elle sortit en trombe.

Lorna contempla les nuages par la fenêtre, puis ferma les yeux. Agot avait peut-être raison. Elles devaient simplement être demoiselles d'honneur toutes les deux, et elle ne semblait pas capable de s'entendre avec elle. Elle ne serait peut-être pas capable de… d'aimer un enfant. En particulier, comme il se doit, et non de manière abstraite, un peu comme elle aimait tous ses élèves, même Burton Jorgison, qui passait ses journées à manger ses crottes de nez.

Si elle ne parvenait même pas à s'entendre avec la nièce de sa meilleure amie, que cette dernière soit un vrai diablotin ou non, comment pouvait-elle envisager… enfin… peut-être, éventuellement… de devenir une sorte de maman de substitution, ou je ne sais quoi, pour Ibrahim et Ash ?

Elle était bête d'y penser. Mais elle ne pouvait s'en empêcher.

— MARY-ELIZABETH MACINTYRE, TU ES UN GROS CACA QUI PUE ! entendit-elle par la fenêtre ouverte.

Elle soupira, avant d'aller voir si Mme Cook avait préparé du café.

Flora était catégorique : elle ne boirait pas trop lors de son enterrement de vie de jeune fille. Premièrement, c'était inconvenant. Deuxièmement, une journée avec la gueule de bois, un bébé et un travail semblait durer mille ans, et elle préférait s'éviter cela. Troisièmement, elle allait devoir garder un œil sur Olivia et Jacinth, pour s'assurer que tout allait bien, au cas où elles passeraient une mauvaise soirée et annuleraient leur réservation au *Rock*. Enfin, elle devrait veiller à ce que Jan ne boive pas trop et ne vende pas la mèche. Oh, et elle devrait aussi faire en sorte que ses amis restent groupés et que personne ne s'aventure au bord d'une falaise et ne tombe dans la mer, ou quelque chose comme cela. Tout cela sous le regard désapprobateur de Mme Forbes. Cela tempérerait sans doute ses ardeurs.

— Ça va être l'enterrement de vie de jeune fille le plus nul de l'histoire, se plaignit-elle auprès de Lorna, tandis qu'elles se préparaient dans son élégante chambre, chez elle, après avoir envoyé Joel et Douglas dans la grande cuisine, au rez-de-chaussée. Je ne peux même pas mettre un petit voile, au cas où Agot le remarquerait et nous ferait tous tuer.

Lorna était pensive ; elle raconta à son amie l'emportement de sa nièce à l'école.

— Ne dis pas de bêtises, rétorqua Flora avec une brusquerie qui la réconforta aussitôt. Élever Agot, c'est un peu comme être gardien de crocodiles dans un zoo. Si on peut appeler ça « élever ». Ce n'est pas une enfant comme les autres.

Lorna poussa un soupir.

— Arrête. Tu le sais bien. Tu es institutrice.

— Je sais. Mais, si j'ai bien appris une chose, c'est qu'aucun enfant n'est « comme les autres ».

— Chaque chose en son temps, répondit Flora, quand son téléphone sonna.

C'était Innes.

— Alors, ta fête, ce soir…

— Je ne veux rien entendre.

— Mais Mary-Elizabeth…

— *Rien ! Zip ! Nada !* Si tu continues, elle n'est plus demoiselle d'honneur.

— Tu ne ferais pas ça, répondit Innes d'une voix tourmentée.

— Essaie un peu pour voir.

— Pff !

Il s'interrompit un instant.

— Kai et tes copines sont là. Je n'en reviens pas que vous vous pomponniez pour passer la soirée au *Harbour's Rest*.

— C'était ça, ou je devais organiser la soirée.

— Je veux dire, qu'est-ce que vous allez faire ? Traîner au comptoir ?

— J'imagine.

— Comment vont-ils empêcher Wullie de débarquer ?

— Ah, ah ! C'est ça qui est génial ! s'exclama gaiement Flora. Je n'en ai pas la moindre idée ! Aucune ! Jacinth et Inge-Britt se sont chargées de tout, parce que ce n'est *pas* mon établissement et que je n'ai même pas à le savoir !

— D'accord.

— Tu ne voulais pas participer ? l'interrogea Lorna quand elle raccrocha. C'est ta fête, aussi.

— Non. Je veux voir mes meilleures copines, je veux parler de garçons, boire de la Vodka Bru, dans la limite du raisonnable, et danser en toute liberté, sans que les vieux poivrots accoudés au comptoir disent : « Oh, voui, j'vois que la p'tite Flora MacKenzie n'est plus toute jeune. » C'est *ça* que je veux ce soir, rien de plus.

Elle fit un grand sourire, puis regarda sa jupe rose virevoltante dans le miroir. Elle avait commandé sa robe sur l'île principale, les boutiques ne courant pas les rues sur Mure, en trois tailles, et se consolait avec celle du milieu.

— Elle tournoie. Et elle a des poches.

Elle fronça les sourcils.

— Oh là là, comment est-ce que je vais perdre du poids pour le jour J ?

— Pourquoi veux-tu perdre du poids ? Tu es ravissante. C'est ton poids de forme. Tu as toujours été comme ça. Tu as une belle poitrine et une taille toute fine ; je ne comprends même pas de quoi tu te plains.

Flora soupira.

— Mais on est censées être super minces, non ? Tous les magazines parlent de régimes pour perdre du poids avant le mariage. On est censées être *plus minces que jamais*, non, le jour J ?

— C'est parce que les magazines essaient de te démoraliser, pour que ton mariage se passe mal. Comme ça, tu achèteras plus de magazines pour essayer de te remonter le moral. Et puis…

— Quoi ?

— … n'oublie pas que les gens vont regarder ta photo de mariage jusqu'à la fin de ta vie et que tu veux être en mesure de dire « Eh bien, oui, bien sûr que je rentre toujours dans ma robe de mariée », parce que tu rentreras toujours dedans. Alors que, si tu te lances dans un régime draconien à base de sirop d'érable, ça va te rendre grognon, irritable, et tu ne pourras plus jamais la porter. Et les gens te regarderont d'un air entendu en faisant la comparaison.

— Tu marques un point, répondit pensivement Flora. Est-ce que ça veut dire que je vais pouvoir manger des chips ce soir ?

— J'espère bien ! Il n'y aura sans doute que ça, de toute façon.

Flora s'observa dans la glace, puis mit une touche d'eye-liner gris clair.

— Bon sang, dit-elle. Je viens tout juste de réaliser qu'on va imposer à toutes ces personnes très riches et branchées qui découvrent Mure de passer la soirée au *Harbour's Rest*.

Lorna se mit à rire.

— Arrête, ce n'est pas si mal.

— C'est sale, ça a besoin d'une couche de peinture, c'est poisseux et ça sent les chips… OH NON ! fit-elle en se couvrant la figure. Je pensais que ce serait marrant, mais si les gens croient que c'est mon hôtel ?

— Aucun risque. Tu leur as dit, non ?

— D'accord, peut-être pas, mais s'ils croient que, *nous*, on trouve cet endroit génial ? Que c'est le summum de notre vie sociale ?

— Mais ça l'est ! observa Lorna.

C'était vrai. Le *Harbour's Rest*, malgré tous ses défauts, était le lieu où les Muriens se rassemblaient pour les anniversaires, les mariages, les fêtes et les enterrements. De nombreux rites de passage s'y déroulaient, depuis des générations. Le pub faisait partie du paysage.

— Je crois que les gens disent vouloir de l'authenticité, mais que ce n'est pas vraiment ce qu'ils veulent, en réalité, ajouta Flora d'une voix songeuse. Ce qu'ils veulent, c'est une grange aménagée, décorée de meules de foin de bon ton, propres, avec des guirlandes lumineuses accrochées partout.

Lorna y réfléchit une seconde.

— Ben, on aurait dû se contenter de faire ça, alors.

— Argh, tais-toi. Ce n'est pas vrai, tu as raison. De quoi est-ce qu'on va parler ? De la vitrine de trophées de *shinty* ?

— Des graffitis dans les toilettes des dames ?

Elles pouffèrent de rire.

— Je pense que la mère d'Anthony ne connaît même pas l'odeur du désinfectant, poursuivit Flora. Dans son monde, tout doit sentir les bougies parfumées Jo Malone.

— Elle est magnifique. Je me demande si on ressemblera à cela à son âge.

— Je ne lui ressemble déjà pas maintenant, grommela Flora. Mais je vais tâcher de ne pas me laisser déstabiliser. Je pense qu'il faut beaucoup d'argent pour avoir cette allure.

— Peut-être qu'on donne un savon spécial aux riches, lança Lorna d'un ton songeur. Ils se disent peut-être : « Ah ! ah ! Regardez-les avec leur simple douche. Voyez maintenant la zone d'ablution magique aux senteurs florales dont nous disposons tous. »

— Ça expliquerait pas mal de choses. Eh bien, je serais curieuse de savoir si cette zone d'ablution magique aux senteurs florales pourrait nous débarrasser de la vieille odeur de petit déjeuner rassis qui s'infiltre dans les pores de la peau après une soirée là-bas.

— Alors, de quoi avons-nous l'air ?

Elles se placèrent devant le grand miroir, se regardant l'une l'autre, Flora dans sa robe rose bonbon avec une jupe en tulle vaporeuse, Lorna, dans une robe en satin émeraude plutôt osée. Flora la serra fort.

— « Plus belles que nous, ça n'existe pas », dit-elle (c'était leur devise), et les deux copines se firent un grand sourire.

Joel les déposa à la ferme, où elles entrèrent sous un concert de sifflets et de cris de joie. Les copains londoniens de Flora, qui séjournaient là, avaient volontiers attaqué la liqueur de sureau d'Eck, qui essayait toujours de la servir aux invités et était surpris du succès qu'elle rencontrait. Hamish s'amusait comme un fou, lui aussi.

Eilidh, la mère d'Agot, vêtue d'une jupe courte à volants d'un jaune vif, était en grande forme. Un énorme tas de ballons roses et un diadème attendaient Flora. Agot n'était pas là, mais le *Boléro* tournait en boucle dans sa chambre, le son à fond, ce qui n'était jamais bon signe.

— C'est bon, c'est bon.

Tout le monde se leva et prit son manteau (ceux qui étaient déjà venus sur Mure avaient apporté leur manteau d'hiver).

— Attendez une seconde, leur demanda Flora avant d'expliquer son plan aux autres et de disparaître dans la petite chambre d'Agot.

De temps à autre, Eilidh disait qu'elle aimerait s'installer dans l'un des nouveaux pavillons (par « nouveaux », elle entendait « construits dans les années 1990 ») à la pointe nord de l'île, équipés du double vitrage et d'un chauffage central qui fonctionnait tout le temps et permettait de prendre un bon bain, mais Innes était habitué à s'occuper de l'exploitation familiale, puis à tomber de fatigue dans la ferme douillette. Eck était content de l'avoir à ses côtés, et Agot avait plein d'espace pour courir dehors avec les poules (tout en espérant des hivers plus rigoureux, pour pouvoir patiner), et il ne voyait pas vraiment l'intérêt de déménager.

La petite, assise sur son couvre-lit *La Reine des neiges*, feignit de ne pas voir sa tante, en en rajoutant un peu. Elle fredonnait, très fort, et jouait avec ses Sylvanians, à qui elle faisait exécuter des figures de danse sur glace très complexes.

— Coucou.

— Je suis très occupée.

— Je vois ça.

— Qu'est-ce que tu veux ?

— Je me demandais… On va faire une avant-fête. Dans la cuisine. Avec tout le monde. On va passer une chanson, et on a besoin que quelqu'un danse au milieu, dans une très belle robe.

— Ta robe est rose.

— Je sais, répondit Flora en décrochant le petit voile que les autres l'avaient obligée à mettre. J'espérais que ce quelqu'un pourrait aussi porter ce voile.

Le petit minois resta imperturbable.

— Est-ce que maîtresse Lorna est là ?

— Oui. Si tu ne peux pas danser pour nous, je pense que c'est elle qui va devoir le faire.

Le visage d'Agot se transforma aussitôt, et elle se leva d'un bond.

— Non ! Je vais le faire !

Elle réfléchit une seconde.

— Je vais devoir mettre ma robe de demoiselle d'honneur. Même si elle est VERTE.

— Si tu veux, lui dit Flora, se demandant combien de fois elle allait devoir la laver avant le grand jour.

— Et mes patins à glace.

— Ce n'est pas vraiment de la danse sur glace. Mais tu peux mettre ce disque « A ».

— Qu'est-ce que ça veut dire ?

— C'est un A pour « apprenti ». Comme si tu apprenais à être une mariée, parce que tu ne l'as jamais fait avant.

— Mais Joel et toi, vous avez ce bébé, répondit la petite, sourcils froncés.

— Oui, c'est vrai. Tu veux le porter, oui ou non ?

Agot enfila sa robe en se tortillant. Flora avait eu beau suggérer à Eilidh de la cacher, elle ne l'avait manifestement pas écoutée (sans compter qu'Agot pouvait se montrer très persuasive, bien sûr). Le bas de la robe était déjà frangé de taches de boue et d'herbe.

— Agot ! Elle est toute sale.

La fillette la considéra avec indifférence.

— Cette robe n'est pas super pour faire du patin, tata Flora. Et elle n'est pas blanche.

— Est-ce que tu pourrais la garder propre pour le grand jour, s'il te plaît ?

— Mais est-ce que je peux la porter maintenant ?

— Oui. Mais c'est la dernière fois, répondit sa tante en se disant de se réserver un après-midi pour venir la nettoyer.

Agot s'observa dans le miroir.

— Je suis très belle.

— C'est vrai. Bon, est-ce que tu es prête ?

Elle prit la main de la fillette, puis la fit sortir de sa chambre.

— Maintenant ! cria-t-elle, et Kai appuya sur le bouton de la vieille chaîne hi-fi, lançant *Dancing Queen* à plein volume.

Fintan activa l'application de lumières disco qu'il venait d'installer à la hâte sur son iPad, et ils se levèrent tous pour former un cercle autour d'Agot qui, ses chaussettes les plus glissantes aux pieds, exécuta ses plus belles figures de patinage sous les applaudissements. Ils dansèrent autour d'elle, puis lui donnèrent une glace à l'eau, lui firent un gros bisou et filèrent, descendant jusqu'au village en riant, se sentant d'attaque pour la soirée à venir.

Ils rejoignirent le groupe d'Édimbourg, qui logeait dans des Airbnb et des *bed and breakfasts* le long du port. Ils formaient une joyeuse bande, parés de leurs plus beaux atours, vêtus de couleurs vives, sous le ciel gris pâle de cette soirée de mai.

De nombreux résidents âgés de Mure se mirent à leur porte ou à leurs fenêtres pour voir passer ce groupe de jeunes, qui discutaient, beaux comme des oiseaux dans leurs vêtements roses et rouges, pleins de fraîcheur et d'optimisme. Leur vue réjouit ceux, nombreux, qui s'inquiétaient pour l'avenir de l'île, qui perdait tant de ses enfants, attirés par les lumières d'Inverness, d'Édimbourg, de Toronto ou d'Auckland. Voir ce cortège dans les rues leur redonna espoir. Pour d'autres, voir défiler en cette belle soirée de printemps cette jeunesse rieuse, ignorante des déceptions que pouvait causer l'amour, dédaigneuse des soucis de la vie, fut plus doux-amer.

Ce troupeau bavard, enjoué, bariolé, poursuivit son chemin, inconscient de tout cela. Pour un soir, tous savouraient le plaisir d'être au bord de la mer, le monde s'offrant à eux, l'avenir plein de fleurs, de baisers et de joie : Flora, en rose pâle, était ravissante au milieu de ses amis ; Lorna, ses cheveux roux brillant, son regard inquiet envolé, avait de nouveau l'air d'une adolescente ; les Londoniens, captivés par le charme désuet des bâtiments qui bordaient le port, peints en rose, en vert et en rouge foncé, se demandaient combien ils coûteraient à Notting Hill ; les Écossaises qui, pour la plupart, n'avaient jamais visité les îles de leur pays, se délectaient de cette nature sauvage, de l'odeur profonde des ajoncs qui emplissait l'air ; les Muriennes, elles, étaient ravies d'avoir l'occasion de se mettre sur leur trente et un et de porter leurs vêtements commandés sur l'île principale, pour une fois.

— Et n'oubliez pas, ce n'est pas *mon* établissement, répéta Flora pour la énième fois.

— Oui, oui ! répondirent en chœur les autres en levant les yeux au ciel.

— … Le mien, c'est l'hôtel de luxe sur la colline, d'accord ? Là, c'est *couleur locale*.

— C'est dans son jus, tu veux dire, cria Eilidh, provoquant des éclats de rire.

Or, quand ils approchèrent du vieil hôtel grinçant de trois étages situé tout au bout du port, juste avant l'Infinie, Flora s'arrêta net, imitée par ses amis, et resta plantée là, bouché bée, les yeux écarquillés.

Chapitre 27

La première chose qui attira le regard de Flora fut Jacinth, qui attendait dehors, vêtue de ses habituels jean et chemisier noirs, les bras croisés, aboyant des ordres dans un casque. Dès qu'elle les vit, elle se recula dans l'ombre.

Mais quand ils s'approchèrent l'attention de Flora fut vite accaparée par autre chose. La jeune femme n'avait pas mis les pieds en ville de la semaine : elle était restée chez elle avec Douglas et Joel ou avait travaillé de longues heures au *Rock*, pour s'assurer de son bon fonctionnement, comme la saison estivale démarrait et que l'hôtel était toujours plus ou moins complet. Elle avait aussi tenu à le rendre le plus agréable possible pour la famille d'Anthony en apportant de nombreuses touches personnelles ; elle espérait avoir réussi. Mais cela avait été épuisant, et elle n'était pas passée à la *Seaside Kitchen* ni sur le front de mer. Bien sûr, tous les autres avaient été tenus au secret, de sorte que ses amis furent aussi surpris qu'elle.

La façade du *Harbour's Rest* était métamorphosée. Méconnaissable. Il semblait y avoir un problème avec les fenêtres…

Flora releva ses yeux plissés. Tous les angles un rien bancals du pub, qui avait été construit au début des années 1800 et n'avait pas eu l'entretien qu'il aurait mérité, les fenêtres pas vraiment droites, les sols inégaux, tout cela semblait curieusement encore plus délabré. Les rebords de fenêtre noirs penchaient de manière inquiétante, et les fenêtres elles-mêmes avaient changé de forme, pour devenir tantôt immenses, tantôt minuscules. Elle grimaça. La porte d'entrée avait… ? Qu'est-ce que c'était ? Elle était entièrement recouverte de ce qui ressemblait à une haie de rosiers peints en rouge et blanc. L'entrée avait disparu.

Comme ils fixaient tous la façade, incrédules, ils entendirent soudain un bruit, et une lumière rose se mit à luire au-dessus du bâtiment, pour éclairer (en lieu et place de l'horrible passage rempli de tessons de bouteille et de mégots de cigarettes qui menait à la porte de service) un quatuor à cordes. Composé de femmes affublées d'impressionnantes robes de bal rouges, il jouait une musique étrangement dissonante – une chanson de Rihanna, finit par comprendre Flora. Entre-temps, des projecteurs roses et rouges s'étaient allumés : ils dansaient autour du bâtiment, faisant encore plus ressortir les nouvelles fenêtres de travers.

— Mais… ! s'exclama Flora en portant une main à sa main. Mais qu'est-ce qui se passe ?

— Par ma moustache ! Je suis en retard, en retard ! lança une voix.

Quelque chose vint alors à l'esprit de Flora, et elle se retourna lentement. Effectivement, là, sur le port… un lapin blanc arrivait en courant, vêtu d'un gilet à carreaux et sortant une montre à gousset de sa poche.

— Incroyable ! s'étonna-t-elle, ravie.

— Je suis en retard !

Puis il passa devant eux à toute vitesse, en direction de l'endroit où se trouvait auparavant la porte du pub, désormais recouverte d'un grand mur de roses, qui, mystérieusement, s'ouvrit pour le laisser entrer.

Émerveillés, ils restèrent cloués sur place un moment, puis Jacinth leur fit signe d'approcher. Hilares, enchantés, ils suivirent le lapin, passant sous la tonnelle très parfumée (qui s'ouvrit, puis se referma derrière eux, sans doute pour surprendre les prochaines invitées), et se retrouvèrent face à un couloir sombre : des parois en tissu avaient été tendues à la place de la réception. Ils progressèrent dans l'obscurité, avec seul un plafond étoilé pour les guider, le couloir semblant devenir de plus en plus étroit, jusqu'à ce qu'ils atteignent une toute petite porte, pas plus haute que leurs genoux : ce n'était qu'une illusion d'optique.

La porte était fermée à clé. Flora et ses amis regardaient autour d'eux avec nervosité, jusqu'à ce que l'une de ses copines lève la tête et voie le plafond, où pendaient de minuscules clés. Kai en attrapa une, tout excité, puis Flora ouvrit la petite porte. À l'intérieur, ils découvrirent un diorama représentant un beau jardin baigné de soleil… et une bouteille de champagne, sur laquelle était écrit : « Buvez-moi ». Flora s'en empara, sous les rires et les acclamations de ses amis, la souleva et retira le bouchon, pour libérer une énorme explosion de confettis, qui les fit tous hurler – moment où le rideau noir sur leur droite tomba, révélant la pièce qui se cachait derrière. La salle de bar avait été entièrement transformée. Éclairés par des jeux de lumière rose, des hommes incroyablement séduisants, torse nu sous une immense carte à jouer, circulaient entre les invitées avec des plateaux de boissons et de canapés. Les cocktails étaient servis dans de délicates tasses et soucoupes en porcelaine, comme si c'était l'heure du thé.

— Ça alors ! s'exclama Flora, incrédule.

Quelqu'un s'approcha d'elle pour lui poser une couronne sur la tête. C'était Alice. Ou, comme elle s'en rendit compte en regardant de plus près, Inge-Britt, vêtue d'une robe bleue très seyante et d'un tablier blanc, un serre-tête posé sur ses longs cheveux blonds en bataille.

— Tu es la reine rouge, l'informa cette dernière avec un sourire. Et voilà la reine blanche.

Olivia, qui était déjà arrivée, la salua avec bienveillance. Les amis de Flora déferlèrent derrière elle, et la jeune femme eut le sentiment que tout le monde était là pour elle. Cette soirée s'annonçait vraiment géniale.

Elle prit un verre (un martini à la confiture), puis se dirigea vers Olivia pour la prendre dans ses bras.

— Oh là là. Enfin… on avait dit que ce serait un enterrement de vie de jeune fille classique, un peu miteux, et… enfin… on était *désolées* pour toi !

Olivia sourit, puis haussa les épaules.

— Oh, c'est Jacinth qui s'est occupée de tout. Quand elle a vu l'état du *Harbour's Rest*, elle a décidé de faire avec.

— Les fenêtres…

— Oui, je crois qu'elles sont en placo et… ce n'est qu'un décor, de toute façon. Pour s'amuser. Ça te plaît ?

— *J'adore*, répondit Flora, qui n'en revenait pas. Je n'ai jamais rien vu de tel. C'est incroyable. Est-ce que tu as envoyé des photos à Anthony ?

— Oh, il n'en aurait absolument *rien* à faire, répondit-elle en haussant les épaules.

Partout, le souci du détail était remarquable. Les petits-fours étaient des trompe-l'œil : les tartes à la confiture étaient en réalité faites de jambon et de fromage ; les champignons, de chocolat blanc. Dans un coin de la salle, une « chenille », assise sur un champignon géant, soufflait des bulles en leur donnant des formes extraordinaires. *Oh là là, Agot aurait adoré*, fut malheureusement la première pensée de Flora. Dans toute la salle, des filles poussaient des petits cris, papotaient, admiraient leur tenue respective.

— Ouah ! s'extasia Lorna en rejoignant Flora. C'est vraiment…

— Je sais ! Oh là là, connaître des riches, c'est vraiment *génial*.

Dans le fond, elle aperçut soudain Jan et Senga, assises seules à une table. Jan portait une chemise à carreaux et un jean, et paraissait furieuse ; Senga regardait autour d'elle, désemparée. Mme Forbes était installée à la table voisine, une moue au visage, l'air de trouver tout cela très vulgaire. Senga et Jan n'essayaient même pas de lui faire la conversation.

— Aïe ! lança Flora en les montrant à Lorna.

Les deux amies échangèrent un regard.

— Je serai de l'autre côté de la pièce, se hâta de dire Lorna.

— Ne devrait-on pas aller les saluer ? Pour être sympa avec Jan ? C'est ce qu'on est censées faire, non ?

— Surtout pas ! La dernière chose que je veux, c'est lui rappeler que j'existe. Ça pourrait l'inciter à agir. Je suis morte de peur, Flora.

Soudain, Jan releva la tête, comme si elle les avait entendues par-dessus le brouhaha. Mais, heureusement, avant qu'elle ne les repère, les portes qui donnaient normalement sur le parking un rien lugubre à l'arrière du pub s'ouvrirent à point nommé.

— C'est ridicule, commenta Flora.

Car, dehors, dans le vieux parking sinistre à l'arrière du vieil hôtel miteux, était apparu… un jardin. Un jardin tel que Mure n'en avait jamais connu. Les arbres étaient très rares sur Mure ; les vents impitoyables de l'Atlantique leur réglaient leur sort. Mais là… là, il y avait un magnifique jardin arboré.

Les Muriennes poussèrent toutes un cri de surprise. C'était sublime. Il y avait des arbres fruitiers, des rosiers, tous décorés de petites guirlandes lumineuses. Olivia était avec son groupe de copines très minces et très grandes, un rien pimbêches, qui refusaient les canapés avec ostentation tout en essayant de pousser les autres à en manger.

— Ça alors, s'émerveilla Flora en se dirigeant vers le jardin, comme le lapin blanc les envoyait toutes dehors et les divisait en deux équipes.

Un jeu de croquet les attendait. L'un des serveurs-cartes lui tendit un maillet.

— Je ne jouerai pas… au croquet ! se récria-t-elle, éclatant de rire.

— Tu es à la tête d'une équipe, lui apprit le lapin blanc d'une voix autoritaire. Tu es la reine !

— Ah ! Alors, d'accord !

Bien sûr, l'équipe d'Olivia était nettement plus réduite que celle de Flora, mais elle comptait dans ses rangs plusieurs filles qui avaient déjà joué au croquet et qui n'essayaient pas de manier leur maillet comme un club de golf, contrairement aux Écossaises.

Elle comprenait aussi Jan et Senga. Senga n'était pas très utile, elle ne cessait de se plaindre du manche de son maillet, du gazon synthétique sur lequel les boules ne roulaient pas bien et puis, quel intérêt, de toute façon. Mais Jan avait l'esprit de compétition : tête baissée, elle poussait ses boules sous les arceaux d'un air grave, avec détermination, pendant qu'Olivia lançait des regards inquiets à sa mère et que, dans l'équipe adverse, Flora, Lorna, Kai et toutes leurs copines se gondolaient tant ils étaient nuls. C'était une vraie déroute.

Quand le score final fut annoncé (vingt-six à quatre), Flora et Lorna rirent tant qu'elles durent se cramponner l'une à l'autre, avant de faire signe à l'un des hommes-cartes de venir remplir leur verre avec sa théière à cocktail. Puis la situation dégénéra un peu. Elles entendirent Kai s'exclamer « La vache ! » et se retournèrent. En leur absence, comme par enchantement, le sol de la salle de bar s'était transformé en échiquier quadrillé par des projecteurs, et Flora constata avec effroi, mais aussi surprise et amusement, qu'un bataillon de gogo dancers, tous affublés d'un nœud papillon, d'un gilet et – non – si – d'une petite queue de lapin, avait envahi la piste avec un numéro bien réglé. On se serait cru dans *Magic Mike*.

Les hurlements des filles s'entendirent jusqu'à la ferme MacKenzie.

— Pas possible ! s'exclama Lorna.

L'un des danseurs, Sanchez, la gentillesse incarnée, sourit et eut pitié d'elle, sa longue expérience lui ayant appris à faire la différence entre les filles qui voulaient mettre le paquet et celles qui n'avaient pas vraiment envie d'être là, mais ne voulaient pas décevoir leurs amies. Il réservait aux premières des danses sexy, torrides, histoire qu'elles passent une bonne soirée. Mais il ménageait les secondes, les Lorna de ce monde : les enceintes hurlant une chanson de Tom Jones, il la fit tourner en douceur, la renversant plusieurs fois en arrière. Soulagée, elle se rendit vite compte qu'en réalité, comme les autres l'applaudissaient et poussaient des cris d'encouragement, il était plaisant, très agréable même, de danser avec un professionnel dûment entraîné (bien qu'il soit à moitié nu), qui la faisait virevolter d'une main experte. Contre toute attente, et pour le plus grand plaisir de tous, elle se retrouva à tournoyer, hilare, se laissant porter par la musique. Flora la mitrailla, mais elle le remarqua à peine ; la tête rejetée en arrière, elle riait aux éclats, s'amusant comme une folle.

Lorna ne se comportait pas ainsi d'habitude, loin de là, mais c'était si marrant et, comme elle ne buvait pas souvent d'alcool, les cocktails l'avaient en quelque sorte libérée. De toute façon, le meneur de la troupe (qui ne réalisait pas de strip-tease *intégral*, du moins pas ce soir, avaient-ils appris – Flora était soulagée, mais ses amis de Londres, eux, étaient très déçus) venait d'appeler toutes les demoiselles d'honneur sur l'estrade. Trois copines maigrichonnes d'Olivia obtempérèrent de mauvaise grâce, le rejoignant en chaloupant, indifférentes, puis se mirent à se trémousser, l'air de s'ennuyer. Lorna n'avait pas vraiment envie de monter sur scène pour danser, mais elle ne put y échapper : Flora et Isla, chacune d'un côté, la poussèrent vers l'estrade, sous les cris et les encouragements, jusqu'à ce que, avec réticence, toute rouge, elle se retrouve face à un gogo danseur immense, les muscles luisant d'huile pour le corps.

Le calme régnait dans l'ancien presbytère, bien que ce soit vendredi soir et que les garçons aient le droit de veiller un peu plus tard. Saif les entendait jouer tranquillement à Minecraft : ils construisaient quelque chose tous les deux, au lieu de se chamailler. C'était agréable, songea-t-il, quoiqu'un peu troublant. Il faisait réchauffer une tourte au poulet préparée par Mme Laird et une grande quantité de petits pois, n'étant pas d'humeur à les forcer à manger des brocolis ce soir. Il s'attendait à une nuit de garde tranquille, à moins que l'enterrement de vie de jeune fille ne dégénère. Lorna était excitée comme une puce. Il aurait aimé la voir sur son trente et un, dans une tenue brillante qu'il aurait pu lui enlever, comme s'il déballait un cadeau ou un bonbon.

Bref. Ce soir, puisque les garçons avaient réquisitionné la télévision, il prévoyait de lire un moment et peut-être de s'exercer au piano (l'ancien piano de l'église était entreposé dans leur logement). Ash avait commencé à prendre des cours (Agot lui avait dit qu'il fallait que quelqu'un l'accompagne pendant qu'elle travaillait ses pas de danse sur glace), et Saif s'y était mis lui aussi ; il pianotait, pour s'amuser. Cela l'apaisait, avait-il remarqué. Après, ils regarderaient « Floor Is Lava » tous les trois, émission que les garçons adoraient, mais qu'il trouvait totalement incompréhensible, puis commencerait le rituel du coucher d'Ash.

— *Awlad !* cria-t-il en direction du salon quand la minuterie du four sonna, sachant qu'il faudrait les appeler au moins cinq fois avant qu'ils ne l'entendent, ayant la tête toute à Minecraft.

Ils finirent par se lever, Ash lui expliquant dans un langage enfantin ce qu'ils construisaient, qu'il y avait un cheval à l'envers, que la maison d'Ib avait une piscine – est-ce qu'ils pourraient avoir une piscine, eux aussi ? et aller à la piscine de Mure ? et nager dans la mer, cet été ? Puis Ib, sourcils froncés, lui demanda s'ils mangeaient des brocolis, parce que les brocolis un soir de week-end, ce n'était vraiment pas juste. Son père lui répondit que non, de ne pas s'inquiéter, ils mangeaient des petits pois, suite à quoi Ash déclara que les petits pois avaient été reclassifiés et ne faisaient plus partie des vrais légumes, ils l'avaient appris en classe avec maîtresse Lorna, et Saif, l'air inquiet, s'interrogea : ce n'était pas possible, si ?

Il les pria de se laver les mains, de s'asseoir correctement, de prendre une fourchette et un couteau (l'un d'eux les prenant même dans la bonne main), puis parvint à faire poser son téléphone à Ib. C'était un tel progrès qu'il éprouva une certaine fierté, quand son propre téléphone sonna.

Ce n'était pas le cabinet, heureusement, et il se demanda une seconde si c'était Lorna. Mais elle ne l'appelait jamais ; ce n'était qu'une coïncidence s'il pensait à elle. Cela dit, il pensait toujours à elle.

C'était le numéro de Neda qui s'affichait. Il consulta sa montre, fronçant les sourcils. Il était huit heures passées. Elle n'était plus au bureau. Ce n'était pas un appel de routine.

Il fixa son téléphone.

Une partie de lui ne voulait pas décrocher. Ash continua de soûler son frère avec la piscine encore plus grande qu'il allait construire dans SA maison, si bien que la sienne aurait l'air nulle à côté, mais Ib lui dit de se taire, minus, elle serait ridicule, sa piscine, et il mettrait un requin dans la sienne pour qu'elle soit encore mieux. « MÊME PAS VRAI », répondit Ash en séparant ses petits pois des carottes qui sortaient de la tourte, pour pouvoir manger dans son ordre de préférence. De la musique passait à la radio, et tout était normal, si normal : les garçons se chamaillaient, la tourte fumait, les agneaux batifolaient sur les collines, le vent frais du printemps courbait le pâturin annuel, les nuits rallongeaient si vite que cela tenait du miracle, les bûches crépitaient dans le poêle à bois. Normal. Sa vie était normale.

La sonnerie s'interrompit, avant de retentir à nouveau.

— Papa ! s'exclama Ash. Je crois que ton téléphone sonne, tu sais !

Ib lui jeta un coup d'œil inquiet.

— Mangez, dit Saif. *Ta'akul !*

Il prit son téléphone pour se rendre dans le salon. Puis, à la réflexion, il sortit. Il faisait un froid glacial : le vent soufflait du large, où passaient de gigantesques pétroliers, au loin, et où les éoliennes tournaient à toute allure.

— Allô ? dit-il d'un ton inhabituellement sec.

Cela concernait peut-être sa demande de droit au séjour ; Neda avait peut-être de la paperasse en retard. C'était peut-être un détail, une broutille, elle s'excuserait de le déranger, et ils résoudraient cela en un rien de temps.

— Saif.

Les danseurs invitèrent toutes les femmes à les rejoindre au moment où retentissaient les premières notes, indémodables, de *Dancing Queen*. Jan et Senga mises à part, elles se levèrent toutes d'un bond, dans un grand raclement de chaises et claquement de talons hauts, Inge-Britt se ruant sur le plus grand d'entre eux (comme elle était immense), avant qu'une autre ne le lui pique.

Olivia, qui avait été adoptée par les amis londoniens de Flora, arborait une drôle d'expression, comme si elle peinait à croire qu'elle était en train de… de s'amuser ? Même ses amies aux allures de mannequins, dans leur robe scintillante, se dandinaient, sourire aux lèvres : ils avaient dû mettre quelque chose dans ces cocktails à la confiture. Les lumières clignotaient, il y avait toujours plus de bruit, plus de rires, et Flora n'en revenait pas : c'était leur soirée, elle était sur Mure, entourée des personnes qu'elle aimait, de ses meilleurs amis, à une fête géniale, au milieu d'une multitude de visages souriants et de quelques hommes à moitié nus, tout cela pour que, dans un mois, elle épouse l'homme de ses rêves. Elle lança un regard à Lorna, qui dansait toujours avec le même cavalier et lui répondit d'un immense sourire ; elle tendit le bras et serra fort la main de son amie.

— Je suis désolée de vous déranger en soirée.

— Ce n'est pas grave, répondit Saif, toujours bourru.

— Je me suis dit que cela ne pouvait pas attendre jusqu'à lundi.

Même ici, dans l'ancien presbytère, tout en haut du village, Saif entendait quelque chose. De la musique forte, au loin. Plissant les yeux, il regarda par-dessus la haie de pâturin qui bordait son allée, tentant désespérément d'échapper à ce coup de téléphone. Des lumières clignotantes roses et rouges sortaient de ce qui semblait être le *Harbour's Rest*.

— Mmh Mmh.

— Nous l'avons trouvée.

Les dunes s'affaissèrent, le sable s'effrita, les rochers devinrent poussière entre ses doigts.

— Ce n'est pas la première fois que vous me dites ça, répondit-il de sa voix basse et posée.

— Oui, mais… nous avons une confirmation.

Il eut l'impression que son cœur allait s'arrêter, qu'il allait devoir se cogner la poitrine pour qu'il continue de battre. À la musique du *Harbour's Rest* s'étaient joints des rires aigus et des cris ; des rires de filles, joyeuses et libres.

Neda mentionna un nom de camp de réfugiés à la frontière jordanienne. Saif opina du chef. Il le connaissait.

— Est-ce qu'elle… est-ce qu'elle va bien ?

À nouveau, la douleur lui transperça le cœur, tel un coup de poignard : *Elle ne nous a jamais contactés. Elle refuse de me parler.*

— Elle va… aussi bien que possible dans ce genre d'endroits, répondit lentement Neda.

— Elle n'a pas répondu à mes messages ! Et ses enfants ? Elle n'avait pas de téléphone ? Elle n'a pas pu téléphoner ?

L'amertume dans sa voix était plus perceptible qu'il ne l'avait réalisé ; il s'éloigna de la maison pour que les garçons ne l'entendent pas.

— Elle est catégorique, poursuivit Neda en pesant ses mots. Elle ne veut pas mettre en péril votre statut, jamais. Ni celui des garçons.

— Elle n'aurait pas fait ça. Elle aurait pu me contacter. Nous contacter, ajouta-t-il à voix basse.

Il le savait, bien sûr. Il le savait. Depuis qu'il avait vu cette photo. Mais il en avait maintenant la confirmation. Elle avait tourné la page.

La soirée était de plus en plus animée, bien qu'il soit encore tôt. Mme Forbes avait paru effrayée en voyant les strip-teaseurs, mais toutes les autres étaient déchaînées. Comme si l'hiver avait été trop long, qu'elles n'avaient pas eu l'occasion de se défouler depuis longtemps. Les filles de l'île voulaient montrer à tout ce beau monde qu'elles savaient, elles aussi, s'amuser, et celles qui étaient venues de loin étaient là maintenant, de toute façon, alors autant en profiter. Les cocktails généreux n'y étaient pas pour rien non plus, tout comme les efforts qui avaient été déployés pour rendre cette fête aussi amusante.

Le DJ était super : il sentait toujours ce qu'elles avaient envie d'écouter, que ce soit *Shake It Off*, *Happy*, *Hey Ya* ou Janet Jackson. Bientôt, les différents groupes sympathisèrent dans les toilettes, spécialement nettoyées pour l'occasion. Des chaises y avaient été installées pour que les filles puissent papoter, se complimenter sur leur tenue et se raconter des potins. Elles eurent aussi la surprise (sauf Olivia et ses amies) d'y trouver des petits coffrets, qui contenaient du parfum, du rouge à lèvres, des tampons, de la laque : souhaitant tout essayer, elles passaient beaucoup de temps à l'intérieur, jusqu'à ce que retentisse une chanson à laquelle elles ne pouvaient résister et qu'elles ressortent en courant pour rejoindre la piste de danse.

— Alors. Est-ce qu'il est là ? Le mari ?

— On ne l'a pas vu. Il est peut-être mort au combat. On ne sait pas. Amena n'en sait rien.

— Elle semblait si heureuse sur la photo, dit-il tout bas.

Puis il posa la question qu'il ne pouvait éviter.

— L'enfant est-il vivant ?

— Non ! NON, NON, NON, NON ! répétait Lorna, mais elle était pliée de rire.

— Si, répondit Flora en feignant de garder son sérieux. C'est la loi.

— Absolument pas.

— LES MAINS SUR MA TAILLE !

— La chenille ! la chenille ! crièrent Isla et Iona en courant se mettre derrière Lorna et en l'attrapant par la taille, elles aussi.

— Oh non !

Mais c'était trop tard, Flora s'en allait, un minuscule bout de voile toujours accroché dans ses cheveux pâles, du rouge à lèvres partout, incitant tout le monde à rejoindre la chenille, qui entreprit de faire le tour du terrain de croquet/parking avant de poursuivre son chemin le long du port. Mme Forbes déclina l'invitation, un sourire crispé aux lèvres.

Les bateaux de pêche qui sortaient en mer, en route pour une nuit de labeur dans les eaux glaciales de l'Atlantique Nord, actionnèrent tous leur sirène, pleins d'entrain, et les filles leur firent de grands signes – des Muriennes qui faisaient au revoir de la main aux hommes sur leurs navires, une coutume qui n'avait pas changé depuis au moins mille ans.

Saif plissa les yeux. Pour une raison mystérieuse, des femmes défilaient en dansant le long du port. Il n'avait jamais vu une chose pareille et trouva cela très bizarre. Elles n'arrêtaient pas de crier.

— Elle a survécu, oui, répondit Neda.

— C'est une fille…

La gorge de Saif se serra. Ils avaient espéré, autrefois, dans une autre vie. Dans un autre monde, après la naissance des garçons, quelqu'un leur avait dit : « Et maintenant, il ne manque plus qu'une fille pour que votre univers soit complet. » Ils étaient si heureux à l'époque, si heureux d'avoir deux fils parfaits, qu'ils avaient balayé cela d'un revers de main : ils avaient tout le temps, le monde s'offrait à eux, tout était possible, tous les espoirs leur étaient permis. Comment auraient-ils pu être plus heureux ?

Il regardait à moitié les filles, qui riaient, dansaient, savourant leur liberté et leur bonheur. Amena avait une fille. Ash et Ib avaient une demi-sœur. C'était si étrange.

— Je vois, ajouta-t-il avec raideur.

— Elle ne vous contactera pas. Elle pense que cela peut vous compromettre, mettre en danger les garçons. Elle est terrifiée à l'idée qu'ils perdent leur statut.

Il hocha rapidement la tête. Il savait comment les Britanniques considéraient les femmes qui avaient épousé des combattants.

— Et, à vrai dire, il est possible… qu'il y ait des conséquences pour elle, si elle le faisait, poursuivit Neda.

Le cœur de Saif se figea.

— Mais nous avons un message pour vous.

Chapitre 28

Les garçons jouèrent tranquillement à Minecraft, jusqu'à ce qu'Ib se rende compte qu'ils auraient dû être au lit depuis longtemps, même un soir de week-end, et pousse son frère du pied, en lui disant d'aller se coucher.

— HORS DE QUESTION QUE TU ME DISES QUAND JE DOIS ME COUCHER, répondit Ash, et les deux frères se retrouvèrent à rouler par terre, sans que leur père intervienne.

Ils se levèrent donc pour aller le rejoindre et voir ce qui n'allait pas, car, en temps normal, ce genre de comportement attirait son attention.

Leur père était assis dans la cuisine assombrie. Il avait son téléphone à la main, mais ne le regardait pas ; il avait les yeux dans le vague.

Ib se hérissa aussitôt. Il se rappelait. Il disait le contraire aux gens, parce que cela les rassurait, il le voyait. C'était plus facile pour Ash : il ne se rappelait vraiment pas ; il était comme une page blanche. Mais Ib, lui, se rappelait. Il se rappelait les adultes qui fixaient leur téléphone, puis le vide. Assis dans des pièces obscures, parce qu'il n'y avait pas l'électricité.

Ash alla le trouver d'un pas décidé.

— QU'EST-CE QU'IL Y A, *ABBA* ?

Saif releva les yeux, et Ib vit quelque chose dans le regard tourmenté de son père, qu'il n'avait pas vu depuis leurs tout premiers jours sur l'île et qui le terrifia.

Saif prit une décision rapide. Il n'avait pas le choix.

— Rien, répondit-il en se forçant à se lever, avant de jeter un coup d'œil à sa montre. Regardez, c'est l'heure d'aller au lit.

Heureusement, l'attention d'Ash fut détournée par les lumières du village en contrebas.

— Agot m'a raconté qu'ils faisaient une grosse fête sans elle, dit-il d'un air songeur. Est-ce que c'est la grosse fête ?

— Je crois, répondit son père en remarquant, comme la nuit tombait, que l'Ange de Mure, l'énorme statue sous l'école, était lui aussi éclairé de rouge et de rose.

Ash secoua la tête.

— Elle va être très, très fâchée.

Saif le prit dans ses bras.

— Ne t'inquiète pas pour ça.

Le petit fit non de la tête.

— Je ne m'inquiète pas. Maîtresse Lorna a dit que quand les gens sont en colère, souvent, ce n'est pas à cause de nous, mais de la CHITUACHION.

Saif le regarda. Bon sang. Lorna. La seule personne avec laquelle il aurait voulu parler de tout cela était la seule à qui il ne pouvait rien dire.

— Elle est pleine de sagesse, approuva-t-il, se disant qu'elle l'était vraiment, brûlant d'envie tout à coup d'être avec elle, quelque part, n'importe où, en sécurité dans ses bras.

Il mit Ash au lit, l'embrassa et se réconforta en lui lisant une histoire. Son pyjama lui était à nouveau trop petit, remarqua-t-il. Il n'était pas très doué pour acheter des vêtements aux garçons ; il fallait les commander par correspondance, or il n'avait pas du tout l'habitude. Il ignorait que la plupart des familles de Mure s'échangeaient leurs vieilles affaires, le faisaient depuis des générations, mais personne n'osait lui en donner, de peur que cela soit pris à tort pour de la charité, simplement parce qu'ils étaient réfugiés. Par conséquent, les garçons portaient une collection disparate de vêtements qui avaient attiré l'œil de Saif, ce dernier ne se rendant pas compte que la première pièce qui attire l'œil quand on fait du shopping est rarement celle que l'on doit acheter. Lui-même s'habillait comme son père en avait l'habitude, mais, si son père (un parfait anglophile) s'habillait ainsi et si Saif avait eu dès le début des prédispositions pour la médecine, c'était parce qu'ils croyaient tous les deux que les médecins devaient s'habiller comme un personnage de la série *Dr Finlay's Casebook*, façon médecin de campagne du début du XXe siècle.

De toute façon, Ib ne voulait porter que son maillot du Hibernian Football Club adoré, ce qui ne dérangeait pas trop son père, et les deux garçons privilégiaient les shorts par tous les temps, comme leurs petits camarades muriens endurants.

— Est-ce que ça va, *Abba* ? demanda à nouveau le sensible Ash d'un air endormi quand Saif alluma sa veilleuse rotative, qui projetait des dessins de baleines et de dauphins sur les murs.

Saif caressa le front du garçonnet. Que pouvait-il lui dire ? *Je sais où est ta mère ? Ce monde sûr et confortable dans lequel tu vis, je pourrais le briser, telle une coquille d'œuf ; je pourrais ruiner les seules paix et sécurité que tu n'aies jamais connues, la seule sécurité dont tu pourrais te souvenir. Tes chances d'avenir.*

— *Naeam*. Tout va bien.

Sur ce, le petit garçon ferma les yeux, puis sombra dans un sommeil paisible, comme s'il venait de sauter dans le vide. Pas un pli ne ridait son front. Saif l'embrassa de nouveau, puis se releva. Il avait l'impression d'avoir cent ans.

Ib était toujours là, il l'attendait dans l'embrasure de la porte.

— Est-ce que tu vas me dire ce qui se passe ? l'interrogea-t-il gravement.

Flora s'amusait comme une folle. Quand la chenille fut enfin terminée, elles rentrèrent toutes à l'intérieur, puis se laissèrent tomber sur une chaise. Le DJ coupa un instant la musique, pour leur donner l'occasion de reprendre leur souffle et de boire un peu d'eau – ou, plutôt, du champagne, qui commençait à circuler en vue des discours. Elles étaient toutes en sueur, en train de glousser, et il était désormais impossible de distinguer les copines d'Olivia des amis de Flora, qu'ils viennent de Mure, d'Édimbourg ou de Londres. Les danseurs, les toilettes et les cocktails avaient rapproché tout le monde.

Enfin, presque.

Olivia avait elle aussi apprécié les cocktails, qui (sans doute à cause d'un régime encore plus draconien que d'habitude en vue de son mariage) avaient fait leur effet. Elle était par ailleurs habituée à être constamment scrutée, pas à être entourée d'un groupe de filles insouciantes, bien décidées à s'amuser. Il n'était pas vraiment surprenant, en réalité, qu'elle se soit laissée aller. Elle jacassait dans les toilettes et, quand Flora entra, elle se jeta à son cou.

— C'est la *meilleure* soirée de ma vie ! Je t'aime tant.

— Je suis contente que ça te plaise, mais c'est toi qui as tout fait, répondit Flora avec un sourire bienveillant.

— Non, c'est toi qui as invité les gens sympas… pas comme cette fichue Jan. Est-ce que tu l'as vue ? Elle fait une de ces têtes d'enterrement. Bon sang, j'aurais préféré t'avoir comme sœur.

Flora grimaça, puis désigna la porte d'un des box, qui était en train de s'ouvrir. Le joli visage d'Olivia afficha une petite moue quand Jan sortit, les joues roses, l'air furieux. Jan avait déjà les joues roses et l'air furieux avant d'entrer dans le box, mais ce qu'elle venait d'entendre n'arrangeait rien. Le silence se fit aussitôt dans les toilettes : tout le monde attendait de voir ce qui allait se passer. Plusieurs personnes étaient secrètement ravies que cette fête déjà géniale s'apprête à le devenir encore plus avec une énorme dispute.

— Jan, lança Olivia d'un air boudeur avant de se retourner et de sortir en trébuchant.

Vaine tentative : Jan la talonna, jusqu'au milieu de la salle.

— Pas grave, lança-t-elle. Moi non plus, je ne voulais pas de toi comme sœur.

— Oui, tu me l'as toujours bien fait comprendre.

— Qu'est-ce que tu veux dire ?

— « Va-t'en, Olivia ! » ; « Non, tu ne peux pas jouer avec moi ! » ; « Sors de ma chambre ! » ; « Ne touche pas à mes affaires ! ». Voilà mes premiers souvenirs.

— C'est ça. Tu ne t'intéressais à moi que quand tu en avais marre de faire les yeux doux à tous les adultes à dix kilomètres à la ronde.

— J'avais *quatre* ans ! Et tu m'as détestée à la seconde où je suis née.

— « Ooh, regardez tous Olivia, elle est si jolie, tout le monde l'applaudit. » J'en ai tellement marre, ça *m'écœure*.

— Ce n'est pas *ma faute* !

— Et lancer le « Club de la grosse Jan » ? C'était la faute de qui, hein ?

— Le « Club de la grosse Jan » ? répéta quelqu'un avec incrédulité.

— J'ai fait ça parce que tu étais toujours méchante avec moi ! À longueur de temps.

Mme Forbes assistait à la scène, bouche bée, pendant que les filles se hurlaient dessus comme des putois.

— Euh, les filles, intervint Flora. Allez. Ne vous disputez pas. C'est une belle soirée, une belle fête, allons dans le jardin…

— C'est une fête débile, pleine de frimeuses, et tu jettes ton argent par les fenêtres. Ou l'argent d'Anthony, plutôt. Est-ce qu'elles le savent ? Qui paie pour tout ça ?

Olivia se mordit la lèvre, puis vira au rouge vif. Elle lança un regard coupable à Mme Forbes, dont la bouche était maintenant refermée, ne formant plus qu'un trait.

— Allez, répéta Flora avec plus de fermeté. Ne me forcez pas à appeler Inge-Britt !

— Tu n'étais pas obligée de venir, lança Olivia sans tenir compte de Flora.

— Si. J'étais bien obligée, non ? Pour préserver le petit univers dans lequel tu vis, où « tout le monde aime Olivia ». Pour impressionner ta future belle-famille et faire semblant d'être une belle et grande famille, alors que tu n'as même pas pris la peine de venir à mon mariage. Ni de rencontrer ma fille.

— Sans doute parce que tu m'as *clairement* fait comprendre que je n'étais pas la bienvenue. Tu détestes chaque minute que tu passes en ma présence, c'est comme ça depuis que j'ai osé venir au monde.

— DEHORS ! cria Flora avant de les prendre chacune par un bras, avec l'aide de quelques amies, pour les forcer à quitter la piste de danse.

Le DJ s'approcha du micro pour tenter d'apaiser la situation.

— Bon… Euh… Faites du bruit pour les futures mariées ! cria-t-il, et toute la salle se mit à applaudir.

Olivia, toute rose, échangea un regard horrifié avec Flora.

— Un discours ! Un discours ! Un discours ! scanda la salle.

— Oui ! hurla Kai en poussant Flora vers l'estrade.

— Euh…, commença-t-elle en regardant d'un air suppliant Olivia, dont les cheveux étaient ébouriffés, hirsutes, et dont les yeux semblaient loucher.

— Un discours ! Un discours ! Un discours !

Lorna lui faisait les gros yeux. Dans un premier temps, Flora ne comprit pas pourquoi, avant que cela ne lui revienne subitement : ne pas contrarier Jan. Calmer le jeu. Elle s'empara du micro, puis les remercia tous d'être venus et d'être aussi géniaux ; elle leur dit qu'elle les aimait, puis félicita Jacinth pour le travail formidable qu'elle avait accompli au *Harbour's Rest*, qui aurait pu le croire, certainement pas elle, ce qui eut pour conséquence malheureuse de laisser entendre que a) le pub était affreux en temps normal et que b) elle n'en pensait pas Jacinth capable, parvenant ainsi à vexer au plus haut point plusieurs personnes d'un coup. Lorna la dévisageait toujours, aussi prit-elle une profonde inspiration.

— Merci à tous d'être venus, de près comme de loin. Je sais que nous le devons à Olivia…

Les applaudissements fusèrent, et Olivia reprit ses esprits, puis décocha son grand sourire ravageur aux invités, comme si la dispute n'avait jamais eu lieu. Mme Forbes, elle, ne se déridait toujours pas.

— … et je suis si heureuse de vous avoir à mes côtés, étant donné que, avec Joel, nous allons faire un… mariage en tout petit comité, dans l'intimité familiale…

Le silence s'abattit sur la salle.

— Quoi ? lança Kai. Parce que j'ai déjà loué un kilt, moi, et ça m'a coûté un bras.

— Euh…

En voyant les mines déconfites de ses amis, qui ne pourraient pas partager son grand jour, Flora se sentit mal.

Un ange passa, et Olivia lui arracha le micro des mains.

— Oui, mais j'aime Flora… elle est comme une *sœur* pour moi.

Elle cracha cette phrase, plus qu'elle ne la dit.

— Et elle se marie le même jour que moi… J'ai donc décidé d'organiser un *double mariage* ! s'exclama-t-elle en passant un bras autour des épaules de Flora. Un *double mariage* ! Ça va être génial !

Elle parcourut la salle des yeux.

— Je sais que vous ne me connaissez pas toutes. Mais j'ai le sentiment que vous m'avez adoptée, accueillie à bras ouverts, comme si je n'étais jamais partie.

Flora, abasourdie, jeta un coup d'œil à Jan, dont le visage était mutin.

— Quant à celles que je viens juste de rencontrer, ça a été un vrai plaisir. Comme si je n'avais pas déjà assez de chance en m'apprêtant à épouser l'homme le plus formidable au monde…

Oups, songea Flora, l'esprit en ébullition. *J'ai oublié de mentionner Joel.*

— … dans le plus bel endroit au monde…

L'assemblée l'acclama chaleureusement. *Bon sang*, songea Flora. *J'aurais aussi dû mentionner l'île.*

— Flora, ma sœur de mariage, je te remercie du fond du cœur de faire ça avec moi… et je souhaite à chacun d'entre vous autant d'amour dans sa vie qu'il y en a dans cette pièce ce soir, conclut Olivia.

C'était un cri du cœur, à l'évidence si sincère, quoiqu'un peu aviné, que les acclamations redoublèrent.

— Faisons en sorte que ce soit le double mariage le plus génial de tous les temps ! ajouta-t-elle.

Quand Flora jeta un nouveau coup d'œil en direction de Jan, cette dernière avait disparu. Tout comme

Mme Forbes. Mais elle eut à peine le temps d'y penser, car un énorme gâteau venait d'arriver sur un chariot – énorme, plus gros qu'une table – et BOUM !, en surgit, agitant la main sous un tonnerre d'applaudissements et de cris de joie, une minuscule Alice.

Ou, comme Flora s'en rendit compte un peu plus tard, Mary-Elizabeth MacIntyre.

Les cris et les éclats de rire, amplifiés par les collines onduleuses, s'entendaient jusqu'à l'ancien presbytère. Saif était assis dans la cuisine avec son aîné.

— *Mama* est là-bas ? l'interrogea Ib.

Saif était résolu à ne pas briser le cœur de son fils, à ne pas le blesser. La vie ne l'avait pas épargné. Il était encore jeune, mais il avait déjà été confronté aux dures réalités de l'existence.

Le garçonnet fixait la tasse de lait chaud que Saif lui avait préparée. Il entrait dans l'adolescence, et des parties de son corps semblaient grandir trop vite. Ses oreilles étaient disproportionnées par rapport à son visage ; ses cheveux bruns et raides, trop longs, leur tombaient dessus. Il avait un corps maigre ; des pieds immenses ; un nez pointu, qui deviendrait un jour romain, beau, comme celui de son père, mais était pour l'instant un peu busqué. Ses yeux étaient immenses, circonspects. En le regardant, sur le point de sortir de l'enfance, Saif sentit son cœur déborder, se fendre ; un jour, ne subsisteraient plus que des traces du petit garçon qu'il avait été. L'homme qu'il deviendrait semblait reposer entre ses mains.

— C'est possible, répondit-il tout bas.

— Et on pourrait la voir ?

— Je ne sais pas.

Ibrahim fronça les sourcils.

— Mais elle veut nous voir, hein ?

— Hum…

— Je n'ai jamais cru qu'elle était morte, lança Ib avec dédain.

Saif cligna des yeux. Il n'arrivait pas à croire que cette idée ait pu l'effleurer.

— Non. Moi non plus.

— Ash, si. C'est un vrai bébé.

— Est-ce que vous en parlez souvent ?

Ib secoua la tête.

— Il le dit juste de temps en temps, parce que c'est plus facile que devoir expliquer. Et tout le monde est gentil avec lui, comme ça. C'est un *vrai* bébé. Il fait ça pour attirer l'attention.

— À l'école ?

Ib ricana.

— Non ! Maîtresse Lorna ne le laisserait pas faire, expliqua-t-il d'un ton approbateur. Mais au stage de natation, ce genre de choses.

— Je vois.

S'ensuivit un long blanc. Puis Ib releva la tête, ses yeux noirs écarquillés. Il avait, remarqua une nouvelle fois Saif, un tout petit duvet au-dessus de la lèvre supérieure. Il dut prendre son courage à deux mains pour poser sa prochaine question.

— Alors. Est-ce qu'on va devoir… retourner là-bas ?

Chapitre 29

Enhardie par tout cet amour dans la pièce, Flora sortit – les gens dansaient encore à l'intérieur, mais, dehors, des centaines et des centaines de lumières scintillantes avaient fait leur apparition, suspendues au-dessus de leur tête. Pour réchauffer l'atmosphère, de petits becs de gaz et de hauts braseros avaient été allumés un peu partout, comme par magie, et des couvertures en tartan rose et rouge étaient posées sur des canapés et des fauteuils confortables.

Au fond du jardin, deux ballerines affublées de masques blancs et de justaucorps à motif d'échiquier dansaient un pas de deux. Les invitées étaient maintenant si habituées à voir des choses extraordinaires à cette fête qu'elles les regardaient à peine. Flora était comme ivre de joie. Joel ne pourrait pas refuser, s'ils faisaient don de tout leur argent – chaque centime pourrait aller à l'association caritative de Jan et Charlie ! Seuls leurs proches assisteraient à leur mariage, puis ils pourraient se joindre aux festivités après le dîner ; avoir une cérémonie intime, rien que leur petit groupe… puis prendre part à la grosse fête ! Et tout le monde serait là ! C'était la solution rêvée ! Elle avait hâte de le lui annoncer.

Bien sûr, tout n'était pas amour à l'intérieur.

En sortant dans le jardin, Jan, furieuse, fit tomber l'une des belles tables ouvragées, cassant des tasses de thé et renversant des cocktails partout sur la pelouse synthétique. Elle frôla Flora, qui l'interpella, mais se vit ignorée. Lorna vint la rejoindre.

— Est-ce que je dois la suivre ? lui demanda Flora.

— Tu es littéralement la dernière personne qui doit la suivre. Enfin, peut-être l'avant-dernière.

Olivia s'entretenait avec Lucy d'une voix insistante. Le langage corporel de sa future belle-sœur semblait indiquer qu'elle ne se sentait pas vraiment concernée par cette conversation. Pendant ce temps, Mme Forbes répétait à qui voulait l'entendre :

— Ce n'est pas le genre de choses qui plaisent à mon Anthony. Pas du tout. Ce comportement est totalement inapproprié.

Flora jeta un coup d'œil à Senga, qui avait de nouveau les lèvres pincées.

— Est-ce que vous allez lui courir après ? l'interrogea-t-elle.

Senga secoua la tête.

— J'en ai jusque-là de ces deux-là. Je ne pourrai jamais faire plaisir à l'une sans vexer l'autre. J'en ai assez.

Elles se tournèrent vers Lorna.

— Hors de question.

— Quelqu'un doit lui courir après, dit Flora. Et nous, elle nous jetterait dans le port.

— Ça ne peut pas être moi, l'implora Lorna. Tu sais pourquoi.

— Mais tu es si douce et sensée, fit remarquer Senga. On comprend pourquoi tu es une si bonne institutrice.

— C'est vrai. Tu gères des disputes à longueur de temps.

— Mais, Flora, tu sais…

— Raison de plus, la coupa son amie d'un air sombre. Si tu arrives à l'amadouer, elle risque moins de…

— Tu crois qu'elle oserait ?

— Vu son humeur, elle est capable de tout, répondit Flora, et Lorna, exaspérée, s'éloigna en courant dans la nuit.

Saif répondit aux questions d'Ibrahim avec la plus grande honnêteté possible. Oui, ils pouvaient rester sur Mure ; ils n'auraient pas à partir. Non, il n'y avait plus beaucoup de combats à Damas. Non, leur maison ne serait plus là. Non, il ne savait pas s'ils pouvaient parler à leur mère.

Ib était avide d'informations, et Saif se devait d'être rassurant. Non, il ne savait pas s'ils pouvaient lui « rendre une petite visite », mais il dut lui dire que c'était très peu probable. Et oui, Amena serait venue les rejoindre si elle l'avait pu, mais elle n'en avait pas le droit. Et il ne pensait pas pouvoir la contacter.

Chaque mot, chaque phrase rajoutait à la douleur de son fils. Cela lui rappela quand il devait soigner de très jeunes patients et que le traitement lui-même était douloureux. Sauf qu'en général, cela aidait les enfants à aller mieux. Il ne voyait pas comment il pourrait en être ainsi dans leur cas.

— Votre mère est très, très heureuse que vous soyez là, conclut-il. Que vous soyez en sécurité, dans une jolie maison, entourés d'amis, dans un endroit sûr, avec plein de nourriture à manger, l'électricité qui fonctionne toute la nuit, et l'école. C'est ce qu'elle veut pour vous. C'est tout ce que nous voulons tous les deux pour vous. Puis, quand tu seras plus grand et que tu pourras voyager avec un bon passeport, quand tu seras en sécurité, que tu auras ta propre voiture, alors, alors… les choses seront plus simples, et on pourra de nouveau être ensemble. Ça va juste prendre un peu de temps.

Ib regardait droit devant lui.

— Il arrive que des papas et des mamans doivent quitter leur famille. La guerre, le travail ou des tragédies les séparent. Tu n'es pas seul, Ib. Et ta mère ne t'oubliera jamais. Mais une mère ira jusqu'à se sacrifier pour que son enfant ait une belle vie, même si cela implique qu'elle en sera privée. Elle ferait tout pour ton bonheur.

— Même être en prison, dit Ibrahim d'une toute petite voix.

— Sans hésiter, répondit doucement Saif avant de serrer son fils contre lui. Mais ce n'est pas une prison. Et ce sont des histoires d'adultes. J'aurais aimé que tu n'y sois pas confronté. J'aurais aimé que tu n'aies pas à devenir adulte si vite.

Saif avait beau être épuisé après une longue semaine, aucun d'eux n'avait envie d'aller se coucher. À la place, il fit une chose qu'il faisait rarement, au grand dam des garçons : il s'assit devant la télévision, Ibrahim à côté de lui, puis mit au hasard un film Marvel idiot, qu'ils regardèrent ensemble, complices, jusqu'à ce que la respiration d'Ib commence à ralentir, que son long corps crispé se relâche et qu'il pose sa tête sur l'épaule de son père. Saif, qui n'osait pas le toucher ces derniers temps, lui caressa doucement les cheveux.

— *Abba ?* lança une voix endormie à côté de lui, tandis que le film continuait à la télévision. À Damas, est-ce que tout le monde me ressemble ?

Lorna partit en courant – il faisait encore jour sur Mure, à vingt-deux heures trente un soir de mai, les nuits blanches approchant à grands pas. Mais Jan resta introuvable : elle ne remontait pas l'Infinie d'un pas lourd ; elle n'était pas en ville, sur le port, où une file d'attente, principalement composée d'hommes enjoués, s'était formée devant le *fish and chips*. Elle était peut-être rentrée chez elle, ruminant sa colère afin qu'elle ne retombe pas. Que ferait-elle ? se demanda Lorna. Elle pouvait menacer Olivia, menacer Flora, la menacer elle. Lorna se rappela alors la parabole du fils prodigue, pour qui on avait sorti le veau gras. Elle ne trouvait pas cette parabole très juste, quand elle était plus jeune. Elle n'était sans doute pas la seule.

Il faisait froid. Elle se tourna pour rentrer, prête à reconnaître que ses qualités de conciliatrice n'avaient servi à rien cette fois. Ce faisant, elle regarda la statue illuminée de rose et de rouge. Cela l'aidait toujours à se sentir mieux, curieusement.

Saif sortit dans le jardin, après avoir mis une couverture sur Ib, qui dormait toujours à poings fermés sur le canapé. Son fils pesait trop lourd à présent pour qu'il puisse le porter jusqu'à son lit, au premier étage, avait-il remarqué – à moins de le prendre sur son dos. Ils grandissaient si vite. Changeaient si vite. Le temps filait à toute allure, lui glissait entre les doigts.

Il regarda vers le bas de la colline, où le brouhaha des filles heureuses qui commençaient à rentrer chez elles attira son attention. Il devait être plus tard qu'il ne le pensait. L'ange était toujours illuminé. Il aimait le contempler. Il trouvait cela… il trouvait toujours cela réconfortant, curieusement.

Il y avait une silhouette à côté, immobile. Tandis qu'il la regardait, elle se tourna dans sa direction, presque comme si elle le cherchait des yeux. Puis cette silhouette lui adressa de grands signes et, ne sachant que faire, conscient que tout le monde le connaissait sur l'île, il agita lui aussi la main. Puis il tourna les talons et rentra à l'intérieur.

Chapitre 30

Une heure plus tard, la fête se termina enfin. Joel était debout avec Douglas, qui était agité. Il décida de demander à Flora si elle voulait qu'il passe la chercher plutôt que d'essayer d'escalader la colline avec ses talons ridicules ou de compter sur le seul taxi de l'île, imprévisible. Les plus déterminés étaient encore en train de boire au comptoir, constata Flora. Lorna n'était pas revenue ; Mme Forbes et Lucy étaient parties, elles aussi. Olivia… Olivia avait une conversation à cœur ouvert, enflammée et avinée, avec Jacinth, qui s'efforçait d'avoir l'air intéressé tout en consultant son téléphone.

Quand Joel lui demanda par texto si elle avait besoin d'un chauffeur, elle se dirigea gaiement vers la porte. Dehors, des petits bouts de cœur rouge jonchaient le sol ; ainsi que des confettis, des paillettes, des cocktails renversés, des mégots de cigarettes : une fin de soirée. Mais quelle soirée, songea-t-elle avec un sourire. Lorna revint, l'air grave ; Jan était introuvable. Flora haussa les épaules. Ce genre de choses finissaient toujours par s'arranger, non ? Tout irait mieux, le matin venu.

Elle rejoignit Olivia, qui divaguait, complètement soûle (tout en étant toujours aussi belle, bien sûr, ça en devenait agaçant), et se jeta dans ses bras.

— Tu es ma sœur, maintenant ! s'exclama-t-elle avec emphase. On va avoir le plus beau des mariages.

Joel apparut alors à la porte, parcourant la salle des yeux, l'air consterné par le bazar qui régnait.

— Bon sang, on dirait que vous vous êtes bien amusées.

— Pas de garçon ! Pas de garçon ! crièrent les copines de Flora, un rien hypocrites, puisqu'elles étaient toutes en train de draguer les danseurs, qui s'étaient attardés, eux aussi, parce qu'ils dormaient à l'étage et n'avaient nulle part où aller.

Et puis Kai était là, lui aussi. Inge-Britt était repassée derrière le comptoir, son serre-tête d'Alice toujours sur ses cheveux, son tablier légèrement de travers.

— Je sais, je sais, répondit Joel en levant les mains. Je viens juste chercher ma future femme, si vous le permettez.

— Oh non ! regrettèrent-elles d'une même voix en se levant pour dire au revoir à Flora.

— Trop hâte d'être au mariage, dit l'une d'elles.

— Bon sang, ça va être encore *mieux* que ce soir ! ajouta une autre.

Olivia se jeta sur Joel.

— C'est toi, Joel ! Le fameux Joel ! Je ne m'attendais pas à ce que tu sois aussi… Est-ce qu'on s'est déjà rencontrés ? l'interrogea-t-elle en relevant les yeux vers lui.

— Je ne crois pas, répondit-il, même si cela ne l'aurait pas surpris ; elle ressemblait à beaucoup de ses anciennes conquêtes, il connaissait bien le genre.

— Je n'en reviens pas qu'on fasse un mariage double ! Tu es plus beau qu'Anthony ! Je ferais bien de lui dire de rester vigilant, ou je pourrais épouser la mauvaise personne ! Ah ! ah ! ah ! Je crois que je suis peut-être un peu pompette, ajouta-t-elle en posant une main sur son épaule.

Joel regarda autour de lui, à la recherche de quelqu'un pour le sortir de là, mais ne vit personne.

— D'accord, répondit-il, décontenancé par ce qu'elle venait de dire. Euh… Flora ?

— J'arrive, j'arrive ! Ça alors, il y a beaucoup de chaussures, par ici. Allez, au revoir, tout le monde !

— On se voit au mariage ! crièrent ses copines avec entrain en l'enlaçant une dernière fois, comme Joel, le visage de marbre, se dirigeait vers la voiture, où Douglas, tout content, gloussait en contemplant la lune.

Dans la voiture qui cahotait sur le chemin, Flora ne voyait pas où était le problème.

— Je sais que tu veux donner l'argent du mariage à Jan, dit-elle. Mais Olivia va *tout* payer. Ce n'est rien pour elle ! Du coup, on pourra avoir une cérémonie en tout petit comité, juste pour nous, comme tu veux… et puis rejoindre tout le monde à la grosse fête ! Organisée par Olivia ! Ça va être génial… Regarde comme ça s'est bien passé ce soir !

— À vrai dire, la moitié des invitées étaient catatoniques, et les autres avaient disparu, répondit-il sèchement.

Elle le dévisagea.

— *Et* Jan va pouvoir avoir *tout notre argent*, insista-t-elle pour faire diversion. Tu ne me trouves pas géniale ?!

Il la regarda.

— Flora, je ne t'ai demandé qu'une seule chose.

— Un petit mariage ! C'est ce qu'on va faire ! Prononcer nos vœux entre nous ! Et, *après*, on se rajoutera à un grand mariage, un mariage énorme, génial, extraordinaire, où tout le monde sera là. On tire le meilleur des deux ! C'est parfait !

Les cocktails à la confiture l'avaient sans doute aidée à trouver cette idée géniale, mais elle n'obtenait pas la réaction espérée : elle avait beau avoir l'esprit embrouillé, elle s'en rendait compte.

— Ça règle tout !

Joel s'arrêta devant chez eux.

— Je ne savais pas qu'il y avait quelque chose à régler, lança-t-il avec raideur.

Chapitre 31

Le lendemain matin, sur Mure, les maux de tête étaient nombreux parmi la gent féminine. L'odeur revigorante de saucisses (végétariennes et locales) en train de cuire flottait dans l'air – le parfait petit déjeuner pour soigner une gueule de bois. Une chaussure avait été perdue devant le *Harbour's Rest* : quelqu'un s'était manifestement trompé de conte de fées. À part cela, c'était miraculeux : on aurait dit que des elfes s'étaient faufilés pendant la nuit pour démonter ce qui, le matin venu, se trouva être du simple contreplaqué et des bâches. Le parking sinistre était de retour. Les arbres et leurs guirlandes lumineuses avaient disparu.

Flora s'était réveillée tôt, mal fichue, et, comme elle n'était pas vraiment prête à affronter Joel, elle avait préparé du café, puis était sortie avec Douglas. Il faisait jour, les herbes hautes ployaient sous les bourrasques, et elle sentait qu'elle avait besoin de ce moment pour s'éclaircir les idées. Elle avait bu un demi-litre d'eau et pris deux comprimés de paracétamol avant de se coucher, cela aurait donc pu être pire, mais elle était malgré tout un peu hébétée.

Elle avait pourtant été si heureuse. Cela lui avait paru être une si bonne solution. Olivia était riche, et elle souhaitait inviter tous les habitants de l'île et leur offrir une soirée grandiose. Quant à Joel et elle, ils pourraient donner leur argent et organiser une cérémonie intime de leur côté, pendant que tous les autres assisteraient au mariage d'Olivia. Elle ne se berçait pas d'illusions : Olivia ne se souciait pas particulièrement d'elle ; elle se souciait de faire bonne impression devant sa future belle-famille. Mais ils pourraient sans doute tourner la situation à leur avantage, non ?

Elle avait contemplé le visage de Joel, impassible, même endormi, même s'il paraissait toujours très vulnérable sans ses lunettes. Elle avait refermé la porte le plus discrètement possible, puis mis un Douglas tout guilleret dans son écharpe de portage. Il pesait une tonne, mais elle aimait sentir son corps chaud contre elle, ses petites menottes jouant avec ses cheveux. Elle se sentait curieusement attirée vers l'Infinie, ce matin, elle avait envie de sentir le sable froid entre ses orteils.

Il n'y avait personne sur la plage, excepté Bramble, sorti chercher le journal, comme tous les jours. Elle lui gratta les oreilles quand il passa en trottinant devant elle, s'arrêtant, impatient, l'air de dire : « Oui, je veux bien que tu me grattes les oreilles, mais juste une seconde, car j'ai une mission importante à accomplir, comme tu peux le voir. »

Un épais brouillard planait au-dessus de la mer, mais des pointes de bleu perçaient le ciel, ce qui indiquait en général que le soleil finirait par triompher et que les gens passeraient la journée à ôter une à une leurs couches de vêtements. Elle avait l'Infinie pour elle toute seule de si bon matin : même les personnes qui sortaient promener leur chien n'étaient pas encore dehors. Elle repassait en boucle la soirée de la veille dans sa tête. Elle grimaça en pensant à la dispute de Jan et d'Olivia – elle avait fait tout ce qu'elle pouvait, mais certaines blessures, supposait-elle, étaient trop profondes pour être pansées avec des martinis et de jolies robes. Elle se promit de ne jamais se brouiller avec ses frères. Rien ne pouvait en valoir la peine. Elle envoya un texto à Fintan.

« Un petit mot pour te dire que je t'aime beaucoup », tapa-t-elle.

« Oh non, répondit-il deux secondes plus tard (il avait toujours des troubles du sommeil). Qu'est-ce que tu as encore fait ? Qu'est-ce que tu veux que je fasse ? Oh non. »

Puis elle détacha Douglas et le tint debout sur la plage.

— Allez, tous les MacKenzie marchent à neuf mois, murmura-t-elle, comme Douglas lui faisait un grand sourire avant de se laisser tomber lourdement sur le sable pour se mettre à le manger.

Elle poussa un soupir. Elle s'était dit que c'était une bonne solution. Mais Joel était… il était… enfin. Bien sûr, il avait le droit d'avoir son mariage rêvé, lui aussi, songea-t-elle. Même si la plupart des hommes de sa connaissance avaient simplement laissé leur future femme choisir ce qu'elle voulait pour ce grand jour… mais, bien sûr, songea-t-elle ensuite, elle ne voulait pas la plupart des hommes. Elle en voulait un. Celui-là. Aussi compliqué soit-il. Elle parlerait peut-être à Mark.

Mais elle avait déjà accepté, c'était le problème. Elle avait dit oui, alors que ce n'était peut-être pas ce qu'elle voulait. Ce… ce n'était pas non plus la meilleure façon d'entamer un mariage. Elle soupira.

Puis elle ne fit plus aucun bruit et inclina la tête, gardant un œil sur l'horizon et l'autre sur Douglas pour s'assurer qu'il n'avalait pas plus de sable. Voilà. Un grondement sourd. Ce n'étaient pas les phoques ; les phoques aboyaient. Et elle les entendait, agités. Comme si quelque chose les perturbait ; quelque chose dans l'eau.

Elle plissa les yeux. Était-ce une éclaboussure, là-bas, à mi-chemin entre l'horizon et elle ? Là où les pétroliers se balançaient sur l'eau et, les matins couverts, grisâtres, comme celui-là, quand la mer et le ciel se confondaient, semblaient flotter dans les airs ?

Cela se reproduisit. Un… deux… puis un soulèvement à la surface de l'eau.

— Ça alors, se dit-elle à elle-même, oubliant ses soucis.

Elle prit Douglas dans ses bras.

— Ce sont les baleines, murmura-t-elle. Ce sont les baleines, mon petit baleineau. Elles sont venues nous rendre visite. Dis-leur bonjour.

Douglas regarda sa mère, puis lui sourit : elle semblait si excitée.

— Bienvenue, dit-elle, avant de froncer les sourcils. Si ce groupe de baleines s'installait, ce n'était pas bon pour elles. Les observateurs débarqueraient en masse sur l'île. On avait beau leur répéter qu'ils n'avaient pas le droit de se rapprocher d'elles ni de les déranger, ils trouvaient toujours un moyen. Ils étaient les bienvenus, ils pouvaient venir les regarder, mais, quand ils étaient trop nombreux, cela gâchait tout. C'était peut-être ce que ressentait Joel. Les baleines avaient besoin de calme ; la saison des amours était finie, et les femelles avaient besoin de tranquillité durant leur gestation. Elles ne l'auraient peut-être pas.

Si cela ne tenait qu'à elle, elle le garderait pour elle. Malheureusement, ce banc devait apparaître sur les radars de Bergen jusqu'à Nouvelle-Terre. Les gens viendraient, qu'elle en parle ou non. Et les pauvres bêtes se sentiraient prises au piège, oppressées…

Elle tourna les talons. Elle pouvait peut-être rentrer avant le réveil de Joel…

Il travaillait dans son bureau, ce qui n'était jamais bon signe. Elle lui apporta une tasse de thé.

— Comment te sens-tu, ce matin ? l'interrogea-t-il d'un ton lourd de sens.

— Bien, merci, mentit-elle.

— Vraiment ? insista-t-il avec un regard en coin.

— Oui !

— D'accord, bien. N'exhale pas trop de vapeurs d'alcool sur Douglas.

Au moins, il lui adressait toujours la parole.

— Alors, j'ai réfléchi pour le mariage.

Il leva les mains.

— Ne t'en fais pas pour ça. J'ai vu que tu avais tout prévu.

— C'était juste une idée. Une idée d'Olivia. Et j'ai pensé qu'elle te plairait.

— Pourquoi ?

— Parce qu'on aurait toujours notre cérémonie dans l'intimité… et, après, il y aurait un genre de… de fête, à laquelle on pourrait aller.

— Où seraient toutes les personnes que tu connais.

— C'est Olivia qui en fait des tonnes. Ce qui veut dire que tout notre argent, jusqu'au dernier centime, peut revenir à Jan.

— Tu l'as déjà dit. C'est bon. Fais comme tu veux. Je vois que tu es déterminée à inviter toute l'île, peu importe ce que je veux. Je n'ai plus qu'à faire avec.

— Ne réagis pas comme ça.

— Comme quoi ? Tu n'as jamais… tu n'as jamais envisagé, pas une seconde, de le faire à ma façon, si ?

— Si !

— Vraiment ? Alors comment expliquer que *Saif* vienne ? Je veux dire, je l'aime beaucoup, mais, Flora, c'est mon médecin !

— C'était pour Lorna.

— Tripp vient, lui aussi ! Et personne ne l'aime !

— Tu étais au courant de tout ça ?

— Non. Je me suis renseigné ce matin. Parce que, jusqu'à hier soir, je pensais… je pensais que c'était réglé. Organisé. Toi et moi. Dans une pièce remplie de gens qui nous aiment. Qui nous aiment vraiment. Pas les habituels curieux et piliers de bar. Pas des gens qui n'en ont rien à faire de moi. Je n'ai connu que ça, Flora, toute ma vie. Toute ma vie. Des gens qui me dévisageaient, sans se soucier de moi ou par curiosité malsaine à cause de mes parents ; des gens qui me scrutaient, pour voir s'ils pouvaient tirer quelque chose de moi, au travail ou autre… des relations transactionnelles. Tu as été la première fille que je rencontrais qui ne courait pas après mon argent ou l'attention.

Sa gorge se serra.

— Je ne peux pas… Je déteste penser que je me suis trompé. Je n'ai jamais voulu d'une Olivia.

Flora le regarda droit dans les yeux.

— Tu ne t'es pas trompé. Mais ma famille, ma communauté, mon île font partie de moi. Tu n'es pas juste tombé amoureux de moi. Tu es venu ici pour prendre part à cette vie. Et vivre comme un ermite n'a aucun intérêt. Les gens ne te voient pas comme ça, ici. Ils t'estiment. Ils se soucient de toi. J'aimerais simplement que tu t'estimes assez pour le voir.

Ils se fixèrent, ébahis, estomaqués d'en être arrivés là, aucun d'eux n'étant capable d'entendre le point de vue de l'autre.

— C'est bon, dit-elle en tournant les talons. Je vais parler à Olivia.

— Ne prends pas cette peine. Peu importe ce que tu fais. Je suis sûr que les gens découvriront où on est et viendront, de toute façon. Autant aller jusqu'au bout maintenant.

Flora se retourna subitement, furieuse.

— « Autant aller jusqu'au bout », répéta-t-elle avec incrédulité. Pourquoi… ? Comment pourrais-je épouser un homme qui dit « Autant aller jusqu'au bout » ?

Sur ce, elle sortit en trombe, Douglas dans les bras.

Chapitre 32

Joel faisait du bénévolat, ce jour-là, aussi se retrouva-t-il sur le port à attendre un nouveau groupe de garçons avec Jan, qui paraissait aussi grave que lui.

— Salut. Est-ce que tu t'es bien amusée, hier soir ?

Jan pouffa.

— Oh ça, non ! Une bande de nunuches hystériques.

Joel faillit sourire.

— Je n'en reviens pas que tu aies accepté cette idiotie de double mariage. C'est n'importe quoi.

Joel grimaça.

— Je n'ai pas vraiment eu le choix.

— Ça, non. Olivia obtient toujours ce qu'elle veut. Pour tout. Flora aussi, j'imagine. Comme tous les pique-assiette du coin.

Joel haussa les épaules.

— Mais c'est une bonne nouvelle pour « Aventures en plein air », j'imagine. Ça fera encore plus d'argent, si on n'a pas à payer pour le dîner.

Le visage de Jan s'illumina.

— Eh bien, ça, oui, c'est une bonne nouvelle.

Elle y réfléchit.

— On pourrait remplacer toutes les tentes ! Et tous ces vieux tapis de sol dégoûtants !

— Et acheter de nouvelles bottes pour tout le monde.

Jan acquiesça.

— Je me demande si… Parfois, quand je les vois arriver avec leurs vieilles baskets puantes, pleines de trous, et que je sais que c'est leur seule paire de chaussures, j'aimerais les renvoyer chez eux avec leurs bottes.

Joel opina vigoureusement du chef.

— On devrait pouvoir régler ça. Conclure un accord avec un fabricant de chaussures ou quelque chose comme ça.

Jan haussa les épaules.

— Cela dit… si ce ne sont pas des Nike ou des Vans, les gamins n'en veulent pas.

— Je vois, répondit-il avec un soupir.

Jan le regarda d'un air entendu.

— Alors… Saif vient à ton mariage, c'est ça ? Avec quelqu'un en particulier ?

Mais l'attention de Joel fut accaparée par quelque chose au large.

— Est-ce le ferry ? Qu'est-ce que c'est ?

Jan attrapa ses jumelles.

— Oh non.

— Quoi ?

— C'est un groupe de baleines. Elles ont réussi à traverser, visiblement.

— Oh, c'est pour ça que Flora est allée sur la plage ce matin, dit-il après une seconde de réflexion.

— Cette stupide…, commença Jan avant de se reprendre. Est-ce qu'elle croit vraiment qu'elle parle aux baleines.

— Elle les entend, en tout cas, répondit Joel avec un haussement d'épaules.

— Enfin, c'est bon pour elle, j'imagine. On va être envahis par les observateurs de cétacés, en plus des invités de ce mariage ridicule. Cette satanée île se transforme en cirque, avec tous ces gens qui se prennent en photo devant cette fichue statue. On n'est pas un parc d'attractions, bon sang.

Elle conclut sa tirade d'un soupir. Joel ne pouvait pas la contredire. Il frissonna. Même en ce moment, pendant la belle saison, l'eau paraissait froide et inhospitalière.

Ils regardèrent le ferry arriver, sachant ce qu'il transportait : un nouveau groupe de jeunes garçons insolents, effarouchés, écorchés vifs, qui vivaient en familles d'accueil ou dans des établissements spécialisés. Pour eux, ces cinq jours étaient une trêve, qui les rapprocherait, les épuiserait ; ils protesteraient à grands cris, mais repartiraient avec des amis pour la vie. C'était difficile, mais cela valait toujours la peine.

Olivia se réveilla avec un mal de crâne carabiné, puis consulta son téléphone pour voir si Anthony l'avait appelée. Ce n'était pas le cas. Elle descendit à pas feutrés dans la salle de restaurant du *Rock*, où l'attendait son petit déjeuner (un délicieux toast à l'avocat, en l'occurrence, qui l'aurait cru ?). Elle but un bon litre de café, avant de chercher Mme Forbes et Lucy du regard.

— Elles ont pris le premier vol, lui expliqua Jacinth en entrant dans la salle armée d'un *clipboard*, égale à elle-même.

Olivia la dévisagea, stupéfaite.

— Mais aujourd'hui, je voulais les emmener à la statue… et à la *Seaside Kitchen*…

— Oui. Mais je crois qu'elles n'ont pas trop apprécié ce qui s'est passé hier soir.

Olivia grimaça.

— Quoi ? Parce que Jan et moi, on a eu un petit différend familial ? Voyons, tout le monde sait que ça arrive dans toutes les familles.

Jacinth haussa les épaules.

— Peut-être aussi parce que… tu t'es engagée à ce que les Forbes paient pour un autre mariage ?

— Oh, voyons ! lança Olivia avec une moue. Ce sont les mêmes personnes. Il n'y aura pas d'invités en plus, bon sang.

— Oui, mais je crois qu'elles auraient aimé que tu voies ça avec eux, malgré tout.

Olivia poussa un soupir.

— Oh, bon sang. C'est *mon* mariage, oui ou non ?

Elle attrapa son téléphone pour passer un coup de fil.

— Bonjour, mon chéri, roucoula-t-elle. Oh, j'étais trop contente de revoir ta mère ; c'est un amour ! Lucy aussi. Je suis certaine que nous allons devenir les meilleures amies du monde, je le sens. C'était génial. On a passé une super soirée. Bon, mon amour. Je t'aime ! À très vite !

Jacinth la considéra.

— Quoi ? Je lui donne ma version des faits en premier, lui expliqua Olivia. De toute façon, dès que je le verrai, il se laissera convaincre.

— De se marier à côté d'un type qu'il n'a jamais vu de sa vie ?

Olivia fronça les sourcils.

— Ce sont eux qui passent leur temps à dire que la famille, c'est super important. Ils devraient être impressionnés par le nombre de personnes qui ont envie d'assister au mariage et par la communauté soudée que s'apprête à rejoindre Anthony en m'épousant.

— « Impressionnés » n'est pas le mot que j'aurais choisi, répondit Jacinth en raclant l'avocat sur le toast d'Olivia pour le manger. Je ferais bien de me dépêcher d'établir ma facture.

Olivia releva les yeux, alarmée.

— Tu ne crois pas qu'elles… ?

— Les riches peuvent être bizarres, ma vieille, commenta Jacinth avec un haussement d'épaules.

Olivia répondit d'un soupir.

— Et j'ai les ouvriers qui arrivent bientôt, ajouta Jacinth en jetant un regard inquiet à sa montre. Il y a tant à faire ici. Écoute, ma chérie, il faut… il faut que je file, d'accord ?

Olivia cligna des yeux, vaseuse.

— Je t'appelle vite, conclut Jacinth, sortant presque en reculant, pressée de déguerpir.

Toute seule à sa table, Olivia s'efforça de ne pas paraître inquiète. Or, elle l'était. La petite Isla sortit des cuisines pour voir si elle désirait quelque chose, mais elle la chassa d'un geste.

Chapitre 33

Le mois de juin arriva, sans grand changement – Joel et Flora évitaient toujours la confrontation, craignant tous les deux d'en dire plus. Le pasteur souhaitait les voir pour parler de leur mariage, et il semblait de très mauvais augure qu'ils n'en soient même pas capables. Ils avaient prévu de se marier à l'église, surtout pour faire plaisir à Eck, mais le pasteur se montrait inflexible : ils devaient aussi avoir quelques discussions d'ordre religieux au préalable.

Pendant ce temps, d'énormes quantités de choses étaient livrées quotidiennement au *Rock*. Ces livraisons mystérieuses faisaient souffler, transpirer Konstantin et Hamish, qui avaient été enrôlés pour donner un coup de main et ne cessaient de se plaindre : ils devaient les stocker dans un abri dans l'attente de l'entreprise de construction qui viendrait de l'île principale. Or, Flora n'arrivait même pas à s'enthousiasmer en voyant tous ces cartons excitants qui portaient des inscriptions comme « glace carbonique » ou « machine à neige » ; ce mariage allait être incroyable, supposait-elle. Ses amis, eux, tous en train d'organiser leur séjour, étaient aux anges.

Néanmoins, la seule personne qui lui importait ne s'impliquait pas : Joel faisait du bénévolat jusqu'à pas d'heure avec Jan, dont Flora ne pensait pas une seconde qu'elle pourrait influencer positivement la situation. Chaque fois que Flora lui proposait timidement de discuter du mariage et de trouver une autre date s'il ne voulait pas le célébrer en même temps qu'Olivia et Anthony, il se contentait de hausser les épaules et de répondre que Mark et Marsha avaient déjà réservé leur vol, alors autant faire comme prévu, pas de problème, tout était réglé ; Jan était contente de récolter l'argent, cela lui convenait.

Cela ne semblait pas du tout lui convenir.

Le pire dans toute cette histoire, c'était que tout le monde supposait que Flora était sur un petit nuage : elle allait bientôt se marier dans son propre hôtel, c'était la situation idéale. Les vieilles dames qui fréquentaient la *Seaside Kitchen*, dont la plupart semblaient désormais venir au mariage, elles aussi, n'avaient que cela à la bouche. Flora leur faisait son plus grand sourire, avec le sentiment que cette journée, qui devrait être si merveilleuse, si pleine de joie, lui échappait de plus en plus, devenait hors d'atteinte.

Et juin était là. Oh, juin. Statistiquement parlant, le mois de juin est le meilleur moment pour un séjour en Écosse. De nombreuses personnes originaires des régions situées plus au Sud (c'est-à-dire à peu près tout le monde) pensent qu'août est un mois estival, mais tous les Muriens, et tous les Écossais, vous diront avec emphase que ce n'est pas le cas, que le mois d'août ressemble plus à l'automne. Car juillet et août sont des mois nuageux et humides.

En revanche, les mois de mai et de juin sont ensoleillés, dégagés, magnifiques, mais c'est un secret bien gardé. Surtout juin, quand il ne fait jamais nuit et qu'on se retrouve à se promener sur l'Infinie à vingt-trois heures trente, incapable de dormir, complètement déboussolé, saluant les autres résidents de sortie, déboussolés eux aussi, ignorant quand ils doivent aller se coucher. Heureusement, l'école s'arrête en juin, et c'est tant mieux : à la fin du trimestre, tout le monde est épuisé, surmené. Les enfants sont restés enfermés tout l'hiver et une bonne partie du printemps, et il serait cruel de les empêcher de sortir durant ces belles journées, quand l'île explose en mille nuances de vert, que l'odeur lourde de la bruyère chatouille les narines, que le soleil réchauffe la nuque et qu'une douce brise ébouriffe les cheveux.

Sans compter que les olympiades scolaires (sans épreuve de danse sur glace, malheureusement, comme Lorna avait dû le marteler à plusieurs reprises) se déroulaient en juin, tout comme le concours de talents, où il fallait sans cesse faire l'arbitre entre les enfants qui le prenaient très au sérieux et les adultes qui s'efforçaient de ne pas se moquer de ceux qui n'étaient pas très talentueux, mais se levaient quand même pour tenter leur chance. Lorna était éreintée. Les parents commençaient à comprendre ce qu'elle endurait au bout des seize premières minutes du solo de batterie de Ruaridh Brodick, ou pendant le numéro de magie, au sujet duquel il valait mieux ne rien dire, même si cela n'était pas à leur honneur.

Elle n'avait presque pas vu Saif. Pire, quand elle l'avait vu, il s'était montré distant – elle y était habituée, mais cela l'inquiétait malgré tout : à présent qu'il lui avait avoué qu'il l'aimait, allait-il reculer ? Certains hommes le faisaient, elle le savait. Cela arrivait tout le temps. Ils se sentaient dépassés et paniquaient. Même les hommes d'exception, les meilleurs d'entre eux. Elle ne l'avait même pas croisé au rassemblement des louveteaux : cela l'avait terrorisée.

Et les choses devenaient réelles, semblaient plus intenses, elle le savait aussi. Ils n'avaient plus à rêver d'un avenir impossible ; ils avaient un avenir. Un avenir difficile, mais pas impossible. Même s'il nécessitait de prendre des décisions difficiles, d'avoir des conversations difficiles. Elle craignait de le faire fuir, mais elle était totalement impuissante.

Or, ce n'était pas le problème, se disait-elle avec sagesse. Ils avaient tous les deux une peur bleue de Jan. Attendre que les choses se calment paraissait sensé. Chaque fois qu'elle la croisait dans la rue, elle lui adressait un grand sourire et la complimentait sur sa tenue, ce qui pouvait s'avérer difficile avec Jan. Cette dernière affichait un petit sourire satisfait, lui signifiant clairement qu'elle savourait le pouvoir qu'elle avait sur elle. Elle se comportait sans doute de la même manière avec Saif.

Par conséquent, tout ce que Lorna pouvait faire, c'était le garder dans son cœur quand il semblait de plus en plus distant, et cela la terrifiait. Elle savait qu'elle devrait s'armer de courage, être féministe, prendre le taureau par les cornes, demander ce qu'elle voulait. Mais il savait ce qu'elle voulait. C'était… un peu plus compliqué que cela.

Elle ne s'était même pas confiée à Flora, car son amie était si heureuse pour elle, si contente que les choses semblent s'arranger, qu'elle craignait de sous-entendre le contraire, comme si elle allait entacher son mariage.

Et puis, elle ne voulait pas se l'avouer, mais elle préférait que Flora pense que tout allait pour le mieux entre eux. Comme cela, elle pouvait presque y croire. Saif mettrait un peu de temps à s'habituer, voilà tout, se disait-elle. À s'habituer à cette idée. Mais dès qu'il aurait envoyé ses papiers, cela deviendrait réalité, et les garçons pourraient commencer à penser à leur passeport, aux examens de citoyenneté, ce genre de choses. Elle devait juste s'armer de patience.

Arrête de faire des recherches sur Google, se dit Saif. Il fallait qu'il arrête. Ce n'était pas bon pour lui, cela ne servait à rien, cela le bouleversait, et il redoutait que les garçons accèdent à son historique de navigation, même s'il verrouillait son ordinateur et qu'ils n'avaient pas accès à Internet sur leur iPad, interdiction dont Ibrahim ne cessait de se plaindre. Mais Saif avait trop peur. L'île était si belle, si sûre, que l'on pouvait se bercer d'illusions, se mentir et regarder de l'autre côté. La plupart des gens le faisaient. Il ne le leur reprochait pas.

Or, il ne le pouvait pas. Ignorer la situation était plus facile quand il ne savait pas. Il avait lu le message d'Amena que Neda lui avait transféré, il l'avait fixé un bon moment et il pensait avoir compris ce qu'elle lui disait vraiment, sans ambiguïté : « Ne ramène pas mes fils ici. » C'était sensé. Elle se trouvait à l'évidence dans une situation où parler n'était pas sans danger – à cause des autres réfugiés ou de sa famille, il ne pouvait le dire.

Mais il savait dans quelles conditions elle vivait, à présent. Il savait qu'une mère devait connaître ses fils. Et il ne savait pas quoi faire.

Lorna ne dit pas de manière explicite aux enfants qu'ils fabriquaient une boîte pour la fête des pères, même si c'était le cas. C'était un cadeau pour un homme important dans leur vie – un grand-père ou un oncle, comme dans le cas des James, une famille originaire du Surrey un rien hippie sur les bords qui s'était installée sur Mure pour profiter de la douceur de vivre, suite à quoi, au bout de cinq minutes, le père avait décrété que la douceur de vivre, ce n'était pas pour lui et qu'il voulait retrouver son chauffage central, Deliveroo, les gares ferroviaires, les embouteillages et Amazon Prime. Il était donc reparti, tout penaud, dans une maison jumelée, mais, malheureusement, les quatre enfants (Esmeralda, Oona, Crispin et Caraway) étaient déjà devenus complètement sauvages : ils sillonnaient l'île en toute liberté, terrorisant moutons et chats, vêtus de pantalons tenus par des bouts de corde ; ils participaient de bon cœur aux moissons comme aux matchs de *shinty*, refusaient de porter des chaussures de mai à septembre et, à vrai dire, semblaient incapables de redevenir un jour civilisés. Ils s'étaient peut-être un peu *trop* bien adaptés au mode de vie de l'île, songeait Lorna (ils parlaient avec un accent à couper au couteau, même pour les Muriens, et truffaient leurs conversations de gaélique, ce qui désespérait leur mère très BCBG), mais elle était si heureuse qu'ils aient augmenté les effectifs de leur minuscule établissement qu'elle ne s'en plaignait pas trop.

Lorna avait aussi une autre raison de leur faire fabriquer ces boîtes : depuis qu'Ib et Ash fréquentaient l'école, ils ne célébraient plus vraiment la fête des mères. Cette année, ils avaient pris une demi-heure le vendredi précédent pour confectionner des jonquilles en papier, qu'ils pouvaient donner à n'importe qui, leur avait-elle expliqué dans un murmure. À la fin de la journée, Ash était venu la voir pour lui donner les siennes. Elle avait attendu d'être rentrée chez elle pour laisser couler ses larmes. Elle n'en avait pas parlé à Saif, sans vraiment savoir pourquoi, puisque, d'habitude, elle avait envie de parler de tout avec lui. Mais non. Son fils qui lui avait donné des fleurs pour la fête des mères… cela pouvait sans doute attendre. Même si, bien sûr, Ash l'avait raconté le soir même au dîner, avec détachement, avant de paraître inquiet en voyant l'étonnement de son père et de lui demander s'il aurait voulu ses fleurs – ce n'était pas grave, il pouvait en confectionner un autre bouquet ; il n'avait besoin que de papier crépon vert, de papier de soie jaune, de colle Copydex, d'un peu de fil de fer et de quelques pages de papier journal –, mais son père lui avait répondu « non, non, pas de problème », tout en rangeant cette information dans le coin de son esprit qui ne se reposait jamais.

Dans leur grande majorité, les enfants avaient la chance de vivre avec leur père, ou de le voir régulièrement, et étaient tout contents de fabriquer ces boîtes avec du bois, de la colle, des coquillages et du sable (qui finissait souvent par terre). Elles laissaient une odeur de poisson prononcée dans la salle de classe, ne put s'empêcher de remarquer Lorna. Néanmoins, c'était un beau projet, et elle prenait plaisir à le superviser.

— C'est pour les gens qui s'occupent de nous, dit Agot. Je devrais en faire une pour papa ET une pour Hamish, une pour Fintan, une pour Eck et une pour Joel. Là, ils vont devoir partager.

— Moi, j'en fais deux, annonça Ash tout à coup.

Agot, assise à côté de lui, fronça les sourcils.

— Non, c'est pas vrai. Personne n'a le droit d'en faire deux.

— Si. J'en fais deux.

— MAÎTRESSE !

Agot n'avait aucun scrupule à appeler son ennemie jurée quand il s'agissait de rapporter.

— Ash dit qu'il fabrique DEUX BOÎTES EN COQUILLAGES alors que tout le monde en fait UNE. *Chan eil sin cothromach !*

— Ash, nous allons tous faire une seule boîte, lui expliqua Lorna avec un sourire.

— Mais mon papa est un papa et une maman, répondit Ash d'une petite voix. Il compte pour deux.

Lorna se mordit la lèvre.

— Je sais, et il le fait très bien.

— Mais ce NE SERAIT PAS JUSTE SI TU PRENAIS TOUS LES COQUILLAGES.

Le petit minois d'Ash commença à se déformer. Agot poussa un soupir, paraissant étrangement adulte, tout à coup.

— D'ACCORD, dit-elle en considérant sa pile de coquilles avant d'en extraire la plus petite et la plus marron. Je te donne CETTE coquille. REGARDEZ, maîtresse, je PARTAGE.

— Merci, répondit Lorna, et les autres enfants, l'un après l'autre, désireux de participer, offrirent eux aussi des coquilles à Ash, dont les grands yeux bruns s'égayèrent de plus en plus, à mesure que sa pile grandissait devant lui.

Malgré tout, ce soir-là, le garçonnet était toujours très pensif en rentrant chez lui.

— Est-ce que tu crois..., commença-t-il. Et je ne suis pas en train de dévoiler une surprise, c'est juste un EXEMPLE.

— D'accord, répondit Saif en remuant de la soupe de lentilles sur la cuisinière.

— Alors, par EXEMPLE, est-ce que tu es très, très content que ce soit la fête des pères ?

Saif cligna des yeux. Il ne savait même pas que cela existait.

— Je... Euh, oui, je suppose, répondit-il, voyant le visage de son fils.

— Et est-ce que tu serais très, très content d'avoir... une BOÎTE ? Par exemple.

— Je... Oui, une boîte est toujours utile.

— Et est-ce que tu serais très, très content d'avoir des COQUILLAGES ?

— J'aime bien les coquillages, oui.

Ash échappa un long soupir.

— Parce que, tu sais, c'est la fête des pères, c'est pour toi, et tu vas être TROP CONTENT et excité quand tu recevras une boîte, PAR EXEMPLE.

— Non, ce n'est pas vrai, lança Ib, qui rentrait du foot, son maillot adoré du Hibernian FC couvert de boue. Elle va être nulle. J'en ai fait une quand j'étais dans cette classe débile, l'année où on est arrivés.

— Vraiment ? demanda Saif avec douceur. Je ne m'en souviens pas.

Ib se renfrogna.

— Je ne l'ai pas rapportée à la maison. C'était débile.

En réalité, il l'avait réduite en morceaux devant les autres garçons, leur faisant peur et les mettant mal à l'aise. Ib avait mis beaucoup plus de temps à s'adapter et à apprendre la langue que son frère. Encore aujourd'hui, il ne s'épanouissait vraiment que grâce au football.

— Mais, j'ai deux b… deux cadeaux, s'entêta Ash. Je peux t'en donner un. Mais je ne peux pas…

— J'ai faim, se dépêcha de le couper Ib, tentant de changer de sujet pour éviter une crise. Qu'est-ce qu'on mange ?

— De la soupe de lentilles, répondit Saif, et les deux garçons grimacèrent. Et du pain chaud de la *Seaside Kitchen*.

À ces mots, Ib retrouva le sourire, mais Ash n'en démordait pas.

— Il y a une fête des pères, alors pourquoi il n'y a pas de fête des mères ?

Ib et Saif échangèrent un regard.

— Euh… Je crois…

— Il y en a une, gros bêta, intervint Ib.

Ash parut troublé, perturbé.

— Mais alors pourquoi… ?

— C'était quand tu as fait cette jonquille débile.

Ash écarquilla les yeux.

— Mais maîtresse a dit qu'elle était pour une personne qui nous aidait dans notre vie !

— Oui, eh bien, pour la plupart des gens, cette personne, c'est leur mère.

— Mais…, répondit Ash, sourcils froncés, avant de se taire un instant. Il y a vraiment une fête des mères ? demanda-t-il.

Ib et Saif échangèrent un nouveau regard.

— Seulement ici, se hâta de lui expliquer son père, percevant le danger. Pas en Syrie.

— Mais si c'était la fête des mères, notre maman… ?

— Mangeons, dit Ib. Je suis affamé.

Or, Saif savait qu'il ne pouvait pas éluder la question.

— Je ne pense pas que *mama* savait que c'était la fête des mères, dit-il doucement à son cadet. Mais elle a dû penser à vous toute la journée, comme elle le fait tous les jours.

Il ne faisait pas nuit. Il était vingt-trois heures passées, mais on se serait cru en plein milieu d'après-midi. Comment pouvait-on s'y habituer ? C'était incompréhensible aux yeux de Saif. On pouvait sans doute passer sa vie ici et toujours trouver incroyable qu'il fasse jour toute la nuit durant les mois d'été et noir toute la journée pendant l'hiver. Originaire d'un pays où le coucher de soleil ne variait pas de plus de deux heures sur l'année et où la différence était à peine perceptible, il trouvait ce renversement spectaculaire déconcertant.

Flora vendait des tonnes de café à des gens qui ne se rappelaient pas l'heure à laquelle ils étaient allés se coucher ou qui avaient été réveillés à trois heures du matin par le chant des oiseaux. Les stores occultants du *Rock* étaient tous mis à contribution. Tout le monde était un peu perturbé à cette époque de l'année, quand la saison claire commençait.

Saif, allongé dans son lit, essayait donc de trouver le sommeil, pleinement conscient des rais de lumière qui filtraient des rideaux, quand il entendit de gros sanglots étouffés. Il rentra sans bruit dans la chambre des garçons. Ash, roulé en boule, pleurait toutes les larmes de son corps.

— *Habibi*, dit Saif.

Il jeta un coup d'œil à Ib, dans le lit voisin, qui était réveillé et les regardait d'un air grave, le visage empreint de douleur.

— Je veux ma *mama*, répétait Ash, à moitié endormi, encore et encore. Je la veux. Je veux ma *mama* ! *Mama !*

Saif le serra fort contre lui, puis le berça, comme il continuait d'appeler sa mère, encore et encore, agité, entre sommeil et éveil. Il regarda Ibrahim.

— Tu vois pourquoi on ne peut rien lui dire, expliqua-t-il, s'attendant à ce que son aîné soit solidaire, lui qui comprenait, qui savait tout ce qu'ils avaient à perdre, qui avait si peur de partir.

Le visage d'Ib se fit de marbre.

— Je veux la voir, dit-il, sa voix couvrant à peine les pleurs de son frère. Je veux la voir. Pourquoi faut-il que je sois adulte ? Pourquoi est-ce que je n'ai pas de maman, *abba* ? Pourquoi est-ce qu'il faut toujours s'inquiéter pour Ash, mais pas pour moi ?

Il avait lui aussi les yeux humides à présent.

— Tu as dit qu'elle était vivante. Tu sais où elle est. Je veux ma maman. Pourquoi est-ce que je ne peux pas voir ma maman ? Je veux ma maman.

Chapitre 34

Le Dr Mark Philippoussis aimait beaucoup son fils adoptif, Joel, et sa future belle-fille, mais il s'étonnait toujours de leur incapacité à se rappeler le décalage horaire entre la minuscule île où ils vivaient et l'Upper East Side. Marsha était impatiente de voir les nuits blanches quand ils s'y rendraient, d'ici quelques semaines ; pour l'instant, Mark se serait contenté de quelques heures de sommeil en plus. Il ne rajeunissait pas.

— Flora, dit-il en mettant ses lunettes.

— Mark. Quelle heure est-il ? l'interrogea-t-elle après une seconde de réflexion.

— Peu importe, répondit-il, tandis que Marsha sortait du lit pour aller préparer du café.

Le soleil entrait à flots par les fenêtres ; la journée s'annonçait de nouveau caniculaire, moite, à Manhattan.

— Quel temps fait-il au sommet du monde ? s'enquit-il.

— Il y a un peu de vent. Les nuages courent dans le ciel. Il fait frais.

— Oh, ça a l'air génial. Enfin, on sera bientôt là. J'ai hâte. Il n'y a pas un souffle d'air frais à New York ; il a déjà été inhalé puis réutilisé neuf millions de fois.

Il y eut un blanc. Aïe, songea Mark.

— Joel…, commença Flora, avant de tout lui expliquer.

Le téléphone de Mark sonna. Joel était à l'autre bout du fil.

— Donne-moi une seconde, dit-il à Flora. Joel ?

— Salut, Mark. Quel temps fait-il ?

— Comment va Flora ?

— Je déteste quand tu fais ça.

Debout près de la fenêtre, Mark contempla une seconde le panorama urbain : les gratte-ciel miroitaient déjà dans la chaleur de l'aube. Marsha lui tendit une tasse de café en lui lançant un regard entendu.

— Dis-leur d'arrêter un peu leurs bêtises, murmura-t-elle. Tu n'es plus son thérapeute.

— Ce n'est pas mon genre, grommela Mark.

Il réfléchit un instant, avant de poursuivre :

— Joel ? Bon, je suis pressé, je vais donc être bref. La manière dont tu te maries n'a aucune importance. La seule chose qui compte, c'est de savoir si tu as eu la chance de trouver une personne que tu aimes, et qui t'aime aussi et n'est pas méchante. Il faudrait être idiot pour se soucier de qui sera présent le jour J, n'est-ce pas ? Cela n'a aucune importance.

Il raccrocha et reprit Flora.

— Flora ? Bon, je suis pressé, je vais donc être bref. La manière dont tu te maries n'a aucune importance. La seule chose qui compte, c'est de savoir si tu as eu la chance de trouver une personne que tu aimes, et qui t'aime aussi et n'est pas méchante. Il faudrait être idiot pour se soucier de qui sera présent le jour J, n'est-ce pas ? Cela n'a aucune importance.

Marsha vint se blottir contre lui. Même s'il avait vieilli (sa barbe grisonnait, les gilets qu'il portait pour travailler s'élargissaient, les poches sous ses grands yeux noirs s'alourdissaient, son front se dégarnissait), elle ne l'avait jamais trouvé moins séduisant. De son côté, il aimait toujours autant ses airs de petit oiseau ; ses yeux brillants, son regard curieux, son ossature fine.

— Tu es un génie.

— Aucun d'eux n'a dû se dire ça, répondit-il.

— Ne sois pas bête ; tu as raison. Et il faut que j'augmente ma franchise bagage, vu tous les jouets que je vais apporter à Douglas.

Chapitre 35

Je vais le faire, se dit Flora en se rendant à la dernière réunion pour l'organisation du mariage d'Olivia. *Je vais le faire. Mark a toujours raison. Je vais ravaler ma fierté, dire à Olivia qu'on annule, prévenir tout le monde que notre mariage sera en petit comité – bon sang, ils vont tous penser que Joel les déteste. Et qu'on se croit trop bien pour eux. Ou qu'on est près de nos sous. Et Joel a déjà promis l'argent à Jan, de sorte qu'on peut à peine payer le dîner. Oh non. J'avais tellement envie que tout le monde voie ma belle robe rouge. Non. Non. Je n'en ai pas envie. Je ne veux que lui. Rien de ce que pourra dire Jacinth ne me fera changer d'avis.*

L'intéressée l'attendait à la réception du *Rock*, Gala lui ayant signalé qu'elle avait un rendez-vous.

— Bonjour, comment est-ce que ça se passe ?

— Chargé, chargé, répondit Jacinth. Dis-moi, est-ce vrai qu'il y a des baleines dans la baie ?

— Oui. Mais il ne faut pas sortir en mer, ni s'approcher d'elles.

— Vraiment ? s'étonna Jacinth en plissant le nez. Ce serait pourtant une mine d'or. Parfait pour Instagram.

— Oui, enfin, ce serait moins parfait pour les baleines… Comment va Olivia ?

— Elle est affamée. Dois-je tout t'expliquer en détail ? Vu que c'est aussi ton mariage, apparemment.

— Mmm, répondit Flora de manière évasive.

— Est-ce que tout va bien entre Machinchouette et toi ? l'interrogea subitement Jacinth.

— Quoi ? Qu'est-ce que tu veux dire ?

Jacinth pouffa.

— Quand on a supervisé 186 mariages, on a un radar : on relève les petits froids. Quelle institution ridicule.

— Mon fiancé n'a pas très envie d'un gros mariage, expliqua Flora.

— Je viens juste d'en organiser un avec 1 700 invités. *Ça*, c'était une sacrée fête.

— Ouah. C'était comment ?

— Il y avait des éléphants. Ce mariage va être intime en comparaison. Même si ce serait génial de faire participer les baleines…

— Oublie les baleines, répondit Flora avec fermeté, avant de la conduire à l'arrière du bâtiment, où se trouvait le jardin potager.

— Bien. On va commencer par…

— NON ! les interrompit une voix.

— Oh non, se lamenta Flora. Gaspard. Si tu comptes nous bassiner avec…

— NON, NE TOUCHEZ PAS à *mes choux** !

— Je te l'ai répété un million de fois ! Les constructions commencent *après* le potager ! Personne ne va piétiner tes choux.

— Les femmes avec leurs talons hauts ! Elles se disent : « Ce ne sont que des choux, je m'en moque ! »

Gaspard grimaça, puis alluma une cigarette. Comme Jacinth le regardait, il lui lança son paquet, et elle en prit une, elle aussi.

— Oh, par contre, je vois que *fumer* à côté de tes choux ne te pose aucun problème, commenta Flora avec colère.

— J'aime les talons hauts, je ne suis pas un monstre, mais il n'y a aucun *respect*.

— Comment se présente le petit déjeuner ? l'interrogea Jacinth, comme il continuait de ronchonner.

— Bandes d'imbéciles. Vous vous privez de mon talent, c'est du gâchis.

— Il va être savoureux, corrigea vite Flora. Tous les produits sont locaux, frais…

— Ils m'ont nommé cuisinier en chef des œufs. *Moi !* Voilà ce que je prévois : je vais faire des omelettes. C'est dans mes cordes, ça.

À vrai dire, Flora savait déjà ce que Gaspard prévoyait pour le mariage : siphonner le délicieux champagne millésimé qui avait déjà été livré, pour le remplacer par le prosecco que les clients de l'hôtel buvaient avec plaisir, mais qu'il trouvait abominable, puis aller se soûler avec Fintan et Konstantin.

Elle l'avait à plusieurs reprises accusé de s'apprêter à commettre un délit, qui, en outre, priverait ses propres invités, à présent, mais il avait nié avec une telle virulence, une telle grandiloquence, qu'elle n'avait pas voulu insister – d'autant que ses invités seraient ravis de boire du prosecco, de toute façon, tout comme elle. Mais elle l'avait surpris, plus d'une fois, en train de surveiller le calendrier de livraison et de vider la cave en prévision. Cependant, un vol figurait tout en bas de sa liste de priorités, en ce moment.

— Donc, en descendant du bateau, on entrera tous par là, expliqua Jacinth en prenant de nombreuses notes. Bien. Donc, pour commencer, ici, on aura un grand espace de réception, où on servira le champagne. Dans un château de glace.

— Un château de glace, répéta Flora en secouant la tête.

— C'est le thème. Ce n'est pas de la vraie glace. Même s'il y aura des sculptures de glace partout, naturellement.

— Naturellement.

— Puis, la minicathédrale sera ici… Vous vous avancerez vers l'autel, l'une après l'autre… Olivia d'abord, bien sûr… en passant devant les rangées de minitrônes en velours rouge.

— Des minitrônes ?

— Des minitrônes, répéta Gaspard, pas franchement admiratif.

— Gaspard, tu ne devrais pas être en cuisine pour le service de midi ? lança Flora avec toute la sévérité dont elle était capable, à savoir pas beaucoup.

— Je ne sais pas. Je suis le cuisinier en chef des omelettes, maintenant.

— Donc, nous sommes dans le palais des glaces de Blanche-Neige… Il y a la reine rouge et la reine blanche… Il fera environ neuf mètres de haut ; ce n'est pas rien. On mettra des radiateurs, s'il fait froid ; plein de glace, dans le cas contraire.

— Ooh, fit Flora, s'efforçant de ne pas se laisser impressionner.

— Donc, la cérémonie se tiendra ici. Ce sera charmant. Acceptez-vous de prendre… ?

— Joel.

— Oui, peu importe, répondit Jacinth en cochant quelque chose sur son *clipboard*. Je vous déclare… vous pouvez embrasser… tout ça, tout ça… Et après… *pouf !*

— Pouf ? répéta Flora, qui n'allait plus tarder, sûr et certain, à lui expliquer qu'ils ne se marieraient pas ici, avec Joel.

— Pouf ! répéta Gaspard à son tour, avec une certaine satisfaction.

— Les murs tombent… *boum !* et…

Elle ouvrit grand les bras, alors qu'ils n'avaient sous les yeux que le pâturage qui séparait le *Rock* de la route recouverte de gravier. Ce champ était rempli de cerfeuil sauvage, d'herbes hautes et de coquelicots.

— Nous voilà dans la salle du printemps ! Il y a des fleurs partout, des plantes grimpantes entrelacées, des oiseaux qui gazouillent.

— De vrais oiseaux ?

— De vrais oiseaux chanteurs, oui. Des fontaines qui ruissellent, un quatuor à cordes, des jeunes filles en fleur qui servent les boissons. Un petit ruisseau.

— Il y aura un ruisseau ?!

— Absolument. Aucun rêve n'est trop beau… Puis, en fonction du temps, on laissera les gens flâner dehors, où on dressera les tables sous les tonnelles pour le dîner.

— Ce n'est pas un dîner, la reprit Gaspard. C'est du vent.

— … du saumon, des salades estivales légères, des glaces, de la pastèque, des olives. Puis *boum !*, on passe au night-club *Ibiza*. Été, été, été, toute la nuit.

Flora se mordilla la lèvre, imaginant la scène : tout le monde allait adorer.

— Les invités vont mourir de faim, commenta tristement Gaspard.

— On servira de la nourriture d'été, ici : hot dogs, hamburgers, glaces, sorbets, *fish and chips*.

— Il faudra que je pense à ne pas trop manger de salade, dit Flora en secouant la tête avec envie. Oh là là, ça va être génial, non ?

— Puis, sur le côté, nous aurons la salle automne : canapés Chesterfield en cuir marron, feux de cheminée, couvertures, le soir tombant ; pommes d'amour, cidre chaud et chamallows. Nous ferons les discours ici. Puis la cathédrale de glace se transformera en patinoire, avec des patins et tout et tout. De sorte que les gens pourront naviguer entre les saisons toute la nuit, au gré de leurs envies, qu'ils préfèrent danser, s'asseoir, patiner, prendre des photos d'eux près du mur de fleurs dans la salle printemps. Ça va être merveilleux, ma chérie. Bon, laisse-moi juste m'assurer que nous avons toutes les mesures.

Sur ce, elle sortit son téléphone pour appeler son chef de chantier, qui vérifiait les plaques de plâtre.

— Ouah, fit Flora, incrédule. Olivia en avait parlé, mais je ne m'étais pas rendu compte… enfin, c'est une superproduction.

— C'est ridicule, répliqua Gaspard. Un baiser et un bon dîner… Rien d'autre n'est *nécessaire**.

Mais la pauvre Flora avait des étoiles plein les yeux, des rêves plein la tête : elle imaginait toutes ces constructions extraordinaires dans son hôtel, la fête incroyable qui s'y déroulerait, et elle s'y voyait, elle aussi, au centre, en robe de mariée. Quand elle l'expliquerait à Joel, il se rendrait sans doute compte que c'était spécial, une journée pas comme les autres, qui ne se reproduirait jamais ; une magnifique célébration, une façon pour elle de se sentir à nouveau sexy, jolie, après la naissance de Douglas. Sans doute. Quand elle lui expliquerait à quel point cela serait merveilleux…

Chapitre 36

— Je n'en reviens pas.

Neda semblait exaspérée, mais son professionnalisme ne l'autorisait pas à en dire davantage. Elle bouillonnait intérieurement.

— La date butoir est vendredi ! Où est votre dossier ?!

— Je… J'ai réfléchi.

— Vous n'avez pas le temps de réfléchir ! Si le ministère de l'Intérieur ne reçoit pas votre dossier, vous ne… vous ne pourrez pas rester ! Et il doit d'abord passer par moi : il faut que je l'approuve et que je rédige une lettre de recommandation pour les garçons !

La gorge de Saif se serra. Il n'avait pas dormi de la semaine ; il avait arpenté l'Infinie de long en large, essayant de trouver une solution, de déterminer ce qu'il convenait de faire. Curieusement, il ne parvenait pas à oublier les hommes qu'il avait entendus discuter dans le café syrien, à Édimbourg, et qui se taquinaient, décrétant qu'ils seraient inutiles pour reconstruire le pays.

Il ne serait pas inutile, lui.

Il ne traiterait plus des maladies mineures ici – les cas graves ou vraiment inquiétants étant transférés à l'hôpital, sur l'île principale. Là-bas, il serait au cœur de l'action, il aiderait tous ceux qui en auraient besoin. Des images d'enfants ayant perdu un membre dans les bombardements le hantaient, allongé dans son lit confortable. Des enfants comme les siens. Des enfants qu'il devrait aider.

— Saif, le prévint Neda. Saif, vos fils. Comment pouvez-vous leur faire ça ? Vous perdriez tout.

Il resta muet.

— Pendant toute sa vie, ma mère a cumulé trois emplois de femme de ménage dans des bureaux, poursuivit Neda. Elle ne s'y est jamais habituée. Elle ne s'est jamais habituée au froid. Aux insultes. Jamais. Mais elle l'a fait pour que je puisse aller à l'école. Faire des études. Trouver du travail. Pour que j'aie des opportunités qu'elle n'a jamais eues. Pour que je puisse tout avoir. Elle s'est sacrifiée pour moi.

— Ils ne veulent pas tout avoir, répondit Saif tout bas. Ils veulent seulement leur maman.

— Ils ne pourront peut-être pas la voir. Vous le savez, n'est-ce pas ? Et puis, si elle est mariée, vous pourriez aussi vous retrouver dans la ligne de mire de personnes très, très déplaisantes.

Saif ferma les yeux.

— Je crois que je pourrais aider là-bas. Et j'ai de l'argent de côté… Les loyers ne sont pas chers à Damas, essaya-t-il à moitié de plaisanter. Et il y a une école internationale pour les garçons…

Le cœur de Neda se serra. Il s'était organisé. Préparé. La détermination qui l'avait conduit au sommet du monde, envers et contre tout, le ramènerait là-bas, soupçonnait-elle.

— En avez-vous discuté avec quelqu'un ?

— Non. Mais depuis qu'Ibrahim a découvert… que je savais où était sa mère… c'est tout ce qu'il désire, Neda.

Elle poussa un soupir.

— Je le *comprends*. Mais vous ne devriez quand même pas partir. Et, si Amena était là, elle serait d'accord avec moi. Vous avez vu son message. Vous savez ce qu'elle veut.

— Mais elle n'est pas là. C'est tout le problème, murmura-t-il, ses yeux se posant à nouveau sur le formulaire blanc non rempli posé sur son bureau.

— Avez-vous *envie* de partir ?

— Non, réfuta-t-il avec ferveur, de tout son cœur et de toute son âme. Non. Bien sûr que je n'ai pas envie de partir.

— Mais alors *pourquoi*, bon sang ?

La voix de Saif, quand il finit par répondre, était toujours très basse.

— C'est mon devoir, je crois.

Chapitre 37

Les choses se précipitèrent. Le *Rock* débordait de livraisons, de projets en cours, de commandes, et, outre les touristes estivaux habituels, était envahi de curieux qui espéraient apercevoir le banc de baleines. Un bateau officiel de l'association de défense des cétacés, l'ORCA, était sur place, et la plupart des gens étaient respectueux : ils les observaient au moyen de télescopes depuis les caps, mais certaines personnes arrivaient en bateau, de plus loin, et causaient des problèmes. La garde côtière n'était pas contente du tout. Il était interdit de s'approcher des baleines jusqu'à ce qu'elles se soient éloignées des côtes et ne risquent plus de s'échouer ; c'étaient les règles. Mais tout le monde ne voulait pas s'y plier.

La nuit, Flora ne parvenait pas à trouver le sommeil : elle repassait en boucle dans sa tête la liste de choses qu'il lui restait à faire, se rendant malade d'inquiétude, et elle les entendait, au plus profond d'elle-même, en train de communiquer entre elles. Elle n'avait toujours pas parlé à Joel, qui travaillait jour et nuit avec Jan et Charlie. Une part d'elle, raisonnable, lui disait d'oublier tout ça. Cela n'avait pas d'importance. Une autre part, celle de fille de l'île, trouvait insupportable de ne pas partager cette journée avec tout le monde. Une autre part encore ne pouvait s'empêcher de rêver du plus beau mariage que Mure ait jamais vu.

Joel, de son côté, entendait tous les jours la litanie de Jan : quelle débauche d'argent, quelle agitation, quel gaspillage pour une journée d'excès ridicule, alors que cet argent pourrait être si utile ailleurs. Il ne comprenait pas les motivations de Flora. Il se plierait à sa volonté, bien sûr. Mais il ne pouvait nier qu'il était déçu.

Saif termina ses visites à domicile, passant voir quelques patients, en particulier les plus âgés. La saison claire était éprouvante pour les personnes qui souffraient déjà de troubles du sommeil.

Les garçons ne criaient pas, ne couraient pas en tous sens, ne mettaient pas le bazar partout, comme ils le faisaient d'habitude. Depuis cette nuit terrible, ils étaient devenus plus silencieux ; ils murmuraient parfois entre eux, mais se taisaient dès que Saif entrait dans la pièce.

Il rentra lentement, à pied, nerveux. Si seulement il pouvait discuter avec Lorna. Si seulement. Elle aurait sans doute une solution. Elle saurait ce qu'il fallait faire. Elle verrait peut-être une faille. Il existait peut-être une solution qui leur permettrait d'aller et venir.

Il faisait preuve de lâcheté. Mais il ne pouvait le supporter. Ne pouvait l'affronter. Il ne pouvait s'avouer à lui-même que… Il ne pouvait même pas y penser.

Et les garçons. Il allait les arracher à tout ce qui leur était familier, à la sécurité. Cela lui avait paru juste quand il avait fini par prendre sa décision à deux heures du matin, pensant avoir enfin fait un choix.

Mais si… ? S'ils ne voulaient pas partir, finalement ? Ici, ils avaient la sécurité, leurs amis, le football, le sucre à la crème, les longues journées qui n'en finissaient pas, le vent qui soufflait sur les prés. Ils adoraient ça. Ils étaient heureux sur Mure, mais Saif, lui, ne pouvait se laisser aller à penser à ce qui l'avait rendu heureux, ici.

Et il allait à nouveau chambouler leur vie. C'était terrible. Surtout pour Ash, qui était aussi écossais que tous ses petits camarades.

Anxieux, il s'approcha de l'ancien presbytère, grand et froid, qui les avait si bien abrités. Était-ce le bon choix ? La bonne décision ? Comme d'habitude, il avait envoyé un message sur la vieille adresse e-mail d'Amena : il n'avait pas été délivré, comme les autres. Quant à son compte Facebook, il était désactivé depuis longtemps.

Les garçons relevèrent les yeux quand Mme Laird enfila son manteau. Elle leur dit d'être sages, comme elle le faisait chaque jour, puis s'éloigna dans l'allée, non sans avoir rappelé à Saif de faire réchauffer son ragoût. Il la remercia, comme toujours, et elle rentra chez elle en s'inquiétant pour lui, comme toujours.

— *Taeal alaa huna*, dit-il en leur faisant signe d'approcher.

Ash lui grimpa aussitôt sur les genoux ; Ib, qui d'ordinaire serait resté en retrait, s'approcha de mauvaise grâce, puis s'assit sur l'accoudoir de son fauteuil.

Saif était si nerveux, ce qu'il s'apprêtait à leur dire le terrifiait. Mais quel autre choix avait-il ? Que sa famille reste à jamais séparée ? Que ses fils deviennent des hommes en pensant que leur mère ne les avait jamais aimés ?

Elle les avait aimés. Elle les aimait. Il devait y croire.

— Nous avons la possibilité de rentrer en Syrie, commença-t-il tout bas.

— Pour voir *mama* ? demanda Ash du tac au tac, le visage étonné, les yeux écarquillés.

— Oui. Probablement.

— YOUPIIII !

Le garçonnet se leva d'un bond, puis se mit à courir dans la pièce en dansant.

— Mais, si nous y allons, nous ne pourrons pas revenir, poursuivit Saif.

Ash s'arrêta net. Ib regardait droit devant lui.

— Mais on vit ici, répondit Ash, son petit minois désorienté.

— On vivrait à Damas.

— Mais il y a des bombes et des soldats, là-bas, dit Ash en retournant doucement dans les bras de son père.

— Plus maintenant. Pas comme ça. Ils ne se battent plus.

— Est-ce qu'on rentrerait à la maison ? l'interrogea Ib, qui s'en souvenait.

— Je ne pense pas qu'elle soit encore là. Mais on trouverait une autre maison. Et il y a une école qui enseigne en anglais : je crois qu'elle vous plairait.

Il leur montra le site Internet de la petite école sur son ordinateur. Les enfants y paraissaient aussi heureux et enjoués qu'ailleurs.

— Et on pourrait rendre visite à *mama* ? s'enquit Ib.
La gorge de Saif se serra.
— Je pense.
Il y eut un blanc.
— Mais on ne pourra pas revenir ici ?
— J'espère sincèrement que vous le pourrez un jour. C'est l'Écosse. C'est un bon pays. Peut-être qu'un jour vous pourrez étudier ici, hein ? Dans la grande université, à Édimbourg ?
— Est-ce qu'Agot pourra me rendre visite ?
— Je… je ne sais pas.
Puis, à sa grande surprise, les deux garçons commencèrent à s'enthousiasmer et à regarder sur Internet les quartiers de Damas qu'ils pourraient visiter, où ils pourraient vivre, et à quoi ressemblerait leur école. Les enfants, songea-t-il en les observant. Leur extraordinaire résilience. Leur incroyable capacité d'adaptation. *Bien meilleure que la mienne*, se dit-il. *Bien meilleure*.
— Quand ? lui demanda Ash.
— Bientôt.
Sans son droit au séjour, ils seraient tenus de partir rapidement, s'ils voulaient pouvoir revenir un jour en visite. D'un autre côté, c'était comme enlever un pansement. Autant faire vite. Quant à savoir comment leur expliquer pour leur demi-sœur, et tout le reste… Chaque chose en son temps, songea-t-il.

Ce soir-là, Saif se rendit dans la chambre des garçons pour voir comment ils allaient, se préparant à passer une nouvelle nuit sans sommeil. Mais ils dormaient tous les deux à poings fermés, la respiration basse, régulière, comme si tout allait bien se passer. Il aurait aimé partager leur optimisme.

Il leur avait dit en des termes très clairs qu'ils n'avaient pas le droit d'en parler à l'école tant qu'il n'aurait pas eu l'occasion de s'entretenir avec leur maîtresse, puis il avait envoyé un texto à Lorna pour lui demander de la voir. Il redoutait presque autant cette conversation que celle qu'il venait d'avoir avec les garçons. Non : plus. Car il ne ressortirait rien de bon de cette entrevue. Rien du tout.

Il les remit en garde le lendemain matin, tandis qu'il ajustait leur col et lissait les cheveux indisciplinés d'Ash : il ne fallait surtout pas en parler, pas même à Agot, à personne, jusqu'à ce qu'il l'ait fait. Sinon, ils ne pourraient peut-être pas partir. Ce mensonge ridicule, trouvé en désespoir de cause, dérouta Ash, mais le terrifia et le tint au silence. Heureusement, Agot ne remarqua rien, étant trop occupée à lui expliquer ce qu'était un triple salchow et à lui dire qu'il allait bien s'amuser au mariage. Ash était aux anges : il allait assister à un mariage, pour la première fois de sa vie, *puis*, son grand secret, il allait voir sa maman ! C'était le petit garçon le plus heureux de l'île.

Chapitre 38

Jacinth venait d'arriver pour superviser les ouvriers, qui entreprenaient la construction des décors féeriques du mariage, mais aussi pour avoir deux ou trois violentes disputes avec Gaspard à propos de ce qu'il comptait servir au petit déjeuner de deux heures du matin, dont ils ressortirent tous les deux essoufflés, rouges, mais, à vrai dire, ravis.

Elle était enchantée des prévisions météorologiques : le temps semblait instable pendant une semaine, puis se stabiliser, comme par magie. Elle criait sur les toits qu'elle avait une application spéciale, basée sur les stations militaires et plus fiable que toutes les autres, information qui fit hausser quelques sourcils parmi les pêcheurs, qui déchiffraient mieux la météo que le journal. Ils n'étaient pas d'accord avec ces prévisions, pas du tout.

Olivia était là, elle aussi, toute seule, pour signer les papiers et enregistrer son mariage auprès de l'officier d'état civil. Anthony jouait au golf dans l'Algarve. Elle lui envoyait de plus en plus de messages énamourés. Elle n'avait toujours pas eu de nouvelles de sa fichue mère. Et Flora, qui devrait lui être profondément reconnaissante, ne répondait même pas à ses textos ! C'était d'un ridicule achevé ; les gens passaient leur temps à profiter d'elle. Elle s'assit dans son lit, la mine boudeuse. Jacinth regardait par la fenêtre.

— Tu as besoin d'exercice. Tu vas avoir l'air décharnée, pas ferme, dans cette robe.

Olivia poussa un soupir.

— Tu crois ?

Elle examina son visage dans le miroir.

— Personne ne fait de « vampire facial » sur cette île, se lamenta-t-elle. Je vais avoir l'air d'une vieille peau.

— Tu seras très bien, *si* tu fais un peu d'exercice, insista Jacinth.

— Il n'y a même pas de salle de gym ni de studio de yoga dignes de ce nom ! Je ne sais pas comment les gens font pour survivre ici.

— Viens faire du paddle. C'est un bon exercice de gainage, et je pourrai prendre de jolies photos dans la lumière du matin pour le photographe de mariage.

— Toujours au travail, commenta Olivia avec regret.

Jacinth sourit.

— Allez, on va aussi s'amuser.

— Ooh ! s'exclama Olivia avant de froncer les sourcils. Mais… je serai en combinaison.

— Prise sous le bon angle, tu peux être parfaite en shorty de plongée.

— Dans ce cas, d'accord !

Le soleil était haut dans le ciel, l'air décidé à briller toute la journée, et elles se dirigèrent vers le sud, ayant loué des planches à la petite cabane au nord de l'île. La vue était plutôt belle, par un temps pareil, Olivia devait bien l'admettre. Sur les photos, elle semblerait se trouver dans un endroit bien plus prestigieux. Elles n'auraient même pas besoin d'utiliser beaucoup de filtres.

Jacinth commença à photographier les reflets du soleil sur l'eau, Olivia prenant des poses élégantes sur sa planche.

— Hashtag « labellevie » ! lui cria-t-elle. Hashtag « aucunsouci ».

Elle mentait, bien sûr, mais Jacinth était tout à sa tâche. Soudain, elles se figèrent toutes les deux. Elles entendirent un bruit, une espèce de ululement, qui venait des eaux calmes. Elles se regardèrent.

— Je me demande si ce sont les baleines dont tout le monde parle.

— Oh là là ! s'exclama Olivia. Allons les voir ! Il le faut ! Allez ! Pense aux photos ! Et la mère d'Anthony verra que j'ai grand cœur, que je sauve les baleines et tout, et ce sera… C'est une idée géniale.

Elle poussa un soupir.

— J'ai le sentiment que plus j'essaie de lui plaire, moins j'y arrive.

— On n'a pas le droit de s'approcher des baleines, répondit Jacinth.

— Oh, bon sang, on dirait Jan, lui reprocha Olivia, avant de contempler la belle mer bleue.

Lorna n'avait pas bien dormi et était donc passée à la *Seaside Kitchen* de bon matin, dans l'espoir d'y trouver Flora. Son amie était bien là.

— Salut, ça va ? l'interrogea Flora tout bas.

— Saif m'a envoyé un texto ! Enfin ! Je croyais qu'il m'évitait ! Il veut me voir après l'école, quand Ash sera chez les scouts ! Je pensais… Sincèrement, depuis Édimbourg, je pensais que je ne l'intéressais plus.

— Oh, c'est bien, répondit Flora, mais sans son enthousiasme habituel.

— Qu'est-ce qui se passe ?

Flora lui expliqua la situation.

— Eh bien, fais-le comme veut Joel : dis juste à tout le monde qu'ils ne peuvent pas venir. Allez, ils comprendront. Ne te mets pas dans tous tes états pour ça.

— Ils ne comprendront pas, non ! rétorqua Flora d'une voix accablée. Ils vont penser que Joel est un étranger pourri gâté qui les déteste tous, qui leur en veut, et qu'il ne veut pas s'intégrer, qu'il ne veut pas prendre part à notre culture, notre communauté, et ce sera encore pire qu'avant !

Lorna fronça les sourcils.

— Dans ce cas, fais-le comme tu veux.

— Il faudrait que je le traîne jusqu'à l'autel, répondit Flora en secouant la tête.

Elle poussa un soupir.

— Argh ! Je me disais qu'on pouvait peut-être… reporter ? Des tas de gens le font, non ? On dirait qu'on attend que Douglas marche pour me conduire à l'autel ?

— Est-ce qu'il montre des signes ?

Flora fit non de la tête.

— Mais ce n'est pas la question. Joel n'est pas satisfait, moi non plus, ce serait bête de le faire. Et c'est nul pour Olivia, aussi : sa belle-mère s'est énervée à cause des dépenses supplémentaires. Si on annule… pour le moment…

— J'ai entendu dire que Tripp arrivait aujourd'hui. Quand est-ce que Mark et Marsha arrivent ?

— Oh, bon sang, c'est vrai. Je ne pensais pas que se marier serait aussi compliqué.

— Dit-elle, alors qu'elle n'a aucune expérience en la matière ! Mais ça va s'arranger entre vous, hein ?

Flora soupira.

— Si on ne parvient pas à se décider pour une chose pareille, qui n'a même pas vraiment d'importance… qu'est-ce que ça va donner à long terme ? Et si quelque chose de vraiment grave nous arrivait ?

Lorna opina du chef.

— Vous devriez vraiment en parler.

— Ah ! C'est toi qui me dis ça, alors que tu refuses de parler avec l'homme que tu aimes depuis *quatre ans* ?!

— C'est différent pour nous, répliqua Lorna en s'empourprant malgré tout. Mais vous devriez avoir une vraie discussion à ce sujet.

— Je sais. Je sais, je sais. Bonne chance pour tout à l'heure.

— Merci, répondit Lorna en lui faisant un câlin. À toi aussi.

La mer était d'huile, et les éclaboussures des baleines étaient plus loin qu'Olivia ne le pensait.

Jacinth la suivait, sans se laisser distancer, mais paraissait inquiète.

— Est-ce que tu es sûre de toi ? cria-t-elle, mais Olivia continua à pagayer avec peine, l'air déterminé.

Ce qui se produisit ensuite ne fut qu'un accident, rien de plus.

Agot avait organisé un faux mariage dans la cour – l'excitation entourant les festivités et les exagérations que chuchotaient les enfants concernant les constructions au *Rock* (un genre de Disneyland avait été évoqué) avaient porté l'enthousiasme des insulaires à son paroxysme. Agot était la mariée, bien sûr ; le pauvre Ash, son futur époux (docile, il avait été entraîné là-dedans malgré lui, bien qu'il n'en ait pas particulièrement envie) ; et quelques acolytes (parmi lesquels ne figurait certainement pas Mary-Elizabeth MacIntyre) étaient ses demoiselles d'honneur.

Au cours de la cérémonie, plusieurs petits eurent la chance de jouer de la « musique » (avec des cailloux et des stylos) ; il y eut un cortège, puis un jeu, le *Grand Old Duke of York*, mais pas trop de mièvreries. Ils étaient beaux à voir, couverts de joncs verts dans la cour, sous la surveillance de Lorna et de Mme Cook, qui buvaient une tasse de thé en riant.

— Agot sera une vraie terreur quand elle dirigera le monde, observa Mme Cook.

— Je sais. Profitons-en tant que nous le pouvons et espérons qu'elle nous épargnera.

Lorsque la cloche sonna la fin de la récréation, les enfants, qui s'amusaient comme des fous à leur « fête de mariage » (la couronne de pâquerettes d'Agot était de plus en plus de travers sur sa tête), râlèrent, mais ils rentrèrent de mauvaise grâce. Lorna prévoyait de les faire ressortir pour l'heure du conte. Quoique, songea-t-elle en relevant les yeux, des nuages s'amoncelaient au loin, au nord, et ils pouvaient leur arriver dessus en un rien de temps ; mieux valait éviter les promesses.

— *A h-uile duine a staigh*, dit-elle en rassemblant les retardataires.

Agot retira sa couronne de pâquerettes avec soin.

— Tra la la, chantonnait Ash tout bas en traînant les pieds sur les pavés. Je joue au marié à l'école, puis je vais à un VRAI MARIAGE, puis je vais VOIR MA MAMAN ! La la la la la !

Il n'avait pas vu Lorna. Ce n'était qu'un petit garçon au soleil, qui passait une bonne journée et savourait sa chance.

Mais cela fit l'effet d'une douche froide à Lorna.

Mure était loin derrière elles, à présent. Très loin, en réalité. Mais les baleines ne semblaient pas plus proches. Bien que, bizarrement, les énormes pétroliers à l'horizon, eux, semblent plus proches. C'était vraiment très étrange.

Olivia s'assit sur sa planche. Elle dérivait en direction des baleines : c'était bien, non ? Cela allait l'emmener là-bas, sans trop d'efforts. Elle était épuisée, réalisa-t-elle. Le Pilates et le yoga, c'était très bien, mais le paddle était bien plus épuisant qu'elle ne le pensait. Jacinth s'assit elle aussi, l'air un rien inquiet, les yeux fixés sur les nuages qui s'amassaient rapidement dans un coin du ciel.

— Est-ce que tu as de l'eau ? l'interrogea Olivia.

Jacinth secoua la tête, puis sortit son téléphone. Il n'y avait pas de réseau.

Lorna suivit Ash dans sa salle de classe.

— C'était une jolie chanson, Ash, dit-elle avec le plus d'assurance possible.

Il tourna aussitôt la tête, l'air tourmenté, ce qui confirma ses pires craintes. Il chantait quelque chose qu'il n'aurait pas dû, et il le savait.

— Oh !

— Ne t'inquiète pas, le rassura-t-elle, la gorge serrée. Je garderai le secret.

Il lui fit un grand sourire. Son visage s'illumina. Son secret était bien gardé. Lorna n'avait jamais vu un enfant aussi heureux. Il allait parler à sa maman.

C'était peut-être un coup de téléphone, songea-t-elle. Cela devait être ça. Un appel Facebook, peut-être ?

Mais pourquoi serait-ce un secret ? À cause du ministère de l'Intérieur ? Cela concernait peut-être les formalités pour leur dossier… Peut-être qu'Amena devait donner sa permission, ou quelque chose comme ça ? Mais il ne chanterait pas « je vais voir ma maman », cette pensée la rongeait. Il ne le ferait pas. Pas comme ça.

Flora arriva les bras chargés de gâteaux, de beaucoup de gâteaux, au campement où les garçons apprenaient à travailler le bois et essayaient en jurant de se construire un auvent à l'aide de branchages.

Joel la regarda monter la colline avec difficulté, Douglas dans le dos, deux énormes sacs dans les mains, haletante dans cette chaleur surprenante, et sentit son cœur fondre. Assis là, au soleil, au milieu des bavardages, voir son fils, se sentir utile… Ses objections lui parurent ridicules, tout à coup, dérisoires. Il se leva et ouvrit grand les bras pour l'accueillir.

Elle arriva, un sourire timide aux lèvres, demandant aux garçons qui paraissaient les plus tranquilles de partager les gâteaux, responsabilité que le jeune Luke Hoyer prit très au sérieux, se mettant au travail, ses cheveux bruns ondulés lui tombant sur le front.

— Ma chérie ! s'exclama Joel.

— J'ai réfléchi. Tu sais, on pourrait peut-être reporter le mariage à un peu plus tard. Qu'en penses-tu ? Est-ce que ce serait une meilleure idée ?

La mâchoire de Joel se décrocha.

— Tu veux l'annuler ? Bon Dieu, Flora, ce sont des tactiques d'avocat, ça.

Chapitre 39

— Il faut qu'on rentre, décréta Jacinth. On ne va pas y arriver.

Olivia fit la moue.

— Oh, bon sang. Je n'arrive à rien, ces jours-ci.

— Je ne crois pas… je ne crois pas qu'on puisse atteindre les baleines. Mais je pourrai les intégrer grâce à Photoshop, ma chérie !

— D'accord. Comme tu veux.

Elle se leva, se retourna, dirigea sa planche vers la côte, puis se mit à pagayer. Il ne se passa rien.

Elle fronça les sourcils.

— Pourquoi est-ce que cette planche ne bouge pas ?

Jacinth baissa les yeux. Elle ne laissa pas paraître la panique dans sa voix.

— Euh. Je crois. Je crois…

Olivia pagayait, mais n'avançait pas. Jacinth, elle, était toujours assise, et il devint évident qu'elle flottait derrière Olivia, dérivant de plus en plus vers le large.

— Je crois… qu'il y a un courant. Bon sang ! Olivia.

— Pagaie ! s'écria Olivia d'une voix plus aiguë. Pagaie vers la côte, dans ce cas !

Jacinth se leva et se mit à pagayer, mais ne bougea pas ; elle pagayait comme une folle pour rester immobile.

— Oh non, lâcha-t-elle.

Lorna ne saurait jamais comment elle tint jusqu'à la fin de la journée. Un certain nombre de bêtises passèrent inaperçues, et le « programme d'excellence » fut encore moins excellent que d'habitude, parce qu'elle était toute retournée et l'enseignait de manière machinale.

— Est-ce que ça va ? l'interrogea Mme Cook à l'heure du déjeuner. Es-tu en train de couver quelque chose ? Tu devrais aller voir le Dr Hassan. C'est un bon médecin, tu sais. Une fois qu'on le connaît.

Lorna la fixa, sans la voir, puis marmonna une réponse évasive. Il devait la rejoindre chez elle à la sortie des classes. Elle lui parlerait à ce moment-là. Cela devait être un simple malentendu, elle le savait. Il le dissiperait vite. Et tout irait bien. Tout irait bien. Il le fallait.

— Tu ne veux pas te marier avec tout le monde autour, expliqua Flora. Je le comprends. Mais je ne… je ne peux pas l'expliquer. Leur dire maintenant « Oh, vous ne pouvez pas venir, on se fiche de notre famille, de l'île, de la communauté, ce n'est que pour nous… », ce serait si égoïste, Joel. Je sais que ce n'est pas ce que tu penses. Mais ça donnerait cette impression. Ce serait horrible de commencer notre vie conjugale de cette manière. Alors que, si on reporte à un peu plus tard… On a déjà Douglas. Je pense juste que c'est une meilleure solution, non ?

— Ta solution pour nous, c'est… d'annuler notre mariage ?

Il secoua la tête, puis baissa les yeux. Il avait mis si longtemps à en arriver là. Le chemin avait été long, ardu. Et maintenant, elle le lui renvoyait à la figure.

— Mais Mark et Marsha vont arriver, poursuivit-il.

— Comme tous les autres. Ce n'est pas grave. On trouvera quelque chose. On ira tous au mariage d'Olivia ; ça va être grandiose.

— Et c'est ce que tu veux depuis le début. Un mariage grandiose, déraisonnable, hors de prix.

Elle secoua énergiquement la tête.

— Je te voulais, toi. Je te voulais toi, et ma famille, notre île, notre communauté. Je ne m'étais pas rendu compte que c'était trop demander.

— Tu ne m'as pas demandé ! rétorqua Joel, plein d'amertume. Tu m'as dit que ça te convenait ! Et j'ai découvert après que tu avais agi dans mon dos pour organiser le mariage que tu voulais !

Elle fit un pas vers lui.

— Joel, dit-elle d'une voix douce. Je t'aime. Tu le sais. De tout mon cœur et de toute mon âme. Les mariages, ce n'est pas important. Toi, Douglas, vous êtes importants, c'est tout. Donc, plutôt que d'organiser une cérémonie débile qui ne satisfait aucun de nous, laissons tomber. Pour le moment. Cela ne change rien.

Il la dévisagea.

— Mais tu m'as dit qu'un mariage en petit comité te conviendrait, alors que tu ne le pensais pas.

— Parce que je le croyais. Et puis, quand tous mes amis étaient là, je me suis rendu compte que ce n'était pas le cas. Que, si on se marie, c'est pour dire au monde qui on est. C'est pour ça…

Elle s'interrompit une seconde. Sa voix tremblait.

— C'est pour ça que le mariage de Colton et Fintan était si important. Ils devaient faire entendre leur voix, pour leur communauté. Colton a été si courageux de le faire…

Joel poussa un soupir.

— Et je ne le suis pas.

— On n'y arrivera pas. Laissons… laissons tomber pour le moment.

Il la regarda s'éloigner, accablé de chagrin. Elle ne savait pas ce que c'était de ne pas appartenir à son monde.

Lui ne savait rien d'autre.

Le temps se détériora si vite qu'elles prirent peur. Ce qui avait commencé comme un minuscule nuage dans un ciel bleu pâle leur avait foncé dessus à une vitesse alarmante et, à présent, d'épais nuages gris – des tonnes d'énormes nuages – recouvraient le ciel ; certains étaient si sombres qu'ils en étaient presque noirs. À l'horizon, en pleine mer, elles distinguaient déjà l'étrange lumière oblique d'une pluie torrentielle.

— Non, non, non, *non* ! cria Olivia.

Toutes les deux assises sur leur planche, elles dérivaient de plus en plus vers le large.

— Oh non ! Non. Pourquoi est-ce qu'on n'arrive pas à rentrer ?

— Il doit y avoir un courant de marée, répondit Jacinth en s'acharnant sur son téléphone. Bon sang, *allez*. Franchement.

— Pourquoi est-ce que le loueur de planches ne nous a pas prévenues ?

— Oh, il l'a fait. Il nous a donné des consignes de sécurité, mais tu étais sur ton téléphone.

— Et tu les as entendues ?

— Non, j'étais aussi sur mon téléphone. Mais j'imagine que c'était ça.

Il faisait de plus en plus froid, et il y avait de plus en plus de vent, seconde après seconde.

— Ils vont nous voir, décréta Olivia. Les gens doivent être en train d'observer les baleines, non ? Si on se dirige vers elles, quelqu'un nous verra dans un télescope.

Cela aurait été une bonne idée, si la visibilité sur l'île n'était pas devenue nulle et si les observateurs de baleines ne s'étaient pas tous pressés dans la *Seaside Kitchen* pour manger des sandwichs grillés, préparés avec du fromage local et le meilleur pain croûté de l'île, servis avec de petits pots de sauce tomate et de grandes tasses de thé : ils passaient un très bon moment.

— Ça ne pourrait pas…

À présent, les deux jeunes femmes devaient crier pour s'entendre par-dessus les hurlements du vent. Elles dérivaient toujours sur l'Atlantique Nord, vêtues de simples shorties. Il commençait à faire très, très froid.

Flora progressait péniblement le long du cap, se dirigeant droit sur la tempête qui balayait l'île depuis le nord. Elle sortit de son sac l'anorak qu'aucun habitant de Mure ne laissait jamais chez soi ; on ne savait jamais, après tout. Puis elle mit maladroitement Douglas devant elle pour qu'il puisse voir où ils allaient. Il gazouilla, reconnaissant, et tendit les mains, comme s'il pouvait toucher les nuages bas et le vent rugissant.

Puis elle s'arrêta, décidée. Elle se comportait de manière ridicule. Ils étaient amoureux. Rien d'autre n'importait. Elle était butée, grotesque, et elle allait régler cette histoire une bonne fois pour toutes. *Assez tergiversé. Fais-le. C'est la bonne décision.* Elle se retourna…

… et entendit soudain un bruit. Elle s'immobilisa, fit taire Douglas, puis monta sur un monticule pour avoir une meilleure vue.

Les Muriens le lui avaient dit toute sa vie : elle était en partie *selkie*, elle avait un lien avec les créatures de l'île, tout comme sa mère, sa grand-mère avant elle, et toutes les femmes de leur lignée. Flora avait toujours considéré cela comme des superstitions absurdes, surtout quand elle vivait à Londres, mais elle l'entendait à présent, distinctement. Un gémissement sourd dans l'eau, au large ; un grondement ; une vibration qui lui disait clairement : « Quelque chose ne va pas. Quelque chose ne va pas. »

C'était forcément le groupe de baleines. Mais pourquoi ? Pas à cause de la tempête, sûrement pas. Cela ne les inquiéterait pas. Sourcils froncés, elle retourna tant bien que mal à sa voiture, bien décidée à se rendre au *Rock*, où il y avait un télescope ultramoderne dont Colton adorait se servir avant de tomber malade.

Mais, en arrivant à sa voiture, elle eut de nouveau du réseau et vit qu'elle avait reçu un texto de Gala : Shugs, du magasin de location de planches, était passé ; avait-elle vu Olivia et Jacinth ?

Flora sut aussitôt. Elle sut exactement ce que les baleines lui disaient ; ce qui s'était passé. Comment avaient-elles pu être aussi stupides ? Olivia, qui voulait toujours avoir l'air cool, être la plus belle, bien sûr qu'elle était allée voir les baleines, même si on le lui avait formellement interdit. Tout le monde savait qu'il ne fallait pas y aller. Tout le monde, sauf une fille pourrie gâtée, débile, qui n'avait plus rien d'une Murienne, rien du tout.

Elle appela Fionn, de la RNLI, qui lança aussitôt l'appel. Pendant ce temps, la météo ne cessait de se dégrader. La pluie s'abattait sur l'île à présent, le ciel dégagé et la douce lumière du soleil d'une heure plus tôt n'étaient plus que de lointains souvenirs, et elle frissonna. Elle allait se rendre au *Rock*, pour s'assurer que le chauffage était allumé dans leurs chambres. Tout irait bien… non ?

Bon sang. Joel allait devoir sortir en mer avec le bateau de sauvetage, cela la frappa tout à coup. Oh non. Il ne s'entraînait avec la RNLI que pour surmonter sa phobie. Il n'était pas… Elle fut soudain prise de panique. Il ne devrait pas aller en pleine mer.

Les baleines grondèrent une nouvelle fois, comme une mise en garde, leur chant sombre restant suspendu dans l'air agité.

Chapitre 40

Saif venait de finir ses consultations. Il emmenait les garçons chez les scouts, sans vraiment écouter leurs bavardages : ce qui allait suivre le terrifiait. Lorna comprendrait. Que ce ne serait pas définitif. Que ce serait temporaire. Elle aurait peut-être même une bonne solution, praticable, à laquelle Neda et lui n'avaient pas encore pensé. Ils trouveraient une solution. Oui. Où il pourrait revenir.

Il était peut-être possible d'alterner, d'aller et venir, tous les deux mois, pour des remplacements, par exemple. Les garçons pourraient faire un trimestre ici et l'autre en Syrie. Elle le verrait et lui dirait : « Bien sûr, faisons comme ça, ce sera parfait, c'est la solution idéale, je t'aime, tout ira pour le mieux. »

Il déposa les garçons, qui sautèrent dans les flaques d'eau en riant.

— Est-ce qu'il y a des scouts à Damas ? s'enquit Ash avant de regarder alentour pour voir si quelqu'un l'avait entendu.

— Tu ne peux pas parler de ça, le reprit son père. S'il n'y en a pas, on pourra monter un groupe, je pense.

— Oui ! s'exclama le garçonnet en se précipitant vers la cabane près de l'église.

Il les regardait s'éloigner quand son biper sonna.

Joel resta silencieux pendant qu'il aidait le groupe à vérifier que leurs tentes étaient bien étanches. Puis ils s'installèrent à l'intérieur pour s'abriter de la tempête et participer à un quiz. Tout excités, les garçons racontaient des histoires à dormir debout : tous avaient déjà été frappés par la foudre, apparemment, mais s'en étaient miraculeusement sortis. Le canal d'urgence sur son téléphone se mit alors à sonner.

— Qu'est-ce que c'est ? demanda-t-il, sourcils froncés.

— Bon sang ! Est-ce que tu es d'astreinte à la RNLI ? l'interrogea Jan.

— Oh non, lança Joel, nerveux tout à coup. Enfin, oui, mais je ne pensais pas que… tu sais… qu'il se passerait quelque chose.

Jan leva les yeux au ciel.

— Matinée ensoleillée, orage imprévisible ? Ce sera un débile sur un bateau pneumatique… Allez, file ! Je vais m'en sortir toute seule ici.

— Es-tu sûre ?

Elle opina du chef, lui faisant signe de sortir dans la tempête. Ce n'est qu'après son départ qu'elle pensa à vérifier son propre téléphone ; il était sur silencieux… mais les messages s'accumulaient.

Lorna était assise dans son bel appartement. La pluie martelait les carreaux. Elle avait allumé une bougie parfumée, préparé du thé, et mis des biscuits dans une assiette. Son cœur battait la chamade. Il était en retard. Cela pouvait être un patient, bien sûr ; cela pouvait toujours arriver.

Mais il lui envoyait toujours un texto ou lui passait un coup de fil quand il était retardé. Il ne la laissait jamais attendre, s'inquiéter, comme cela. Jamais. Elle repensa à Ash. C'était impossible. Mais que cela pouvait-il être, sinon ?

— Bon, on y va ! cria Fionn, qui n'était plus le marin renfrogné en charge de l'équipe de la RNLI, mais un homme d'action.

Il considéra les huit hommes et femmes devant lui, impossibles à différencier dans leur tenue jaune.

— Flora pense qu'elles sont près des baleines. Jan dit aussi qu'elles envisageaient d'aller les voir et, heu, elle veut qu'on sache qu'elle leur a dit de ne pas y aller.

Ils manœuvrèrent le bateau sur la cale de lancement. Saif et Joel se regardèrent. Ils avaient beau être avec des sauveteurs expérimentés, c'était leur première mission de sauvetage. Ils étaient tous les deux très nerveux, surtout Joel, et ils échangèrent un sourire sous leurs capuches. Innes se trouvait à l'avant ; Hamish, sur le quai, détachait les cordes.

— Faites comme pendant votre formation, les gars, leur conseilla Innes. Ça va aller.

Au large, la tempête faisait rage. Les sauveteurs s'étaient souvent entraînés sur une mer calme ; le bateau servait à promener des groupes d'enfants, et des conférences sur la sécurité maritime étaient organisées à bord. Mais des personnes en danger, c'était inédit.

Flora n'y voyait rien avec le télescope. Le temps était déchaîné à présent, et la visibilité, presque nulle. Elle redescendit dans le hall du *Rock*, pour se retrouver face à dix-huit petits garçons trempés. Jan, assise près du feu, pleurait toutes les larmes de son corps, Charlie et Christabel à ses côtés.

— C'est mon idiote de sœur, dit-elle entre deux sanglots. Elle n'écoute rien ! Mais je ne veux pas qu'elle meure !

Flora prit aussitôt les choses en main.

— Isla ! appela-t-elle d'une voix implorante. Est-ce que tu pourrais emmener les garçons dans la salle de restaurant et leur donner tous les gâteaux que tu pourras trouver, s'il te plaît ?

— Youpi ! s'écrièrent les petits en la suivant avec joie.

Cette semaine sur Mure s'avérait bien plus marrante qu'ils ne l'avaient imaginé.

Charlie regarda Flora, qui s'efforça de sourire.

— Tu penses vraiment qu'elles sont avec les baleines, hein ?

— Euh…

Elle se sentait idiote de le dire à voix haute.

— Je crois que c'est possible, oui.

— Eh bien, voilà : ils les trouveront facilement, dit Charlie pour essayer de réconforter Jan, qui pleurait toujours.

— Un petit verre ? articula silencieusement Flora à Charlie, qui hocha la tête, et elle alla chercher le whisky.

Jan, qui en temps normal aurait fait la fine bouche, accepta son verre avec gratitude et laissa même Charlie lui passer un bras autour des épaules.

Le bateau plongeait, sans répit, et Saif se cramponnait à son siège. Il savait que ce serait difficile pour lui. C'était en partie pour cela qu'il était là, parce qu'il n'avait pas de bons souvenirs des bateaux. Aucun. Tout lui rappelait ce terrible voyage qu'il avait effectué un jour, laissant tout derrière lui. Ce qu'il avait fait pour sa famille.

Et qu'il referait sans hésiter. Il ferma les yeux un instant. Quand il les rouvrit, Hamish, qui était toujours de garde à la RNLI au cas où il faudrait se mettre à ramer, lui tapota doucement le bras. Il le remercia d'un signe de tête.

Fionn était inquiet. Ils avaient un bon radar, mais les planches de paddle étaient minuscules. Autant chercher une aiguille dans une botte de foin. Et la visibilité était effroyable.

Jacinth, avec son esprit pratique, avait rapproché les deux planches et posé leurs pagaies côte à côte. Elles étaient en pleine mer, à présent ; l'île n'était plus qu'un point à l'horizon et les énormes pétroliers paraissaient gigantesques, dressés devant elles.

— Est-ce qu'ils vont nous voir ? demanda Olivia en sanglotant.

Jacinth trouvait cela très peu probable, mais le garda pour elle. Elles étaient frigorifiées.

— Pourquoi n'ai-je dit à personne où on allait ? se lamenta Olivia.

— Tu l'as mentionné à Jan, et elle t'a dit que tu étais méchante de vouloir déranger les baleines.

— C'est vrai ! geignit Olivia. Je l'étais ! Égoïste et écervelée, et maintenant… maintenant…

Soudain, un énorme bruit retentit dans le brouillard et l'obscurité, une sorte de long gémissement ou de grondement. Les deux filles hurlèrent, et Olivia, sursautant, tomba à l'eau.

Ils avaient exploré toutes les criques où les planches auraient pu s'échouer ou s'enliser, en vain. Désormais, il ne leur restait plus qu'à aller au large et à envisager de faire décoller d'urgence un hélicoptère de l'île principale. Mais les hélicoptères ne servaient pas à grand-chose dans ces conditions : le brouillard était si épais qu'on n'y voyait rien, et il y avait trop de vent et d'embruns.

Puis ils l'entendirent tous : un grondement sourd. Fionn jeta un coup d'œil à Joel.

— Est-ce que tu penses que Flora a raison ? grommela-t-il.

— Elle a une drôle de… de connexion avec les mammifères marins, répondit Joel en haussant les épaules, et les autres Muriens, qui se souvenaient de sa mère, opinèrent du chef.

— Bon, dit Fionn en manœuvrant le Zodiac à toute vitesse. Il faut bien commencer quelque part.

Et il accéléra en direction du nord-nord-est, d'où provenait le chant des baleines, le bateau glissant à toute vitesse sur les vagues grises.

Olivia hurlait, cédant à la panique, et se débattait, menaçant de faire tomber Jacinth. Les créatures, quelque part dans le brouillard derrière elles, émirent un nouveau grondement, et la tête d'Olivia disparut sous les vagues.

— Oh, bon sang, lâcha Jacinth, se demandant si elle pourrait décemment réclamer une prime de risque.

Elle s'allongea sur les deux planches, bien à plat, puis se pencha.

— Attrape ma main. Prends ma main, Olivia. Prends juste ma main.

Joel surveillait à bâbord, tandis que Fionn, qui naviguait presque à l'aveuglette, se rapprochait de plus en plus de l'endroit où semblaient se trouver les baleines. Ils entendirent un nouveau grondement.

— On jurerait qu'elles nous appellent, dit Joel, troublé.

En bon avocat, il avait un esprit cartésien. Il avait toujours su que l'île regorgeait de contes de fées, d'histoires de *selkies*, de mystérieux visiteurs venus des eaux, d'hommes communiquant avec la mer. Mais il les avait toujours considérés comme des fables romantiques, de vieilles superstitions.

Un nouveau gémissement retentit. Il n'avait rien de romantique ni de légendaire. C'était un avertissement.

— Taisez-vous, dit Fionn. On approche.

— ALLEZ, OLIVIA ! hurla Jacinth.

Olivia s'accrochait à l'une des planches, le visage paniqué, mais ne cessait de glisser, ballottée par les flots.

— Allez ! Tiens bon !

Au loin, alors qu'elle commençait à flancher, Jacinth crut entendre quelque chose par-dessus le grondement de l'eau et le gémissement des baleines invisibles. Elle sentait le goût du sel dans sa bouche et vit une fois de plus la jolie tête d'Olivia disparaître sous l'eau.

Chapitre 41

— OUI !

Ce fut Joel, en essuyant ses lunettes pleines de condensation, qui les repéra, ce qui était étrange, compte tenu de sa mauvaise vue.

— Il n'y en a qu'une, lança quelqu'un d'autre, et tous les visages se firent graves.

— Non, dit Fionn en arrêtant le bateau. Il y en a une dans l'eau.

Il sortit le porte-voix et alluma les phares. La silhouette allongée sur les planches se retourna, puis, à leur grand soulagement, agita les bras avec frénésie.

— RESTEZ OÙ VOUS ÊTES ! C'EST LA RNLI ! NE BOUGEZ PAS, S'IL VOUS PLAÎT ! cria Fionn.

— Il y a quelqu'un dans l'eau, dit Joel. Où est la bouée de sauvetage ?

Il s'en saisit, puis la lança, mais elle n'atterrit pas assez loin.

— Elles ne peuvent pas approcher, expliqua Fionn. À cause du courant. Elles ne pourront pas l'attraper. Et puis elles doivent être épuisées. Trop fatiguées pour bouger.

Il alla se placer de l'autre côté. Le bateau tanguait sous les assauts du vent ; de grosses vagues s'écrasaient contre lui. Les conditions étaient épouvantables.

— On ne peut pas s'approcher plus, reprit Fionn. Si on continue à caler comme ça, on va noyer le moteur. Je ne vois plus l'autre fille, si elle est encore là.

Le silence se fit dans l'embarcation. Puis Joel se porta volontaire.

— Va te replacer là-bas, dit-il.

Fionn le considéra.

— Voui, d'accord.

Joel n'avait pas appris à nager, enfant. On apprend rarement à nager aux enfants placés. Il avait mis longtemps à apprendre, s'était forcé, comme il s'était forcé à faire tant d'autres choses dans sa vie. Mais il avait tenu bon et avait réussi. Il pouvait tout surmonter. Il le pouvait.

Il s'attacha à la corde et à la bouée de sauvetage, puis sauta à l'eau.

Cela lui fit l'effet d'une gifle. L'eau était gelée.

— Bon sang, lâcha-t-il, son premier réflexe étant de se débattre et de paniquer.

L'eau lui entrait dans la bouche, il se sentit blêmir de peur.

Puis il pensa, une seconde, aux gens qui l'attendaient, à la personne qui lui avait dit où chercher.

Le courant le portait, et il entendit les autres l'encourager : il se mit donc à nager, un crawl impeccable, régulier, comme lorsqu'il faisait des longueurs dans la piscine de son immeuble de luxe, à Londres, il y avait une éternité de cela.

Sa mauvaise vue n'avait aucune importance ; le brouillard était trop épais, et l'eau, les embruns lui fouettaient le visage. Il avança d'instinct, les autres lui indiquant le chemin, jusqu'à ce qu'il atteigne les planches, qui se cognaient l'une contre l'autre. Il pouvait y arriver.

— Dieu merci, dit Jacinth. Attrapez-la !

Olivia maintenait sa tête hors de l'eau, tout juste. Secouée par la mer, elle avait le regard absent ; elle semblait sur le point de sombrer. Joel passa la bouée autour d'elle, l'installa en position de sauvetage et tira sur la corde pour que le Zodiac vienne les chercher.

Il la hissa à bord et se retourna, se tenant au bateau d'une main, puis réussit à saisir la poignée de la planche pour tirer Jacinth vers lui.

— Parfois, ce boulot est *vraiment stupide*, cracha-t-elle, avant de demander : Est-ce qu'Olivia va bien ?

Flora releva les yeux du télescope, auquel elle était scotchée. Les baleines ne chantaient plus.

— Café. Thermos. Couvertures. Maintenant ! dit-elle à Isla.

— Tu ne peux pas… Les ont-ils trouvées ? l'interrogea la jeune fille en fronçant les sourcils.

— J'espère, répondit-elle, la bouche pincée.

Comment les avaient-ils trouvées ? C'était une autre question.

Le bateau regagna lentement le port. L'île entière était là pour les accueillir. Tous les Muriens étaient inquiets. Puis, quand ils apprirent que les filles allaient bien, ils exultèrent. Quelques photos fuitaient déjà sur Internet.

Saif les avait examinées à bord et avait recommandé un bain très chaud pour Olivia dès son retour à l'hôtel – appeler une ambulance ne lui semblait pas nécessaire, ils utiliseraient le brancard à roulettes de la RNLI pour la transporter jusqu'au *Rock*. Jacinth, une fois réchauffée et après avoir bu un café bien chaud, n'était pas trop mal en point.

Malgré tout, Jan, qui avait suivi Flora tant bien que mal, craqua : elle cria, se précipitant vers Olivia, qui était allongée sur le brancard, gelée, aussi blanche et pâle qu'une magnifique statue. On aurait dit la Belle au bois dormant. Jan la contempla un long moment. Puis elle tendit une main tremblante et caressa tout doucement les cheveux de sa sœur. Elle ne prononça pas un mot. Mais elle prit la tête du groupe qui la ramena au *Rock*.

Flora, cependant, eut à peine le temps d'intégrer cette scène. Joel descendit d'un bond du bateau. Il semblait faire trois mètres de haut. Les autres se mirent à l'applaudir.

— Notre héros, mesdames et messieurs ! cria Fionn à la foule. L'homme qui a sauté à l'eau !

Un tonnerre d'applaudissements retentit, tandis que Joel, plein de vie, d'énergie et de joie, courait vers Flora et Douglas pour les prendre dans ses bras. Tout le monde vint le féliciter, lui taper dans le dos et le remercier. Il cligna des yeux, une fois, deux fois, stupéfait de l'accueil de ces gens qu'il connaissait bien et qui étaient tous ravis. C'était stupéfiant.

— Ça va ! dit-il en souriant jusqu'aux oreilles. Pas d'inquiétude ! Il me tarde de vous voir tous au mariage ! Saif, mon vieux ! s'exclama-t-il en donnant une bonne tape dans le dos au médecin. On forme une sacrée équipe, hein ? Une sacrée équipe ! J'ai hâte de te voir à mon mariage.

— Euh, Joel… ? dit Flora avec prudence.

— Ces gens, poursuivit-il en tendant les bras. Ce sont les meilleurs. Je veux que tout le monde soit là et que ce soit le plus beau jour de ta vie.

Flora fronça les sourcils.

— Non. Je suis désolée. J'ai eu tort. Je ne veux que nous. C'est tout. Je me suis trompée. Juste nous, Joel.

Il approcha sa bouche de son oreille afin qu'elle ne puisse pas le comprendre de travers.

— Il y a eu un moment, là-bas, où j'ai cru que je ne reviendrais peut-être jamais à la maison, murmura-t-il. Et, tout à coup, j'ai su où était ma maison. Et je me suis juré que, si je rentrais, on ferait une fête comme cette île n'en a jamais connu.

Olivia, assise dans son lit, s'apitoyait sur son sort. Jan gardait la chambre, empêchant quiconque d'entrer, s'assurant que sa sœur chérie allait bien.

— Je n'en reviens pas que tu sois allée en mer par un temps pareil, répétait-elle de temps à autre.

— Je sais, je sais. J'ai été tellement bête.

— Ça n'a pas d'importance. Pardon d'avoir été jalouse, ajouta-t-elle timidement.

Olivia secoua la tête, puis but une autre gorgée du délicieux chocolat chaud de Flora.

— Mais pourquoi ? demanda-t-elle. Pourquoi ? Tu as tout. Tu es heureuse, ici ; tu as un mari adorable, un bon travail, maman à côté. Tu ne sais pas comment c'est, là-bas.

Jan haussa les épaules.

— C'est ce que tu dis.

— Non, je le pense. Quand tu n'as aucune compétence… pour gagner de l'argent… Je ne pourrai plus être mannequin ; il y a un million de filles plus jeunes que moi prêtes à le faire pour rien. Toutes ces missions ; ça ne paie pas. C'est bon pour ceux qui ont des revenus personnels, pour rencontrer d'autres riches. Je m'accrochais, j'essayais juste de m'en sortir… Oh, bon sang. Quand j'ai eu trente ans, Jan. Tu n'imagines pas ce que ça a été. L'horreur. Un vrai cauchemar.

Elle poussa un soupir.

— Tu as tant de chance. Le simple fait de pouvoir porter…

Elle montra le haut en grosse toile, fait main, que Jan aimait beaucoup.

— Je n'imagine même pas. Ta vie est tellement plus simple que la mienne.

— Mais Anthony…

Olivia secoua la tête.

— Sa famille, ils lui mettent tant la pression. L'argent… ce n'est pas ce que tu crois. Ils le contrôlent. Ils le tiennent en laisse. Je crois que sa mère lui a dit de se fiancer, alors il l'a fait, mais elle est horrifiée qu'il m'ait choisie.

Elle fondit en larmes.

— C'est si compliqué !

— Là, là. Si cette snobinarde de Mme Forbes pense qu'ils sont trop bien pour toi, elle va voir ce qu'elle va voir.

— Mais j'avais tort, insista Flora, assise au comptoir du *Harbour's Rest*, où toute la ville venait présenter ses hommages aux vaillants et courageux sauveteurs. J'étais égoïste. Je voulais un mariage en grande pompe et que tout le monde me voie…

— Et c'est normal. C'est ton grand jour. Je veux qu'il soit fabuleux.

Le soleil, qui refaisait son apparition (comme toujours sur Mure, le temps tournait vite), frappa les carreaux dégoûtants du pub. Flora regarda autour d'elle, riant de voir qu'il avait retrouvé son aspect miteux habituel.

— Bon sang. Ça va être dingue, tu sais ? Il y a des tas d'ouvriers, là-haut. Une patinoire arrive mardi ! Un mur de fleurs vivantes va être livré par avion !

Joel haussa les épaules. On venait toujours lui taper dans le dos et lui offrir des verres dont il ne voulait pas et qu'il partageait de bon cœur avec les pêcheurs réjouis au comptoir. Inge-Britt passait un excellent moment.

— Plus on est de fous, plus on rit.

Flora se pencha en avant pour l'embrasser sur le nez.

— Maintenant, je vais épouser *un grand héros*.

Il eut un petit rire.

— Ne sois pas bête.

— Je ne suis pas bête : ils vont en parler pendant des décennies.

— Ils raconteront comment ma *selkie* m'a ramené à la maison, dit-il en la fixant avec ce regard intense qu'elle connaissait bien.

Elle s'apprêtait à se lever pour fuir les festivités et le traîner directement jusqu'au *Rock* quand Jacinth, parfaitement rétablie, s'approcha d'elle d'un pas décidé, un téléphone à la main.

— Peux-tu prendre cet appel ? demanda-t-elle, la bouche crispée. C'est Mme Forbes.

— Allô ?

— Avez-vous vu Internet ? l'interrogea Mme Forbes.

« Quoi, tout Internet ? » eut envie de répondre Flora.

— Non, nous avons été… assez occupés, répondit-elle à la place.

— Cette fille ! Qui perturbe l'habitat naturel de ces baleines ! Qui manque se faire tuer ! C'est devenu viral, vous savez. Une idiote qui met en péril l'équipe de sauveteurs !

Sa voix était dure comme l'acier.

— Je siège dans de nombreux comités importants qui ont trait à la protection de l'environnement, mademoiselle MacKenzie. J'ai bien peur de ne pas pouvoir pardonner ce genre de comportement. Je ne le peux pas. Et comme, en fin de compte, c'est nous qui payons le mariage… Et je crois savoir que vous êtes mêlée à ça, vous aussi, même si c'était une drôle d'idée de cette fille, je n'y suis pour rien, je ne sais même pas pourquoi je devrais m'excuser auprès de vous, mais, peu importe… Le mariage est annulé, vous m'entendez ? Et, avec un peu de chance, nous n'aurons jamais à remettre les pieds sur votre petite île.

Chapitre 42

— Aïe, dit Flora après avoir rendu le téléphone. Enfin, c'est comme ça.

Joel la serra dans ses bras.

— Bon sang ! Est-ce que tu es déçue ?

— Pas du tout, répondit-elle, se rendant compte en le disant que c'était vrai. Mais on va devoir l'annoncer à Olivia. Oh non. Elle va être… Je veux dire, c'est la fin de l'histoire. Je ne sais même pas ce qu'elle va faire. Elle m'a toujours semblé un peu perdue. Je crois que ce mariage…

— Mais son fiancé ne fera pas machine arrière, si ?

— La façon dont elle parle de lui. Et la façon dont sa mère parle de lui… Je crois que, s'il doit choisir entre Olivia et tout son argent… Je ne voudrais pas être à sa place.

— Oh non. La pauvre. Mais tu sais ce qu'on dit ?

— Quoi ?

— Si on se marie pour l'argent, il faut ensuite le mériter.

Saif quitta la foule du *Harbour's Rest* pour se rendre chez Lorna. L'appartement était désert ; il n'y avait qu'une bouteille de vin intacte sur la table et l'odeur de son parfum dans l'air, qui fit naître en lui un violent désir.

Il savait où elle était. Il la trouva tout au bout de l'Infinie, avec son petit chien, Milou, qui lui rapportait des bâtons pour essayer de lui redonner le sourire. Cela ne fonctionnait pas.

Dès qu'il vit son visage, il sut qu'elle savait. Il s'approcha doucement d'elle. Le temps s'était calmé, mais il n'y avait personne dehors ; tout le monde était rentré au village.

— Lorenah.

Elle se leva très lentement, les traces de larmes visibles sur ses joues.

— Est-ce que c'est vrai ?

— Je suis désolé… J'ai été appelé pour un sauvetage.

Elle secoua la tête.

— Pas ça. Je m'en fiche de ça. Je parle d'Ash. De ce qu'Ash chantait.

La gorge de Saif se serra.

— Je lui ai dit de ne pas…

— Il n'a rien dit, répondit-elle âprement. Il ne l'a pas fait exprès. Il était terrifié. C'était un trop gros secret pour un enfant, Saif. Il est encore petit. Tu aurais dû en parler avec moi.

— J'allais… j'allais te parler. Ce soir. Je venais te le dire, je te le promets…

— C'est vrai, alors.

Elle le dévisagea, le regard noir.

— Ils ont trouvé la mère des garçons, Lorenah.

Elle opina du chef, s'efforçant de digérer cette information.

— Je vois. Je vois. Donc. Tu t'en vas ? Comme ça ?

Il la regarda à son tour.

— Je ne peux rien faire d'autre, je crois.

— Bien sûr que si ! Tu laisses tes enfants ici, où ils sont en sécurité ! Tu es complètement fou ! Complètement !

Elle hurlait à présent.

— Ça n'a aucun sens ! AUCUN ! Tu es dingue ! Tu es fou de faire ça ! Ce serait de la folie ! Tu ne peux pas faire ça. Tu ne peux pas ! Et Amena serait d'accord avec moi. Tu le sais.

— Je le sais, oui, répondit-il, tête baissée.

— Tu ne peux pas simplement lui parler ? Jusqu'à ce que ce soit sûr ? Tu pourrais l'appeler sur Skype avec les garçons, non ?

— Je ne peux pas lui parler, c'est trop dangereux.

— Bien sûr ! C'est pour ça que tu ne peux pas emmener les garçons là-bas !

Sa gorge se serra.

— Je…

Elle prit une profonde inspiration.

— Mon chéri. Vas-y. Va la chercher. Ramène-la. Mais laisse les garçons avec moi. Ici. Où ils sont en sécurité. J'emménagerai au presbytère ; je ferai ce qu'il faut. Tu y vas et… tu règles ça… et on sera là à ton retour. Les gens comprendront.

Saif grimaça.

— Je…

Il poussa un soupir.

— *Habibti*, si je quitte le Royaume-Uni, je ne pourrai jamais revenir. Jamais. Et, même si je sais que tu serais formidable avec les garçons, je ne pourrais jamais… Je les ai laissés, un jour…

Il secoua la tête.

— Plus jamais.

Ils avancèrent sur la plage, Lorna les yeux rivés au sol.

— Elle ne veut même pas te parler.

— Elle m'a transmis un message.

— Quel message ? l'interrogea-t-elle, pleine d'amertume, en donnant un coup de pied dans le sable. Que tous ceux qui tiennent à ces enfants vont te dire de ne pas y aller ? Espèce d'idiot. Neda doit être furieuse.

— Elle l'est, répondit-il tout bas.

Elle releva les yeux vers lui.

— Quel était le message ? répéta-t-elle.

Les mots peinèrent à sortir, sa voix se brisa.

— Le message était : « S'il te plaît, trouve quelqu'un pour t'aider à élever les garçons. Et assure-toi qu'elle soit gentille. »

Ils rentrèrent d'un pas lourd, loin l'un de l'autre.

— Change d'avis. C'est mieux pour tout le monde. Tu le sais.

Elle le regarda avec de grands yeux pleins de larmes.

— Sauf si… sauf si tu as envie de partir.

Il la dévisagea, dévasté, incapable de parler. Il ne put que secouer la tête, n'osant pas répondre.

Cela redonna espoir à Lorna. Bien sûr. Rentrer en Syrie était de la folie. Amena elle-même lui avait clairement dit de rester, pour le bien des garçons. C'était sensé. C'était la seule chose sensée.

Quand ils approchèrent du village, Saif se prépara à regagner l'ancien presbytère situé sur les hauteurs.

Lorna, qui n'était plus furieuse, s'approcha de lui, puis posa la tête sur son torse familier. Il lui embrassa le front, les yeux fermés.

— Reste, dit-elle avec assurance. Je sais que tu vas rester. Tu sais que c'est mieux. Et ça n'a pas à être définitif. Juste pour le moment. Change d'avis. Dis aux garçons que vous irez l'an prochain. Ça ira, je te le promets.

Et elle poursuivit son chemin, sans se retourner, tandis qu'il la regardait s'éloigner sur l'Infinie ; elle ne pouvait pas se retourner, elle avait trop peur qu'il ne soit déjà parti.

Chapitre 43

Flora et Joel retournèrent au *Rock* en traînant les pieds : Flora n'était pas pressée d'annoncer la nouvelle à Olivia.

— Je devrais peut-être la laisser dormir, dit-elle. Elle en a bien besoin. Saif va passer vérifier que tout va bien, de toute façon. Je ferais mieux de rester à l'écart.

— Elle doit déjà être au courant, prédit Joel d'un air sombre. Elle pourrait avoir besoin de réconfort. Jan doit être en train de savourer sa victoire.

— Bon sang. Tu as raison. Je vais juste passer prendre de ses nouvelles. Tu ramènes Douglas à la maison, tu le changes et tu le fais manger. J'ai des projets pour mon futur époux héroïque à mon retour.

Il sourit.

— Entendu, ma petite *selkie*.

Il l'embrassa, puis regarda en direction de l'hôtel et fronça les sourcils.

— Oh non ! Les garçons sont encore là !

— Bon sang, dit-elle en se précipitant vers l'entrée. Oh non. Qu'est-ce qu'ils sont en train de trafiquer ?

Elle monta les marches quatre à quatre ; ils ne s'attendaient pas vraiment à ce que les garçons soient en train de faire du skate dans le hall d'entrée, mais on ne pouvait pas leur reprocher d'être méfiants. Ils ne virent aucun d'eux.

— Oh non, dit-elle. Ils ont dû prendre la fuite.

Joel secoua la tête.

— Ce sont de bons garçons, répondit-il, stoïque.

Gala les regarda, sourire aux lèvres, puis leur montra la cuisine.

Dans la cuisine, au mépris total de toutes les règles de santé et de sécurité (même s'ils s'étaient lavé les mains), les garçons étaient en train d'émincer et de remuer sous l'œil attentif de Gaspard, qui leur criait des ordres de temps à autre, Charlie et Jan participant, eux aussi.

— Utilisez CORRECTEMENT les couteaux ! hurla le chef.

Flora et Joel échangèrent un regard en haussant les sourcils.

— Je reste ici, dit-il. On se retrouve après.

Elle lui serra fort la main.

— Ça, oui. Tu m'as beaucoup manqué, Joel Binder.

— Toi aussi, madame Binder, répondit-il, et elle sentit un frisson la traverser, qui n'avait absolument rien à voir avec le mur de fleurs.

Flora frappa tout doucement à la porte de la chambre d'Olivia, puis entendit un bruit à l'intérieur, qu'elle prit pour une permission d'entrer.

Olivia, debout près de la fenêtre, était magnifique dans la lumière du jour – le temps faisait l'innocent à présent, comme s'il n'avait jamais eu de mauvaises intentions. Flora traversa la pièce pour se mettre à côté d'elle : elle vit alors ce qu'elle regardait. Les ouvriers démontaient les constructions derrière le carré de choux de Gaspard : l'immense palais de glace ; le mur qui devait accueillir des fleurs par milliers ; la structure qui aurait dû être transformée en bibliothèque automnale – de simples constructions en kit, en fin de compte, un décor installé pour une représentation, rien de plus, qui étaient chargées dans des camions avant de repartir.

— Oh, Olivia, dit-elle en lui caressant doucement le bras.

— C'était aussi ton mariage.

— Oui, aucune importance, répondit Flora, parce que c'était vrai.

Elle regarda Olivia.

— Il ne t'a pas appelée ?

Olivia secoua la tête.

— Mme Forbes a publié un communiqué de presse.

— Tu seras mieux sans lui. Et puis, tu sais, tu n'as jamais eu l'air vraiment accrochée. Il y a un million d'hommes qui se plieraient en quatre pour toi. Autant en trouver un que tu aimes vraiment. Tu as à peine prononcé son nom.

Olivia renifla, puis se tourna vers Flora. Une profonde tristesse se lisait sur son visage.

— Oh *non* ! Non ! C'est bien le problème ! J'ai joué les indifférentes pendant si longtemps ! Tu sais comment sont les hommes ! Et, bon sang, être vraiment folle de quelqu'un… enfin, c'est si tarte… Tout le monde se moquerait de moi…

Flora sourcilla.

— Où veux-tu en venir ?

— J'adore Anthony ! s'écria Olivia en éclatant en sanglots. Certes, il est pourri gâté et dépend de l'argent de sa famille. Mais il est si gentil, si drôle, si doux, et je… comparé aux autres, tous ces horribles requins, Flora. Ils sont odieux. Juste odieux. C'est une fosse aux serpents. Et Anthony… Il a toujours été gentil. Foncièrement gentil.

— À t'entendre, on dirait qu'être d'une beauté incroyable n'est pas si drôle que ça, commenta Flora en passant un bras autour d'elle. Là, là.

— Et maintenant, son horrible mère va lui dire de rompre avec moi… et il le fera, pour maintenir la paix. Je sais qu'il le fera. Il l'a déjà sans doute fait.

Les larmes lui roulaient sur les joues à présent.

— Et c'est fini pour moi. J'ai trente-quatre ans !

Elle prononça ces mots comme quelqu'un d'autre aurait dit « J'ai quatre-vingt-dix ans », mais Flora ne le mentionna pas.

— … Ou vingt-neuf, si tu lui demandes.

— Ne sois pas bête. Il faut juste que tu lui parles. Et garde la bague, se hâta-t-elle d'ajouter. Tu peux sans doute te payer un appart avec.

— Il ne décroche pas, répondit Olivia, pleurant toutes les larmes de son corps. Il me quitte, mais il ne me le dit même pas. Est-ce que tu as vu Internet ?

— Non, mentit Flora.

— Ils m'appellent la « tueuse de baleines » !

— Tu n'as tué aucune baleine, alors je ne m'inquiéterais pas trop pour ça à ta place.

— J'ai tout gâché.

— Là, là, la réconforta à nouveau Flora. Tu as passé une très mauvaise journée. Je vais te mettre au lit et rester avec toi.

Or, au même moment, on frappa à la porte. C'était Saif, qui passait voir sa patiente. Il avait une mine épouvantable, de gros cernes sous les yeux, et paraissait abattu.

— Bonjour, valeureux matelot, lança Flora en lui faisant la bise. Bon sang, tu as encore plus mauvaise mine qu'Olivia.

Dans la nuit claire, comme le soleil ne se couchait pas du tout, Olivia resta allongée dans son lit, s'efforçant de surveiller son téléphone sans le regarder : beaucoup de gens la contactaient pour de mauvaises raisons. Personne pour de bonnes.

Saif ne ferma pas l'œil de la nuit, les mêmes pensées tournant en boucle dans sa tête : Lorna était si résolue, si sûre d'elle. Amena aussi. Les hommes faisaient la guerre, songea-t-il, pas pour la première fois. Les femmes souffraient et se battaient pour la paix.

Lorna pleura jusqu'à ne plus avoir de larmes ; elle commença à rédiger un millier de messages ; attrapa son téléphone ; le reposa ; se dit à elle-même, sévèrement, qu'il allait se raviser, il n'était pas fou, bien sûr que non, c'était mieux pour les garçons, mieux pour tout le monde. Si seulement elle pouvait oublier le petit minois heureux d'Ash. Cela ne ressemblerait pas à ce qu'il s'imaginait, songea-t-elle.

Mais que s'imaginait-il ? Il voulait seulement voir sa maman, rien de plus.

Jacinth, après avoir assez crié pour arracher la promesse à Mme Forbes que le travail effectué serait payé en totalité, entra dans les cuisines du *Rock* d'un pas décidé, l'air triomphant, et fit une proposition obscène à Gaspard et Fintan, qui décidèrent aussitôt d'accepter.

Flora et Joel restèrent enlacés.

— Je n'en reviens pas : tu vas obtenir gain de cause, en fin de compte, le taquina-t-elle avec un sourire.

— Ah ! À ce propos, il se pourrait que j'aie réinvité Tripp par mégarde. Ainsi que toute l'école de danse.

— Es-tu en train de me dire que tu vas organiser un mariage en une semaine et demie ?

— Je vais me gêner !

Chapitre 44

Flora se rendit au *Rock* de bonne heure, pour prendre des nouvelles de tout le monde. Elle passa devant les ouvriers qui finissaient de tout emporter. *Enfin*, songea-t-elle, *ce qu'on n'a pas connu ne peut pas nous manquer*. Elle compatissait avec Olivia.

Le ferry du matin était sur le départ, rempli des équipements et décorations sophistiqués du mariage, et Flora nota dans un coin de sa tête que, d'une manière ou d'une autre – d'une manière ou d'une autre –, ils allaient devoir expliquer à Agot qu'il n'y aurait pas de patinoire. Bon. Chaque chose en son temps.

Quand elle arriva à la réception, elle y trouva quelques passagers du ferry, venus profiter des nuits blanches et de l'embellie supposée, et observer les baleines, bien sûr. Un nouveau coup de pub, songea-t-elle, même si c'était bon pour les affaires. Elle dirait à Gala de les prévenir qu'ils n'avaient pas le droit de s'en approcher, sous aucun prétexte. La RNLI allait installer un cordon de sécurité, de toute façon.

— Excusez-moi, l'interpella un homme aux cheveux blond-roux.

Il était tout petit, avec un visage large couvert de taches de rousseur, des oreilles très décollées et une expression enjouée. Il avait l'air d'avoir quinze ans ; une seule chose le trahissait : sa montre, de la taille d'une assiette.

— Je cherche Olivia Mathieson ?

Flora le considéra longuement, un sourire se dessinant sur ses lèvres.

— Vous ne vous appelleriez pas… Anthony, par hasard ?

— Oui ! C'est moi, oui ! Anthony Forbes ! Enchanté !

Et il lui adressa un grand sourire amical, qui révéla de grandes dents, qui paraissaient trop grandes pour sa tête.

Flora pensa au mystérieux millionnaire qu'elle avait imaginé dans sa tête : il ressemblait au mannequin David Gandy. Anthony, lui, donnait l'impression de sortir du collège.

— Ouah ! Attendez une seconde… Êtes-vous ici pour être gentil avec elle ou pour lui briser le cœur ?

— Eh bien, c'est ce que j'appellerais un interrogatoire en règle, pour s'enregistrer à l'hôtel, répondit-il sans se départir de son sourire.

— On aime prendre soin de nos clients.

— Eh bien. Euh. La première réponse, oui ? Puisque c'est la créature la plus adorable que j'aie *jamais* rencontrée !

Flora sourit de toutes ses dents.

— Dans ce cas. Je crois… je crois qu'elle va être très heureuse de vous voir, approuva-t-elle en lui indiquant la direction du cottage.

Puis elle passa la tête à la porte, de façon à entendre le cri de joie d'Olivia.

— Ça alors ! fit-elle, ébahie.

Et dire que les gens s'imaginaient que la vie sur l'île était tranquille.

Chapitre 45

Les dix jours qui suivirent passèrent en un éclair, dans le calme. Il fallait tout organiser : Gaspard, Konstantin et Isla devaient préparer le repas pour tous les convives, en fin de compte, avec un budget dérisoire. Anthony s'avéra charmant, même s'il devenait très nerveux, chaque fois qu'on lui parlait de sa mère – Mme Forbes n'avait pas assoupli sa position et leur avait coupé les vivres. C'était un véritable coup de théâtre : ils allaient tous les deux devoir trouver du travail, mais le témoin d'Anthony, qui venait toujours au mariage, lui avait assuré qu'il y avait plein d'emplois à la City si on parlait comme un riche, ce que Joel avait confirmé.

Olivia s'en fichait royalement. Elle restait cramponnée à Anthony, bien qu'elle soit plus grande que lui, l'image même du bonheur : elle marchait pieds nus sur la plage, sans se soucier de sa pédicure, le visage à peine maquillé en ces journées de soleil sans fin, de sorte que son petit nez commença à se couvrir de taches de rousseur. Elle ne le remarqua même pas.

— Dis donc, cette île est vraiment charmante, avait-on entendu dire Anthony un soir au *Harbour's Rest*. On devrait peut-être rester, non ?

Olivia s'était un peu étranglée avec son vin blanc tiède ; il y avait des limites, même si elle allait devoir trouver un emploi.

Et, bien sûr, cela allait de soi, Flora et Joel les avaient invités à partager leur noce, ce qu'ils avaient accepté avec joie.

— Au moins, je sais que tu n'es pas l'une de ces filles qui me courent après pour mon argent, avait dit Anthony. Car je n'en ai plus.

Olivia avait souri, puis l'avait embrassé.

— Jusqu'à ce qu'une de ses tantes meure, avait-elle murmuré à Flora.

Quant à Flora, elle était occupée, heureuse, et essayait en cachette d'encourager Douglas à marcher pour qu'il l'accompagne jusqu'à l'autel – sans succès. Elle trouva malgré tout le temps de voir Lorna. La nouvelle la stupéfia. Il ne partirait sans doute pas, si ? Il ne le pouvait pas, pas avec la vie qu'ils avaient ici. Il ne ferait pas ça.

Mais la date butoir était passée, sans que Lorna ait de nouvelles.

— Il a peut-être envoyé sa demande, mais tu ne le sais pas, dit Flora. Il a peut-être changé d'avis et il attend juste que ce soit fait.

— Il me l'aurait dit, démentit Lorna, le visage empreint de tristesse. Bien sûr qu'il me l'aurait dit.

— Il va réfléchir, la rassura Flora. Tu le connais. Il est si prudent. Il va tout étudier scrupuleusement.

Lorna renifla.

— Il l'est, c'est vrai. Il va arriver avec la lettre, quand sa demande aura été traitée. N'est-ce pas ?

— Carrément, répondit Flora. Ou il a peut-être fait une demande de visa touristique pour pouvoir y aller et revenir.

— C'est possible, ça ? dit Lorna d'un air dubitatif.

— Bien sûr ! Il va peut-être y aller pour l'été avec les garçons, puis revenir pour la rentrée. Pour te retrouver.

— Oui ! Oui. C'est peut-être ça. Peut-être qu'il est en train de tout finaliser. Et il viendra me voir en courant, un bout de papier à la main.

— Je suis sûre que c'est ça.

— Tu sais ce que j'aurais aimé ? lança Lorna, le visage pâle et fatigué. J'aurais aimé que Jan le dise à tout le monde. Qu'elle nous force la main. Qu'on avoue tout. Qu'on emménage ensemble. Qu'on choque tous ces emmerdeurs.

Flora la regarda, choquée, en effet. Mais oui. Ce qu'ils imaginaient de pire deux mois plus tôt était loin d'être le pire qui puisse arriver.

Or Ash ne semblait pas moins heureux, alors que commençaient les joyeux rituels de la fin d'année scolaire. Lorna n'entendit rien, excepté un flot de paroles enjoué : il était si content d'aller au mariage – avec tous les autres enfants de la classe, semblait-il, même si Agot leur répétait que cela allait être nul sans patinoire et sans vraie robe blanche.

Faire entendre raison à Agot avait été plus facile que Flora ne l'avait imaginé. Avec Olivia, elles avaient décidé de lui annoncer la nouvelle ensemble (leur amitié grandissait de jour en jour). Innes était là, lui aussi.

— Euh, il n'y aura pas de patinoire, en fin de compte, lui avait appris Flora, attendant la riposte.

À la place, la fillette avait fait claquer ses talons d'un air songeur.

— Eh bien, des fois, les choses ne se passent PAS comme prévu.

Flora et Innes avaient échangé un regard étonné.

— Euh, tu comprends… que ça veut dire qu'il n'y aura pas de patinoire au mariage ? l'interrogea Flora, au cas où sa nièce n'aurait pas compris la première fois.

— Il se passe des choses plus tristes, répondit Agot.

— Ça alors ! s'exclama Flora. Oh, Agot, tu grandis !

Elle faillit éclater en sanglots : elle était souvent au bord des larmes, ces jours-ci.

— Avec Agot, on a un plan, dit Olivia, et elles se firent un clin d'œil.

Enfin, Olivia lui fit un clin d'œil ; Agot, elle, lui en fit deux gros.

— Un plan secret, poursuivit la fillette en opinant du chef. Pour les gens qui ont une robe de demoiselle d'honneur verte et qui ne…

— Chut ! la coupa Olivia, et Agot réussit à tenir sa langue.

— De quelles choses tristes parles-tu ? l'interrogea Innes.

— Mon meilleur ami s'en va POUR TOUJOURS, expliqua-t-elle avec un air tragique en sautant de sa chaise. C'est terrible. C'est très, très dur de trouver un meilleur ami, tu sais.

— Il t'a dit ça ? lui demanda Flora avec tristesse.

Elle pensait que Saif reviendrait à la raison.

— Pour toujours ?

— Il a dit que c'était un secret. Oh, j'avais oublié cette partie. Mais c'est dans super LOOONGTEMPS.

— Oh. Ouf. Vraiment ? Tant mieux, alors, répondit Flora.

— Dans super LOOONGTEMPS. Après le mariage ! On est tellement excités pour le mariage !

— Agot, le mariage, c'est ce week-end.

— Oui, dans super LOOONGTEMPS !

Chapitre 46

Flora s'était promis de ne pas être déçue par le temps. Quand on vivait au sommet du monde, il était ridicule d'espérer une belle journée, même en plein été. Le soleil, c'était bon pour les pays du Sud urbanisés, où des complexes hôteliers bordaient des routes bétonnées, des piscines et de vieux chemins poussiéreux. Ici, il y avait de l'air pur, des espaces verts, la meilleure eau au monde, des gens chaleureux et de longues, longues journées : c'était le plus bel endroit au monde. Il ne fallait pas non plus s'attendre à des températures trop élevées ; cela aurait été ridicule, digne d'une enfant gâtée.

Elle ne regardait pas les prévisions météorologiques, ne parlait pas avec les pêcheurs. Et, le jour J, à son réveil, elle trouva une épaisse *haar*. C'était très bien ainsi, se dit-elle. Mieux que bien. Il lui fallut un moment pour réaliser qu'elle était de retour dans son lit de petite fille, à la ferme, Agot ayant dormi avec ses parents. Ses vieux trophées de danse écossaise et ses diplômes de gaélique du festival Mòd étaient toujours accrochés aux murs. Joel était chez eux avec Douglas. Ce soir, leur bébé rentrerait à la ferme avec Eck, et les jeunes mariés passeraient la nuit dans la suite nuptiale du *Rock*, la vaste et belle chambre au dernier étage. Elle était tout excitée, rien que d'y penser ; était excitée par toute cette journée. Le bacon grésillait déjà dans la cuisine, mais elle ne pourrait sans doute rien avaler. Elle longea malgré tout le couloir sur la pointe des pieds, pour être accueillie par ses trois frères, qui l'applaudirent et lui tendirent une tasse de thé.

— La voilà, dit Fintan. Une autre mariée rougissante dans la famille.

Mais il n'y avait pas d'amertume dans sa voix ; il souriait.

Agot était déjà assise et habillée.

— Tu n'es pas encore prête, tata Flora ?

— Le mariage est dans cinq heures, Agot. Je peux peut-être boire une tasse de café, avant, non ?

Le temps fila malgré tout. Flora laisserait ses longs cheveux pâles lâchés, une natte tressée autour du crâne pour maintenir sa lourde couronne de roses rouges – elle ne porterait pas de voile, constata Agot, horrifiée. Et, bien qu'elle soit tentée d'opter pour un maquillage chargé, elle n'était pas certaine qu'on ait besoin de la voir avec une ombre à paupières bleu ciel et un rouge à lèvres rose nacré, et préférait donc s'en tenir à un eye-liner noir audacieux et des lèvres rouges parfaitement assorties à sa robe. Elle ne ressemblerait pas à Olivia, bien sûr…, mais elle serait vraiment elle-même.

Elle avait prévu de prendre un long bain et de se préparer avec Lorna dans la joie et la bonne humeur, mais quand son amie arriva, à onze heures, ses projets s'effondrèrent aussitôt. Lorna avait perdu du poids, était pâle ; elle tenait à peine debout ; ses cheveux roux lui tombaient mollement dans le dos.

Flora la prit dans ses bras.

— Je crois…, commença Lorna. Je crois qu'il s'en va vraiment. Je crois qu'il a essayé de me le dire ; il me l'a dit, mais je n'ai pas voulu écouter. Je n'ai pas voulu écouter, Flora.

— Tu n'en sais rien, répondit Flora tout bas. Oh, Lorna. Je suis désolée. Je suis tellement désolée.

Lorna échappa un cri torturé, puis s'assit sur le lit de son amie.

— Oh non. Oh non. Je ne peux pas. Oh non.

Elle releva les yeux.

— Je ne crois pas pouvoir y arriver, Flora. Pas s'il est là.

— Je vais le désinviter, proposa aussitôt sa copine.

— Non, tu ne peux pas… Ash n'a que ça à la bouche. Je ne décevrai pas cet enfant, répondit-elle, la gorge serrée.

— Eh bien, quelqu'un d'autre peut emmener Ash, reprit stoïquement Flora. Eilidh s'en chargera. Je veux que personne ne soit triste aujourd'hui.

Lorna s'allongea sur le lit.

— Bon sang. Je suis sincèrement désolée, Flora. Sincèrement. C'est ton grand jour.

— Aucune importance.

Lorna renifla.

— Agot sera sans doute contente que je ne sois pas là, de toute façon.

La porte s'ouvrit subitement, et la petite chipie apparut.

— *Ciamar a tha hu*, maîtresse Lorna, dit-elle. Oh.

Elle s'approcha avec curiosité, examinant le visage baigné de larmes de Lorna.

— Tu es triste.

La jeune femme opina du chef, sans rien dire.

— Est-ce que tu es triste parce que tu n'es pas une vraie demoiselle d'honneur ?

Agot fronçait les sourcils, tâchant de comprendre. Elle essaya autre chose.

— Est-ce que tu es triste parce que tu n'es pas la mariée ?

Flora grimaça.

— Eh bien, je crois que tu ne devrais pas être trop triste, poursuivit la fillette. Ça ne me dérange pas trop, en fait, que tu sois la seconde demoiselle d'honneur.

Lorna lança un regard implorant à son amie.

— Ça te fera peut-être du bien ? Plutôt que de rester chez toi à ruminer ?

Et voilà comment, quand Flora sortit de sa chambre, ravissante dans sa robe de mariée écarlate, ses demoiselles d'honneur parées de vert d'eau apparurent derrière elle, la petite soutenant la grande de toutes ses forces.

Dans la vieille cuisine, Eck fut le premier à craquer.

— Eh ben, dit-il.

Puis il essaya à nouveau.

— Eh ben.

Ses yeux s'embuèrent.

— Ta mère aurait aimé voir ça.

Les garçons se mirent aussitôt à vaciller un peu, eux aussi.

— Papa, arrête ! Tu ne peux pas… tu ne peux pas, c'est tout. J'ai mis du mascara waterproof, mais ça ne marchera qu'un temps. Allez. Ne…

Et elle se jeta dans ses bras.

— Elle me manque tant, dit-elle. Ce n'est pas juste de ne pas avoir sa mère à son mariage.

— Je sais, répondit son père en lui caressant le dos. Ce n'est pas juste, non.

Eck la maintint en équilibre dans le hors-bord, piloté par le fidèle Bertie, vêtu d'un kilt noir en l'honneur de ce mariage, qui sonnait le glas de ses espoirs avec Flora. Mais il accomplit malgré tout son devoir, contournant le cap avec prudence, transportant leur petit groupe de cinq jusqu'au *Rock*.

Flora scruta l'horizon. Était-ce… un petit coin de ciel bleu ? Non, elle n'y penserait pas. C'était une journée de grisaille sur Mure, rien de plus normal. Pas de quoi s'inquiéter. Ils pourraient retoucher les photos. Elle épousait l'homme qu'elle aimait. Rien d'autre ne comptait. Rien du tout.

Lorsqu'ils franchirent le cap, ils furent accueillis par une belle scène.

Pas de mur de fleurs. Pas d'immense cathédrale de glace, pas de grande charmille ni de rangées de serveurs en costume noir armés de coupes de champagne hors de prix et de canapés aux légumes élaborés.

Ce n'étaient que leurs amis et leur famille, parés de leurs plus beaux atours, qui leur faisaient de grands signes. Ils n'avaient même pas de chaises. L'un des groupes de *ceilidh* de l'île jouait *Mairi's Wedding* avec vigueur. Le pasteur, sur le quai, leur souriait. Joel était debout à côté de Mark, tous les deux vêtus de kilts en tartan assortis, d'un gilet et d'une veste en tweed. Mark semblait déjà avoir chaud ; Joel avait Douglas dans les bras : leur fils ne tenait toujours pas debout, mais portait néanmoins un minuscule kilt et une petite chemise blanche – qui ne resterait pas blanche plus de dix minutes, *a priori*. Pendant une seconde, un rayon de soleil sortit de derrière un nuage, et Flora, plutôt silencieuse, laissa son cœur s'emplir de joie.

Il n'y eut pas de vœux élaborés, écrits par un professionnel. Pas de chœur arrivé par avion à grands frais. Non, les villageois chantèrent *How Great Thou Art*, puis les enfants entonnèrent *Oh the Love of My Lord Is the Essence*, que Lorna leur avait fait répéter et qui laissa peu d'yeux secs dans l'assemblée.

Flora descendit du bateau, entourée d'une mer de visages heureux, chacun d'eux, excepté ses amis surexcités venus de l'île principale, la connaissant depuis qu'elle avait l'âge de Douglas. Elle regarda Joel, qui lui fit un grand sourire.

— Que puis-je dire ? Ma femme avait raison, lança-t-il quand elle arriva près de lui et l'étreignit, en même temps que Mark.

Il la contempla.

— Un vrai top model.

— Arrête !

Ils échangèrent leurs vœux à l'ombre du *Rock*, sur le quai, le soleil perçant peu à peu derrière eux, le bruit des vagues trop fort pour que les autres les entendent parler, de sorte que ce fut très intime, remarquerait Flora plus tard. Lorna resta à ses côtés, les yeux fixés sur la mer, refusant de regarder la foule. Agot la salua assez pour elles deux.

Lorsque le pasteur noua des rubans à leurs poignets (bleu et blanc pour l'Écosse ; rouge, blanc et bleu pour les États-Unis), ils s'embrassèrent, Douglas attrapant les fleurs dans les cheveux de sa mère, ce qui ne la dérangea pas du tout. Agot, elle, s'éclipsa, sans que personne y prête vraiment attention, sauf Innes, qui savait ce qu'elle traficotait.

Puis Joel et Flora se tournèrent pour faire face aux invités. Le groupe se remit à jouer, et Olivia apparut, suivie d'une Agot triomphante, qui, en dépit du budget restreint, portait la robe la plus blanche, la plus ample et la plus froufroutante que personne ait jamais vue. Un grand sourire aux lèvres, elle tenait la petite Christabel par la main, elle aussi vêtue d'une minuscule robe blanche volantée.

— Ce n'est pas vrai ! C'est *vraiment* agaçant, lâcha Flora en la voyant marcher.

La robe toute simple d'Olivia et les lis blancs qu'elle avait dans les cheveux étaient ravissants au milieu de la foule vêtue de kilts aux couleurs des Highlands. Au bras de Fraser, elle avança lentement vers Anthony, qui avait réussi à emprunter un kilt bien trop grand pour lui d'une couleur pourpre ridicule, mais souriait jusqu'aux oreilles. Joel et Flora les étreignirent, puis se placèrent sur le côté pour que la seconde cérémonie débute. En parcourant la foule des yeux, Flora fut étonnée de voir Jacinth au milieu des invités : elle avait dû venir par ses propres moyens. Elle ne serait même pas payée. Elle était là en amie. Pas de Mme Forbes… mais Lucy était là. Il y avait encore de l'espoir, si un membre de la famille était présent, songea Flora.

Quand Olivia et Anthony s'embrassèrent, les applaudissements retentirent, puis un beau spectacle s'offrit à leur vue. Les garçons d'« Aventures en plein air », encadrés par Charlie et Gaspard et menés par le petit Luke Hoyer, sortirent des cuisines du *Rock* en file indienne, chacun armé d'un plateau de canapés.

Ils servirent de minuscules tourtes au porc, des sandwichs, du pâté sur des biscuits salés et des gâteaux à n'en plus finir. C'était la nourriture la plus riche en gluten que Gaspard avait pu imaginer ; le chef arborait un grand sourire satisfait.

Et ce n'était pas tout : comme aucune averse ne semblait prévue, du moins pas dans les vingt prochaines minutes, Isla et Konstantin se dépêchèrent de sortir des bouteilles et des bouteilles de champagne – celles que Gaspard comptait subtiliser, qu'ils n'avaient pas pu retourner et dont tout le monde allait maintenant pouvoir profiter.

Il n'y eut pas de grande cuisine. Pas de tables élégantes, ni de vaisselle assortie ; pas de trônes, ni de sculpture de glace. Il y eut un excellent buffet, et les invités eurent le choix entre deux boissons : le savoureux champagne ou du sirop.

Le groupe joua, et l'école de danse de Mme Kennedy exécuta un *Seann Triubhas* magistral, quoiqu'un tantinet chancelant. Puis Tripp enchaîna avec une danse de cow-boy que personne n'avait réclamée, mais tout le monde l'applaudit malgré tout. Le soleil brillait, et Joel et Flora firent le tour des invités : ils s'enlaçaient, riaient, s'embrassaient, plus heureux que jamais, tout comme Olivia et Anthony, même si, chaque fois qu'un des vieux agriculteurs de l'île essayait de vendre une maison à son mari, Olivia souriait et lui faisait vite passer son chemin. Quand vint le moment des discours, le silence se fit un instant.

— Je vois que le Seigneur a béni cette journée, Il nous tient dans la paume de Sa main, commença Eck avec son élocution lente et désuète. Flora est la fleur de notre famille ; la fleur de notre île, à nos yeux, et, même si nous avons eu le cœur brisé quand nous avons perdu notre Annie, je remercie chaque jour le Seigneur d'avoir jugé bon de faire rentrer ma Flora à la maison. Annie serait aussi fière que moi aujourd'hui.

Jamais Eck n'avait prononcé aussi long discours, et même les moins croyants des invités inclinèrent la tête, rien qu'un instant. Le témoin d'Anthony prononça un discours incompréhensible sur divers rituels qu'ils avaient observés à l'université, mais tout le monde écouta sagement cet Anglais, un sourire poli aux lèvres. Puis Mark se leva.

— Cette île nous a accueillis à bras ouverts, dès notre arrivée, dit-il en regardant Marsha, l'air heureux. Tout le monde est le bienvenu ici. On peut venir, partir, ou passer ici chaque jour de sa vie, mais Mure restera à jamais dans votre cœur. Que vous vous absentiez longtemps ou non, Mure vous accompagnera, et j'espère que la joie et le bonheur que nous partageons aujourd'hui vous accompagneront tous jusqu'à la fin de vos jours.

Lorna croisa alors le regard de Saif : le désir pur qu'elle y vit la déconcerta.

À la fin des discours, seule Flora entendit un bruit au loin, en pleine mer ; elle serra la main de Joel, qui la regarda une seconde, mais n'entendit pas – si ? – le doux chant des baleines sous le ciel éclatant.

Chapitre 47

Lorna ne put le regarder à nouveau. Saif ne serait pas venu, s'il avait pu l'éviter, mais il ne pouvait pas priver Ash d'une si belle journée, il ne l'aurait jamais envisagé. En effet, Ash et Agot étaient déjà en train de perturber le *ceilidh*, mais tout le monde s'en fichait.

Saif aurait aimé trouver un coin tranquille pour discuter, mais c'était impossible. Les villageois avaient appris la nouvelle (ils auraient fini par le savoir, de toute manière, supposait-il) et venaient le voir pour lui dire qu'il allait leur manquer et qu'il avait beaucoup apporté à l'île. Cela le touchait, mais il ne pouvait pas parler à la seule personne à laquelle il voulait vraiment parler.

Quand Flora se rendit compte de la situation, elle prit à part Joel, qui ne pouvait se départir de son grand sourire. Le voir ainsi lui faisait tout drôle ; l'homme réservé qu'elle avait connu autrefois ne souriait jamais. Il regardait Mark, qui dansait avec Marsha avec abandon, mais aussi un peu d'inquiétude, car son épouse ne rajeunissait pas et était aussi fluette qu'un oiseau. Une cheville cassée était la dernière chose dont ils avaient besoin en ce moment.

Elle expliqua son plan à Joel, qui sourit à nouveau, répondant qu'il comptait passer toutes ses nuits avec elle jusqu'à la fin de ses jours et qu'une nuit ne changerait pas grand-chose, puis à Innes, qui fut profondément soulagé, car Agot ne cessait de le harceler : cela devenait insupportable, même pour lui. Puis elle prit Charlie à part pour lui parler en privé. Charlie, égal à lui-même, ne posa pas de question, il se contenta d'opiner du chef. Jan s'approcha alors d'elle.

— Tu ne peux pas le laisser tranquille, hein, même aujourd'hui ? observa-t-elle.

Flora la dévisagea : elle avait complètement oublié leur animosité. D'un autre côté, c'était du Jan tout craché ; les choses semblaient reprendre leur cours normal.

— Je suis si contente que vous vous soyez réconciliées, avec Olivia, risqua-t-elle.

Jan ne put s'en empêcher : elle eut un petit sourire suffisant.

— Ah, ça n'a pas été aussi grandiose que ça, finalement, hein ? Il fallait la faire descendre de son piédestal, la remettre à sa place. C'est vraiment dommage que Douglas n'ait pas pu t'accompagner jusqu'à l'autel, ajouta-t-elle d'un air satisfait.

— Il faut que je file, se dépêcha de dire Flora, contente que Jan soit redevenue elle-même.

Elle jeta un coup d'œil à Olivia et Anthony, qui dansaient tous les deux, comme seuls au monde.

— Merci, dit-elle tout bas. De ne pas avoir dénoncé Lorna.

— Mais pour qui me prends-tu ? rétorqua Jan avec une moue.

Flora traversa la salle en souriant – la mariée pouvait aller et venir, s'était-elle rendu compte : tout le monde supposait qu'elle était terriblement occupée, et personne ne lui demandait où était le sucre, s'il pouvait avoir une chambre avec vue sur mer, ni pourquoi il y avait un chien dans la cuisine. Elle prit Lorna par le bras et l'entraîna dans le hall tranquille.

— Quoi ? l'interrogea son amie, qui paraissait si désemparée que Flora avait du mal à croire qu'elle tenait encore debout. Je rentre chez moi.

— Non, non, attends. Tu n'es pas soûle, hein ?

Cela ne serait pas compatible avec son plan. Lorna secoua la tête. Elle avait si peur d'être éméchée, de perdre le contrôle, d'éclater en sanglots, de le dire à tout le monde, de se jeter à son cou, de faire des choses affreuses, qu'elle n'avait pas été soûle depuis des années. Même pour l'enterrement de vie de jeune fille, elle n'avait bu que quelques verres.

— Bien, répondit Flora en l'étreignant. Tiens.

Et elle lui tendit la clé de la suite au dernier étage de l'hôtel.

— Qu'est-ce que c'est ?

— C'est… Avec Joel, on devait y passer la nuit. Mais ce n'est plus le cas. Ash va aller dormir chez Agot, Innes les emmène. Tu comprends ?

Lorna cligna des yeux, essayant de se concentrer sur ce que disait Flora malgré son désarroi.

— Et Teàrlach et Jan prennent Ib. Ils vont camper dans le jardin.

Lorna la dévisagea.

— Donc, c'est pour vous. Juste pour vous. Vous pourrez… vous pourrez avoir une dernière nuit. Parler. Être ensemble. Faire ce que vous voulez. Sinon… si tu ne… Il va partir, Lorna. Pour de bon.

— Je sais, répondit son amie d'une voix tremblante.

Flora jeta un coup d'œil en arrière.

— Fais vite : il essaie de séparer Ash et Agot.

Bien sûr, Lorna savait parfaitement où il était. Elle le savait toujours.

— Mais je ne peux pas… je ne…

— C'est peut-être ta dernière chance.

— Mais est-ce qu'il…

— Vas-y. Je suis sérieuse. S'il te plaît.

Sur la piste, le bruit, le vacarme étaient assourdissants, et les danses, les cris, les rires faisaient augmenter la température.

Quand Innes s'approcha de Saif, Lorna vit que la situation lui était clairement exposée. Il parut crispé, désorienté. Oh non. Et s'il la rejetait ? S'il disait non, pour la dernière fois, pour tirer un trait sur leur histoire ?

Heureusement, Flora les rejoignit, pleine d'assurance et de bonté, une jeune mariée rayonnante, en beauté, qui partageait son bonheur et lui faisait ce cadeau. Personne ne pouvait lui dire non aujourd'hui.

Lorna n'était jamais allée dans la suite nuptiale du *Rock*. En montant la dernière marche – sur le côté, un escalier de service menait aux minuscules chambres de bonnes sous les combes, où séjournait le personnel saisonnier –, elle tomba sur une porte en bois à deux battants, qui s'ouvrait avec la clé richement ornée.

À l'intérieur, elle eut le souffle coupé. La chambre, qui donnait sur l'avant du bâtiment, avait un balcon en pierre grise et une moquette épaisse qui assourdissait les bruits de la fête, deux étages plus bas. Elle était immense, de la taille d'une salle à manger, et décorée non pas avec des tissus écossais criards, comme les autres pièces, mais dans des tons clairs apaisants (crème et vert pâle), doux, ravissants.

La salle de bains, aussi grande qu'une seconde chambre, était agrémentée d'un jacuzzi circulaire placé juste sous la fenêtre, d'où on ne voyait que les mouettes qui tournoyaient dans le soleil déclinant.

Une bouteille de champagne et une assiette de fraises étaient posées sur un lit de glace, et le personnel avait accroché des ballons partout, pour l'heureux couple, vraisemblablement. Confrontée au bonheur de Flora, Lorna sentit à nouveau la douleur la submerger : son amie avait tout ce dont elle avait toujours rêvé, tandis qu'elle se retrouvait sans rien. Elle ne la jalousait pas, bien sûr ; comment l'aurait-elle pu ? Mais c'était… c'était une mascarade. Une mauvaise idée, réalisa-t-elle en sortant sur le balcon pour contempler la mer vide et les flots agités. Des cris de joie, de la musique lui parvenaient d'en bas, mais elle ne s'était jamais sentie aussi vide, aussi seule de toute sa vie.

Elle avait été stupide d'accepter. Quand Flora le lui avait suggéré, cela lui avait paru être une bonne idée. Mais elle voyait ce que c'était vraiment, à présent : un simulacre froid ; une mise en scène, une supercherie. Une chose qu'elle n'aurait jamais. Cela ne fit qu'aggraver les choses.

Puis on frappa doucement, timidement, à la porte.

Chapitre 48

Il resta planté là, aussi grand et élancé que d'habitude, mais sans l'air enjoué qu'il arborait généralement en la voyant, quand il arrivait à l'appartement ou la croisait dans la rue sans personne alentour et qu'il pouvait sourire autant qu'il le voulait.

À présent, bizarrement, il ressemblait un peu à celui qu'il était en débarquant sur Mure, avant que l'accueil des habitants, la bonne nourriture, la sécurité, la beauté de l'île et le retour de ses enfants n'aient réparé l'homme brisé, ne l'aient remis sur pied. *Afin qu'il reparte mener un nouveau combat*, songea-t-elle tristement.

Il avait l'air hagard, malgré son costume et ses chaussures élégantes. Il jeta un coup d'œil en arrière, mais l'étage était désert.

— Je ne suis pas sûre que ce soit une bonne idée, dit Lorna.

Il opina du chef, sans rien dire. Mais il ne pouvait pas rester sur le palier, et elle le laissa donc entrer. Il parcourut la chambre du regard, un sourire tendre aux lèvres.

— C'est beau, commenta-t-il en effleurant le canapé.

Il n'était pas entré dans une aussi jolie chambre depuis Édimbourg. Il regarda Lorna, et ils pensèrent la même chose : dans d'autres circonstances, cela aurait été un cadeau merveilleux, miraculeux.

Il garda ses distances, ne s'approcha pas d'elle.

— Es-tu prêt à partir ? l'interrogea-t-elle, se détestant de poser la question. Tes bagages sont prêts ?

— Pas vraiment. Ash a toujours très peur qu'on ne puisse pas jouer à *Pokémon Go*, là-bas.

— Ce sera le cas ?

— Je ne sais pas.

— Veux-tu quelque chose à boire ?

— Un thé ? répondit-il sans conviction.

Elle hocha la tête, heureuse d'occuper ses mains. Ils étaient à des kilomètres l'un de l'autre dans cette chambre immense : ils partageaient le même espace, mais n'avaient jamais été aussi loin l'un de l'autre. Elle s'activa, trouva une bouilloire, passa en revue les six types de thés aux fruits différents et les sablés maison. Ses mains tremblaient. Quand Flora lui avait proposé cette suite, elle s'était raccrochée au moindre espoir : elle était prête à tout pour passer un dernier moment avec lui. Or, maintenant qu'elle était là, elle avait l'impression que c'était encore pire. Que c'était une idée stupide. Elle ne pouvait pas… elle ne pouvait plus pleurer.

Elle ne l'entendit pas traverser la pièce, curieusement. Elle ne perçut que sa présence derrière elle, tout à coup ; l'instant d'après, il se tenait à côté d'elle, sa grande main posée sur son dos, une présence chaude et réconfortante, et elle sentit les larmes monter malgré tout.

— Je ne… veux pas… que tu partes…, dit-elle d'une voix étranglée.

Elle n'était plus furieuse, n'avait plus envie d'argumenter, de se voiler la face, d'essayer de changer la réalité. C'était un cri du cœur, une vérité, qui venait du plus profond d'elle-même.

— Je ne veux pas que tu partes !

— Je ne veux pas te quitter, Lorenah.

— Mais tu vas le faire.

Il acquiesça, et elle se redressa pour le regarder droit dans les yeux, ses grands yeux bruns sérieux.

— Il le faut, expliqua-t-il doucement.

— Ce n'est pas juste, répondit-elle, la gorge serrée.

— Non.

Elle secoua la tête.

— Ma grand-mère. Elle aimait regarder une vieille série à la télé, qui s'appelait *Le Souffle de la guerre*.

Saif resta silencieux, il attendait qu'elle finisse.

— Je ne comprenais pas ce que ça voulait dire, « le souffle de la guerre ».

Sa gorge se serra un peu plus.

— Maintenant, je le sais. Ça veut dire que quand une guerre éclate, tout est ballotté par le vent, et on ne choisit pas où on atterrit.

Il opina du chef.

— Et… et on est à sa merci. Impuissants. C'est ce que ça veut dire, n'est-ce pas ?

— Je crois.

— Et il ne sert à rien… il ne sert à rien de dire que c'est injuste. Parce que, même s'il est injuste que je te perde… il serait encore plus injuste qu'Ash et Ib perdent leur maman. Il y a toujours pire que nous.

— Et il n'y a pas de bonnes décisions.

L'eau se mit à bouillir et la bouilloire s'éteignit, mais ils n'y prêtèrent pas attention.

Saif s'assit sur le lit, avant de se relever d'un bond, les mains en l'air.

— Je ne m'imaginais pas que…

— Je le sais, bien sûr, répondit-elle avant d'aller s'asseoir à côté de lui, un sourire crispé aux lèvres. La suite nuptiale : c'est une blague.

— Elle n'est pas drôle, commenta-t-il avant de passer un bras autour de ses épaules, comme il l'avait déjà fait tant de fois… mais jamais assez, jamais assez.

Elle se lova contre lui et laissa ses larmes tremper sa chemise blanche, s'imprégnant de son odeur à chaque respiration, essayant de se calmer, bien que ce soit impossible.

— Peux-tu y aller pour lui rendre visite et revenir ? l'interrogea-t-elle, se raccrochant à son dernier espoir.

— Non. Si je pars, je ne peux pas revenir.

Tout à coup, il toucha le lit derrière lui et fronça les sourcils, relevant la main.

— Oh, fit-elle en ouvrant les yeux.

Des pétales de rose étaient éparpillés sur le dessus-de-lit. Elle renifla, puis sécha ses larmes.

— Tu te rappelles quand Struan Macintosh a voulu voler quelques roses chez Mme Baillie pour la fête des mères ?

— Je n'ai jamais entendu quelqu'un crier autant pour quelques épines, répondit-il avec un sourire. Tous les patients dans la salle d'attente croyaient que j'étais en train de le tuer.

— Quand il est revenu à l'école, il a vraiment dit « Le nouveau médecin a essayé de me tuer », et tous ses copains ont été très impressionnés. Il leur a dit qu'il t'avait repoussé avec des prises de kung-fu, je crois.

Ils éclatèrent de rire, puis il leva la main et laissa doucement tomber deux ou trois pétales, qui se déposèrent délicatement sur les lourdes boucles de Lorna, ses épaules nues, sa robe pâle.

— Tu ressembles à une mariée, dit-il tout bas.

— Je sais, murmura-t-elle en baissant les yeux. Ça a fait un foin pas possible.

Saif, qui ne connaissait pas l'expression, se contenta de hocher la tête.

— Si…, commença Lorna, avant de se raviser.

Puis elle pensa : *Si je ne le fais pas maintenant, alors quand ?*

— Si j'étais une mariée…

Il la regarda, les pétales éparpillés dans ses jolis cheveux, le vert pâle et doux de sa robe presque blanc dans le clair-obscur de cette demi-nuit.

Sa gorge se serra, puis il répondit d'une voix basse et douce :

— Oui ?

— À quoi est-ce que cela aurait ressemblé ?

Il eut un sourire triste.

— Eh bien, il y aurait eu beaucoup de nourriture. Mais pas de danses.

— Et pas de discours ?

— Non.

— Aurait-on prononcé nos vœux ?

Il secoua la tête.

— Je n'aurais rien dit ?

— Si. Tu aurais dit trois fois : *qabul.*

— Qu'est-ce que ça veut dire ?

— « J'accepte. »

Elle battit lourdement des paupières.

— Trois fois ?

Il acquiesça.

— Pour être sûre.

Le visage de Lorna était tout près du sien.

— J'accepte, dit-elle tout bas.

Il lui prit la main, caressa ses doigts, puis la porta à sa bouche pour l'embrasser.

— J'accepte, dit-il en donnant un sens bien plus profond à ces mots, empreints d'une grande tristesse.

— J'accepte, répéta Lorna en le regardant droit dans les yeux.

Cette fois, il déposa un petit baiser sur le doigt qui aurait dû recevoir une alliance, avant de murmurer à nouveau :

— J'accepte.

Lorna ferma les yeux, puis se rapprocha encore. La soie de sa jupe froufrouta sur le linge de lit immaculé quand elle s'agenouilla pour être à la même hauteur que lui.

— J'accepte, dit-elle, les yeux toujours fermés.

Il se pencha en avant, posa son front contre le sien et lui prit les deux mains.

— J'accepte, dit-il d'une voix rauque, basse, immensément triste.

Au bout d'un moment, Lorna se recula, ouvrit les yeux, et le regarda.

— Et qu'est-ce qui se passerait maintenant ? demanda-t-elle d'une voix très basse, mais malgré tout pleine de défi.

Il planta ses yeux dans les siens.

— Je te dirais de ne pas avoir peur, répondit-il sans détourner le regard.

— Je n'ai pas peur.

— Je sais.

— Je t'en prie, dit-elle en montrant sa jolie robe.

Elle se leva, se retourna, et il lui obéit. Ils tremblaient tous les deux, tandis qu'il tentait d'ouvrir sa fermeture Éclair avec dextérité, tout doucement, savourant chaque seconde. Depuis leur rencontre, ils avaient si souvent dû se presser, pour retourner au travail, pour retrouver les garçons, pour éviter que quelqu'un ne remarque qu'ils s'étaient absentés en même temps. Ou simplement parce qu'ils avaient attendu trop longtemps ; qu'ils se désiraient trop.

Mais, à présent, ils auraient voulu retenir, prolonger chaque minute. Elle sentit sa barbe soyeuse et ses lèvres douces l'embrasser entre les omoplates, lentement, puis il passa une main autour d'elle pour caresser la courbe délicate de son ventre. Une fois sa robe au sol, ne portant plus que ses talons hauts, elle fit un petit pas de côté, se retourna et l'entendit retenir son souffle. Elle se sentit belle tout à coup et lui sourit, pleine d'espoir, puis eut l'impression que quelque chose avait changé. Un je-ne-sais-quoi dans cette chambre se mit à chatoyer ; ils étaient là, dans cet hôtel qui n'était pas un foyer, ni chez elle ni chez lui, mais quelque part entre les deux, sur une île qui n'était pas un foyer, mais où ils étaient ensemble, dans leur monde à eux. Il n'y avait plus ni première ni dernière fois ; tout ici était entre deux ; c'était un mariage insulaire, entre terre et mer.

Ils firent l'amour tendrement, tranquillement, terriblement lentement, les sanglots de Lorna se transformant peu à peu en gémissements sourds ; puis, à nouveau, de façon plus pressante. Ils somnolèrent, refirent l'amour, prirent un bain, mangèrent (ils mouraient tous les deux de faim) chaque fraise, chaque chocolat, chaque morceau de sablé en forme de cœur dispersés dans la suite ; ils burent le champagne, ce qui était une erreur, puisque cela donna envie de pleurer à Lorna. Ils se dépêchèrent donc de remplir le jacuzzi, mettant bien trop de mousse, et Saif dut lui raconter des histoires drôles sur la fac de médecine, jusqu'à ce qu'elle se ressaisisse. Puis ils s'écroulèrent à nouveau sur le lit et, cette fois, leurs ébats furent intenses, désespérés, bruyants, crus, et Lorna se retrouva au bout du lit, l'esprit en ébullition, Saif profondément endormi, comme si on lui avait donné un coup de massue. Il était cinq heures du matin ; le soleil était haut dans le ciel, la brume se dissipait au-dessus de la mer.

Elle se retourna, regarda Saif, prit discrètement quelques photos de lui en train de dormir – son torse, ses poils noirs sur sa peau dorée, ses cils fins. Elle eut l'impression d'être une voleuse.

Puis elle planta un baiser sur ses lèvres.

— Reste, murmura-t-elle, se sentant audacieuse, épuisée, forte, différente, aussi radieuse que le soleil qui dissipait la brume.

Il ne bougea pas.

— Reste et je te raconterai une histoire chaque soir, je te tiendrai dans mes bras. Je ne te laisserai pas partir, et tu resteras, dit-elle, comme si elle prononçait une formule magique.

Elle prit un brin d'aubépine dans le bouquet posé sur la commode, le glissa sous l'une de ses mains, comme pour lui jeter un sort, puis, voyant qu'il ne bougeait toujours pas, elle releva la tête, enfila sa belle robe et sortit dans le couloir silencieux.

L'hôtel ressemblait au château de la Belle au bois dormant : des gens s'étaient assoupis un peu partout. Joel et Flora étaient pelotonnés sur l'un des canapés qui surplombaient la mer ; ils avaient à l'évidence parlé toute la nuit et étaient si étroitement enlacés qu'il était impossible de les distinguer. Des violons, des châles, des verres vides jonchaient le sol, et Lorna, ses chaussures à la main, marcha pieds nus au milieu des débris, sa robe flottant derrière elle, les cheveux lâchés, emmêlés. Aussi légère qu'un nuage, elle descendit les marches de pierre, sortit dans le jardin immaculé où se pavanaient les paons, puis, la brume s'enroulant autour de ses chevilles, s'éloigna dans l'aube marine.

Chapitre 49

Trois jours plus tard

La matinée était claire, ensoleillée, et tout le village était sorti, aurait-on dit. Une sacrée différence, songea Lorna, par rapport au jour de son arrivée, quand elle était seule avec Ewan Clark, le policier, pour l'accueillir. Elle regarda ce dernier, tout au bout de la jetée : il devait presque contenir la foule.

— Mais je lui ai jeté un sort, avait-elle raconté à Flora au téléphone. Je pensais pouvoir lui faire changer d'avis. Oh, Flora. Toutes les choses que j'aurais dû faire. J'aurais dû laisser Jan tout raconter. Le crier sur les toits. J'aurais dû lui forcer la main dès le départ. Emménager avec lui. Prendre les enfants, les élever. Insister.

Flora, à l'autre bout du fil, avait soupiré.

— Oh, ma bichette.

— Mais si je l'avais fait ? avait poursuivi Lorna, dans tous ses états. Si j'avais pu faire changer les choses, Flora ? Si je ne m'étais pas contentée d'attendre, comme une idiote ? Si j'étais passée à l'action ?

— Vous ne le pouviez pas, ma chérie. Aucun de vous ne le pouvait. Tu n'aurais pas été la femme convenable, gentille, dont il est tombé amoureux. Et il n'aurait pas été l'homme bien que tu connais, s'il avait fait abstraction du bonheur de ses enfants. Si vous vous étiez tous les deux montrés égoïstes…

— On pourrait être ensemble aujourd'hui.

— Vous n'auriez pas pu être heureux, avait insisté Flora. Crois-moi, Lorna. Crois-moi. Vous n'auriez pas pu. Parce que vous n'auriez pas été vous-mêmes.

— Et maintenant, je dois aller au port…

— Je sais. Je serai à tes côtés.

Saif paraissait abasourdi : il n'en revenait pas d'être la cause de toute cette agitation, mais c'était pourtant le cas. L'île entière était venue lui dire au revoir. Rares étaient les habitants qu'il n'avait pas rassérénés avec ses diagnostics consciencieux et sa grande douceur. Aucun d'eux n'avait jamais eu l'impression de lui faire perdre son temps. Il avait appris à les connaître au fil des ans, à leur montrer qu'il se souciait d'eux et de leurs familles. Les méfiances des premiers temps s'étaient vite transformées en affection et en loyauté à toute épreuve.

Lorna et Mme Cook étaient venues avec tous les enfants de l'école, bien sûr. Elles avaient préparé un album souvenirs pour chacun des garçons, et un projet de jumelage avec leur prochaine école était envisagé. Mme Cook était très motivée, Lorna un peu moins, et Ibrahim ne semblait pas particulièrement enthousiaste, lui non plus.

Plusieurs vieilles dames du village avaient les larmes aux yeux : la plupart d'entre elles avaient eu beaucoup de peine pour ce pauvre homme qui avait perdu sa femme, comme l'attestait la pile de plats de lasagnes qui s'accumulaient régulièrement sur le pas de sa porte. Les membres de la RNLI, tous présents, levèrent leur gilet de sauvetage en son honneur. On fourra quantité de sachets de sucre à la crème dans les poches des garçons, et un nombre inimaginable de boîtes de sablés s'entassa sur leurs bagages. Saif s'efforça de remercier tout le monde et de serrer toutes les mains. Cela ne le mettait pas particulièrement à l'aise, mais c'était un passage obligé, qui avait le mérite de lui occuper l'esprit.

Flora descendit de la *Seaside Kitchen* (les affaires marchaient bien, pour huit heures du matin), pour être aux côtés de Lorna, qui était obligée d'être là et gardait les yeux fixés sur le large, le plus stoïquement possible. Flora lui serra la main. C'était la chose la plus difficile que son amie ait jamais eu à faire, rester plantée là, la gorgée serrée, et prétendre que tout allait bien devant les enfants.

Saif serrait toujours la main de tous les habitants, les remerciant du fond du cœur, avec sincérité, et quand il arriva à Lorna il fit pareil – il tendit la main qu'elle connaissait comme la sienne. Ils échangèrent une rapide poignée de main, incapable de se regarder, ce qui amena Mme Cook à penser qu'elle avait raison depuis le début : ces deux-là ne s'étaient jamais bien entendus.

— Merci, lui dit-il humblement. Pour tout.

Lorna voulut lui répondre, mais en fut incapable. Elle ne parvint qu'à hocher sèchement la tête, au prix d'un gros effort.

Pendant un long moment, elle crut qu'il allait dire autre chose, qu'il allait tout envoyer balader, se retourner, changer d'avis, la prendre dans ses bras devant toute l'île… Et il l'étreignit bel et bien. Horrifiés, ils se figèrent tous les deux, puis le ferry actionna sa sirène. Elle le fixa, dévastée, mais le moment était passé.

Voilà, c'est fini, songea-t-elle, terrifiée à l'idée d'échapper un sanglot étranglé, comme il passait à la personne suivante. Flora le prit longuement dans ses bras, comme si elle le faisait pour Lorna, puis lui serra la main avec une certaine colère, qu'ils perçurent tous les deux.

— On va avoir cette fille idiote comme médecin remplaçant, lui dit Flora, contrariée. Celle qui coud sa propre main chaque fois qu'elle a un point à faire.

— Je suis sûr qu'elle sera très bien, démentit Saif avec sa bienveillance habituelle.

— Tu nous as tous condamnés à une mort atroce et inutile. J'espère que tu es fier de toi.

Il cligna des yeux, puis se recula.

— Je ne suis pas fier de moi, répondit-il avant de passer son chemin.

— Tiens, dit Flora à Lorna en lui tendant un café, avant de lui prendre le bras pour l'aider à tenir debout. Dès qu'il est parti, je te soûle.

Lorna contemplait toujours l'horizon, refusant de le regarder s'éloigner.

— Il est huit heures du matin et j'ai classe, parvint-elle à articuler au bout d'un moment, avec difficulté, toujours en partie convaincue qu'il se retournerait d'une seconde à l'autre.

Retourne-toi, l'exhorta-t-elle dans sa tête. *Retourne-toi, il n'est pas trop tard. Retourne-toi. Je t'ai jeté un sort. Nous sommes liés. Retourne-toi !*

— Oui, eh bien, tu n'as qu'à leur demander de rester la tête posée sur le bureau, répondit Flora, tentant de dédramatiser la situation, de soutenir son amie du mieux qu'elle le pouvait, tandis qu'elle voyait la tête brune de Saif atteindre le bout de la file.

Il y eut alors beaucoup d'agitation et de cris.

— Agot, lança-t-elle d'un air sombre.

Le ferry avait allumé ses moteurs. Tous les autres passagers du jour étaient déjà à bord. Le capitaine, qui connaissait et aimait beaucoup Saif, était heureux de le laisser faire ses adieux, mais la marée montait.

Agot était là, ses cheveux blancs volant au vent.

— NON ! criait-elle. Tu ne t'en vas pas déjà ! *Chan eil thu a'dol fhathast !*

Ash, son meilleur ami au monde, s'accrochait à elle.

Saif resta au bout de la passerelle, le cœur serré, sans savoir quoi faire.

— Je ne veux plus partir, *Abba* ! lui dit Ash.

— Il va rester avec nous, ajouta Agot. Tu pourras lui rendre visite. Si tu veux. Mais tu n'es pas obligé.

Saif parut affligé. Il ne s'attendait pas à cela et n'était pas d'humeur à affronter une crise, ni à devoir arracher son fils des bras de son amie devant toute l'île. Ib regarda son frère d'un air désapprobateur.

Saif s'approcha des enfants, puis s'agenouilla.

— Mais tu me manquerais bien trop, dit-il à Ash, qui ouvrait grand les yeux.

— J'AI DIT que tu pouvais lui rendre visite, insista Agot. On sera tous là.

— Chaque nuit, je me demanderais : *Où est Ash ?* Et chaque jour, quand Ib rentrerait de l'école et que tu ne serais pas là, et quand on irait…

Il s'apprêtait à dire « rendre visite à maman », mais en fut incapable, car les petits paraissaient inconsolables.

— … visiter les jardins et voir la rivière, je passerais mon temps à dire : « Ça aurait plu à Ash. »

Le garçonnet regarda son père, qui lui tendit la main.

— Agot pourra peut-être nous rendre visite ?

— Est-ce que vous avez une patinoire ? demanda la fillette avec impolitesse. Si ce n'est pas le cas, non, je ne pourrai pas venir.

— Et tu sais que tu pourras parler à Agot et jouer à *Roblox* avec elle quand tu voudras. Vous pourrez vous appeler tous les jours.

À ces mots, Ash retrouva le sourire.

— Tous les jours ? Est-ce que je pourrai jouer plus souvent ?

— Oui.

— Tous les jours, répéta Agot avec force. Il faudra que ce soit tous les jours, sinon, on ne pourra plus être meilleurs amis. Et ce n'est pas une menace.

Le ferry actionna à nouveau sa sirène. Les gens avaient des trains à prendre sur l'île principale ; il y avait des choses à faire, des produits frais à livrer aux bars et restaurants hors de prix d'Édimbourg et de Londres ; le monde continuait de tourner.

— Tous les jours, promit Ash.

Les deux petits se firent un énorme câlin, puis Agot se recula, bras croisés, le regard perçant. Un ou deux autres enfants s'approchèrent pour faire eux aussi un dernier câlin à Ash, mais elle ne les laissa pas s'approcher.

Saif conduisit ses fils jusqu'à la petite passerelle du ferry. Ib paraissait toujours mal à l'aise, gêné, même lorsque ses camarades, incités par Mme Cook, se dirigèrent vers lui pour lui donner un sac.

Il l'examina attentivement, l'ouvrit, et poussa un cri de surprise. C'était un ballon, signé par tous ses joueurs adorés du Hibernian FC.

Peu habitué à montrer ses sentiments, il ne put contenir un immense sourire. Ses copains l'acclamèrent et lui tapèrent dans la main, tandis qu'il se dirigeait vers le bateau, puis une Lynette McGhie particulièrement audacieuse courut vers lui et l'embrassa sur la bouche, même si elle expliquerait plus tard qu'il s'agissait d'un défi. Tout le monde les applaudit, puis Ib monta à bord, serrant son ballon contre son cœur, son sourire s'attardant sur ses lèvres.

Ash se retourna au dernier moment, comme s'il avait oublié quelque chose. Il lâcha la main de son père pour courir vers Lorna – sa maîtresse, la personne qui l'avait accueilli, qui avait appris quelques rudiments d'arabe pour pouvoir l'aider, qui s'était assise à côté de lui, jour après jour, pour lui apprendre les étranges sonorités anglaises, la drôle de forme des lettres, qui n'avait jamais perdu patience, qui avait toujours été là pour lui, qui avait été gentille, patiente, chaleureuse, jour après jour, même quand c'était difficile.

Bien sûr, d'autres personnes – Neda, Flora, au café, Jan, à « Aventures en plein air », Eilidh, la mère d'Agot, qui l'avait accueilli chez elle comme un fils,

Mme Laird – avaient d'une manière ou d'une autre remplacé la personne qui lui manquait le plus.

Mais il courut vers Lorna.

— Au revoir, maîtresse Lorna !

Elle fit alors la seule chose qu'elle n'avait encore jamais faite ; qu'elle n'avait pas le droit de faire avec un élève de l'école. Elle le prit dans ses bras et le serra fort, très fort.

Les Muriens saluèrent longuement de la main les trois silhouettes sur le pont supérieur, qui s'éloignaient sur l'immensité bleue de la mer. Saif regardait droit devant lui, par-dessus la tête des garçons, qui lui étreignaient tous les deux la main. Il serrait la mâchoire, stupéfait.

Il peinait à croire qu'il venait de partir. Il lui fallut fournir un effort considérable pour ne pas plonger à l'arrière du bateau, ne pas nager vers elle, implorer son pardon, lui promettre de ne plus jamais la quitter, pas une seconde, non, jamais, enfouir son visage dans la douce odeur de ses cheveux, lui dire qu'il l'aimait, encore et encore.

Il prit Ash dans ses bras pour se donner du courage, laissa le garçonnet sangloter dans son cou en continuant de serrer la main d'Ib, qui cachait ses émotions, mais était lui aussi bouleversé. Il se raccrocha à eux de toutes ses forces, car, s'il ne pouvait pas le faire pour eux, et pour une femme qui avait perdu ses enfants, il ne pourrait pas le faire du tout.

Sur le port, les gens se retournèrent, puis se dirigèrent vers la *Seaside Kitchen* pour manger un morceau avant le déjeuner. Flora regarda son amie, mais Lorna devait ramener les enfants à l'école, devait continuer, tenir toute la journée, puis celle d'après, et encore celle d'après. Jusqu'à ce qu'elle puisse s'échapper, prendre Milou et arpenter l'Infinie, où elle avait appris à le connaître, tandis qu'il attendait un bateau, un bateau qui n'était jamais arrivé. Elle avait cru qu'il se retournerait. Même une fois à bord du ferry. Elle avait cru que le bateau ferait demi-tour. Qu'il reviendrait.

Même si elle savait qu'il ne se passerait qu'une chose : les vents froids continueraient de souffler, les années passeraient, les marées se succéderaient, sur ce rivage comme sur un rivage lointain.

Épilogue

Septembre

C'était une belle soirée, un lundi, de sorte que Flora organisait une petite fête chez elle, le lundi étant le soir de repos du chef et leur nuit la plus calme à l'hôtel. L'été avait été chargé. Les jours de beau temps, ils avaient été très assaillis ; tout comme les jours de pluie. Ils avaient eu tant de demandes de réservation pour des mariages l'été suivant que Flora ne se sentait pas encore capable d'y jeter un œil, mais elle était malgré tout très heureuse. Et le groupe de baleines était reparti vers ses terrains de chasse hivernaux, sans qu'aucune s'échoue ni aucun autre incident, ce qui constituait à n'en pas douter une bonne raison de faire la fête.

Joel, pieds nus dans l'herbe, essayait toujours de persuader un Douglas à l'air indolent de marcher. Tous ses oncles étaient postés autour de lui, prêts à le rattraper, mais il ne semblait pas très intéressé.

— Il est peut-être idiot, lança Flora.

— Pas de pot, répondit Fintan. Cela dit, ça ne m'étonne pas.

— Non, c'est bien s'il est idiot, rétorqua Joel. Comme ça, il restera peut-être sur l'île.

— HÉ ! crièrent les autres d'une même voix avant de le bombarder d'herbe, de serviettes et de tout ce qui leur tombait sous la main.

— Oui, oui, c'est vraiment horrible, ici, dit Flora en se penchant en arrière pour profiter des rayons du soleil en ce début de mois de septembre.

Août avait connu des hauts et des bas, mais, à présent que la rentrée scolaire était passée et que la plupart des gens avaient pris leurs vacances d'été, on pouvait être certain que le temps allait rester au beau fixe.

Gaspard arriva avec un plat de cœurs de canard (il refusa de leur dire ce dont il s'agissait tant qu'ils n'avaient pas goûté), bien que Flora lui ait dit de prendre du repos. Il fronça les sourcils, répliquant que cuisiner des cœurs de canard était évidemment du repos, puis caressa la tête de Fintan, qui sourit avec paresse et lui attrapa la main. Cela semblait devenir plus sérieux entre eux, nota Flora. Eh bien. Konstantin et Isla étaient allongés dans l'herbe ; ils avaient travaillé si dur pendant l'été que, lorsqu'ils avaient du temps libre, ils n'étaient pas capables de grand-chose, excepté s'écrouler, ce qui convenait très bien à la jeune femme, mais l'hôtel devait fermer pendant un mois, et ils allaient partir visiter les fjords. Isla ne savait vraiment pas ce qu'on portait dans les fjords, mais elle attendait malgré tout ce voyage avec impatience.

Lorna se joignit à eux pour la première fois depuis longtemps. Flora l'invitait à chaque occasion, mais elle refusait de sortir de son appartement, et elle s'y exprimait par monosyllabes. Elle ne voulait pas en parler ; Flora s'inquiétait beaucoup pour elle.

Personne n'avait eu de nouvelles du Moyen-Orient, sauf Agot, qui leur faisait de temps à autre un compte rendu confus, mais pouvait tout aussi bien leur annoncer qu'Ash était son copain, pas le leur, et que cela ne les regardait pas. Mais Ash avait vu sa mère, Lorna le savait. Comment ? Dans quelles circonstances ? Elle n'en avait pas la moindre idée. Elle ne souhaitait pas en parler ; elle ne prononçait même pas son prénom.

— Viens m'aider dans la cuisine, lui demanda Flora.

Elle ignorait ce qui se passait, mais elle sentait son amie affaiblie, un peu essoufflée, à côté d'elle. Elle avait sans doute besoin d'un grand verre de vin.

— Comment vas-tu ? Je suis tellement contente de te voir dehors…

— Qu'est-ce que tu veux dire ?

— Ça fait trois mois que tu restes allongée chez toi, à fixer le mur, et que tu ne réponds plus au téléphone. Et maintenant, tu débarques et tu es bizarre et, ma chérie, je suis si inquiète pour toi. S'il te plaît, s'il te plaît, dis-moi que tu vas bien. S'il te plaît. On a tous été si inquiets.

Flora lui dit tout cela d'un trait, et Lorna la regarda, ennuyée que les gens se soient inquiétés pour elle. Elle avala sa salive.

— Je… je crois. Je crois… qu'il s'est passé quelque chose.

Elles échangèrent un regard, puis Lorna posa instinctivement une main sur son ventre.

— Non !

— Je ne sais pas. Je n'ai pas réussi à faire le test. Mais… je n'ai pas eu mes règles depuis trois mois et…

Elle sortit un test de son sac.

— Oh là là. Oh là là. Lorna. Est-ce que tu vas lui dire ?

Son amie secoua vivement la tête.

— Bien sûr que non. Il en a assez bavé… Et je ne suis même pas encore sûre…

Flora la considéra d'un œil averti.

— Oh là là, tes seins sont énormes !

Lorna rougit.

— Oh, bon sang.

— Ce sont des ballons de barrage, des seins de femme enceinte, tu peux me croire. Regarde-moi ces grosses veines bleues ! Je ne crois même pas que tu aies besoin de faire le test.

— On peut le faire quand même ? demanda Lorna, visiblement au supplice.

Flora leur servit à chacune un verre d'eau.

— Oui ! Bois ça ! Ça va prendre environ neuf secondes.

Ce ne fut pas le cas. Lorna mit une éternité à sortir des toilettes, le visage si blême, si décomposé que Flora fut incapable d'interpréter le résultat jusqu'à ce qu'elle lui arrache le bâtonnet des mains.

— Oh, bon sang, Lorna. Oh, bon *sang* !

Elle la prit dans ses bras. Lorna était sous le choc.

— Oh, bon sang. Tu es enceinte ! Mais… vous n'êtes pas du tout en contact ?

Lorna secoua sèchement la tête, et Flora la fit asseoir, le temps que sa respiration ralentisse.

— Ce n'est pas… Il a… Ce n'est pas juste. Il a une vie là-bas. Et une femme. Et beaucoup à faire. Il était… Il n'a jamais été à moi. Et je ne peux pas… je ne peux pas me torturer, chaque jour, en me demandant ce qu'il fait, l'heure qu'il est là-bas, comment il vit. Je l'ai déjà fait, Flora. Je l'ai fait pendant des années. Je l'ai fait depuis la minute où il a posé le pied sur cette île. Et je n'en suis plus capable. Et ce n'est pas bon pour lui non plus. Si Am… si sa femme est là-bas… Eh bien… il doit régler ça. Je ne peux pas…

— Oui, mais…, commença Flora en montrant son ventre, qui, maintenant qu'elle le regardait, était à l'évidence arrondi. Enfin, il a le droit de savoir, non ?

La gorge de Lorna se serra.

— Je… On a toujours fait si attention.

— Hum.

— Mais cette dernière… La nuit de ton mariage ?

Flora haussa les sourcils.

— Un bébé de nuit de noces ! s'exclama-t-elle, ravie.

Lorna esquissa un demi-sourire. Puis elle secoua la tête.

— Il ne faut pas qu'il sache. Je ne peux pas, Flora. Il a déjà tout sacrifié pour ses enfants. Il mérite…

Elle poussa un soupir.

— … de trouver un peu de paix, je crois. S'il le peut.

Elle regarda son amie.

— Tu penses que j'ai tort ?

— Je ne pense plus rien depuis la mort de Colton. La seule chose qui compte, c'est là, maintenant, parce que l'avenir est impossible à prévoir, et on n'en finirait jamais, sinon, de toute façon. Je pense que la seule chose qui compte, c'est de savoir si tu es heureuse.

— Je ne sais pas si je le serai un jour. Mais c'est… Je n'en ai jamais été aussi proche. Là, maintenant.

Elle se caressa délicatement le ventre.

Flora l'étreignit à nouveau, et elles restèrent un moment ainsi, se comprenant sans se parler. Puis Flora releva la tête.

— Oh, bon sang. Toutes ces années à vous cacher et dans…

Elle compta sur ses doigts.

— … dans six mois, tu vas avoir… Oh, j'espère que ce sera un petit Saif. Je l'espère tant. Oh, bon sang. Allez. Admets-le. Ça va être *hilarant*.

— Arrête, répondit Lorna, mais elle souriait presque, *presque*.

— Franchement. J'espère qu'il ou elle va naître avec une barbe.

— Arrête !

— Oh là là, Mme Cook va jaser ! Elle a toujours eu un faible pour lui, tu sais !

— Arrête ça !

— Pas étonnant qu'elle ait toujours choisi ses enfants pour jouer dans la pièce de l'école !

— Oh, bon sang !

Bizarrement, les taquineries de Flora lui firent un bien fou. Elle avait tant réfléchi, tant cogité, s'était tant inquiétée, avait eu tant de peine, qu'entendre sa meilleure amie plaisanter à ce sujet, comme si elle était une personne normale, comme si tout se passerait bien, serait surmontable, comme si elles en riraient plus tard, allégea sa douleur, et lui réchauffa le cœur, juste un peu.

— Et puis, tu sais, tout espoir n'est pas perdu, ajouta Flora à la hâte. Cet enfant… cet enfant sera britannique. Ça ne changera peut-être rien. Mais ça pourrait aussi tout changer. Un jour.

Lorna opina du chef, la gorge serrée.

Elles ressortirent avec une tasse thé pour regagner la pelouse, où retentissaient des cris de joie : Douglas avait fini par faire ses premiers pas, timidement, atterrissant directement dans les bras de son père, et semblait prêt à recommencer, encouragé par les applaudissements, les « *Allez, Allez** » de Gaspard, les « Fonce, petit ! » d'Innes et les « Flora ! *Flora !* » de Joel.

— Il aura une barbe. Et une certaine réticence à prescrire des antibiotiques. Il portera une cravate… OH LÀ LÀ, EST-CE QUE MON FILS MARCHE ?

Flora descendit les marches quatre à quatre pour attirer Douglas dans ses bras.

— Oh là là ! Regarde-toi ! Petit génie !

— Je pense qu'on devrait commencer à l'entraîner pour les Jeux olympiques, dit Joel.

— Pour le lancer de tronc d'arbre, renchérit Innes. Ça va être un champion.

— Il n'y a pas de lancer de tronc aux JO, espèce de crétin, répliqua Fintan. Je n'en reviens pas que tu ne fasses pas la différence entre les Jeux olympiques et les Jeux des Highlands. Tu n'es pas agriculteur pour rien !

— Tais-toi, l'obsédé des fromages ! Et depuis quand tu es un expert en sports, *toi* ? On aura tout vu.

— Et puis, tu sais ce qu'on dit ? ajouta Flora tout bas en se tournant vers son amie. Il faut tout un village pour élever un enfant. Eh bien, je crains que ce ne soit vrai. Tout ce village d'abrutis qui t'entourent.

Douglas chancela sur ses petites jambes, et Lorna refoula une larme d'un battement de paupières.

Puis, sourire aux lèvres, les filles et le garçonnet s'assirent sur l'herbe, dans la lumière dorée du crépuscule, sous le ciel éclatant de leur minuscule île.

Remerciements

Un immense merci à Darcy Nicholson, Rosanna Forte, Joanna Kramer, Rachel Kahan, Deborah Schneider et Jo Unwin, qui ont tous relu ce livre en un temps record pour que nous puissions le mettre entre vos mains le plus vite possible.

Comme toujours, merci aussi à Lucy Malagoni, Charlie King, David Shelley, Hannah Wood, Gemma Shelley et Stephanie Melrose, chez Little, Brown ; à Donna Greaves, Milly Reilly, Nisha Bailey, chez JULA ; à Jake Bosanquet-Smith, Kate Burton, Alexander Cochran et Matilda Ayris, chez Curtis Brown.

Le gaélique écossais (prononcé *gah-lick*, différent du gaélique irlandais, prononcé *gay-lick*) continue de se battre pour sa survie dans les Highlands et sur nos îles ; cette langue a la grammaire la plus élégante qui soit et un vocabulaire plus collant qu'un castor recouvert de mélasse.

Si vous souhaitez en apprendre davantage, le cours Duolingo Scots Gaelic est excellent, surtout si vous avez envie d'apprendre à dire : « Le monstre du loch

Ness mange du haggis » (*Tha Niseag ag ithe an taigeis*).

Et la BBC nan Gàidheal, que vous pouvez écouter partout dans le monde grâce à l'application de la BBC, passe de la magnifique musique traditionnelle, qui se comprend dans toutes les langues.

À nouveau, Luke Hoyer, le neveu de ma chère amie, tué à l'âge de quinze ans dans la tuerie de Parkland en 2018, arpente l'île de Mure, avec l'aimable autorisation de ses parents, Tom et Gena Hoyer.

Composition et mise en pages
Nord Compo à Villeneuve-d’Ascq

#lisez! engagé
www.lisez.com
Pour plus d’information :
Imprimé sur du papier issu de forêts gérées durablement.

Imprimé en France par MAURY IMPRIMEUR
en avril 2024
N° d'impression : 277335

POCKET – 92, avenue de France, 75013 Paris

S34126/01